跨界演员

BEI NAN

北 南 著

THE AUTHOR

长江出版社　知音动漫

图书在版编目（CIP）数据

跨界演员 / 北南著.
-- 武汉：长江出版社, 2023.5
ISBN 978-7-5492-8707-9

Ⅰ.①跨… Ⅱ.①北… Ⅲ.①长篇小说－中国－当代
Ⅳ.①I247.5

中国国家版本馆CIP数据核字(2023)第032833号

跨界演员 KUAJIE YANYUAN ／ 北南 著

出　　版	长江出版社
	（武汉市解放大道1863号 邮政编码：430010）
发　　行	长江出版社发行部
网　　址	http://www.cjpress.com.cn
作品企划	知音动漫图书·少女心诊所
责任编辑	陈　辉
特约编辑	秦　璟
装帧设计	刘　宝　余婧雯
责任印制	程　磊
印　　刷	长沙鸿发印务实业有限公司
版　　次	2023年5月第1版
印　　次	2023年5月第1次印刷
开　　本	696mm×980mm　1/16
印　　张	22
字　　数	400千字
书　　号	ISBN 978-7-5492-8707-9
定　　价	52.80元

版权所有，翻版必究。如有质量问题，请联系本社退换。
电话：027-82926557（总编室）　027-82926806（市场营销部）

"陆文，你这个人，超难找的。"

| 第21章 除夕 …… 329 |
| 第20章 反击 …… 315 |
| 第19章 冒用 …… 303 |
| 第18章 岚水 …… 285 |
| 第17章 聚餐 …… 267 |
| 第16章 回家 …… 245 |
| 第15章 网友 …… 227 |
| 第14章 告别 …… 213 |
| 第13章 摊牌 …… 205 |
| 第12章 火锅 …… 191 |

目 录
CONTENTS

第一章 进组 ……… 1

第二章 灵魂 ……… 21

第三章 阮风 ……… 41

第四章 误会 ……… 69

第五章 吻戏 ……… 81

第六章 纸条 ……… 97

第七章 飙戏 ……… 107

第八章 失约 ……… 119

第九章 代工 ……… 139

第十章 发烧 ……… 157

第十一章 对戏 ……… 173

Chapter 1

第 1 章
进 组

"兄弟,你演谁啊?"

"你说什么?"

"老大，你的手机响了。"

瞿燕庭坐在副驾驶位上，穿着一件意大利亚麻衬衫，燕麦色的衬衫被阳光染成奶油色，袖管被挽起两折，露出的手腕上戴着一块棕色的古董表。

稍一偏头，右后视镜映出瞿燕庭的脸。肤色洁白，微长的头发用发胶抓过，露出干净的前额和整齐的眉毛，鼻梁上架着一副方形墨镜。他的半张脸都隐没在镜片下，瞧不出表情。

手机一直在响，开车的助理于南再次提醒："老大，你不接吗？"

瞿燕庭终于有所反应，抬起右手，响铃加振动的手机就握在他的指间。来电显示"任树"，瞿燕庭的拇指指腹停在屏幕上，三四秒后划动了通话按钮。

于南默默叹口气，心中道：费劲。

一接通，任树的声音便从手机里传出来，中气很足，听起来是个心情不错的老爷们儿："喂，燕庭，是我，出发了没有啊？"

瞿燕庭的脊背离开座椅，另一只手从虚握的状态松开，覆在大腿上，来回摩挲长裤上的一道褶皱。他瞥一眼窗外掠过的路标，回答："快到机场了。"

任树高兴道："好嘞，我派车去机场接你，你想直接去酒店还是先来剧组？"

瞿燕庭问："你在哪儿？"

任树回答："我今天跑外景，你要是去剧组，我就提前收工恭候你的光临。"

瞿燕庭说："别耽误工作了，我去酒店。"

"也好，你回酒店休息俩钟头，咱们晚上见。"任树算了算时间，"晚上必须得吃火锅吧，我提前订位子。"

几句话过后，瞿燕庭挺直的后背缓缓放松，重新靠回座椅，语气也松快了一些："好，等你收工，晚上见。"

汽车驶入机场航站楼前的道路，靠边熄了火。

挂了电话，瞿燕庭解开安全带，吩咐道："等会儿通知一下你订的酒店，把冰箱塞满黑咖啡，罐装的就行。"

于南跟了瞿燕庭七年，从瞿燕庭的纸上烟云工作室成立之初便担任助理，他了解瞿燕庭的一切习惯，说："通知过了。老大，你注意休息，别熬太晚。"

瞿燕庭将于南的叮嘱当作耳旁风，他在想最近是旅游的淡季还是旺季，游客多不多。他不喜欢在酒店碰见太多人。

"房间是6206，酒店顶层的套房，那一层房间不多，放心吧。"于南主动解答，"不知道你几号回，先订了一周。"

瞿燕庭也不确定，工期长短要看进展是否顺利。他把家门钥匙扔到中控台上，说道："帮我喂猫浇花，屋子可能有点乱。"

于南做了瞿燕庭多年的助理，但去瞿燕庭住所的次数相当有限，只有瞿燕庭出差的时间较长时才会去他家。他拿起钥匙，说："那我帮忙收拾收拾。"

"不用。"瞿燕庭并非客气，"我喜欢乱着。"

于南讪讪地点头，手机收到一封邮件，内容是数十种植物的养护说明和喂猫的注意事项。"收到了？"瞿燕庭将手机装进口袋，"老规矩，有事发邮件，少发消息，有燃眉之急再给我打电话。"于南对瞿燕庭的习惯烂熟于心，但依然忍不住在心中吐槽：有燃眉之急再打给你，等你接通估计已经重度烧伤了。

瞿燕庭看一眼手表，该走了，最后吩咐道："选一份礼物给审片的张组长送去，他知道什么意思。"

于南保证道："我记住了，老大放心。"

瞿燕庭卡着点进机场，行李箱托运了，他只拎着一个H牌"黑色幻影"包，包里装着飞行期间要看的稿子。

过了安检已经没时间候机，他几乎是最后一位登机的乘客。

瞿燕庭喜欢飞行的过程，他可以在大白天名正言顺地关闭手机，不用担心突然收到短信或者来电，屏幕黑掉的一瞬间令他安心和放松。

飞机滑行、升空。

城市浓缩为集成电路的样子，再掩埋于缭绕的云层下。

安静的头等舱内，有人读书，有人听音乐。瞿燕庭在专注地看一份稿子，指间夹着一支笔，时不时地进行标注和修改。

所有人各做各的，没人发现此时此刻在这一方封闭的机舱里坐着一位明星。

空乘走来走去竟然也没发现。

靠窗的位置，陆文仰着头打瞌睡，盖在脸上的剧本随着机身的颠簸渐渐倾斜，沿着右脸滑落到肩膀上。

陆文的经纪人孙小剑坐在他隔壁，寸头，黑框眼镜，斥巨资凑的一身名牌。孙小剑越过隔板把剧本捡起来，卷成筒状敲了敲陆文的肩膀。

陆文一激灵睁开眼，直起了脖子。

他没戴墨镜和口罩，也没有化妆，一张脸干干净净地露着，小麦色皮肤，眉骨突出，鼻梁高挺，五官立体，脸部线条流畅，有十足的男人味，可一双眼睛搅了局，眼尾润而不尖，眼下卧蚕饱满，给这张充满男性荷尔蒙的面孔添了几分纯良的孩子气。

前不久他刚杀青了一部古装剧，鬓角被发套撕扯得过敏泛红，像有一道小伤口，不知道的还以为他在外面跟人打过架。

孙小剑说："下午就进组了，亏你还能睡得着。"

陆文揉揉眼："我是进组，又不是进监狱，为什么睡不着？"

孙小剑侧身扒住隔板，小声说："这次和以前能一样吗？这次你可是男一号。"

陆文也拧过去，扒住隔板，和孙小剑面对面，眉宇间透出一股喜悦："所以我困啊，我昨晚兴奋得大半宿没睡着觉。"

这时空姐经过，温柔地提醒："先生，请您坐好。"

娱乐圈中，一线是大咖，二线也很风光，三线身价低点，但算得上有名有姓，四线管"红不了"叫低调，五六七线即使靠后，也能撮出一拨粉丝，八线最好是自己买些粉丝来维持一下体面。

像这种"纵使相逢应不识"的，一律统称为十八线。

陆文作为一名十八线的小演员，出演过四五部电视剧，每一部都是男五号及以后的小配角，没等混个脸熟戏份便结束了。

入行一年半，他没有粉丝前呼后拥，没有团队大包大揽，只有孙小剑一个零经验零人脉的职场菜鸟给他当经纪人兼助理。

不过孙小剑鞍前马后十分尽职，犹如高三生的陪读家长。最重要的是，他对陆文的前程充满了希望，坚信陆文终有一日会大红大紫，成为娱乐圈中耀眼的启明星。

机翼拂过渺渺云烟，三个小时的飞行后，载着这颗还没发光的启明星的飞机飞至西南地区，缓缓降落在山城。

乘客陆续下机，陆文站起身，一米八八的身高鹤立鸡群。

他展开一件长风衣穿上，这件风衣也就他能穿，换成孙小剑恐怕要拖地。内搭是简单的T恤衫，配一条chinos①，脚上踩着双帆布鞋。

下机后，陆文仗着腿长在前面大步流星，把孙小剑远远地甩在后面，一直走到航站楼，他才停下来，伫立在熙来攘往的人潮中。孙小剑追上来，说："刚才和剧务联系了，他说有车来接，马上把车牌号发给我。"

十八线的常态便是如此。在全国排得上号的江北机场，没有粉丝追，没有路人求合影，没有机场时尚照片，甚至没有剧组提前接待，还要被晾上片刻。

陆文闲不住，说："那出去等吧，反正剧组的车有标识，好找。"

外面停着不少汽车，两个人一前一后沿着白线溜达，据以往经验，八成是辆保姆车，赶上特穷的剧组，也可能是辆破面包。

陆文扫视过一排汽车，扫到前面的一辆，顿时停住了。

孙小剑从后面探出头，顺着陆文的视线看了过去，看清之后难以置信地推了推眼镜："……我的娘啊。"

一辆九成新的保时捷卡宴，刚清洗保养过，车身泛着幽幽的光，车窗干净透亮，映着两人的身影，比镜子还要清晰。驾驶座上，司机大哥穿着衬衫，戴着领带，相貌周正。

陆文跑过许多次剧组，这种待遇还是头一遭，他底气不足地说："搞错了吧？"

孙小剑朝挡风玻璃努努嘴，里面左下角贴着一个牌子，牌子上印着"《第一个夜晚》剧组，A1"。

为方便统筹，剧组的每辆车都会贴号，A1属于最高档次的了。白纸黑字，按道理不会有错，陆文增强了一点信心，窃喜道："坐飞机那仨钟头，莫非我红了？"

孙小剑一贯会讲好听的话，说："不红就不能坐了吗？你又不是跑龙套的。"

---

①chinos：裤子款式，偏休闲，类似卡其裤。

陆文给点阳光就灿烂，他点点头："对，我这次是男一号，是整部戏的灵魂，灵魂就应该有灵魂的地位。"

孙小剑极有眼色地走上前，一把拉开车门。车厢中铺着崭新的地毯，真皮的内饰精致漂亮，每一只座椅上都搁着蜀绣靠枕，走近了，能闻到淡淡的香氛味道。

陆文帅气地甩开风衣，抬腿跨上车，一气呵成地坐进沙发座椅。司机大哥吓了一跳，半转过身体，惊讶地看着突然出现的陆文和孙小剑，愣了足足有四五秒之久。

陆文伸出手，在空中打了个响指，说："师傅，我把你帅呆了？"

司机回过神，犹犹豫豫地打招呼："您……去剧组？"

"对啊，我们刚下飞机。"孙小剑说，"别愣着了，搭把手装行李啊。"

司机下车帮忙，一边抬箱子一边打量他们，忍不住再确认一遍："是去《第一个夜晚》剧组？"

"那能有错？"孙小剑道，"剧务不太靠谱啊，你都到了，却不早点发车牌号，幸亏这辆车显眼。"

陆文觉得口渴，拧开车上准备的巴黎水，顺便递给孙小剑一听可乐。

他喝了一口，问："师傅，到剧组大概多长时间？"

司机回答："差不多……一个半小时。"

陆文皱了皱眉，感觉这司机很拖泥带水，每句话都支支吾吾的。他家里有一老一小俩司机，向来恪守三条准则：回话准、动作快、开车稳。

时候不早了，他说："行，那出发吧。"

司机没有动作，反而向航站楼张望，终于疑惑地问出口："刘主任进去接您了，您没看见他吗？"

接机口外，一名衣着考究的中年男人等候多时，姓刘，是《第一个夜晚》剧组的制片主任。

贵宾通道趋于冷清，瞿燕庭起飞前最后一个登机，落地也是最后一个出舱。他知道有人在等他，可是越往外走，步伐越难以控制地变缓。

刘主任眼尖地发现瞿燕庭的身影，立刻挥一挥手，热情喊道："瞿编，咱们可有日子没见了！"

瞿燕庭听见声音，拉着行李箱的手攥紧了些。待款款走近，他握住对方伸来的手说："好久不见，没想到劳驾您来接机。"

"哪里的话。"刘主任笑道，"车就在外面，先送您去酒店休息。"

车内，陆文看向孙小剑，用眼神询问：谁是刘主任？

孙小剑在脑内迅速排查人员信息，姓刘的不少，但称得上"主任"的只有一个。他吃了一惊，凑到陆文的耳边说："貌似制片主任姓刘。"

"啊？"陆文瞪大眼睛，"制片主任都来接我了？"

他们正低头嘀咕，没注意到有人靠近车门，等车门再次被拉开，陆文和孙小剑齐齐抬头看了过去。

刘主任出现在门口，精致的阿玛尼西装掩盖不住发福的啤酒肚，金丝眼镜也掩盖不住脸上的惊讶，他一时愣住，堵在门外和车里的人对视。

司机率先打破僵局，说："刘主任，您看……"

孙小剑反应很快地从座椅上挪开，双手伸了过去："刘主任，您好您好，没想到您会亲自过来。"

刘主任轻巧地回握了一下，但目光留在陆文的身上，似乎在努力回忆这是谁。孙小剑立刻说："这是我家艺人陆文，今天进组，我们刚下飞机。"

刘主任恍然大悟地点点头："是小陆啊。"

"刘主任，您好。"陆文出声。

刘主任问："你们联系过剧组吗？负责对接的剧务是谁？"

"是小张。"孙小剑说，"小张估计比较忙，我们看见剧组的车停在这儿，就自己上来了。"

刘主任掏出手机，一边拨号一边说："这个小张出名的办事毛躁，经常出错。你们稍等，我联系他问问。"

陆文攥紧巴黎水的瓶子，有种不祥的预感。

"你怎么办事的？派几辆车也能搞出问题，让艺人下机以后被你晾着？别扯什么调度不开，行了，也别跟我道歉。"

刘主任对着手机训斥了几句，挂线后松开眉头，说："小陆，是这样，我问了问小张，接你们的车应该是另外一辆。"

陆文一时没反应过来："啊？"

"这两天进组的演员比较集中，车调度不开，可能慢了点。"刘主任说，"我骂过小张了，等你们进组，让他好好跟你们赔礼道歉。"

陆文有点蒙："那我们现在……"

刘主任笑了一下，委婉地回答："那咱们就剧组见吧。"

陆文小麦色的脸庞"唰"地红了，他坐热了椅子，喝了半瓶巴黎水，揉皱了怀里的蜀绣靠枕，结果告诉他这车不是给他坐的？

　　这就等于灰姑娘化好妆，穿上裙子和水晶鞋，南瓜马车却拒载。

　　孙小剑从业以来第一次遇见这种情况，传出去颜面无存，他咬咬牙争取道："空位有多余的，您看能不能一起走？"

　　"恐怕不太方便，"刘主任道，"你们体谅一下吧。"

　　原本就不剩丁点儿面子，话说到这份上，孙小剑无异于又自取其辱了一把。陆文的脑袋里"嗡嗡"的，他猛地从座椅上起身，长腿一跨钻出了车厢。

　　这时刘主任闪到一边，露出一直站在背后的瞿燕庭。

　　陆文正好在瞿燕庭的面前，他低下头，瞧着这位真正被制片主任接机的人物。然而瞿燕庭的墨镜遮住大半张脸，他只能看到自己映在镜片上的表情。

　　尴尬，失落，不爽。

　　仅仅对上一秒钟，瞿燕庭抬腿上车，坐上陆文刚坐热的位置。

　　司机将已放好的几只行李箱卸下来，换上瞿燕庭的箱子。陆文和孙小剑并排站在一旁，眼瞅着车门关闭，引擎启动，保时捷即将离他们而去。

　　说时迟那时快，陆文冲上去用力拍了拍车门。

　　瞿燕庭上车前已不剩多少耐心，他把车窗降下一条缝隙，问："什么事？"

　　陆文举起怀里的靠枕："刚才忘了搁下。"

　　瞿燕庭无所谓地说："留作纪念吧。"

　　不待陆文反应，瞿燕庭已经关上车窗。保时捷渐渐驶离机场，徒留一串尾气。

　　孙小剑举起手机："车牌号发来了。"

　　从前遭受冷遇也就罢了，如今成为男一号依旧被怠慢，陆文无语地说："真快，是用IE浏览器发的吧。"

　　孙小剑哄道："暂且放他们一马，你等着，我去找车。"

　　十分钟后，陆文终于坐上属于他的保姆车，不知道之前载过谁，车厢中一股挥之不去的香水味。他抱着手肘欣赏窗外掠过的风景，感慨地想，山城这么多坡，怪不得一来就让他经历大起大落。

　　陆文情不自禁地唱出一句歌词："人海里漂浮，辗转却是梦……"

　　他是天生的低音炮，太婉转的歌唱起来像手机振动。

　　孙小剑说："又唱上了，你现在的身份是一名演员。"

陆文充耳不闻："情深永相传，飘于万世空……"

汽车七拐八绕，两个钟头后驶入一片老街区。道旁布满老树和居民楼，又行驶一会儿，前方停着几辆保姆车，看样子是剧组租的临时停车位。

"到了？"陆文没看见什么人。

司机蛮酷的："跟我走。"

陆文和孙小剑跟在司机后面，从一条狭窄的小巷穿过去，走出巷尾，陡地，仿佛刷新页面，眼前出现另一条老街区和几栋居民楼。

剧组到了。

眼前的画面与剧本中描写的场景高度相似——

老旧的街道，路面有裂痕和污渍，人行道上扔着一块"禁止通行"的牌子，锈迹斑斑，不知道是哪年施工落下的，来往的人熟视无睹，一只野猫直接躺在牌子底下睡觉，瞧着比在头等舱舒服多了。

街边挤着五六家店面，有小超市、理发店，兼办打印业务的照相馆，以及两家打了十多年擂台的小吃店。

街对面的小区老旧，没有闸门和保安，大家随意进出。小区里只有两栋楼，楼体的墙漆大面积脱落，稍微平整点的位置被贴满了小广告。楼一共七层，有的人家没封阳台，晾晒的裤衩和风干的腊肠平分秋色。

三楼的阳台最干净，窗台上摆着一排盆栽和两双刷干净的球鞋。其中一扇窗户缺了一块，用数学卷子糊着，卷子上有个大大的"39"。

陆文仰头看着，他知道，那是他的"家"。

小区紧挨着一所废弃的小学，以操场的围墙相隔。为进出方便，围墙上的栅栏被卸掉几根，每天傍晚，都有老头老太太钻进操场散步、跳舞。

小区的最里面有一架子葡萄藤，茂密的枝叶爬满了骨架，像一座凉亭。每逢有人搬走，总会扔几件家具，经年累月，架子下面凑齐了一张圆桌和四把椅子。成天有人在葡萄藤下面打麻将，打完给两块钱台费，因为葡萄藤是有主人的，是小区里唯一一处有人打理的地方。

陆文有些发愣，剧本中描述的一切出现在面前，仿佛虚构的世界真实存在。

孙小剑在一旁说："这也太写实了，是真的还是布景啊？"

一句话将陆文拉回现实，他意识到这里是剧组，四周二百多号人进进出出，全是各部门的工作人员。

开机在即，各组都在抓紧时间布置，包括四十多个房间和无数小场景。大到家具，小到一支缠着胶布的破圆珠笔，美术指导的清单上合计有六千三百条项目需要一一核实。

实际上，剧组已经扎根山城一个半月，除却准备工作，剧中的空镜头早就开始拍摄了。

一个精瘦的小伙子从一单元跑出来，腋下夹着一大摞表格，看见陆文后紧急刹停。他迎过来："咱男主角到了，我赶紧负荆请罪。"

孙小剑猜道："小张？"

"是我是我。"小张给陆文九十度鞠躬，"对不住，今天太乱了，我派完车就去给道具组点数了，实在是对不起。"

陆文的脾气一向来去如风，也可以称作"神经大条"。他大大咧咧地说道："没事儿。"

"谢谢体谅。"小张说着抽出一张表，"陆老师，先签个到吧，然后我带你们熟悉一下环境。"

孙小剑问："任导在吗？我们先去问候一下。"

小张说："任导去拍外景了，他说明天大家统一见，不用专门等他。"

陆文躲过最讨厌的"装孙子"环节，签完到，和孙小剑一起去熟悉剧组环境。

调度室、库房和化妆间都集中在一单元内。一单元101是套两居室，清洁加软装后作为导演的休息室使用。不过导演很忙，基本没空休息。

小区后门外有一片空地，停满了统一规格的大房车，找到贴着陆文名字的一辆，小张说："演员在房车上休息，需要补充任何物品，告诉剧组的助理就行。"

孙小剑问："收工之后，要穿过小巷去坐保姆车？"

"对，地方小，保姆车只好停在隔壁那条街。"小张回答。

孙小剑充满暗示地问："大家都坐保姆车？"

"都一样。"小张说，"陆老师是男一号，我特意安排的新车。不过这两天演员们集中进组，中午还接了一趟女主角。"

孙小剑贼心不死："是不是还有保时捷？"

"确实有一辆保时捷，是任导的私家车，我可没权限安排。"小张回忆道，"对了，你们下机等车，为什么是刘主任给我打电话？"

孙小剑说："我们在机场遇见了刘主任。"

小张嘀咕了一句："刘主任去机场干什么？"

陆文和孙小剑对视一眼，出动任导的车，劳刘主任的驾，连剧务也不清楚是谁。如果那个人很红，应该有粉丝接机，如果是大腕儿，他们应该认得。

这种待遇非一般的不知名人士，八成是有后台的关系户。

小张还有事要忙，说："有什么问题随时找我，没事的话，陆老师早点回酒店休息吧。冒昧地问一下，你们住剧组安排的酒店，还是自己解决？"

剧组会安排住处，但演员们耐不住寂寞，出去约会约酒约饭什么的都有，为避免大面积空房，剧务会提前问一声。

陆文说："自己解决。"

在不耽误拍戏的前提下，他一向选择出去住，因为他是十八线，在走廊碰见一到十七线都需要问好，烦死个人。而且他家公司和固定的酒店有合作，常年备一套房间给他。

手机响了，恰好是酒店发来信息，询问是否需要派车接送，是否选择私人餐品，是否预定游泳、电影、水疗等项目，届时会安排专人接待。

陆文掠过几行全选否，只看了眼房号，高空江景房，6207。

陆文和孙小剑都饿坏了，离开剧组后先找了一家山城特色的饭馆。

点完菜，陆文看了看详细的拍摄通告，明天一整天要在酒店剧本围读，晚上全剧组会举办开机宴。

孙小剑说："记好每天的化妆和上戏时间，开水房在一楼，盒饭油腻，涮过水再吃，常用药和补品放在房车柜子里，不舒服就马上吃。"

陆文一句也没记住："这不都是你的活儿吗？"

"万一我不在呢？"孙小剑单手托腮，"以前你是小配角，咱们没人理，现在你是男一号了，我要努力结交人脉。"

陆文说："比如？"

孙小剑回答："先争取跟女一号合影。"

几道菜上齐，陆文和孙小剑举杯庆祝开工。从参加试镜、被选中，再到谈合同签约，他们俩已经庆祝过八百次了，有时候对视一眼便会心一笑，要不是颜值差距太大，路过的还以为他们之间迸发了什么感情呢。

孙小剑每一次都要感慨："娱乐圈真是带点玄学，那么多人去试镜，比你红的、有背景的、认识出品方的都有，结果呢，你把他们都干掉了！"

陆文也每一次都要重复："我第一次参与这么激烈的竞争！"

片方对男一号进行公开选角，找新鲜面孔。多少新人和不红的小演员蜂拥而上，当时大家调侃仿佛在参加艺考。

孙小剑人脉少、资源差，但果决大胆，忙前跑后地为陆文申请了试镜。第一轮筛选决定申请是否成功，看的是外形条件，陆文顺利通过了。

试镜就像面试，那天同组的有十几个人，大家拿到表演的两段戏各自准备。陆文没抱希望，做着一日游的准备记了记台词，然后掏出随身带的漫画书开始看。

当时有个大哥经过，问他为什么不准备，他抬起头，非常扯淡地说："我是一个'佛系'的人，所以随缘。"

大哥又问："台词总得背过吧？"

"背过了啊。"陆文得意地说，"我背词特快，看几遍就记住了。"

大哥道："那说明你有天赋啊。"

陆文说："我念书的时候从不背课文，第二天老师检查，我临时速记练出来的。天赋称不上，算是一项特长吧。"

他跟人家一通显摆，等正式试镜见到导演组时才知道，那位大哥就是总导演——任树。

任树笑着提醒他："甭紧张，咱们也算认识了。"

陆文一点都不紧张，他确定自己没戏了，还紧张个屁啊。试镜结束，他感觉怪对不住孙小剑的努力，自觉戒了一礼拜碳水。

万万没想到，他被选中了。

此时此刻回忆一遍，陆文依旧有点纳闷。

孙小剑吃得满面红光，说："虽然……但是……"

陆文明白省略的部分是什么——虽然《第一个夜晚》是一部网剧，比不上卫视联播的上星剧，更比不上大电影；题材不是合家欢，有情人也没终成眷属；导演任树擅长都市生活剧，从没尝试过其他风格……但是正如他的感慨，竞争激烈，多少演员抢破了头。

而原因大概是——编剧是瞿燕庭。

与此同时，饭馆隔壁的那条街上，一家开了十多年的火锅店座无虚席。包间里，瞿燕庭坐在长条凳上，从滚沸的红汤中捞出一片牛肉。

他蘸了蘸香油碟，再放入口中品味，浅色的衬衫配上慢条斯理的动作，在火热的氛围中有股别样的优雅。

任树坐在对面，脱掉外衣只穿件短袖，身材很结实，正满头大汗地喝凉茶："不行，太辣了！"

瞿燕庭掀起眼帘，一双轻翘的凤眼，睫毛低垂，拥有与生俱来的距离感。但他的鼻翼很窄，对于男人来说有点秀气，嘴唇和下颌的线条也很柔和，一并中和了双眼的温度。

他往碟中加了一大勺干辣椒，把一片黄喉裹成红色才放进嘴里，满意地说："我就爱吃这样的。"

"给你给你，全给你。"任树将锅里煮熟的肉夹给瞿燕庭，"当年咱们俩同班同寝，周末我带你回我家吃饭，你就这德行，一顿吃掉半瓶辣酱。"

那辣酱是任母独家秘制的，瞿燕庭吃半瓶，剩半瓶带回学校。即使毕业后联系渐少，每逢端午、中秋、除夕夜，他一直雷打不动地给任母寄礼物过去。

瞿燕庭说："那这顿我请。"

"你寒碜我？"任树道，"咱们什么交情，你要请就请个大的。"

瞿燕庭开玩笑："给你在山城买套房？"

"不愧是瞿编，出手就是一套房。"任树也开玩笑，"明晚开机宴，你把费用给我报了吧。"

瞿燕庭的箸尖停在半空，没伸入锅里，收回来轻轻放在筷托上。他擦擦嘴，口吻中藏着一点抱怨："这么巧。"

任树毫无察觉，说："你晚来两天都不赶趟，明天不光演员们，联合出品方的那些人也过来。这部戏你投资了大头，又是编剧，必须得坐镇。"

任树说着有些不满："毕业后你越来越少露面，都待在这个圈子里，可咱们同桌吃过几顿饭？"

瞿燕庭说："你混得不错，我过得还行，就够了。这个圈子浮浮沉沉，走得近了是拉帮结伙，离得远了反而对大家都好。"

任树笑道："几个意思，跟我拉帮结伙不乐意啊？"

君子不党，瞿燕庭希望独善其身，却仍然认真地说："但你如果有难，雪中送炭我一定不会推辞。"

任树相信这话。圈子里不熟装熟、称兄道弟的人太多了，热情未必真心，真仗义的实则寥寥无几。他毕业后还算顺风顺水，拍了几部生活剧，有口碑、有奖项、有钱赚，也有无法突破自身局限的瓶颈。

正在他迷茫的时候，瞿燕庭找上他，要跟他合作这部戏。从商谈到筹备，他始终没机会问，现在好奇地问出了口："你在电影圈如鱼得水，为什么要拍一部网剧？"

这不是过家家，而是有资本流淌的影视项目，背后的原因也不会是一时兴起。瞿燕庭垂下眼，瑞凤变幻成疏懒的睡凤，语气淡淡地说："想试试。"

任树有眼色地不再问，转脸回忆起大学时光。

他很懒，瞿燕庭每天帮他打饭打水；借了书逾期不还，瞿燕庭每次替他挨图书管理员的骂；买二手机子合拍短片，他呼呼大睡，瞿燕庭通宵不睡觉地画脚本。

红汤冷却，氤氲的热气一点点消散，任树端起杯子："煽完情了，我敬你。"

瞿燕庭有种斯文的爽快，说："我干了。"

从火锅店出来，山城中灯火斑斓，比阴天的白昼更加明亮。保时捷停在路边，司机下班了，任树亲自开车送瞿燕庭回酒店。

上路后，任树问："这车坐得惯吗？"

"凑合。"瞿燕庭坐在副驾上，手肘搭着车窗，手腕撑着太阳穴，"你留着自己用吧，给我换一辆保姆车。"

任树嚷嚷道："拉倒吧，忙起来衣服好几天不换，我还怕糟蹋了我的车。那司机怎么样？没问题的话就让他负责接送。"

瞿燕庭说："行，别再劳动老刘了。"

任树笑起来："我都忘了，老刘下午给我打电话，说接机的时候出了点岔子，有剧组的演员上错车。我当时忙，没仔细听，真的假的啊？"

后视镜中的街景像一串连拍镜头，瞿燕庭盯着，在脑内自动定格、倒放，闪回出机场的片段。

他"嗯"一声，说："真的。"

任树问："谁啊？"

瞿燕庭答："你挑的男主角。"

"陆文？"任树打着方向盘，拐弯时从镜子里瞥一眼车厢，"怎么少了个靠枕？我新买的正宗蜀绣。"

瞿燕庭说："你的男主角下车忘记放，我送他留作纪念了。"

"你倒大方。"拐入一条商业街，酒店不远了，任树感觉出不对味儿，"哎，什么叫我挑的男主角？试妆照和试镜影片我都给你过目了，你点头批准了的。"

确实，瞿燕庭一早看过陆文的照片，试镜的两段表演也反复看过，但他对陆文本人一无所知。

他问："为什么选他？"

"不受资本、权力的干预下，选角是不是看合适与否？"任树减速行驶，慢慢靠边停车，"试镜那天，所有人都在认真地准备，只有陆文在看漫画。"

瞿燕庭："……"

任树回忆道："他当时不知道我是导演，我问他为什么不准备，他还挺嘚瑟，说他记词快。等试镜的时候又见到我，我怕他紧张，结果他不知道是临危不乱还是破罐破摔，比看漫画的时候还轻松。"

"所以你选了他？"瞿燕庭解开安全带。

"他那股'我不爱学习，我考试就是重在参与，我根本无所谓'的劲儿，太合适了。"任树一顿，侧身看着瞿燕庭，"就是活脱脱的叶小武。"

瞿燕庭静了片刻，缓缓道："是挺像叶小武的。"

任树解锁车门："叶小武是男主，这不就对了吗？"

瞿燕庭说："可叶小武是个笨蛋。"

开门下车，一阵微凉的夜风扑来，瞿燕庭关门时被任树打断，问他要不要参加明天的剧本围读。

他摇摇头，说："你把关，我放心。"

瞿燕庭回到酒店，从大堂经过时余光瞥见一高一矮两个人，他没有注意，径直走进了电梯间。

孙小剑办理入住，叮嘱道："我住五十三层，今天不早了，你回房间贴张面膜早点睡，我明早上去帮你收拾。"

奔波一天有点儿困了，陆文拿到房卡抬腿就走。直达电梯刚刚关闭，他搭乘另一部，透过镏金的镜门照了照自己，而后一直无聊地盯着显示屏上上升的数字。

六十二层到了，整层楼仅有几间套房，很安静。陆文慢腾腾地迈出电梯，一转身，瞧见几步之外有一个走动的身影。

他不爱打量别人，此刻却以目光尾随。

那人一米八左右，脑后一丛浓密妥帖的头发，脖颈修长，从燕麦色的衬衫衣领中露出半截。往下是行走中的身体，背影清瘦，但肩是肩，腰是腰，腿是腿，哪里都恰到好处，匀称利落得不像普通人的身段。

陆文不知不觉拐了弯，在走廊的另一边前行，他身高腿长，渐渐将两人的距离缩短成一步。忽地，对方停下脚步，侧身站在了6206号门外。

"我的天啊！"陆文认出来，"是你啊？"

地毯厚重，瞿燕庭没察觉身后的脚步声，正要找房卡，闻声回头撞上陆文惊讶的表情，一时有些愣怔。

灯光恰到好处，彼此的相貌一览无余，陆文发觉原来不是对方的墨镜太大，是他的脸太小，此时不知吃过什么的嘴唇红得分外显眼。

瞿燕庭回过神来，却没做任何反应，转回去掏出了房卡。

这时，陆文在他背后追问："兄弟，你演谁啊？"

瞿燕庭记不清上一次有人跟他称兄道弟是什么时候了，停下动作再次回头，他确认道："你说什么？"

陆文为表诚意，更为了找补一点在机场遗失的面子，主动说："一个剧组拍戏用不着保密吧，我叫陆文，演男一号。"

瞿燕庭正欲开口，手机突然响了，来电显示"曾震老师"，他看一眼后微微蹙起了眉心。

瞿燕庭立刻刷卡开门，走进房间。

"哎，"陆文说，"你还没回答我呢——"

"嘭"，6206的房门关上了。

陆文的尾音被隔绝在外，消散在走廊上，他呆滞地戳在原地，氛围和感觉像极了白天戳在保时捷的尾气里。

"有没有搞错，"他给自己找台阶下，"反正明天剧本围读的时候就知道了。"

门内，瞿燕庭没有开灯，手机屏幕闪烁的亮光显得刺眼，他摸黑走向客厅，在沙发坐下，一直任手机响着。

他掐着时间，一直拖延到自动挂断的前一秒，才划动了通话键。

四周漆黑而安静，曾震从手机里传出来的声音格外清晰，音色醇厚，语气温和亲昵："小庭，是老师。这么久才接电话，是不是已经休息了？"

瞿燕庭的脊背贴着沙发，左手握手机，右手指尖在沙发的扶手上画圈，说："不好意思，老师，手机在卧室，我没听见。"

曾震笑笑："没事，月初让你来家里吃饭，你一直没过来，最近在忙什么呢？"

瞿燕庭回答："在忙网剧的事情。"

曾震似是无奈地叹了一口气："给自己找罪受，明明能拍电影，非要去拍网剧。一旦打定主意犟起来，谁的话也不听。"

"老师，让您费心了。"瞿燕庭道，"谢谢您愿意带我，但我想多一点尝试。"

曾震问："是不是觉得老师管太多，烦了？"

瞿燕庭画圈的速度加快，指尖在布料上摩擦得发烫，发出"沙沙"的声音。他解释道："老师，您别多心。这个本子我写得很累，并不算理想，自己投资自己担着，当是玩票吧。"

曾震又笑起来："老师逗你的。你玩票也好，尝试也罢，我无非唠叨几句。"

"谢谢老师。"瞿燕庭说。

曾震话锋一转，道："我今天和张组长打球，他正巧提到你拍网剧的事情，还说你找他审剧本。"

瞿燕庭说："是，有一些地方需要改动，问题不大。"

"我听他讲了。"曾震道，"我估计你要去跟组，所以打给你，想让你走之前回来一趟。"

瞿燕庭说："老师抱歉，我已经在山城了。"

"真的？"曾震道，"怎么那么急？"

瞿燕庭回答："尽早处理对拍摄的影响比较小，这两天就开机了，所以我决定提前过来。"

手机里静了十秒钟，曾震说："那你照顾好自己，别太累了。"

瞿燕庭的手指终于安分下来，指尖麻酥酥的，他一点点伸直令手掌放平，回道："您和师父也保重身体。"

挂了线，瞿燕庭在黑暗中呆坐着，许久才起身，脚步轻盈利落，像一只没有感情的、夜行的猫。

他一边走一边解开纽扣，然后是皮带和拉链，踏入浴室，他把沾染火锅味的衣服扔进洗衣篮，洗完澡出来才打开了灯。

穿一套丝质睡衣，瞿燕庭整个人滑溜溜地窝在床上。他没有喝黑咖啡，却不困，把笔记本电脑抱在膝头打开，敲下"剧本修改纲要"六个字。

敲打键盘的声音和钟表的走针声不分彼此，谁也不停。

套房一共有五个房间，卧室没有拉窗帘，整面玻璃窗外是辽远的高空和奔涌的江水。夜色犹如倒放的水墨画，从纯黑褪色成浅灰，天快亮了。

瞿燕庭通宵保持工作姿势的肢体一阵酸麻，连伸懒腰的力气也没有，他合上电脑放在枕头旁边，滑入被子里睡觉。

他瘦得很匀称，规矩地占据半边床铺，侧躺着，下巴也收在被窝里。

走廊上，孙小剑狂按门铃，气势如虹。门猛地被打开，陆文裹着件睡袍，又困又凶神恶煞地说："才五点半，去人民公园打太极啊？"

陆文有起床气，轻则发牢骚，重则尥蹶子。念小学时他症状就已经相当明显了，家里的保姆从不敢叫他，第一节课被耽误是常事，从而导致学习基础没打好。

孙小剑面不改色地进屋，不多废话，撸起袖子将三只行李箱拖进衣帽间。

在连续挂了三条睡袍之后，他忍不住探出头："巨星，加上身上那条，光睡袍你带了四件？"

陆文趴在床上念经："灰色晨袍起床穿，黑色夜袍晚上穿，白色浴袍洗完澡穿，身上这件才是睡袍。"

"不愧是巨星。"孙小剑说，"一条大裤衩就能搞定的事，整这么麻烦。"

收拾完行李，孙小剑进浴室放热水、挤牙膏。见剧本散落在床尾凳上，他便走过去整理好，拿起剧本冲陆文的脚丫子扇了扇。

陆文的剧本充满翻阅痕迹，打开会发现——空白的地方画着卡通人物，在男主角名字后面加了"全剧最帅"的注脚，有一页甚至涂黑了全部句号。

孙小剑发愁："今天剧本围读，让导演看见多不好。"

陆文坐起来，睡袍微微敞开，若隐若现地露出腹部的沟壑，一点儿也不担心地说："那我坐最后。"

"我五点半来叫你是为了让你坐最后？"孙小剑像个努力让儿子考清华的妈，"你是名正言顺的男一号，要多表现自己，让任导拍下一部戏时还能记起你，懂吗？"

陆文冷笑一声，他两个月没见过他爸了，一通电话也没有。连亲爹都记不起他，还指望导演能记起？

他倒是记起一件事，也不困了，说："昨晚我在走廊上遇见了住对门的客人，你猜是谁？"

孙小剑猜："一个大美女。"

陆文翻个白眼："是昨天在机场刘主任接走的那个人。"

第1章 进 组

孙小剑震惊道:"这也太巧了吧?"

陆文起床洗漱,孙小剑跟着他,问:"长啥样?他知道你是谁吗?他叫什么啊?是明星吗?在剧里面演谁?"

仿佛一道数学大题,而陆文只会第一小问,回答道:"长得……肯定不是素人①。"

"没了?"孙小剑问,"你们没打招呼?"

提这个就来气,陆文说:"我主动跟他说话,他装没听见。"

孙小剑又问:"你没告诉他你是男一号?"

"当然告诉了。"陆文说,"然后他直接回房间了。"

孙小剑的共情能力特别强,义愤填膺地说:"别理他,八成是个有点背景的关系户,带资进组就容易嘚瑟。你是男一号,谁怕谁!"

陆文叼着牙刷,担心道:"他不会给自己加戏吧?"

"放心,"孙小剑说,"总编剧是最大的投资人,不会允许他加戏的。"

陆文松了口气:"总编剧真好。"

剧本围读在剧组包下的酒店进行,陆文出门早,到达时别的演员还没来,只有场务在会议室摆放座位卡和矿泉水。

围读不是一次性的,拍摄期间可能要进行多次,有时围读从头到尾的内容,有时围读一幕重场戏,全听导演安排。

陆文的位置离导演很近。念书时他一向坐在末尾,想趴就趴,现在却只能规规矩矩地待着。

演员陆续到位,彼此简单地打声招呼,反正开机宴有的是机会寒暄。几位导演和摄影组成员也来了,会议室填满了人,任树在最前面坐镇。

陆文的目光扫过每一个人,共扫视了三遍,确定住在6206的那位仁兄没有在场。除了非可抗力原因不能来的,剧组要求必须参加,对方不可能在酒店睡大觉。

除非,对方的戏份用不着参加。

陆文心想,合着带资进组就跑个龙套?

任树发话道:"咱们抓紧时间开始吧。"

陆文收回目光,低头掀开了剧本——片名《第一个夜晚》。

---

① 素人:指平常的人,现多指非艺人。

他在剧中一人分饰两角，饰演一对性格迥异的孪生兄弟。哥哥叫叶杉，沉稳内向，弟弟叫叶小武，莽撞顽劣，兄弟俩一动一静，矛盾又互补。

父亲去世后，母亲带叶杉和叶小武来山城生活，家里虽不宽裕，但母子三人相依为命，互相支撑。背景从高三开始，延续至大学。

陆文是个学渣，好动、没耐性，拿到剧本却是一口气读完的。

他觉得自己和叶小武很像，包括性格、行为，甚至是梦想。

陆文想起试镜那天，两段戏：一段是叶小武逃学被抓包，发表一大段歪理，考验台词；一段是叶杉看父亲的照片，没有一句台词，考验纯粹的表演。

他第一段完全是本色出演。第二段，他拿着白纸假装看照片，想着自己过世的妈妈，便稀里糊涂地演完了叶杉的戏份。

围读要进行一整天，大家逐渐疲惫，陆文念两份台词，嗓子没撑到中午就哑了。

休息的间隙，陆文合上剧本趴在上面，垂着眼，目光落在剧本的封皮上。片名《第一个夜晚》的下方是总编剧的名字——瞿燕庭——一眼看去只觉得姓名的笔画很多。

燕落满庭，读来却有一幅画面在脑海中展开。

陆文一个没忍住，在"瞿燕庭"后面涂了只小燕子。

6206号套房的卧室里，手机一直在响，瞿燕庭被吵醒后缓缓翻了个身，睁开眼，先看到窗外有一丝黯淡的天色。

铃声不休，他又抗拒地皱起眉毛，从枕边摸到手机。

来电显示只有一个字：阮。

看清后，瞿燕庭的眉目舒展开，欠身靠住床头，接通听到手机里的声音，弯起嘴角轻轻地笑了。

待手机另一端叽里呱啦说完，他回应道："明天见。"

Chapter 2

第 2 章
灵 魂

"瞿老师,我是单亲家庭长大的。今天看到您……就像看到我的父亲。"
"傻子,姓瞿的在这儿呢。"

围读结束，所有人放松地舒了一口气，任树总结发言："今天围读主要针对一些细节，因为拍摄过程中容易忽略掉，很琐碎，大家辛苦了。"

演员们纷纷说"导演辛苦"。陆文假装动了动嘴，没出声，作为台词最多的人，他喘口气都觉得嗓子疼。

任树说："我是导演，也需要不断地消化剧本，除了编剧本人，谁也不敢说把剧本完全啃透了。"

既然提到编剧，任树笑起来："我正式通知一下，咱们这部戏的总编剧瞿燕庭，瞿编，来剧组了。人现在就在山城。"

陆文有些吃惊，其他人嚷道："真的假的？！"

"我只爆真料。"任树说，"今晚开机宴，瞿老师也会出席。"

方才疲惫不堪的一群人顿时精神振奋，无外乎因为瞿燕庭来剧组的消息。

陆文对圈内的事情了解不多，接触到这部戏，才了解到瞿燕庭这个人。

用一句老土的话说就是：不问不知道，一问吓一跳。

瞿燕庭是《第一个夜晚》的总编剧，也是业内的知名编剧。他大学念的是导演专业，大四时的处女作拍成电影，一举夺得当年的票房金冠。

这个行业高开低走的人不在少数，瞿燕庭却后劲十足。他硕士改读编剧，一边工作一边念书，这些年陆续获得"先锋奖""最佳编剧奖"，被主流媒体评为"优秀青年编剧"。

瞿燕庭的能力毋庸置疑，但娱乐圈不只看能力，更看重的其实是人脉。

编剧是个金字塔状的行业，塔尖上是资源多、资历老的前辈大腕儿，其中堪称"业内金编"的大编剧王茗雨，代表作多为卫视大戏，既是文艺界的翘楚，也是慈善界有名的人物。

名师出高徒，瞿燕庭正是王茗雨的徒弟。

而王茗雨的老公是鼎鼎有名的大牌导演，曾震。

对于曾震，娱乐圈内无人不知，连陆文他们公司扫厕所的大爷都知道。凡是曾震手把手带出来的演员都成了一线大咖，不乏各大影视奖项的最佳男女主角，如果新人出演曾震的电影，无异于一步登天。

同时，曾震是电影学院的荣誉教授，也是瞿燕庭的大学老师。

背靠曾震和王茗雨，瞿燕庭的人脉关系可想而知。不管是导演圈、导演太太圈还是编剧圈，谁都得卖他个面子。

他名声在外，但对大部分业内的人来说，他们仅仅看过瞿燕庭写的戏，听过瞿燕庭的名字，却鲜少接触过瞿燕庭本人。

入行近十年，瞿燕庭参加的公开性活动屈指可数，且越来越少。他几乎没在电视上抛头露面过，哪怕是登台领奖或谈合作，也尽量由他的助理代为出面。据传，瞿燕庭曾跟过组，次数不多，除讲戏以外不和演员交际，连合影也一概拒绝。

有人说他低调，有人说他摆谱儿，传来传去只显得他愈发神秘。时间久了，许多人连他是圆是扁都不知道。

因此这次得知瞿燕庭的到来，演员们自然惊喜，想要一睹庐山真面目，更想努力表现，给瞿燕庭留下好印象，若能得其青眼，等于一下子攀上了高枝儿。

此刻，瞿燕庭冲完澡，湿漉漉的黑发泛着水光，皮肤像白腻的瓷，唯独双鬓后的耳朵尖儿透着热水浸出来的红。

他站在衣柜前挑衣服，传统尖角领的黑衬衫，配一套线条锋利的黑西装，没有点睛的领带和点缀的口袋巾，连古龙水也懒得擦。可见对他来说，赴宴的心情和出殡没差多少。早知这么巧，他一定晚来两天错过开机宴。

为避免过于沉闷，瞿燕庭换了一块银色腕表，戴好后，拖到最后一刻才出门。

开机宴在酒店的宴会厅举办，还有半小时，陆文在临时开的房间里做准备，换好衣服后正嗑瓜子似的嚼薄荷利咽片。

孙小剑得知瞿燕庭来剧组，激动程度不亚于当年考研上岸。他把药瓶夺下，说："别吃了，万一熏着瞿编怎么办？"

陆文道："怎么熏，我又不和他贴着抱着。"

孙小剑愣了一下："你为什么会想这些？这是我一辈子也不会想的事。"

陆文被问住了，有点懊悔，答不出来只能转移话题，并跷起二郎腿假装很从容，说："我真的会见到瞿燕庭吗？"

"当然，"孙小剑满脸洋溢着幸福的笑容，"宴会的本质就是互相认识和问候。瞿编出席，对演员来说是千载难逢的机会，大家挤破头还不一定有资格敬杯酒呢。"

陆文没什么信心："那人家会见我吗？"

孙小剑说："废话，你是男一号，是整部戏的灵魂。瞿编写的剧本，又参与了投资，他大老远来一趟等于领导视察，不见谁也不会不见你。"

陆文有些心潮澎湃，以往演小配角时备受冷遇，杀青后导演还记不住他叫什么，如今认识一大票导演的瞿燕庭，今晚就要见他了！

"你一定要把握住机会。"孙小剑鼓励道，"你要让瞿编觉得选对人了，如果赢得了他的欣赏，你还愁没出路吗？"

陆文激动地问："比如？"

孙小剑回答："比如，下一部戏直接让你上曾震的电影。"

陆文不敢想象："我不会年纪轻轻就拿'最佳男主角'奖吧？"

"那谁能拦得住！"孙小剑用力推推眼镜，"等你拿了'最佳男主角'，我就出一本金牌经纪人的自传。"

七点半左右，开机宴即将开始，服务生忙而不乱地上餐前点心和酒水，演员和各组工作人员陆续到场。

陆文刚做完妆发，前往宴会厅，一边走一边看其他演员的个人资料。

开机宴上，演员之间主要是聊天，未免出现尴尬或冷场，孙小剑会整理一份资料发给陆文。资料中涵盖演员年龄、代表作品、奖项、婚姻状况以及兴趣爱好等细节。

陆文低着头："天啊，喜欢西蓝花也列出来，我送她一棵啊？"

孙小剑说："列这个是让你知道给对方夹什么菜。"

陆文撇撇嘴说："她自己没手吗？我又不是服务员。还有这个，'离婚两次'列出来干吗？"

孙小剑小声提醒道："这是个有名的花心萝卜，你小心点，他如果暗示要带你玩啊、私下再聚啊，你就得想办法推辞掉。"

陆文不停地划动屏幕，看来看去只记住一半，他不耐烦地说："怎么这么多啊？比我家的族谱还长。"

孙小剑哄道："你演小配角的时候用打招呼吗？下戏之后根本没机会往主演的面前凑。你现在是男主，潜力股，可以名正言顺地认识他们，当然要抓住机会。"

"至于为什么这么多人，"孙小剑顿了一下，"因为你是十八线，一至十七线都在前面，人不多就怪了。"

记完演员，后面还有一串导演组、制片组和出品方，这些人更金贵。

陆文感慨地说："我怎么感觉当了男主，还那么孙子呢？"

孙小剑回了他一句至理名言："你不红的时候，身边全是爷，等你红了，他们都是孙子。"

先前的期待微微冷却，陆文冲两步外的宴会厅瞅了一眼。宴会已经开始，那里面觥筹交错，可对他而言更像是学渣上考场，离得越近越抵触。

孙小剑催促道："走吧，进去先向陶老师打招呼。"

陆文临门一脚却犹豫了："我……先去个洗手间。"

夜幕下的酒店前庭一片灯火辉煌，保时捷减速驶来，稳稳当当地停靠在门口。刘主任恭候多时，迎上来，亲自拉开了车门。

瞿燕庭动身下车，如火的灯影照拂在黑西装上，像夜空缀满了繁星。

他庆幸不是第一次见，否则握手的话，对方会发现他的掌心过度潮湿。

一路上，他期望遭遇一场严重的堵车，或者一路红灯，但行驶得很顺利，司机每说一次"快到了"，他都会暗自紧张一分。

进入电梯，刘主任说："瞿编，就等您了。"

瞿燕庭回道："我出门晚了。"

"没关系，宴会刚开始。"刘主任说，"演员安排在宴会厅，咱们在包厢里。"

瞿燕庭问："都有谁？"

刘主任回答："导演组和制片组都在，联合出品方有五个人，其中昊阳文化的一把手周总也来了。他听说您会出席，特地飞过来的。"

瞿燕庭点点头，电梯门打开，他随刘主任朝包厢走去。

走廊没什么人，包厢的门紧闭着，门口站着两位服务生。刘主任闪到旁边说：

"瞿编，到了。"

瞿燕庭站住，不动声色地垂着手，将拇指指甲抵在食指指腹上。就在服务生推开门的一刹那，他的喉结滚了滚："不好意思，我想去一下洗手间。"

瞿燕庭依旧姿态优雅，依旧迈着利落的步伐，但他明白自己是临阵脱逃。他厌烦交际应酬，一切社交场合都让他浑身难受，甚至是紧张和焦虑。

洗手间在走廊尽头，像一处隐蔽的避难所。

瞿燕庭推门走了进去。外部的化妆间没有人，深色的大理石墙面上嵌着一圈壁灯，冷光亮如白昼，几何切割形状的镜子悬在梳妆台上。

他走向洗手池，微微弯腰，让水流冲洗干净手心的汗湿。

没多久，从里间传来脚步声。瞿燕庭倏地抬头，从镜中望过去，停住了目光。

陆文从里间出来，顿在一只花瓶旁边。

与昨天的便装不同，他穿着一件胡桃色的衬衫，很显白，衣领松着两枚纽扣，不多不少地露出脖子和胸膛之间的三角区，手腕上戴着一条VOYAGER系列的胡桃木手链，外面是一件猎装风格的夹克，绲边有图腾刺绣，刚护住腰，把双腿衬托得更长，脚上踩着一双和西裤同色的德比鞋。

瞿燕庭很少关注别人的穿戴，此时也忍不住打量陆文，如果说他的装束像出席葬礼，那陆文八成是参加婚礼，并且要艳压新郎。

陆文用鞋底蹭了一下地面，抬腿走过去，站在瞿燕庭旁边的位置。昨晚主动打招呼却碰壁，他本不想搭理这位高冷的仁兄，奈何瞿燕庭直白地盯着他。

陆文从镜中回视过去，吊儿郎当地说："我跟你怎么这么有缘啊？"

瞿燕庭收回目光，盯着冲刷在手背上的洁白水柱，回道："是够巧的。"

陆文弯腰洗手，没再说什么，只有两道水声相互交织。

他搓出泡沫、冲掉，反复两遍，再烘干，在银盘里挑了支护手霜，涂抹后调整袖口和衣领，最后对着镜子压一压弄好的发型。弄完这一通，陆文察觉身旁的水声一直响着。他斜眼一看，看见瞿燕庭洗得发红的双手，问："你是有洁癖吗？"

瞿燕庭没有洁癖，也没有理会。

陆文心想，再洗恐怕要脱一层皮，他看了看手表，说："宴会已经开始了，别等你洗完都散了场。"

瞿燕庭不耐烦地说："既然开始了，你还不赶紧回去？"

陆文反身靠住台沿，他出来前在隔间里斗地主，刚才涂涂抹抹的也是为了拖延时间："不着急，我出来放松一下。"

"放松"二字戳中瞿燕庭的心思，他何尝不是来放松。

"你紧张？"

"有点，主要是有点烦。"

陆文交叉手臂抱在胸前，说："等会儿要问候演员们，能把脸笑酸，这个老师那个老师，比我大学四年喊的老师都多。"

瞿燕庭没接腔，在内心表示赞同。

陆文说："不止呢，更烦的还在后面。那一帮导演和主任什么的，等于剧组的领导，问候他们得装孙子。"

瞿燕庭想，这话也不错。

陆文又说："而且今天来了一位大佬，更得仔细捧着。"

瞿燕庭问："大佬？"

"你不知道吗？"陆文一字一句，"这部戏的编剧瞿燕庭，他来剧组了，今晚参加开机宴，这会儿估计正在包厢里喝酒呢。"

瞿燕庭不动声色地回应："哦。"

陆文继续说："哦什么哦，据说瞿老师很少跟组，大概因为他参与了投资，所以来看看。至于会看谁，不用我明说吧？"

瞿燕庭道："你还是明说吧。"

陆文说："别的无所谓，但肯定少不了整部戏的灵魂。"

瞿燕庭属实疑惑："灵魂是什么？"

陆文回答："男主角啊。"

瞿燕庭终于收回手，水滴从皮肤上坠落，将衬衫袖口洇湿一块。他不理会，偏头看向陆文的侧脸："你的意思是，瞿燕庭来剧组是为了看你？"

陆文说："你什么理解水平？语文能及格吗？人家爱看谁看谁，但来都来了，肯定得看看我吧？"

瞿燕庭生平第一次被人质疑理解能力和语文成绩，顿了顿，问道："他看过你以后，后悔让你演男主角怎么办？"

"你什么意思啊？"陆文皱起眉，生气中透着点委屈，"哎，你这人，昨晚不搭理我，现在又说这种话。是怪我坐错你的保时捷？我下车了啊。还是怪我喝你的巴黎水？你等着，明天就给你买一箱。"

他不等瞿燕庭说话，突然醒悟："我明白了，你是不是嫉妒我？"

瞿燕庭洗耳恭听："我嫉妒你什么？"

陆文说："嫉妒我是男一号。"

偶遇三次，强调了八百遍"男一号"。瞿燕庭想起陆文问他演谁，看来这小演员铁了心把他当同行，于是他故意道："万一我是特邀呢？"

"你拉倒吧。"陆文胸有成竹，"演员的资料表我看了，没你，还特邀。跑龙套也没什么，不用难为情，你既然能坐导演的保时捷，说明有点背景，估计不用做太久十八线。"

瞿燕庭忍不住了："其实——"

陆文打断他："其实今天你没参加剧本围读，我就猜到你的戏份了。"

瞿燕庭说："导演邀请我参加，我拒绝了。"

"你接着吹。"

瞿燕庭暗示："围读的目的是消化剧本，而我已经完全消化了，所以没有参加的必要。"

陆文直接笑出了声："我真是服了你了，导演都不敢说消化了，你消化了？你什么肠胃啊？"

"我——"

"你干脆说你是瞿大编剧得了。"

瞿燕庭眉心微动，抽了张纸巾细致地擦拭指间的水痕："我不像编剧吗？"

话音落下，余光里陆文转过身来，面对他，朝他迈近一步，两人之间仅剩两拳距离。他闻见陆文身上的香水味，清新的柑橘调，不过被护手霜的香气冲淡了一些。

瞿燕庭侧过头，微微扬起脸，接住陆文低头投来的眼神。

陆文一脸正色地对他说："你看我像奥奖最佳男主吗？"

瞿燕庭没想到陆文会来这一句，一时间只觉得无语。

说罢，陆文错开目光瞥了眼瞿燕庭的腕表，不知不觉已经过去一刻钟。他退回原位，说："再聊真该散场了。你洗完没有？一起吧？"

瞿燕庭道："你先走吧，毕竟你是男一号。"

"也对，那我先撤了。"

等陆文离开，化妆间彻底安静，瞿燕庭拿起陆文用过的护手霜挤了一点。

他不紧不慢地涂抹，感觉到胸腔内的心脏平稳跳动，全身莫名地放松下来。

宴会厅内，陆文姗姗来迟。

偌大的厅堂用屏风切割成一块块半开放的小空间，半遮半掩，每一盏镏金铜灯下摆着一张桌子。桌上的花瓶插着飞燕草，脚下是猩红色的地毯，灯光暖黄微暗，打在冶蓝色的花瓣和红色的花纹上，一片浓郁。

窗前有一排日间榻，女演员裙摆曳地，男演员西装革履，三三两两地坐在上面勾肩搭背，背后是城市夜晚的天幕。

孙小剑等得心焦："祖宗，你怎么去那么久？"

陆文从服务生的托盘里拿了杯香槟，浅尝一口，说："遇见个人，聊了几句。"

"谁啊？"

陆文一顿，他忘了问那位仁兄的名字，于是说："坐保时捷那位。"

孙小剑奇怪道："早上还嫌他高贵冷艳，怎么又聊上了？"

陆文满意地说："这次我扳回一局。"

孙小剑道："那甭废话了，赶紧跟演员们打招呼吧。"

这部戏的角色不算太多，名气最大的一位是陶美帆老师，在剧中饰演叶母。她今年四十八岁，从艺近三十年，从电影厂到话剧院都有一席之地，曾获得过戏剧和话剧的顶级奖项，年轻时演闺秀、知识青年，上年纪后拍戏不多，碰到喜欢的故事才出山亮相。

饰演叶父的是杨斌老师，国家一级演员，视协演员工作委员会的理事，因戏份不多系特邀演出。

剧中的女一号叫仙琪，名字很特别，人如其名像一个仙女。仙琪出道时凭借清纯长相被观众熟知，之后演了些温柔型的角色，有特色也有局限。

陆文轮番问候了一大圈，唯独没见到男二号，阮风。剧本围读时也没见，他问经过的剧务："阮风还没进组？"

小张说："阮风前两天在国外有活动，本来能按时进组，天气原因航班取消了，推迟一天。"

演员见得差不多了，陆文走到窗前，在日间榻上坐下来喘口气。空腹灌下几杯香槟不太舒服，他想吃点东西，又怕等会儿熏着那位尊贵的瞿编。

而包厢里面已然酒气熏然。厚重的大圆桌上摆着七八瓶酒，洋的有克鲁格，本土的有五粮液，已经空掉一半。周围一圈扶手椅上，副导演在敬制片人，刘主任在和联合出品方的一位代表咬耳朵，都是酒过三巡的模样。

任树在主座上，右侧是昊阳文化的周总，左侧是瞿燕庭。

没人敬酒或搭话时，瞿燕庭独自沉默。抬着头时，他的脸上浮起一层恰到好处的笑意，浅浅的，大方又自然。宴会进行了四十分钟，时不时便有人来敬瞿燕庭酒，这个敬一杯香槟，那个敬一杯白酒。虽然他不喝，没人敢让他赏脸，但他一杯杯饮尽，因为酒精能令他放松。

饭桌上聊的话题小到电视、电影、和某某导演的私交，大到行业的趋势、政策的变动、资本和文艺之间的关系……

瞿燕庭左耳进右耳出，在游离状态下想起陆文。陆文说得太对了，面对这些人实在是有点烦。

"想什么呢？"任树凑过来。

瞿燕庭答："没什么，想起个二百五。"

任树又问："什么二百五？"

瞿燕庭加个定语："花里胡哨的二百五。"

其实他想到的是"真实"，没有恭维，没有泛滥的敬意，连个笑脸也没有。如果陆文知道他的身份，那一份真实会怎样？

导演助理从对面绕过来，在瞿燕庭和任树之间弯下腰，说："任导，瞿编，组里的演员知道瞿编参加开机宴，都很激动，想来问候一下。"

任树直接问："你应承谁了？"

"我哪敢做主。"助理说，"各家经纪人都找了我，我答应给问问，一切看瞿编的意思。瞿编乐意的话，我就安排他们，只敬杯酒，不许耽误太多时间。"

任树摆摆手："免了。"

他搭住瞿燕庭的椅背："哥们儿这点还是了解的。除非拍摄需要，你不爱跟演员们接触，那就不麻烦了，反正明天在剧组也会见到。"

瞿燕庭这才弄明白，合着陆文烦了半天，根本不确定会见到一干领导？都打扮成公孔雀了，原来未必能开屏？

二百五不得失望成三百六？

他实在看腻了这一屋人，道："别的就算了，见一下整部戏的灵魂吧。"

任树问："还有这东西？"

瞿燕庭抚弄冰凉的腕表，语气却带笑："姓陆，男一号。"

陆文又溜达了一圈，免得有漏网之鱼忘记打招呼。

他是个大胖小子的时候，便被他爸单手抱着参加宴会，人人都来逗他、捏他的脸蛋，那是他第一次流着口水进行的交际应酬。从小到大，他跟在父亲身边见过不少场面，更见过不少有头有脸的人物。沾他老子的光，那种场合里他无须操心什么，往那儿一戳，无论真情还是假意，享受夸奖和吹捧就够了。

如今独自闯荡，他要端着酒杯四处乱晃，笑得脸都酸了。不过累归累，他应付得游刃有余。

陆文在角落挑了一张无人的桌子，屏风遮挡半圈，他跷起二郎腿坐在皮椅中，无所事事地待着。

孙小剑像条野狗，闻着味儿找过来，脸上幸福的笑容还没有褪去："仙琪太漂亮了，我沦陷了，我好想照顾她。"

陆文说："我帮你问问，看她还需不需要助理。"

孙小剑还有点良心："我不是重色轻友的人，无论外界的诱惑有多大，在你红之前，我绝对不会离开你的。"

陆文担忧道："万一我永远不红，是不是得给你养老啊？"

"呸呸呸！"孙小剑说，"你现在是男一号，并且是瞿燕庭的男一号，等这部戏拍完播出，你绝对会大红大紫。"

每一个小明星都幻想过大红大紫，接到手软的剧本和广告，应接不暇的行程，出门被粉丝围堵，随便发条微博都能获得数万评论。

估计饿得低血糖，陆文晕乎乎地问："你说我要是红了，出一张专辑的话会有多少播放量？"

孙小剑脸色一垮："你惦记歌坛的模样，像极了我觊觎仙琪的。"

"一往情深？"

"不，痴人说梦。"

在陆文和孙小剑打起来之前，忽然有人从屏风旁绕过来，是导演助理。

孙小剑立刻起身："您过来了，快坐快坐！"

导演助理停在桌边："不坐了，我说完就走。"

孙小剑迫不及待："是不是任导有什么安排？"

"对，我来通知你们一声，"助理说，"陆老师，瞿编要见你。你准备一下等会儿到包厢去，十分钟够吗？"

孙小剑抢答："够了够了，我们时刻准备着。"

导演助理爆料说:"本来任导不想让演员打扰瞿编,因为瞿编一向不喜欢和演员接触,结果瞿编点名要见男主角。"

陆文惊讶道:"点名要见我?"

"千真万确。"导演助理说,"十分钟后,你就过去。"

陆文赶紧问:"瞿老师长什么样?我没见过他。"

导演助理答:"瞿编就坐在任导的旁边,穿黑色衣服。任导另一边是昊阳文化的周总,联合出品方中的大头,也可以顺便问候一下。"

孙小剑忙不迭地答应,等对方离开,他一把握住陆文的双手:"你听见没有?瞿编点名要见你。"

陆文本来等得烦了,此时又精神抖擞:"被你说中了,瞿老师果然会见我!"

孙小剑说:"快抓紧时间准备一下,十分钟后你就要见到演艺生涯的伯乐了。"

陆文抓瞎:"我怎么准备?我见到他说什么?"

孙小剑从兜里掏出一张纸:"别慌,哥已经帮你拟好词了。"

陆文最不擅长拍马屁,有草稿的话照背就行。

孙小剑说:"瞿燕庭结交的都是大腕儿,见惯了气定神闲和驾轻就熟。你要拿出'小透明'的特质,真诚、笨拙,甚至紧张到结巴,令瞿燕庭觉得稀罕,感受出你见到他是多么激动,懂吗?"

"懂。"陆文迅速记词,词只有几句,免得说多了惹瞿燕庭不耐烦。

孙小剑叮嘱道:"瞿编既然点名了要见你,待会儿估计还要和你聊一聊,问你问题什么的。"

"啊?"陆文从小最害怕老师提问,"不会太难吧?"

孙小剑说:"你只记住一条,对于没把握的问题,宁愿回答不知道,也不要自由发挥。真诚最要紧,千万不要在瞿编面前瞎装。"

十分钟过得很快,陆文端着酒杯离开宴会厅,孙小剑陪着他,从走廊一头走到包厢外,隔着门似乎能听见一点声响。

陆文说:"我要进去装孙子了。"

"去吧,笑得可爱点。"孙小剑双手合十,"我为你祈祷。"

陆文准备进去时,怕他记不住,孙小剑特意等到这最后一刻,提醒道:"说完词,在结尾加一句夸张的、煽情的、与众不同的话,让瞿编见你第一面就记住你。只有记住你,以后他才有机会想起你。"

陆文一一记好，对服务生道："开门吧。"

对开的两扇门被推开，入眼是老纽约风格的迷你门廊。一只弧角案几作为隔断，上面的花瓶里插满了西洋牡丹，透过娇媚的花枝，陆文望见里间一整片孔雀翎色的背景墙。

他走近墙下的酒席，夸张的大圆桌上布满摆盘浮夸的菜品，香槟和五粮液的酒瓶横七竖八，一圈丝绒座椅坐满了人，其中大半已是微醺的状态。

陆文没来得及挨个扫视，稍一定睛，第一个看见的就是瞿燕庭。

他本来有点小紧张，这下彻底愣住了。

什么情况？这位仁兄为什么在包厢里坐着？！

瞿燕庭的面前放着一碗热腾腾的小面，桌上的虾蟹他不吃，喝了不少酒，特地要了碗面条垫一垫胃。听见脚步声，他抬起头，隔着圆桌直径的距离对上陆文的目光。

陆文瞪大眼睛，用眼神无声地问：你怎么会在这儿？！

瞿燕庭挑起眉毛，微微地耸一耸肩。

他们还没沉默地交流出结果，任树招招手："小陆来了。"

陆文回神，视线从瞿燕庭的身上移开，看向任树。他顿时又是一惊，这位仁兄居然坐在导演的旁边！

什么身份啊？！坐导演旁边？！

陆文的大脑高速运转，这位仁兄要制片主任亲自接机、坐导演的私人豪车、不参加剧本围读、开机宴坐在包厢里……

想到导演助理说的，坐在任导旁边的是……

陆文终于明白了，这位仁兄原来就是昊阳文化的一把手，周总。他再度看向瞿燕庭，表情有些僵，怀疑自己不知不觉把联合出品方的大头给得罪了。

任树看陆文神色尴尬，猜测是因为坐错车而难为情，说："小陆，别愣着了，先敬瞿老师一杯。"

陆文猛然清醒，对，他是来见瞿燕庭的。

瞿燕庭才是最大的投资人，只要瞿燕庭欣赏他，其他人都无所谓。

导演旁边是周总，另一边就是瞿燕庭，陆文想着，目光飘移到任树的另一侧。那个男人西装革履，戴着金丝眼镜，微胖，一看就像有文化的大编剧。

但导演助理是不是色盲？瞿老师明明穿的灰色衣服。

瞿燕庭低头吃面，余光里，陆文沿着半圈座椅绕过来，不断靠近，他在一片酒气中又闻到了那一股清新的柑橘调香水味。

然后，陆文掠过他，脚步没停。

走到任树的另一边，陆文在周总的身旁停下。离近看的话，对方的头顶有些秃了，他想，看来写作比较费脑。

目光聚焦过来，周总迟疑地抬起头。

陆文微微躬身与周总对视，按照事先背好的词，他姿态端正声音洪亮地开口："瞿老师，您好。"

吃面的声音停了。

陆文深吸一口气："瞿老师，我叫陆文。您大概已经知道我的名字了，但我忍不住……想面对面地再告诉您一次。我一直是您的粉丝，但我想都不敢想，有一天可以参演您的剧本。我实在太幸运了，今天竟然还能够见到您，我真的太激动了！"

周总说："小伙子……"

"欸！"陆文答应道。

未免瞿燕庭这么快就提问，他抢先说："瞿老师，我知道每个人物都是您创作出来的心血，尤其是主角。我一定会认真揣摩剧本，尽全力去完成我的角色，您就看我的表现吧！"

他说完空了一秒，怕太连贯显得不够笨拙，于是双手捧着香槟，有点傻、有点害羞地笑起来："瞿老师，希望以后还有机会跟您合作。"

周总道："我……"

"您随意！"陆文坚持到最后一句词，"我先干为敬！"

他端起酒杯一口气喝完，突然想起孙小剑的提醒，结尾时要说一句夸张的、煽情的、与众不同的话，令瞿燕庭记住他。

陆文看着周总眼角的皱纹和隐隐发亮的头顶，估算了一下对方的年纪。

他咬咬牙，豁出脸面，冒着回家被打残的风险说："瞿老师，我是单亲家庭长大的。今天看到您……就像看到我的父亲。"

包厢内鸦雀无声，傻掉了一圈，喝醉的人酒都醒了。

瞿燕庭放下筷子，转脸撩起眼皮觑向陆文高大的背影。

他满口辛辣，音色却像一杯放冷了的龙井茶，不紧不慢地"喂"了一声。

冷不丁地，陆文吓了一跳，回过头去。

瞿燕庭似笑非笑地看他，轻声道："傻子，姓瞿的在这儿呢。"

陆文有点窒息。

桌边仿佛有个捻子，不知从谁那里点燃了，以燎原之势燃成一圈，其他人围着桌子捧腹大笑起来。

任树笑得肚子疼，一巴掌拍上陆文的后腰，说："小陆，你认错人了！"

陆文一米八八的身躯竟有些弱不禁风，他腿软地晃了晃，盯着瞿燕庭难以置信地说："不可能吧……"

"还不信呢？"任树的笑声格外洪亮，另一只手搭住了瞿燕庭的肩，"这才是瞿编，你刚才敬的是周总！"

导演助理唯恐背黑锅，解释道："陆老师，我不是告诉你了吗，瞿编穿的是黑色衣服。"

任树问："那怎么还能认错？小陆，你可真是个活宝！"

刘主任笑得满脸通红，也插话打趣："小陆，在机场坐错瞿编的车，今儿又认错人，你可得好好向瞿编赔礼道歉。"

周围一片混乱，陆文不知道该听谁说话，只觉得脑袋里"嗡嗡"直响。

他目不转睛地盯着瞿燕庭，震惊得快要原地死亡，太意外了，太可怕了，这位仁兄居然是瞿燕庭！也就是说，他上错瞿燕庭的专车，吊儿郎当地跟瞿燕庭聊天，屡次向瞿燕庭显摆自己是男一号，还把瞿燕庭错认为秃头的中年男子。

陆文从一开始的不可置信变成震惊，又从震惊变成惊恐。

他浑身难受地站着，好像初生的狗子误闯狼窝，不敢说话，也不敢乱动。

瞿燕庭依旧似笑非笑，半侧着身体，下巴微抬。等缭乱的笑声安静一些，他再度开口，简单地叫了一声："男一号。"

陆文完美地结巴起来："瞿……瞿老师。"

瞿燕庭重复在洗手间的问题："我看上去不像编剧吗？"

陆文流下一滴汗，回答："超……超像。"

瞿燕庭继续问："想当最佳男主角？"

陆文的脸腾地变红："不……不强求。"

任树又憋不住了，仰靠在椅背上放声大笑，一圈人再次笑得前仰后合。

刘主任说："小陆，你现在见到真的瞿编了。"

陆文不知道怎么接话了："嗯……"

刘主任问："那你还觉得瞿编像你的父亲吗？"

陆文的脸色一阵白一阵红，根本不用他回答，其他人已经笑成一片。任树闻言呛了一口酒，随即条件反射地去看瞿燕庭的反应。

瞿燕庭作为最有资格调笑的当事人，听见"父亲"二字非但没有发笑，反而将目光从陆文身上收回来，那点若有似无的笑容也敛去了。

"好了好了。"任树做出"停止"的手势，"大家悠着点，还没开机，别把咱们的男主角吓坏了。"

他看一眼手表，道："这样吧，时间也不早了，咱们去宴会厅走一趟，和演职员们碰个面。"

大家闻言纷纷起身，任树站起来，拍拍陆文的手臂："甭杵着啦，你也不是故意认错人，重新敬瞿老师一杯，跟瞿老师道个歉。"

陆文僵硬地点点头："谢谢导演。"

其他人鱼贯而出，包厢一下空了。

满桌狼藉之后只剩坐着的瞿燕庭和立着的陆文，两扇门关闭，喧闹的气氛一瞬间冻结，简直安静到诡异。

陆文当下的心情哪怕是高考文科状元也难以用语言形容。他的胸口很胀，像被重量级拳击手狠狠地捶过，人没捶死，恰好卡在半死不活的程度。

他挪动一点，小心翼翼地在瞿燕庭旁边坐下。坐下之后才发觉，这是他离瞿燕庭最近的一次，比在洗手间说话时更近。陆文垂下眼，能看清瞿燕庭腕表中的雕花，以及瞿燕庭手背上青紫色的血管。桌下，还有瞿燕庭包裹在黑色西裤中纤细的大腿。他侧目，则看见瞿燕庭秀气挺直的鼻梁、肌肤的纹理和浓密的睫毛。

刚进包厢的时候，瞿燕庭挤在喝得满面红光的老爷们儿堆里，清爽俊秀，有一股文质彬彬的书卷气，叫他第一眼就看到了。

陆文心中默数，他前后共见到瞿燕庭四次。

呵……

陆文有多震撼？在已经完全确认的情况下，他一张嘴还是不受控制地问了出来："……你真的是瞿燕庭？"

瞿燕庭答："给你看身份证？"

"不用不用……"陆文吓得改口。

他不知所措地沉默着，忽然发现自己一直握着空掉的酒杯。将杯子放好，他端起半瓶克鲁格给瞿燕庭倒酒，说："瞿老师……我重新敬您。"

瞿燕庭道:"要再说一遍敬酒词吗?"

陆文的手腕一哆嗦,使劲回忆吓忘的词:"您想听的话……"

瞿燕庭说:"不用,听不下去。"

陆文暗自松口气,倒完酒侧身,重新敬瞿燕庭一次。瞿燕庭伸出手,指尖在高脚杯的杯托上画圈,却没拿起来。

他问:"你真是我的粉丝?"

陆文没有正面回答,只老实地说:"您写的电影我都看过。"

瞿燕庭没探究真假,又问别的:"今天剧本围读感觉怎么样?"

陆文说:"收获很大。"

瞿燕庭道:"细节全部消化了吗?"

陆文有种不祥的预感,回答:"没有全部……"

瞿燕庭说:"肠胃不太好吧。"

陆文感觉整个人都不太好。

他为什么要在洗手间向瞿燕庭打招呼?为什么要跟瞿燕庭聊天?为什么要对瞿燕庭瞎嘚瑟?悔恨的同时,陆文莫名感到一丝委屈。俗话说不知者无罪,他确实不知,但瞿燕庭对一切心知肚明。

他壮起胆子:"瞿老师,您明知道我搞错了,为什么不告诉我?"

瞿燕庭反问:"我没暗示你吗?"

陆文回想了一下,瞿燕庭的暗示相当明显。

为了减轻责任,他自损八百地说:"我脑子比较笨,听不懂暗示。"

瞿燕庭像观察世界之谜一样:"那笨蛋,你是在跟我耍赖吗?"

陆文急忙道:"我一个十八线哪儿敢跟您耍赖,我白高兴一场,还丢那么大的人,我……我也不知道该怎么办。"

瞿燕庭问:"不是说装孙子觉得烦吗,高兴什么?"

"你点名要见我,我当然高兴了!"陆文情急之下脱口而出,也不结巴了,嗓门还挺大。

说完记起来对方是瞿燕庭,又有点怕,他嘟囔道:"您都清楚,还叫我来,是不是想看我出丑?"

"不是你说的吗,"瞿燕庭答,"来都来了,肯定要看看整部戏的灵魂。"

陆文脸似火烧:"那您看完,是不是后悔让我演男主角了?"

瞿燕庭终于端起高脚杯，将杯底的香槟一饮而尽。陆文看着瞿燕庭滚动的喉结，反应慢半拍，赶紧把自己那一杯也喝掉。

他刚咽下，唇角的湿润没来得及擦拭，这时瞿燕庭似是回答，也似是警告地说："后不后悔，要开机以后才知道。"

那一碗小面早就坨了，瞿燕庭拿起筷子翻挑几下，说："行了，出去吧。"

陆文服从地起身，往外走，走到迷你门廊回了一下头。光芒四射的水晶灯下，瞿燕庭裹着黑西装独自坐在桌旁，清瘦的身影看上去显得孤单。

不知道为什么，他忽然很想坦白："那个，敬酒词是我经纪人编的。"

瞿燕庭的语气毫无波澜："干吗告诉我？"

陆文也不清楚，于是老实地回答："不知道。"

瞿燕庭低笑了一声，语调也沉沉的："随你便。但是以后，'看到你就像看到父亲'，这种话不要乱说了。"

陆文决定闭嘴，不打算坦白就那一句是他自己想的。

从包厢出来，陆文陡然得到解脱，扶着墙长长地喘了一口气。进去时意气风发，出来时五内俱焚，他感觉自己已经内分泌失调了。

孙小剑在三步之外苦等，看见陆文出来后立刻冲过来："什么情况？任导他们一股脑都去宴会厅了，说你留下和瞿编说话。真的假的？"

陆文答："真的。"

"哇。"孙小剑受宠若惊，"瞿编不仅点名要见你，并且单独和你聊天？"

陆文难以启齿："……我也没想到。"

孙小剑按了一下电子表："从你进门我就开始计时，我预估最多十分钟，结果你一共待了三十分钟，你太棒了！"

陆文实在不知道怎么接，说："男人不可以太快。"

孙小剑笑得满脸褶儿，伸手给陆文擦汗，说："怎么一脑门儿汗？对了，没忘词吧，你说完瞿编啥反应？"

"他……笑了。"陆文生无可恋，"大家都笑了。"

孙小剑说："那说明你招人喜欢，你自我感觉如何，觉得瞿编能记住你吗？"

陆文保守估计道："如果瞿燕庭这辈子不出车祸撞到头导致失忆的话，我觉得他能记我一辈子。"

"哇……"孙小剑一愣,"牛。"

包厢的门再次打开时,瞿燕庭的箸尖刚好放下,他擦擦嘴,分辨出只有一个人的脚步声。任树自己先回来了,他双颧发红,醉意上涌,一屁股坐下时感觉头昏脑涨。

瞿燕庭倒了杯茶推过去:"醒醒酒。"

任树捧起茶来:"你喝了多少?"

瞿燕庭喝了一斤五粮液,几杯克鲁格,脸不红气不喘。大学时男生们聚餐总要喝酒,每一次他把烂醉的任树拽回宿舍,自己清醒得还能写会儿作业。

任树迟钝地说:"哎,小陆走啦?"

瞿燕庭"嗯"一声,低头发信息,让司机在酒店门口等他。

任树遗憾道:"小陆估计是太紧张了,小演员嘛,没见过什么场面。"

瞿燕庭心想,住着豪华套房,全身高级定制,戴着最新款、最难买的首饰,并且自我感觉过于良好。那德行绝非没见过世面的。

他没闲情逸致惦记二百五,为任树倒了第二杯茶,说:"早点回房间休息吧,别耽误明天开工。"

任树玩笑道:"怕什么啊,你在剧组呢,我上不了你可以替我啊。当年学的没忘吧,你可是咱们导演系的第一名。"

瞿燕庭笑了笑没说话,状似看手机,实则目光落在十指指尖上,曾经画分镜和摸机器的一双手,这些年始终在写字和敲打键盘。

忘没忘,他不敢说,也不敢试。

回酒店的路上,瞿燕庭一直半阖着眼,像是乏了。流光溢彩的霓虹灯光照进车厢里,他不爱这种绮丽,"唰啦"拽上了窗帘。

司机噤声,默默加快了速度。

酒店六十二层的走廊上,陆文背靠房门伫立着。

他借口看剧本提前回来,没卸妆,没洗澡,情绪稳定后才发觉在包厢忘记向瞿燕庭道歉。

他要亡羊补牢,此刻边等边琢磨:瞿燕庭对他的印象还能挽回吗?

今后,他再也没机会演瞿燕庭的本子了吧?

上曾震的电影估计也够呛了?

陆文乱七八糟地想着，不经意间过去了许久。忽然余光一角微闪，他扭头望向走廊尽头，被他又等又想的目标人物拐了进来。

瞿燕庭沾满了酒气，黑衬衫松垮地覆在身上，袖子挽起一截，手臂和脸颊被壁灯照成暖黄色，拎在手里的黑色外套随他的步伐轻轻甩动。

他没有喝醉，但卸下了几分端庄。

瞿燕庭款款地走过去，倚靠住6206的房门。他和陆文各自拥有一扇门，在昏黄的走廊相逢。

陆文走近一步："瞿老师，您回来了。"

瞿燕庭没给反应，耷拉着眼皮摸索房卡。

陆文说："瞿老师，在包厢里没来得及，现在我要郑重地向您道歉。这两天多有得罪，对不起。"

瞿燕庭掏出房卡，转过身。

陆文抓紧时间："我不该坐您的车、喝您的巴黎水，更不该对您口出狂言，最不该的是在别人面前把您认错。都是我的错，您能原谅我吗？"

瞿燕庭起了一身鸡皮疙瘩，庆幸此时无人经过，否则别人会以为他们在演什么情感大戏。

"无所谓。"他道，"回去吧，别再来烦我。"

陆文稍稍安心，同时瞿燕庭打开了门。

在瞿燕庭即将进门的时候，陆文猛地想起来，最重要的一点他忘了解释，也是离开包厢前瞿燕庭警告过的一点。

"瞿老师！"陆文箭步冲上去，伸手撑住了门板。

瞿燕庭被身旁的手臂和身后的低音炮吓了一跳，不耐烦地转头问："还有事？"

陆文的表情无比真挚，他字字铿锵地说："您绝对不像我爸。"

瞿燕庭呆了数秒，字字肺腑地回："我也不想有你这么个儿子。"

说完，他看出陆文的双眼微微瞪着，有点蒙，有点无措。他记起来，陆文敬酒时说自己是单亲家庭长大的。

或许，他不该对一个只有父亲的人这样说。

不料，陆文忽然回道："哎哟，我爸也这么说过。"

Chapter 3

第 3 章
阮 风

"这么瞧不起我,为什么还选我做男一号?"

"你便宜。"

片场，微弱的光线斜斜地爬上居民楼，天亮了。

各部门正在紧锣密鼓地准备，昨晚灯红酒绿，今早天不亮就起床开工，一个个都像是乌眼儿鸡。

一单元101，用作导演休息室的两室一厅，打扫和翻新依然掩不住房子的老旧。任树太忙，不怎么来。

瞿燕庭把每个房间转了一遍，破也好，旧也罢，任何不光鲜的痕迹都被他一眼掠过，似乎对他来说，这间破房子和酒店的豪华套房没什么区别。

客厅茶几上摆着两份早餐，是三明治和意式浓缩咖啡，任树正吃着其中一份。

瞿燕庭走过去，把笔记本电脑往旁边挪挪，说："别弄脏我的电脑。"

任树问："你真待这屋？不嫌旧啊？"

瞿燕庭回答："门一关，清静。"

房车是一早租的，而瞿燕庭跟组是计划之外。多加一辆不是什么难事，但停车的地方挨着演员们，他嫌烦。

"行，那你用吧。"任树端起咖啡一口闷，"我是要开工没办法，你怎么也来这么早？"

瞿燕庭说："找你要分镜剧本，怕来晚了你忙得顾不上。"

关于剧本有诸多限制，相应的标准也经常说变就变。可能立项时是热门题材，拍完就成了禁播典型。

瞿燕庭有些私人关系，把本子给审片的内部人员看过，上周接到信儿，某些戏份和台词需要调整。

后期删减或配音，多少会影响呈现的效果。他和任树商量决定，他跟组改剧本，在前期将问题处理妥当。

瞿燕庭掀开笔记本电脑，说："我做好修改纲要了，具体修改的时候要参考你的分镜剧本，争取最低程度的变化镜头，让你改分镜省点力。"

"谢谢哥们儿。"任树盯着屏幕，"改戏不好预估时间，这样吧，你改一场我拍一场，及时审样片看效果。"

瞿燕庭没意见："第十四场戏的改动不大，我中午之前能搞定。下午可以拍摄看看，顺利的话咱们就按这个流程走。"

任树考虑了一下："会不会有点赶？你得给我留改分镜的时间，我改完还要跟摄影组沟通拍摄细节。"

瞿燕庭未置可否，拿起笔记本电脑旁的一支笔，将笔身从虎口到小拇指飞快地转了个来回。

沉默五六秒钟后，他说："要不，我把分镜粗改一遍，帮你打好底？"

任树犹豫道："这……"

指甲顶在笔杆上，瞿燕庭轻扯嘴角："我开玩笑的。"

任树笑道："分镜是导演的分内事，甩给你，我成尸位素餐了。要不这样，你改完之后咱们叫上各组长开个会，一起磨好了，争取下午拍摄。"

瞿燕庭揭过这篇："好，听你安排。"

任树道："那我再安排一下，拍摄的时候你陪我一起盯戏，有问题直接讲，镜头后面咱们不分彼此。"

瞿燕庭说："都听任导的。"

任树已经吃完了："我得去开工了，你有事就吩咐小张。"

"好。"瞿燕庭说，"辛苦了。"

任树拎上包起身，走到门后，握住门把手却没立刻拧开。

他回头看向瞿燕庭，迟疑一会儿，忽然轻声地说："哥们儿，你说改分镜，是不是想体验一下当导演的感觉？"

瞿燕庭说："为什么这么问？"

·43·

任树回答:"大二那年你导的短片拿了一等奖,领奖的时候你说,做导演是你的梦想。"

瞿燕庭笑笑:"场面话罢了,这你也信。"

任树也乐了,拧开门说:"亏我一直记得,走了啊。"

门关上,房中趋于安静。瞿燕庭没碰三明治和咖啡,拿起导演的工作台本,用吃早餐的时间细细翻看。

陡然,天花板上传来"刺啦"一声。

楼上201是造型室,陆文做完妆发,起身时椅子腿在地板上摩擦出刺耳的一声。他进里间换衣服,平价的运动裤和帽衫,是叶小武的装扮。

孙小剑进来伺候,脸色和陆文昨晚从包厢出来时一样,内分泌严重失调。因为他已经知道瞿燕庭的真身,以及陆文的各种魔幻操作了。

脱掉外衣,陆文光着膀子抖搂帽衫:"不是跟你说了吗,我道歉了,瞿老师不会计较的。"

孙小剑经历了大难临头、有惊无险、提心吊胆、寒心销志的心绪起伏,目前一门心思想要力挽狂澜。

他说:"不计较就够了?原本的目标是让瞿编欣赏你。"

陆文说:"就不应该定这么宏伟的目标。"

孙小剑发愁道:"虽然开局不利,但一切刚刚开始。你认真拍戏,千万不能再出幺蛾子了,必须一点点改善瞿编对你的印象。"

"我懂。"陆文开始换裤子。

孙小剑道:"你懂个屁。除此之外,你见到瞿编一定要态度尊敬、笑容可爱,没事多献殷勤。时刻谨记,你是需要抱大腿的十八线,别摆富二代的臭架子。"

陆文说:"我都穿这破运动裤了,架子塌了。"

嫌孙小剑唠叨个没完,陆文脚底抹油一般地跑了。他一向神经大条,自觉昨晚的事情完美翻篇,虽然是以瞿燕庭"嘭"地甩上门为结束。

从201出来,陆文揣着裤兜下台阶,双臂紧贴着侧腰,生怕斑驳的墙面和楼梯扶手蹭到自己。

跑下最后一阶,他站住了,看见101门上新贴的牌子——编剧休息室。

陆文踱到门后,"咔嗒",门突然开了。

瞿燕庭拿着胶带和一张纸,纸上写着"闲人免进"。他没有料到门外堵着个大活人，愣了一秒，看清是谁后又愣了好几秒。

　　陆文换了眉形，自然但不精致。眼妆淡得看不出来，实则将他的眼部轮廓修饰得更显稚气。短发抓得微乱，脸型也柔和了一点，左颊上被戳了一颗浅棕色的小痣。他揣兜立着，鞋带没绑好，整个人看上去完全是个不靠谱的高中生。

　　当初试镜，任树说他一点儿不像二十七八的人，特别有少年感。

　　两个人一内一外对峙片刻，陆文先开口："瞿老师，早。"

　　瞿燕庭没搭理他，只摆弄着手里的胶带。

　　陆文想起孙小剑的叮嘱，挪近半步，主动说："瞿老师，我帮您贴。"

　　他接过纸，纸上的字是手写的，遒劲漂亮。他把纸按在门上，关心地问："瞿老师，昨晚睡得好吗？"

　　瞿燕庭抬起头瞥了陆文一眼，托这位二百五的福，他昨夜梦见去世多年的父亲，梦醒后失眠，此刻眼周泛着淡青色的黑眼圈。

　　陆文赶紧换话题："您吃早餐了吗？没有的话我叫经纪人去买。"

　　瞿燕庭终于出声道："不用这么殷勤。"

　　一语被戳穿，陆文有点尴尬，嘴硬道："我比较热心肠。"

　　他瞄了瞿燕庭一眼，心情很复杂。

　　知晓瞿燕庭的身份后自觉惹不起，所以拘束，可是先入为主又总忽略瞿燕庭的身份，想随心所欲。

　　陆文再次决定努力地抱一下大腿，问："瞿老师，剧本有不明白的地方能找您请教吗？"

　　贴好了，瞿燕庭抬手敲在纸上，用"闲人免进"四个字回答。

　　传闻瞿燕庭私下不喜欢接触演员，果然是真的。

　　陆文从入门到放弃只需五秒钟，大腿抱不上，那就算了吧，他说："那我上戏去了，老师有缘再见！"

　　拍摄分AB组，两拨人，有时按主配角来分，有时按内外景来分。

　　陆文今天跟A组，上午拍摄一些琐碎的生活镜头，位置限定在街对面的几家店里。

　　本就狭窄的街道人满为患，除了剧组人员和围观群众，还冒出来一堆小姑娘。陆文走来走去，没人冲他叫唤，显然姑娘们不是他的粉丝。

　　有一幕戏在小吃店，叶小武和几个狐朋狗友吃小面。陆文为保护嗓子，常年不抽烟不吃辣，但叶小武在山城生活，无辣不欢。

第一条，陆文辣得受不了，龇牙咧嘴被导演叫停；第二条，表情稳住了，辣得舌头哆哆嗦嗦没说清台词；第三条，他没问题，两名配角互相抢节奏。

拍了四条才过，陆文辣得满头大汗，妆已经花了。

换场休息二十分钟，他回去补妆换衣服，刚走出小吃店，孙小剑就递来一大瓶纯牛奶。陆文拿着牛奶过马路，刚走到小区门口，那群小姑娘在界线外爆发出兴奋的尖叫声。

他迷茫地望过去，在人群中看见了本剧的男二号——阮风。

阮风一米八出头，肤色白皙，染着浅棕色的头发。他很俊，是流量小生那种令女孩子尖叫的俊。猛一看阳光青春，多看几眼会发现，他身上有几分古典的俊美气质，是小时候学过戏曲的缘故。

人潮扰攘，在保镖和助理的保护下，阮风人如其名，行动似一阵风，轻快利落。

他走得近了，看到陆文后渐渐停住了脚步。

两个人戳在小区门口，互相对视了三四秒。

阮风率先伸出手："嗨，我是阮风。"

陆文回握："我是陆文。"

阮风咧开嘴："你本人真帅啊，刚才拐过来一下就看见你了。"

陆文说："我也一下就看见你了。"

导演等人就在街对面，阮风却没瞧，径自朝小区里张望。他礼貌地说："听说瞿编来剧组了，我先去向瞿老师打招呼，咱们回头再聊。"

陆文想起瞿燕庭高贵冷艳的态度，心说去吧去吧。

这间隙，阮风已经拔腿跑进小区，仿佛等不及了。

陆文要回201换衣服，落在后面走进去，一边走一边拧开牛奶瓶。

人员集中在街上，此时的小区显得冷清。陆文慢吞吞地晃到一单元门口，瞧见阮风跑上台阶，一脸迫不及待地刹在101门外。

他暂停步子闪到一边，免得见证阮风吃闭门羹，令对方难堪。

"咚咚咚"，阮风用力地砸门。

哇，这么虎。陆文替对方捏一把汗。

不多时，门打开了，瞿燕庭出现在门内。

两个人对上面，阮风背朝外看不见表情，可瞿燕庭的模样暴露着。他笑了，那笑容先是惊喜，而后是不加防备的亲昵，比先前每一次露面脸色都要好。

阮风高一些，伸手搂住瞿燕庭的肩，这还不止，他整个人贴过去把瞿燕庭抱住。他的动作无比自然，抱紧瞿燕庭后挤进屋内，怕被人瞧见般，猴急地关上了门。

门上还明晃晃地贴着"闲人免进"。

单元楼门口，陆文目瞪口呆，呛了一大口牛奶。

阮风结结实实地抱着瞿燕庭，起初瞿燕庭还抚他的后背，区区几秒后瞿燕庭开始推拒，说道："差不多得了，勒得我喘不上气。"

阮风不情愿地松开手："好几个月没见面，你想我不？"

瞿燕庭在通话中说过，但也仅限于通话中，面对面地说实在有点儿肉麻。即使拥抱，作为一名成年人他也不习惯保持太久。

揽着阮风落座沙发，他问："刚才有人看见你吗？"

"放心吧。"阮风大刺刺地一躺，"这会儿都在街上拍戏，小区里没几个人，不会被看见的。"

瞿燕庭侧着身，温柔地说："剧组人多眼杂，你说话办事稳重一点。"

阮风故意道："那为了保险起见，干脆我私下里也尊称您为瞿老师，您觉得这样成吗？"

瞿燕庭笑骂："没正形。"

阮风仰脸道："你这一趟来剧组，是专门来看我的吗？"

"想得挺美。"瞿燕庭掐了对方一下，"我是来改剧本的，顺便瞧瞧你。"

阮风疼得捂住脸，欠身扫了一眼茶几，果然铺着一堆稿子。亏他一下飞机便飞奔进组，气都没喘匀，原来是自作多情。

瞿燕庭找张组长审剧本是私人交情，他嘱咐阮风自己知道就行，别出去说。

阮风点点头，问："会待多久？"

"看顺不顺利。"瞿燕庭反问，"见过导演了吗？"

阮风回答："还没，我急着来见你，跟谁也没打招呼。"

"哦，对，刚才在小区门口遇见陆文了。"他坐起来形容，"当初选定了男一号我就上网看了看他的照片。他真人比照片还帅，街上乌泱泱的，我一眼就锁定他了。"

瞿燕庭犹如听新闻一样平静："嗯。"

阮风问："那我和陆文比，你觉得谁更帅？"

瞿燕庭说："比颜值俗了，比智商吧。"

"算了，就当平分秋色吧。"阮风一顿，"不对啊，才进组两天，你都了解到他的智商了？"

话题越扯越远，瞿燕庭没空闲话家常。他看看手表，把阮风从沙发上拽起来，下了逐客令："收工再聊，我要改剧本。你抓紧时间，该见导演见导演，见完导演去上戏，没事干就哪凉快哪待着去。"

阮风依依不舍："下午有空吗？来盯我的戏好不好？"

已经跟任树商定，瞿燕庭说："下午要跟A组，改天吧。"

耽误了一点时间，阮风走后，瞿燕庭继续修改第十四场戏。

按照要求，他删减了一部分主角和配角的互动戏份，为保证成片的效果，增加了一些主角的个人镜头，依靠主角的演绎来弥补和衬托故事的氛围。

总体上改动不大，瞿燕庭在中午完成，打印出来让小张分发给导演组和摄影组，以及拍摄的演员。

陆文刚下戏，正在房车上歇着。孙小剑把剧本拿上来，坐在桌对面，说："剧务给你的，第十四场戏有改动，尽快看一看。"

陆文心不在焉地说："哦。"

孙小剑奇怪："为什么要改啊，不会是瞿编闲得无聊吧？"

陆文嘟囔："哪无聊了，春光明媚的。"

孙小剑没听清："对了，吃完小面就别吃饭了。我给你订了份小米粥，养胃，晚点送到。"

陆文没在听，脑海中浮现出在单元口目睹的画面，阮风砸门、搭肩、熊抱，瞿燕庭欣然地全盘接受。

那二人的姿态不像第一次见面，莫非瞿燕庭和阮风认识？

而且关系还不一般？

"你想啥呢？手机响了。"孙小剑说。

陆文的思绪被打断，打开信息，是导演助理的临时通知。十分钟后片场集合，为下午第十四场戏的拍摄做一次简单的围读。

奶喝多了，陆文说："我去个洗手间。"

"懒驴上磨。"孙小剑拿上剧本，"我先过去用你的东西占个座，让导演以为你到了，不然不好看。"

陆文说:"给我放最后。"

片场转移到小区隔壁的学校。这是一所面积不大的子弟小学,十几年不曾翻修,半年前学生搬进了新校区,这里就废弃了。

在剧中,它是叶杉就读的学校——一所分数线在全市倒数的三流高中。

教学楼二楼,各组人员挤在走廊上吃盒饭。几位组长、摄影组全员、任树和副导在教室里吃,吃完进行围读。

陆文晚了几分钟到,一进门便望向最后一排,不料座位上有人。

瞿燕庭坐在最后一排靠窗的角落,离其他人很远,他拿着纸笔低头写字,一副游离在外的模样。

陆文兀自走了过去,踱到桌边,见瞿燕庭的纸笔下,他占座的剧本被当作垫板用了。念过大学的都明白,这种行为搁在大学教室里,是要挨骂的。

但现实是,陆文退一步海阔天空,默默坐在了倒数第二排。

笔尖划在纸上,沙沙的,瞿燕庭没有抬眼,一直在写。陆文的后背挨着他的桌沿儿,宽阔的肩膀挡住他,反而令他更自在一点。

后窗吹来的风将一张写满的纸卷起,从桌面吹落。

陆文终于等到机会,弯腰捡起来,顺便朝纸上一瞅。

亏他连椅子都不敢挪,生怕打扰瞿大编剧的创作思路,然而纸上一行实线一行虚线,再一行波浪线,完全是乱写乱画。

陆文转身,递上纸:"瞿老师,给您。"

瞿燕庭仍未抬眼,淡定自若,接过纸压在剧本下面假装无事发生。

陆文说:"瞿老师,那是我的剧本。"

气氛凝固了一瞬,瞿燕庭向后靠住椅背。陆文把自己的剧本抽出来,又瞧见那张纸,忍不住善意提醒:"瞿老师,无聊的话,其实可以玩手机。"

瞿燕庭总算出声:"剧本看熟了吗?"

言下之意是"看你的剧本去",陆文却以为瞿燕庭想聊天,便侧坐不动了:"没什么问题,台词少了几句,好记。"

瞿燕庭不喜欢这种半吊子的态度,说:"好记不等于好演。"

"我会认真演的。"下午要拍摄叶杉的戏份,有一幕戏是换座位,陆文说,"瞿老师,您正好坐在叶杉换到的位置上了。"

瞿燕庭"嗯"一声，沉默起来。

陆文自言自语地说："挨着您坐一定很爽。"

瞿燕庭问："为什么？"

陆文答："方便抄作业。"

"看来你经常抄作业？"

"不经常，我一般不写。"

瞿燕庭不太意外："这一点你不像叶杉，比较像叶杉的同学。"

陆文不同意："叶杉的同学那么傻，我才不那样。"

瞿燕庭静了片刻："那你会怎么样？"

"我会为叶杉打抱不平，跟他玩，他饿肚子的时候我请他吃好吃的。当然了，希望偶尔能抄一下他的作业。"陆文望着瞿燕庭回答，没心没肺地笑了。

这样坐在教室里，这样的前后桌距离，这样简单又灿烂的笑容……瞿燕庭有些出神，觉得一切都有一种未曾经历过的陌生。

等所有人吃完午饭，围读终于开始。

大家各司其职，瞿燕庭说一遍戏，任树改分镜，摄影组根据分镜设计镜头，灯光组长根据镜头调整布光，布景组长删增场景，道具组长做出相应安排。

陆文听从指挥，对词，走戏，反复七八遍后彻底记熟了剧本。

所有人牺牲午休时间，围读一结束，布景组和道具组立刻干活，造型师刚到，要等一会儿才能给大家做妆发。

陆文忙里偷闲地立在走廊上，靠着栏杆和孙小剑看风景。

孙小剑说："我瞧见造型师拿的衣服，全是校服。"

陆文记不起上一次穿校服是几年前了，因为念书的时候他极少穿，自觉千篇一律的校服会亵渎他的帅气。

孙小剑道："别人的还行，主角的那身校服可寒碜了，又旧又皱巴巴的。"

陆文说："那是故意做的造型。"

主角一家很穷，叶母在菜市场卖鱼，叶杉每天早午都去鱼摊上帮忙，一身校服难免弄得不好看，久而久之还会沾染洗不干净的鱼腥味。

这股鱼腥味令叶杉遭受同学的嫌弃和排挤，以致他被迫换座位，独自坐在教室最后的角落。

孙小剑说："真倒霉，不过吃鱼比较方便。"

"吃什么吃。"陆文讲道,"哪还吃得下啊,叶杉中午来回奔波,下午课间才补一餐午饭,是鱼的话他就饿一顿。"

不是做演员的话,陆文一辈子也不会体验到这样的生活,他叹一口气,肚子跟着"咕噜"叫了一声,这才想起来:"你叫的小米粥还没到啊?"

孙小剑一拍脑门:"我忘了,在保温箱呢!"

装盒饭的保温箱就摆在走廊上,陆文过去拿,掀开盖子,空荡荡的箱内除了一份小米粥,还有一份没动过的外卖。

他把粥端出来,随口问:"谁还没吃午饭?"

小张瞅了一眼,赶紧把外卖端出来:"什么情况?我给瞿编订的,他围读之前没吃吗?"

陆文不清楚,看向教室后门:"哎,瞿老师出来了。"

小张不敢耽误,立刻捧着盒饭跑了过去,说:"瞿编,您吃完饭再忙吧,一会儿就凉了。"

瞿燕庭说:"不用。"

"那怎么行?"小张把外卖递上,"任导说您爱吃辣的,我给您订了水煮鱼,您可不能饿着。"

瞿燕庭丝毫没有接手的意思,在水煮鱼飘出来的香气里后退了一步,摇摇头说:"我不吃鱼。"

小张抱歉地问:"啊……您对鱼肉过敏吗?"

瞿燕庭回答:"就算是吧。"

小张说:"我马上给您订别的,今天是我的失误。"

瞿燕庭拍了一下小张的肩膀,表示没关系。他觉得饿一顿无所谓,拐上走廊,想去拿瓶水润润嗓子。

走出两三步,他被旁边伸来的一只手臂拦住。

陆文单手托着餐盒:"瞿老师,我请您喝粥。"

瞿燕庭没有接受,手中一沉,陆文直接塞给了他,隔着塑料餐盒,手心感受到小米粥热乎乎的温度。

陆文说:"上午吃了小面,我现在还不饿。"

瞿燕庭道:"我不用——"

"不用客气。"陆文打断，急中生智地想了个辙，"坐错车那天，我喝了一瓶给您准备的巴黎水，这碗粥就当还了。"

陆文不想为一碗小米粥叨叨，况且周围人多眼杂，别人很可能误会他在讨好瞿燕庭。私下献殷勤就算了，大庭广众之下，有辱他"人糊①志不短"的十八线骨气。

陆文索性闪人，说："瞿老师您随意，我化妆去了。"

一双长腿迈开，眨眼间人已经五米开外。瞿燕庭捧着粥，看陆文的背影消失在教室门口，才没有选择余地地接受了。

化妆间是教室临时改造的，陆文正在等待上妆，他一刻也不安分，敷着面膜就坐上了窗台。

孙小剑拿来一包蛋白棒："唉，粥没了，吃这个吧。"

陆文把面膜掀起三分之一，奇怪道："你虽然财迷抠门儿，但不至于一碗粥也心疼吧？"

孙小剑说："那可是满二十减八，还免配送费的粥。我要早知道你会出手，一定买星级酒店的大餐，可惜为时已晚。"

陆文没顾上计较价格，边嚼蛋白棒边问："你等会儿，什么叫出手？"

孙小剑猥琐一笑，表扬道："向瞿编出手啊，我没想到你反应那么快，抓紧时机乘虚而入，这把殷勤献得太自然了。"

陆文根本没想那么多，见瞿燕庭宁愿饿肚子也不吃鱼，他莫名联想到叶杉。

孙小剑说："以瞿编的身家……但愿他不要嫌弃我的粥。"

陆文随口问："他什么身家？"

孙小剑道："知名编剧写一集电视剧多少钱，写一部电影多少钱，你了解吗？瞿编早就不玩那套了，按比例吃分红，那些电影投资都有他的份。年初那部大热剧，就是他的工作室把关出品的。这一部网剧，对他来说只是过家家的小儿科。"

陆文道："哦。"

"你哦什么哦。"孙小剑洗脑式劝说，"瞿编贵人事忙，不会在剧组待多久的，你趁他没走，给我使出十八般武艺，攀上这根高枝儿，好吗？"

陆文含糊地答应，他对瞿燕庭的身家资产并不关心，更不在意，却也明白瞿燕庭顶着种种头衔与光环，是个能量不小的人物。

---

①糊：网络用语，多指明星不火或过气了。

这样的人，他怎么会联想到叶杉？实在是想多了。

陆文扯下面膜往孙小剑的脑门一糊，说："哪那么多废话，瞿老师身家过人，估计满二十减八的粥喝一口就扔了。"

孙小剑担心道："不会吧？"

陆文跳下窗台去化妆，说："抠死你算了。"

实际上，瞿燕庭非但没有丢掉，还一口一口地喝完了。来山城几天，每一顿饭菜虽美味却辛辣，这碗温热清淡的小米粥正好缓解了他胃部的负担。

他独自坐在教师办公室，虚掩的门挡不住外面的声音，他不嫌吵，喝完粥静静地听着。准备期间的片场最嘈杂，导演把控全局，任树粗声粗气的咆哮声时不时飘进来。

——是不是想体验一下当导演的感觉？

瞿燕庭回味这句话，像绞尽脑汁地思考一道难题，未等他解出答案，导演助理就来通知他一切就绪，五分钟后开始拍摄了。

他轻轻地呼出一口气，将答案搁置，拿上剧本继续做他的"瞿编"。

闲杂人等都下楼了，走廊上只剩A组的工作人员。摄影组长在教室前门做最后的调试，打光师闪在一旁。

导演的监视器在后门内侧，任树招手喊道："燕庭，来我这儿。"

瞿燕庭的目光先掠过去，门口，陆文靠在门框上，不似上午揣着兜那般潇洒，而是一副走错片场的尴尬样子。

陆文从做完造型就在尴尬。

他穿着校服，聚酯纤维的料子令他浑身难受，校裤不及腿长，脚踝暴露在外，衣服上布满褶痕，最要命的是前襟和袖口做了逼真的污渍。

他活这么久，第一次打扮成这个熊样。

见瞿燕庭走来，陆文挪动一下穿着价值三十块帆布鞋的双脚，脸也稍稍别开。他的短发梳得整齐，没遮黑眼圈，那一颗小痣也去掉了。

与上午的叶小武相比，叶杉显得没那么精神。

瞿燕庭在任树旁边坐下，一起盯监视器。

任树开玩笑："叶杉这么大个头被欺负，感觉有点假。"

陆文误会导演不满意，探头说："其实我是虚壮。"

任树道："小陆，你的身材数据特别好，颈臂腿和头胸腰臀，三长四维没有不合格的，比例上得了大银幕。"

陆文转忧为喜："谢谢任导夸奖！"

他垂下眼，角度正对瞿燕庭的头顶，能看清瞿燕庭乌黑的发丝，柔软干燥，细密蓬松，额前的碎发被穿堂风吹起，露出白皙的额头。

"瞿老师。"陆文试图攀高枝儿。

瞿燕庭仰头："嗯？"

陆文的攀爬方式十分直接："任导说我能上大银幕，以后您的电影如果缺人，请随时找我，我先在这里表示深深的感恩。"

瞿燕庭面无表情地盯回监视器："先把这一场拍好吧。"

一切准备就绪，陆文喷湿袖口和鬓角，然后去镜头前就位，教室内的"学生"也纷纷进入状态。

开机，十四场第一幕，场记打板。

叶杉中午去菜市场帮忙，返回学校有些迟，在铃声中朝教室飞奔。

陆文跑上楼梯，鬓角挂着汗珠。

这所末流高中没有学习氛围可言，老师还没来，学生们聊天玩手机，几乎无人乖乖地等待上课。叶杉冲到教室门口，他迟到了，却依旧在门外踌躇了片刻。

陆文推开门，谁也不看，低着头走进教室。

见叶杉出现，以五六个男生为首，一大票学生捂住鼻子假装恶心呕吐。叶杉走到座位上，发现书包被丢在桌下，椅子上有一些脏污的脚印。

陆文闭着唇齿，面部肌肉绷紧了，弯腰捡起书包。

第一幕还未结束，任树喊停："从进门开始再来一遍。"

再来，说明没过。

陆文返回门口拍第二条，走向座位的过程中再次被喊停，弄得他心里打鼓。

任树问："小陆，步子迈那么大干什么？"

陆文回答："他们嘲笑我，我想快点回座位。"

"理解得没问题，但拍出来不是那么回事。"任树道，"好家伙，你那大长腿的气势，我以为学校一哥进来了。"

陆文返回拍第三条，他克制住步伐，走得谨慎又畏缩。不料还没走到座位前，任树再次大着嗓门叫停。

任树说："你别顾脚不顾脸，表情呢？叶杉的难堪你得给我，给镜头。"

当着一众配角和龙套，陆文尴尬地咽了咽唾沫，返回门口拍摄第四条。

在集体的嘲笑中，叶杉难堪地走到座位上，捡起书包，擦干净椅子，默默整理书本。在翻到一本新教辅时，叶杉盯着封皮，上面不知被谁写满了"臭"字，内页也被踩满脚印。

陆文捏紧书脊，同时咬紧了后槽牙。

前座的男生幸灾乐祸："怎么了？"

陆文低沉地说："这是我新买的书。"

第一幕到此结束，紧箍咒似的"停"在后门响起，任树喊道："小陆，你本来就是低音炮，再阴沉沉地一念词，你下一秒是不是就要揍他了啊？语气放软一点，放轻一点，懂吗？！"

陆文赶紧说："明白了，导演。"

上一组镜头重拍，陆文软化语气念出台词，尾音尚未落地，任树一嗓子打断道："停停停，情绪不对！"

又怎么了？

陆文隐隐崩溃。

任树问："小陆你告诉我，新买的书被破坏，叶杉是什么心情？"

陆文回答："愤怒？"

任树又问："你八百万新买的跑车被人砸了，除了愤怒还有什么心情？"

陆文说："心疼。"

"这本书对于叶杉，等于跑车对于你。"任树说，"叶杉省吃俭用新买的书，没用过就被毁了，他的心疼你得表现出来。"

第一幕第六条，场记打板。

任树喊得疲了，拳头抵在人中位置，一言不发地盯着监视器。等陆文说完台词，他打手势，命掌机继续往下拍。

没喊停，并衔接第二幕，陆文松一口气，认为这次表现得很好。

叶杉的肩膀被人扒住，后桌的男生探过身来把书抢走："谁那么缺德啊，把人家的新书祸害成这样，还写着'臭'，瞎写什么大实话。"

周围一片哄笑，陆文转身去抢，说："把书给我。"

对方躲开叶杉的手："你要熏死我了，你看看你自己，袖口都是湿的，卖完臭鱼烂虾能不能换件衣服？"

有人说:"人家全凭那股臭味提神醒脑,考第一呢。"

陆文立刻垂下手,无奈地重复:"把书还给我。"

后桌男生把书奋力一扔:"一本破书你就心疼了?我天天在后面闻你的鱼腥味,肺都不舒服了,你还不快点给我赔礼道歉?"

"还有我,我做操挨着你,臭死了。"

"赶紧道歉!"

"不道歉的话,请客赔偿也行。"

恶语如潮扑来,叶杉在周遭的诘难声中起身,他走到讲台上捡起书,返回座位时被人前后堵住,夹在中间进退维谷。

陆文缩着肩膀:"让我回去。"

老师出现在门口,大家作罢。叶杉回到座位上。

第二幕结束。

任树终于出声,却没说话,只是重重地叹了一口气。

所有人大气不敢出。

陆文心头一紧,站起来,在众人的注视下等待导演的判词。

"咣当"一声,任树也拉开椅子立起来,问:"小陆,你感觉演得怎么样?"

陆文试探地说:"不太好。"

"是怎么不好?"任树追问。

陆文哪知道,其实他感觉挺好。

任树抽出一支烟叼上:

"我告诉你哪不好,你无法真正理解叶杉。叶杉的难堪、隐忍、无奈,你表现不出来,或者说一眼就能看出你是在表演。

"你的思路是这样的,叶杉委屈,所以你就演绎委屈。你怎么演?你低着头,你缩肩膀,你沉着你那张帅脸。给我的感觉是什么?这帅哥演得太认真了。可你还是帅哥,不是叶杉。

"情绪表达要自然、要深刻、要看不出痕迹。叶杉什么情绪你就酝酿什么情绪,而不是去假装那种情绪,懂吗?

"你进入了角色才能将他塑造成功,你没进入,直接干巴巴地塑造,等于相个亲就结婚,能举案齐眉就见鬼了!"

任树是急性子,又是把关的导演,向来是有什么说什么。当着一屋子配角和工作人员的面，这一通批评毫不含糊，劈头盖脸地砸向陆文。

陆文钉在桌旁早已脸似火烧，比起丢人，他更觉得不知所措。接下来要怎么办，再拍摄一条？他又该如何表演才能通过？

全场安静下来，有人轻咳一声，是瞿燕庭。

与任树的暴脾气形成对比，瞿燕庭冷眼旁观了整整六条，情绪很稳定，自始至终没说过一句话。

陆文向他望来，目光中有点畏怯，估计第一次被这样当众教训。

瞿燕庭打破僵局："休息一会儿吧。"

任树让大家休息一刻钟，对着瞿燕庭说："这个小陆，试镜片段拍得那么好，今天给我掉链子。"

瞿燕庭转移话题："最后那组镜头也得调一下。"

任树点烟，吐出一口烟圈："放心，一样样弄，我不会含糊。况且当着你的面，这场戏要是拍得不满意，今天谁也别想收工。"

瞿燕庭抬手挥散二手烟："不至于，慢慢来。"

"我先调镜头吧。"任树拿上分镜剧本，找摄影指导去了。

教室里乱糟糟的，瞿燕庭扫了一圈，见陆文竟仍在原地杵着，一副犯错误等待受罚的模样。

他从头到尾盯了六条戏，没发表任何意见，但心如明镜，知道陆文为什么无法真正理解叶杉。

讲戏是导演的职责，于是瞿燕庭放下了剧本。

他叫道："陆文。"

陆文抬头，像警犬一般机敏中不失防备："……干什么？"

瞿燕庭说："跟我出来。"

陆文一路跟着瞿燕庭进了办公室关了门。他感觉自己像犯事的学生，先被班主任痛批，现在要和教导主任单独谈话。

"坐。"瞿燕庭说。

陆文坐下，盯着掉漆的桌角，他还记得开机宴那天，瞿燕庭说过"后不后悔，要开机以后才知道"。

他什么都憋不住，张嘴便问："瞿老师，您是不是后悔选我了？"

瞿燕庭拉开椅子坐下。见面数次，这小演员臭贫、嘚瑟、搞乌龙，这回终于发自内心地老实了一回。

他不答反问："受打击了？"

陆文点点头："除了我爸，第一次有人这么不留情面地批评我。"

瞿燕庭跷起二郎腿："你爸是为你好，导演也是。"

陆文说："我明白任导的苦心，可他非得当众说我吗？还急赤白脸的。"

瞿燕庭道："拿过奖的导演没有好应付的，各有各的严格。任导擅长拍生活剧，更注重表演的自然。"

陆文没想到瞿燕庭非但不骂他，还好言好语地安慰他。

此时想想，他被任树批评的时候，是瞿燕庭出声调停；他杵在教室难堪的时候，是瞿燕庭叫他出来；现在瞿燕庭对他的演技只字不提，反而开导他。

莫非，瞿燕庭认可他的表演？

陆文有了几分底气，不盯桌角了，直视着瞿燕庭："瞿老师，剧本是您写的，您最懂，您觉得我演得怎么样？"

瞿燕庭回答："不及格。"

陆文面色一僵，那点底气烟消云散，讪讪地盯回桌角。

瞿燕庭问："至于吗？第一次被批评？"

陆文如实回答："以前演小配角，戏份少，不等导演注意我就杀青了。"

"上部戏拍的什么？"

"古装剧《万年秋》。"

瞿燕庭道："那不错嘛，够得上大制作的正剧了，演什么角色？"

"男主，"陆文大喘气，"……的侍卫。"

瞿燕庭瞄一眼手表，仍不疾不徐地问："这部戏是第一次担男一号？"

"不算是。"陆文答，"其实去年我主演过一部电影。"

他都不好意思提，小成本的惊悚片，相当粗制滥造。他演男主角，负责为女主角遮风挡雨，顺便表达自己爱得死去活来的痴心。

全片仿佛十八线开会，谁也没听说过谁。

这种片子的性质不言而喻，瞿燕庭直击要害："你爸给你投资的？"

"当然不是！"陆文立刻澄清，"是女主他爸投资的，要是我爸投资，应该是她爱我爱得死去活来。"

瞿燕庭顺水推舟："你爸为什么不给你投资？"

"我爸……我爸没那么多钱。"陆文说得半真半假，前半句假，后半句便来真的，"他根本不支持我。"

瞿燕庭没质疑真伪："为什么不支持你？"

陆文回答："他就是看扁我啊，从小到大，我喜欢的东西他都不支持。不管我做什么，他都说我不是那块料，我问他那我是哪块料，您猜他怎么说？"

瞿燕庭猜："废料？"

"哇。"陆文脸一红，"也不必猜这么准吧。"

瞿燕庭抿唇，把险些上翘的嘴角抿平，问："那你不听他的？"

陆文道："我为什么要听他的？他越看扁我，我越要证明自己。没有他的支持怎么了，我这不也当上男一号了吗？"

瞿燕庭这次笑了，嘴角勾起来："你爸知道吗？"

陆文以为瞿燕庭也为他高兴，毫无保留地说："当然了，被选中后我第一时间通知他，向他放了话，我一定会证明自己的实力给他瞧瞧。"

瞿燕庭问："还有吗？"

陆文脱口而出："还有发小、同学、亲戚、邻居……连小区里的保安我都通知到了。剧组的选角新闻出来，我立刻分享到了所有的聊天群里，凡是认识我的，都知道我当男一号了。"

突然，瞿燕庭道："你想没想过，也许你爸是对的？"

陆文一愣："啊？"

瞿燕庭说："父母养孩子是出于爱和责任，不过也像是一种投资。你有几斤几两你爸应该是最了解的。回报率太低，何必做亏本生意。"

陆文蒙了几秒："什么意思啊……我现在不红，未必永远不红，凭什么断定我不会成功？凭什么断定投资我会亏本？"

"那你凭什么成功？"瞿燕庭问，"凭你两幕戏拍六条都不过？凭你情绪不到位的演技？"

陆文骤然噎住，从安慰到闲聊，他都快把前情忘了，谁料瞿燕庭兜转一遭，猝不及防地切回了正题。

不等他想出答案，瞿燕庭又跳跃到另一个话题："今天外面来了好多小姑娘，有你的粉丝吗？"

得，还不如继续上一个话题。

陆文回答："没有。"

人一丢脸，理智会跟着丢掉，从而做出更不理智的行为。

陆文嘴硬地补了一句："我的'海外饭①'比较多。"

瞿燕庭没有拆穿："他们喜欢你什么？脸蛋？身材？"

陆文的头皮都硬了："我觉得是内涵。"

"哪方面的？"瞿燕庭平静地分析，"演员里学霸不多，你连作业都不写，念书时成绩大概不会太好。"

演技、人气、学历，陆文的要害被里里外外地戳了个遍。可瞿燕庭的话亦是无法反驳的事实，比起生气，他心中升起一股难以忍受的羞耻感。

陆文离开椅子，想走为上策："瞿老师，我先回去了。"

瞿燕庭掀起眼帘，用一贯平淡的语气说："我准你走了吗？"

小演员怎敢忤逆大编剧，可陆文是个例外。

前后受的气一并爆发，他连珠炮似的说着："腿长在我身上，我想走就走，为什么要你批准？你是厉害，我惹不起还不能躲远点？我演得烂，你骂我我认了，你羞辱我，凭什么也要我受着？想让我言听计从是吧，好办，你先把片酬给我加一个亿！"

一股脑嚷完，陆文豁出去了，等着瞿燕庭开火。

然而，瞿燕庭仍端坐着，不气不恼，仿佛只当听了一段贯口。

他略过前面，回答最后一句："你值吗？"

陆文扒掉外套一扔："我不值，我不伺候了！"

瞿燕庭把校服捡起来："你可以辞演，赔毁约金就行。快的话，今晚剧组就可以发布换角的消息。"

陆文一刻也不想待了："随便！"

他掉头走到门后，刚握住门把手，瞿燕庭的声音从背后徐徐传来："从你离开我的剧组开始，圈内都会知道你开机后被换掉的消息，这将是你知名度最高的时候。你开罪我，今后没有一位导演会用你，也没有一位编剧会让你接他的本子。"

换句话讲，被隐性封杀后，好自为之。

陆文顿在那儿，攥着把手迟疑了。

---

① 饭：英文fan的中文发音，泛指粉丝。

瞿燕庭站起来："不过这些是后话，等剧组出了换角的新闻，你先每个聊天群分享一遍比较要紧，免得发小、同学、亲戚、邻居……还有谁来着？"

陆文低声道："保安。"

"嘎嘣"一声，他脑子里的弦断了。

刚开机就失业，甚至被封杀到退圈，他回去怎么面对江东父老？尤其是他爸，豪言壮语都放不出了，岂不是一辈子抬不起头？

或许……

与其面对众人颜面扫地，不如在一个人面前忍辱负重。

松开手，陆文悲壮地转过身。

瞿燕庭拍拍校服上的尘土，说："过来，把外套穿上。"

陆文踱回去，恍然明白，瞿燕庭根本不是和他谈心，从试探到铺垫，瞿大编剧算准他无路可退，然后变着花样把他羞辱了个彻底。

他不甘心地问："这么瞧不起我，为什么还选我做男一号？"

瞿燕庭答得云淡风轻："你便宜。"

陆文的尊严彻底碎了："就因为……我便宜？"

"你知道吗，"瞿燕庭说，"你的片酬不及阮风的三分之一。"

陆文整个人都僵硬了，他第一次在金钱方面体会到窘迫，一肚子情绪无法宣泄，憋得胸口发胀。

瞿燕庭看看手表，说："总之，去留随你。"

各组已经归位，瞿燕庭先一步返回教室，重新坐在监视器前。

任树说："刚才没见你和小陆，你给他开小灶去了？"

瞿燕庭道："不怪我指手画脚就行。"

任树说："请你来盯戏就是为了给我自己省点事。怎么样？小陆不够深入人物，得帮他找找叶杉的感觉。"

瞿燕庭道："再拍一条试试吧。"

两分钟后场记喊人，拍摄第七条。

陆文回到现场，状态变化肉眼可见。等近景一推，任树只一瞬就满意了，第一幕未过半，夸了句"入戏"。

陆文委屈到极点，面对欺辱，无能为力的感觉，自尊被现实击垮，只能屈从的感觉……他分不清在演叶杉，还是在走神地演自己。

前两幕顺利拍完，第三幕，叶杉被迫提出想换到最后一排的角落。

选角贴合叶小武，因为叶小武演得不够自然一定招人烦。而内向的叶杉很难演，不论哪个新人来，都少不了导演手把手地调教。

短时间内效果卓然，任树问："你怎么给他讲的？"

瞿燕庭答："谈不上讲，聊了聊。"

任树是内行："看小陆那真情实感，聊得挺狠吧？"

瞿燕庭说："记住这份感觉，他就能演好叶杉。"

他很清楚陆文的症结。从未在经济上感到困窘的富家子，不会明白要如何心疼二十块的书；面对欺辱有资本回击的人，也不会明白隐忍该是什么表情；没被践踏过自尊的乐天派，更不会明白那种无力究竟是痛还是痒。

差的是一份感同身受。

喊了停，陆文没起身，耷拉着脑袋趴在座位上，像霜打的茄子。

任树乐了："这打击貌似有点大，他知道你是帮他找感觉吗？"

瞿燕庭说："他不用知道。"

不知不觉黄昏将至，剩下的两幕戏估计问题不大。瞿燕庭在人堆里待了一下午，不太舒服，想提前回酒店休息。

他悄悄从后门离开，走廊上，见孙小剑抱着水壶和零食来回徘徊，活像等孙子放学的姥姥。

到楼梯口拐弯，瞿燕庭下楼，正好剧务从一楼迎面上来。

小张说："瞿编，您走啊，叫司机了吗？"

瞿燕庭"嗯"一声，擦肩过去，下了两级台阶忽然停下。

他叫住对方，小张忙问："瞿编，您有什么吩咐？"

瞿燕庭说："陆文只带着经纪人？"

小张回答："对。"

瞿燕庭想了想，想到那句"挨着您坐一定很爽"，想到那碗热腾腾的小米粥，也想到陆文和叶杉重合的剪影。

他吩咐："配一个剧组的助理给他，一直到他杀青。"

收工时天已经黑了。

陆文被任树叫到监视器后看原片，一帧帧看自己的表演，感觉很神奇。他分神瞄了一眼旁边的空椅子，不清楚瞿燕庭是什么时候走的。

画面中，叶杉坐在最后的角落，放学很久了，教室中只剩下他一个人。他渐渐停笔，双手捂住脸，闻着手掌和袖口的气味。

任树说："情绪推进得很自然，从麻木到自我厌弃，演出层次感了。"

在演这一幕时，陆文想起瞿燕庭说他没人气、成绩烂、片酬低，想不自卑都难。

最后一幕，叶杉冲进男厕所，拧开水龙头洗手。他用力地反复冲洗，十指搓得发红，手背泛起一条条抓痕。

陆文拍摄时没感觉，此时旁观，感觉这一幕戏似曾相识。

不待他想起来，任树夸奖道："不错，圆满完成任务。"

陆文勉强地笑笑，他不擅长掩饰，情绪低落得一目了然。

任树忍不住安慰他："小陆，别丧气，再优秀的演员也有NG[①]的时候，你才多少经验？正常。"

陆文好受一点："谢谢任导包涵。"

"别谢，下次演不好我还会训你。"任树道，"行了，有压力才有进步。你的领悟力很强，感觉找对了，你就能演好。"

陆文本来还觉得导演暴脾气，被瞿燕庭的温柔刀捅成马蜂窝后，竟将任树品出了"铁汉柔情"的味道。他感激地说："任导，我会努力的。"

A组收工，所有人陆续离开教学楼，这破学校没一盏瓦数大的灯，四处昏黄暗淡。

回到房车上，陆文换衣服，然后鼓捣着卸妆。他笨手笨脚，每次铺排一桌子卸妆棉，比做手术用的纱布还多。

孙小剑靠着窗长吁短叹："唉，这次是彻底把瞿编得罪了。"

陆文听见一个"瞿"字，血压嗖地升高十个数，道："别提那个男人，谢谢。"

孙小剑发愁："怎么就巴结不上呢？巴结不上也就算了，怎么会搞成这样呢？"

陆文满肚子委屈，长这么大，他头一回吃这种瘪。为了前途和面子，他在瞿燕庭面前已经像个孙子了。至于巴结，瞿燕庭根本瞧不起他，他把殷勤献出花来也没用。

孙小剑试图自我安慰："瞿编的地位摆在那儿，说什么做什么，不会考虑别人的面子，也许他不是故意打击你。"

[①]NG：Not good（不好）的缩写，通常拍片过程中导演喊NG，就是说不好，让演员再来一次。

"打击？"陆文将卸妆棉一团，"他不是故意打击我，他是无情地碾压了我、轰炸了我。我现在去做心电图，你知道会发现什么吗？"

孙小剑问："什么？"

陆文说："会发现我内心一片荒芜。"

孙小剑没话讲了，回想一番，他们一抵达山城便遇见瞿燕庭，又恰巧和瞿燕庭住一家酒店，前后偶遇了好几次。

按正常的发展规律，陆文和瞿燕庭如此有缘分，应该"近水楼台先得月"，怎么每一次都"别有幽愁暗恨生"？

"认命吧。"陆文说，"我和他瞿大编剧八字不合。"

孙小剑好歹是个硕士研究生，信奉唯物主义："现在想想，你坐错车、说错话、认错人，其实早把瞿编得罪了。"

"可我道歉了。"

"那瞿编接受了吗？"

陆文说："你的意思是，瞿燕庭根本没接受我的道歉，今天是借机收拾我？"

孙小剑想象力爆发："你说他好端端的，为什么改剧本？内心戏增加，表演难度增大，会不会是给你挖的坑？他正好来盯戏，不就能名正言顺地碾压你、轰炸你？"

陆文醍醐灌顶："他这是公报私仇！"

突然，有人拍了拍车窗，是剧务。

孙小剑拉开车门，见小张背着包，估计是准备下班。

小张不敢怠慢瞿燕庭的吩咐，不过夜就办好了。他来告知一声："陆老师，怕你人手不够用，给你配了个剧组助理。"

"人糊言轻"，冷不防被重视有些意外，孙小剑确认道："给我们帮忙的？"

小张说："嗯，当生活助理使唤吧，干活儿挺利索的，先试试，不满意我再给换一个。"

孙小剑道："谢谢啊，叫你费心了。"

"该我抱歉，是我马虎了，今天听吩咐才安排。"小张急着下班，没细说，"那我先撤了，陆老师也早点休息。"

车门关上，陆文和孙小剑对视一眼，难得碰见好事，两人都感觉有点匪夷所思。

孙小剑安慰道："别难过了，你看人生就是这样，有失就有得，傻人有傻福。"

陆文说："你以后别那么傻了。"

孙小剑懒得计较："哎，小张说听吩咐，会是谁'怜爱'你？"

陆文琢磨道："八成是任导。剧组导演最大，任导一下令，小张赶在收工前就办好了。"

"有道理。"孙小剑说，"任导不还夸你演得好吗？"

进组前满心期待，开机第一天差点卷铺盖回家。孙小剑已经不指望陆文攀高枝儿了，就好好拍，能顺利杀青他就烧香拜佛了。

卸完妆，陆文戴上棒球帽，把帽檐狠狠一压。

"别颓废了。"孙小剑说，"哥陪你去散散心。"

陆文问："去哪？"

孙小剑想了想："外地人必去——江边。"

离开剧组，他们没坐保姆车，打的去了江边。

夜晚的江边犹如灯饰城，亮得晃眼。游客比白天多，热热闹闹的氛围令人放松。陆文和孙小剑抓着对方的背包带子，随人潮前行。

不远处是大桥，陆文小时候来山城旅游时曾在桥上留影。

江水波动，岸边停着几艘渔船，他唱起来："……斜阳染幽草，几度飞红，摇曳了江上远帆……"

"又开始了。"孙小剑提议，"给你拍张照吧？"

陆文摇摇头，经纪人给拍照有什么意思。

周围的游客熙熙攘攘，怎么就没人认出他呢？

天下之大，他的粉丝都在哪呢？能不能出来走两步？

孙小剑看穿他："是因为你戴了帽子，大家看不清。"

陆文没言语，几秒后摘下帽子，欲盖弥彰地说："山城晚上还挺热的。"

他转过身，背靠栏杆面对来往的人流。有学生族，有情侣，有夕阳旅游团，人们走来走去，唯独没一个有眼力见儿的。

陆文正失落，这时一个三十多岁的姐姐朝他走过来，手里拿着相机。

他心中一喜，面对"姐姐粉"，怪害羞的。

对方走近："你好，可以拍张照吗？"

陆文问："你想合影？"

对方回答："嗯，麻烦你。"

陆文刚想抓头发,手里一沉,对方把相机塞给了他。

他一脸茫然,见他的"姐姐粉"退开几步,挽住另一位大哥,大哥还抱着儿子。一家三口面带微笑,向他望过来。

行吧。

陆文举起相机:"请喊茄子。"

快门按下的一刻,小孩在爸爸的怀中一扭,歪着身子亲在妈妈的脸上。定格的画面有些虚焦,陆文却舍不得按下删除。

他重新拍了一张,一家三口很满意,就此谢过。

陆文戴上棒球帽,沉默凭栏,儿时那次来这儿也是他爸带着他。

孙小剑洞若观火,说:"想家了吧,最近联系过叔叔吗?"

"没有。"陆文兴致不高,"联系他干吗?听他教训我?"

孙小剑说:"父子间血浓于水,你爸心里肯定惦记你。如果他知道你受了委屈,没准儿大手一挥,直接给你投资一部电影。"

陆文道:"我要不是怕他知道,早走人了。"

摸出手机,他佯装不经意地翻通信录,很快翻到"陆战擎"。

小学某一次挨了揍,他就把"爸爸"改成了陆战擎的大名,当时还发誓,永不将其设置为紧急联系人。

指腹悬在通话键上空,陆文正犹豫,孙小剑故意碰了他一下。挂掉显得没种,他把手机贴在耳边,满不在乎地说:"跟他没什么可聊的。"

冷不丁地,陆战擎的声音传来:"喂?"

陆文没料到电话这么快就被接通了,于异乡的夜晚,乍一听到陆战擎的声音,他有些出神。

"爸,是我。"他憋出一句,"吃了吗?"

陆战擎回答:"吃了。"

陆文的低音遗传自陆战擎,两相对比,他的声音显得有点嫩。

空了几秒,他实在不知道说什么,道:"我在山城拍戏呢。"

陆战擎说:"嗯。"

这根本没法聊,陆文想挂线了,一低头望见乘观光船的队伍,那一家三口正在有说有笑地排队。他感觉很温馨,至于有多温馨,反正他和陆战擎都没体验过。

陆文有些心软,说:"爸,我想你了。"

第3章 　阮风

一段只听得见鼻息声的静默，陆战擎许久才回应："惹了什么麻烦？"

陆文的血压又飙升了："你能不能盼我个好？！"

陆战擎道："没有最好。"

陆文说："我脑子进水了才会想你！"

陆战擎笑了一声："知道了，去找老郑吧。"

老郑是陆战擎的助理，自陆文成年后，如果归在他名下的资产红利不够用，老郑就负责给他一笔大的，陆战擎不会亲自费心。

挂了线，陆文没心情继续观光，也没胃口吃晚饭，直接打道回府了。

到酒店，时间不早了，六十二层依然一派静谧。

走到房门外，陆文朝6206瞥了一眼。他以为生命中不能承受的男人有陆战擎一个就够了，如今又碰上一个瞿燕庭。

也许上辈子，他先横刀夺爱抢了瞿燕庭的老婆，然后当了陆战擎的爹。

第一天开工就身心俱疲，陆文回到房间，泡了个热水澡缓解一身疲惫，泡完在镜子前护肤。涂抹完毕，他拧开水龙头冲洗指腹，水珠溅在大理石台面上，折射着壁灯洒下的光。

他倏地想起来了，叶杉不停搓洗双手的画面，很像开机宴那一晚，瞿燕庭在化妆间没完没了地洗手。

莫非……

"嗐，"陆文嘀咕，"给我搞出心理阴影了。"

他把水龙头一关，暗道再想瞿燕庭的话，他就是狗。

陆文拿着剧本钻进被窝，背了两遍词，没多久就捂着剧本睡着了。

分针绕了两圈，凌晨刚过，他在睡梦中翻了个身，肚子"咕噜咕噜"叫了起来，给活活饿醒了。

忍了会儿，陆文认输地爬起来，叫消夜太慢，他想找孙小剑拿点零食。

没开灯，摸黑披上件外套，走到玄关拔下房卡。一抬头，他晃见猫眼里闪过一道黑影。

陆文奇怪地贴上去，陡然睁大了眼睛，走廊对面，一个全副武装的男人停在6206门外。

衣服有些眼熟……是阮风！

·67·

阮风戴着帽子和口罩，没按铃，轻轻地叩门。

很快，门开了。瞿燕庭湿着头发、穿着浴袍出现在门内，显然是刚洗完澡。他仿佛等久了不高兴，抬手弹了下阮风的帽檐。

与白天一样，阮风情急地挤进去，迅速关上了门。

陆文在猫眼后看呆了，他忘记饥饿，忘记找吃的，将今天的一切情绪全部都抛诸脑后。

他彻底清醒了，甚至有点亢奋。

这个剧组真是太刺激了。

Chapter 4

第4章
误会

"我的前女友能绕山城三圈。"

"你还挺厉害。"

闹钟响了，瞿燕庭从床上起身，动作缓慢。

一是困，二是昨夜靠着床头改剧本，腰肌酸疼。他来到隔壁卧房，房门大开着，床上的毛毯鼓作一团。

窗外晨雾弥漫，瞿燕庭叫道："起床了。"

床上的人没反应，瞿燕庭不多废话，走到床边，直接抬腿踹了一脚。

毯子下一声闷哼，阮风打个滚儿，顶着一头鸡窝钻出来："几点了……"

"刚五点半，趁早离开，免得被人看到。"

阮风清醒了一些，坐起来穿衣服，给自己安排得很明白："我先回去，再吃个早饭，然后去剧组，开工前还能补一觉。"

瞿燕庭忍下一声哈欠，两人有段日子没见，昨晚鸡毛蒜皮的事聊到一点多，他又改剧本，总共只睡了两小时。等阮风离开，他也要睡个回笼觉。

套上帽衫，阮风问："今天来盯戏吗？"

瞿燕庭拒绝："不过去了。"

阮风不爽："为什么？"

今天拍摄一般戏份，片场人又多，所以瞿燕庭不想过去。

阮风说："昨天就没盯我的戏，今天还拒绝我。一般戏份不值得看吗？我一个男二哪有什么重点戏份？再说了，不都是你写的吗？"

瞿燕庭头疼："别叨叨了。"

"要不你盯男主的戏，顺便瞧瞧我，我今天和陆文一个组。你好不容易来一趟，不看看我的表现，像话吗？"

阮风见瞿燕庭不为所动，接着说："我可是你的——"

"你是我祖宗。"瞿燕庭招架不住，投降道，"知道了，天亮会过去的。"

阮风咽下没说完的后半句，开心了。他穿好衣服，简单洗了把脸，捂上口罩和帽子准备走人。

瞿燕庭叮嘱："小心点。"

"嗯。"阮风说，"我这个样子粉丝也认不出来。"

瞿燕庭忽然想起什么："对了，别让你的粉丝围着片场晃悠，妨碍拍摄的话就算到你头上。"

阮风答应会处理，悄悄地离开了酒店。

瞿燕庭直了直腰，进浴室洗漱，在脏衣篮里发现阮风遗留的袜子。他不意外也不嫌弃，拿起来，三两下便搓洗干净。

天空一寸寸变亮，A组换了地方，今天在山城的一所高中拍摄。校园很大很美，因为是周末，学校里没人上课。

在剧中，弟弟叶小武、仙琪饰演的齐潇、阮风饰演的林揭，三个人都在这所学校就读，是一所市重点高中。

操场一隅停着辆房车，门口，孙小剑正在和新上岗的助理聊天，交代一些注意事项。对方叫李大鹏，做剧组助理三四年了，边听边记，很认真。

车里，陆文在吃早餐。

他半宿没睡，满脑子都是瞿燕庭和阮风。

在单元口瞧见那一幕，他就感觉瞿燕庭和阮风的关系不寻常。昨晚深更半夜，阮风偷偷来钻瞿燕庭的房间，令他不得不联想到关于阮风的传闻。

阮风，二十六岁，戏剧学院毕业。出道第一年四处跑龙套，第二年翻身当男主，之后一发不可收拾，音乐剧、热门综艺、主流晚会、老牌大导的电影、名牌代言，别人望尘莫及的好资源，对阮风来说如家常便饭。

走红后，阮风的背景饱受关注，然而媒体挖掘出的内容寥寥，至今没有实质性的信息。坊间爆料倒是不少，种种猜测演绎至今，圈内圈外流传着"阮风背后有资本"

的结论。至于这个资本的来源，大家只猜测有钱有人脉，剩下的就是不见庐山真面目般的神秘了。

总之，按照传闻分析，阮风可以被概括为——出身一般，资源逆天，背景成谜，资本给力。

陆文对阮风的背景并没有太大兴趣，可他怎能料到，这个众人好奇的大八卦、阮风背后资本的来源，偏偏让他给撞见了——真身居然是瞿燕庭！

陆文咬下一口煮蛋，内心受到的震撼久久不能平复。

他早晨出发时，6206的门还紧闭着。

或许，瞿燕庭这一趟来剧组，是专门来看阮风的。

又或许，瞿燕庭参与投资，也是为了阮风。

陆文控制不住，越想越多，猛地想起瞿燕庭羞辱他，说他的片酬不及阮风的三分之一。他当时伤自尊，现在气得灌了一口酸奶，谁要跟阮风比啊！

孙小剑上来，纳闷儿道："怎么气呼呼的，有那么难吃吗？"

陆文含糊不答，怕孙小剑嘴上没把门的，不敢分享这么劲爆的大八卦。他正憋得慌，不经意瞥向窗外，见跑道那头驶来一辆超豪华的大房车。

"谁啊？"他问。

孙小剑说："仙琪的房车在那边，还能是谁，阮风呗。"

陆文又问："怎么规格不一样？"

孙小剑道："人家是私人房车，还有私人助理、保镖、造型师。"

陆文明白："哦。"

孙小剑怕陆文不平衡："他这些年一贯这么大排场，原因你懂的。咱不跟他比，反正你又不是买不起。"

陆文懂，忍不住问："关于阮风……你也知道？"

"当然了，圈里默认的嘛。"孙小剑说，"不过他背后的人藏得太好，所以令人好奇，就是猜不出是哪路神仙。"

陆文眼前浮现出瞿燕庭那尊佛，窗外，阮风的房车稳稳停下，和他这一辆并排，窗户都对着。

忽然，孙小剑说："据传，阮风的资本是圈内的，还是个做幕后的大佬。"

"……哇。"陆文佯装惊讶。

孙小剑道："不过幕前幕后、圈内圈外这都无所谓。"

陆文说："什么意思？"

孙小剑传道解惑，大佬看上你了，你也想被捧，就此达成交易，重点是钱和资源，其他的一点都不重要。

陆文无法理解："值吗？"

"反正诱惑很大。"孙小剑说，"名牌、豪车，安排；想和哪位大咖合作，安排；想试试哪部剧，安排。影视、时尚、广告，各方面的资源都给你砸。"

这也太夸张了，陆文不禁脱口而出："怎么不上曾震的电影？"

孙小剑没听懂弦外之音："所以说阮风的金主像神仙。阮风资源多，重点是适合他，尤其参演的角色像是量身定做的。因此他红得顺利，不招大众反感。"

听起来金主比亲爹还要亲，陆文跑偏了："怎么没人愿意捧我？"

孙小剑无语："你个富二代，直接找自己爹不行吗？"

陆文腼腆道："我就那么一说。"

"你也就会说。"孙小剑白了他一眼，"让你被大佬左右人生，还随叫随到，你愿意吗？"

陆文的心头刮过八级大风，脑中过电影似的浮想联翩。

他及时打住，抓起剧本醒醒脑。

早餐后，陆文溜达到操场的东南角，第一幕戏要在这里拍，导演的监视器已经摆上了。他撑着双杠一跃，躺上去背一背台词。

没多久，阮风补完觉，从豪华大房车里下来了。

他穿着和陆文一样的校服，青春洋溢地跑过来，钻进双杠之间打招呼："早啊，背词呢？"

陆文"嗯"了一声，阮风仰头看他，说："你今天有黑眼圈，没睡好啊？"

可不嘛，陆文干笑一声："有点失眠。"

阮风说："我也没睡好。"

阮风认枕头，去哪都带着，昨晚用酒店的枕头翻来覆去许久才入睡。跃上双杠，他嘀咕："特别晚才睡着，在床上折腾得我都没劲儿了。"

陆文听得一哆嗦，差点从杠上摔下来。

他转移话题："呃，要不要对对词？"

瞿燕庭到片场的时候，就见陆文和阮风并肩坐在双杠上，共同捧着一份剧本。许是气质的缘故，虽然在认真对词，但看上去更像两个学渣在装模作样。

任树扯着大嗓门说："我以为你今天不来了，正好，来看看角度。"

陆文循声抬头，望见瞿燕庭走到任树旁边。他今天没有抓头发，身上穿着一件宽松款的烟灰色粗线毛衣，散发着恰到好处的温柔。

身旁一空，阮风跳下了双杠。

陆文顿时明白，瞿燕庭不是来盯戏，是来探阮风的班。他没动，昨天被狠狠羞辱了一番，他不想和瞿燕庭有任何接触。

偏偏，这角落就这么大，摄影机镜头推近，人自然也走过来。

任树调试镜头："小陆，往这儿看。"

陆文避无可避，磨蹭着，看草坪，看斯坦尼康，看调焦按钮，最后才抬眸看向镜头，一不留神便越过去看见了瞿燕庭的眼睛。

那双眼依然明亮，却也疲惫，眼下的青色和他的黑眼圈一样明显。倏地，瞿燕庭看过来，不轻蔑也不欢喜，淡淡的，没什么情绪。

陆文浑身不自在，抓紧杠子，用指甲抠上面的漆。

看镜头时微微弯腰，瞿燕庭吃痛，拧了下眉毛。

任树关心道："怎么了，瞧着也没精神，不舒服吗？"

本来可以好好睡一觉，非让来盯戏，瞿燕庭回答的时候觑了阮风一眼："没睡好，腰疼。"

陆文倒吸一口凉气。

任树追问："怎么会腰疼？"

瞿燕庭说："床软，坐得太久了。"

陆文的手心惊出了汗！

他睨向瞿燕庭，大编剧，投资人，瞧着斯文矜持，气质像一朵腊月里的寒梅，其实都是装的。

他受不了了，跳下双杠说："我去补补妆！"

任树吐槽道："还补呢，脸红得跟猴屁股一样。"

陆文一股脑跑回房车，直奔冰箱，拧开一瓶矿泉水"咕咚"灌下去半瓶。

"你怎么了？"孙小剑问。

陆文道："现在有后台的人，都这么猖狂的吗？"

孙小剑说："你以为容易吗，人前风光可能人后就遭殃。"

第4章 | 误 会

陆文一脸惊愕,半晌都说不出话来。

拍摄前,陆文在树下候场。台词已经熟记到不需要复习,他负手而立,正面看有股老年人的云淡风轻,背后其实在抠指甲。

剧中,叶小武喜欢齐潇,明刀明枪地追求。

林揭和齐潇是青梅竹马,他家境好,成绩好,瞧不上"吊车尾"的叶小武。两个人一见面便互呛。

仙琪姗姗来迟,她本就清纯漂亮,配上校服裙和马尾辫,近似素颜的妆,比平时更加动人。

陆文心如止水,说来心酸,除去那部惊悚片,他在电视剧里是第一次拍爱情戏,经验几乎为零。

不单如此,陆文和女演员的接触也很少。因为陆战擎明令禁止,当演员可以,倘若传出乱七八糟的绯闻,不论真假,一律按照打断腿处理。

陆战擎说打断,不存在恐吓的情况,只存在断成两截还是断成粉末的区别。

此刻,陆文心中没有底,目光飘来荡去落在监视器后面。瞿燕庭坐在那儿,他发怵,万一他演不好,姓瞿的会不会又暴击他一次?

孙小剑在旁边问:"瞅谁呢?"

陆文的指甲盖儿都抠薄了,说:"瞿燕庭。"

"你别紧张。"孙小剑安慰他,"昨天就你一个主角,瞿编只能盯着你。今天不一样,仙琪在场,凡是正常男人都会被她吸引的。"

陆文更没底了。

监视器后,瞿燕庭独自犯困,对今天的戏份一点都不操心。等各就各位,场记打板,他才慢悠悠地撩起了眼皮。

景别是中景,画面宛如校园偶像剧:操场一角,齐潇和林揭坐在双杠下,一个背单词,一个写卷子。

任树感慨:"年轻的帅哥美女凑一块儿,真养眼。"

瞿燕庭撑着头:"好无聊。"

任树说:"这可是你自己写的。"

瞿燕庭道:"那么多集,总要'水'一两个镜头。"

话音刚落,画面中跑进来一人,熟悉的大长腿,背影既矫健又冒失。任树提醒:

"好，不无聊的来了。"

叶小武奔到双杠前，二话没说，在齐潇的面前一蹲。

齐潇抬头："你吓我一跳。"

林揭烦道："怎么哪都有你？"

叶小武一屁股坐在草坪上，盘起腿，冲林揭说："关你屁事，操场是你家的吗？我还奇怪呢，怎么每次找齐潇都能碰见你？我特别靓，'靓仔'的'靓'，你也特别亮，灯泡那种'亮'。"

这一串台词不打磕，陆文的低音炮愣是说出清脆的效果。

瞿燕庭的困意减退一些，他记得陆文演叶小武的试镜片段，大段台词一气呵成，当时他就觉得这个小演员天分不错。

任树有同感："小陆演叶小武的时候，活泛，灵气，台词不比专业的差。"

"他不是科班出身？"瞿燕庭问。

"不是。"任树说，"念的正经一本，学的什么来着，哦，对，国际贸易。那德行还搞贸易，把自己卖了都不知道。"

瞿燕庭笑了笑，继续看屏幕。

叶小武对齐潇说："好不容易上一节体育课，你放松放松，看我打篮球去吧？"

齐潇说："快月考了，我想抓紧时间复习。"

叶小武心烦地说："刚周考又月考，一天天的，怎么总是考试啊！"

齐潇劝他："你上次没考好，别玩了。"

林揭说："他哪次考好了？不过乐观地想，已经是年级倒数第一，不会再有下降的空间了。"

叶小武脸色涨红："我那是故意的，又不是高考，考第几重要吗？你可别忘了，我是光明正大考进这所重点高中的，而且入校排名比你高。"

林揭被堵得没话讲，收起卷子走人。

叶小武麻利地挪到齐潇旁边，凑得很近，校服袖子都挨在一起。齐潇不理他，他就自娱自乐地摸草坪，直到齐潇背完单词。

"最后一节课了，你中午想吃什么？"

"不知道，食堂的菜都吃腻了。"

齐潇站起来活动四肢，叶小武跟着起身，抓住双杠一撑坐了上去。齐潇蹦了蹦，仰着脸说："我也想坐。"

叶小武跳下来，朝齐潇扑了一下，没碰到，是个虚晃逗人的假动作。

他咧开嘴："我帮你。"

这场戏写得很简练，基本只有台词，关于叶小武对齐潇的态度也只有两个字：主动。落实到表演中，导演没有干预，全靠演员自己的设计和发挥。

陆文一系列动作都是主动的细节，接下来这一幕，剧本没有写怎么帮，但显然叶小武和齐潇会发生肢体接触。

双杠高及胸口，抱住举上去似乎是唯一的办法。

任树道："抱得太亲密恐怕不行吧？"

瞿燕庭说："是的。"

任树笑道："看看小陆怎么拍吧，叶小武其实心里有分寸。"

这时画面中，陆文没有伸手拥抱，也没有靠近齐潇，反而退后了一步。他屈起双腿，单膝蹲了下去。

前面是主动，在主动容易失分寸的情况下，他选择了绅士。

没台词，陆文拍拍大腿，示意仙琪踩着他上杠。等仙琪坐上去，他没理裤腿上的灰尘，就那么脏着立在下面。

齐潇问："你不上来吗？"

叶小武说："万一你没坐稳，我接着你。"

镜头上摇，陆文双眸明亮地抬着头，真诚得不像讨好女生，像是小孩子分享心爱的玩具。他把语调也放轻了："你不喜欢吃食堂的菜，我明天给你带午饭，我妈做的水煮鱼特别好吃。"

这一瞬间，瞿燕庭走神，想起陆文伸手拦住他，请他喝小米粥。

任树喊停，这一条顺利拍完。

陆文原形毕露，急忙弯下腰拍裤腿，一边拍一边走，走到导演那儿，余光里出现瞿燕庭的轮廓。

他站好，有点忐忑地等评价。

任树很满意："三个人都比较稳。小陆是主角，表现不错，比我预想的更好。"

瞿燕庭没有异议，这场戏需要演员自己去雕琢。通过肢体细节展现主动，陆文把握得很好，而在神态里，陆文多流露出了一份纯情。

这份纯情令叶小武更显真诚，令整段戏更有初恋的青涩感，是意外之喜。

拍摄前的紧张一扫而空，陆文要去准备下一场，临走，用眼神雪洗昨天的耻辱，犀利地剜了瞿燕庭一眼。

瞿燕庭只顾着腰疼，毫无察觉。

工作人员过来搬机器，任树拎上水杯："要换地方了，下一场在教学楼。"

教学楼有大量群演，瞿燕庭欠一欠身："我不过去了。"

任树说："那你歇一会儿吧，演员都去拍摄了，三辆房车随便挑一辆休息会儿，瞧你困的。"

所有人转移到教学楼，一场戏拍完，片场的气氛活跃不少。陆文和阮风对下一场戏的台词，你来我往中阮风飙出一句方言。

陆文好奇道："是山城话吗？"

阮风说："西川话。"

陆文恍然大悟："哦，对，网上说你是西川人。"

"我品种不太纯。"阮风道，"其实我是北方人，不过小时候去了西川，是在西川长大的。"

叶杉和叶小武就是半路南迁，陆文思及阮风和瞿燕庭的关系，说："你的经历很像男主角，名气也大，演男主角挺合适的。"

阮风沉默数秒，说得极轻："不，我并不像。"

陆文没听见，在琢磨瞿燕庭为什么不让阮风演男一号。

琢磨了半天，他想，大概是因为他更帅吧。

接下来拍摄一些琐碎的校园镜头。叶杉是三流学校中的异类，叶小武则是重点高中里的奇葩。他捣蛋、爱起哄、热心、讲义气，在每个班都有好哥们儿，和叶杉的处境完全相反。

拍摄一直进行到下午，陆文今晚排了一场大夜①，现在有三个小时的休息时间。

陆文返回房车，一上小客厅便迫不及待地脱下校服外套，一边走一边撸下衬衫。走到里间的卡座旁，他光着膀子猛然愣住。

卡座上居然窝着一个人。

那个人居然还是瞿燕庭。

车窗边，瞿燕庭身体微弓，一只手肘搭在窗台上，握拳支撑在太阳穴处。他在睡

---

①大夜：指拍摄至很晚，甚至通宵的戏。

觉，呼吸声很轻，像疲惫了一天搭末班车的上班族。

陆文呆滞片刻，收回解裤腰带的手，捡起衬衫重新套上。他在自己的房车里局促起来，不敢换衣服，不敢哼歌，连动作也无意识地放轻。

他在桌对面坐下，桌上的游戏机、半杯水、润唇膏，所有物品都原封未动。窗帘仍然卷着，毯子叠得整整齐齐。

瞿燕庭什么都没碰，只安分地借了一席地方。

陆文审视一圈，目光终于投向对面的不速之客身上。

从遇见瞿燕庭开始，他的心情就仿佛坐过山车一样，要死要活，半死不活，死去活来，复杂得说不清楚。

光线不太明亮，瞿燕庭醒来时以为是晚上。

他是男人，去女演员的车上不方便，和阮风有意避嫌，所以就在这辆车上补了一觉。醒来对面多了个大活人，并面无表情地凝视他。

瞿燕庭坐直，为显淡定，清了清嗓子。

陆文敏感的神经立刻反应，抢先一步说："我今天可没有NG好多条。"

瞿燕庭慢半拍地说："哦。"

陆文又说："任导说我表现得很好，他特别满意。"

瞿燕庭反应过来，陆文草木皆兵，大概是被昨天的谈话刺激到了。

有压力才能进步，何况这是位给点儿阳光就灿烂的主儿。他把"我也很满意"咽下，改口说："谈不上特别好，正常表现吧。"

陆文不服气："你是不是对我有偏见？"

他不尊称"瞿老师"了，也不尊称"您"了，仿佛和瞿燕庭已经结下什么惊天大梁子。

不过瞿燕庭不在乎称谓，回答："异性相吸，这场戏不难演。你帅哥，她美女，面对面就会有磁场吸引的感觉。"

陆文理直气壮："我没有啊。"

"真没有，还是抬杠？"

"没有就是没有。"

瞿燕庭满脸淡然："你是不是有问题啊？"

陆文险些蹿起来，在心里冲瞿燕庭狂吼，以为谁都跟你一样吗？！

他憋下这口气，暗戳戳地回答："我当然没问题，只是这段戏没什么感觉，读剧本的时候一点恋爱的悸动都体会不到。"

瞿燕庭问："你是说我写得有问题？"

陆文心想，废话，你写男女之情能没问题吗？

房车里忽然安静了，瞿燕庭在陆文的默认里也沉默了起来。他没有反驳，也没有以编剧的身份压人，低下头，用手掌摩挲毛衣的边缘。

半晌，他的掌心都热了："那你说说，恋爱的悸动是什么感觉？"

陆文一怔，扭开脸，支支吾吾地说："这有什么好说的，谈过恋爱就知道啊……再说了，每次谈都有新感觉……我说不清。"

瞿燕庭问："你谈过很多次吗？"

陆文回答："怎么讲呢，我的前女友能绕山城三圈。"

一个低着头，一个别开脸，谁也没发现彼此的不自然。好一会儿后，瞿燕庭说了相识以来第一句肯定的话："你还挺厉害。"

陆文骑虎难下，心虚地吞了口口水。

Chapter 5

第 5 章
吻 戏

"我想先和仙琪多磨合磨合,然后再拍。"
"你谈过的女朋友能绕山城三圈,每一个都先磨合磨合?"

天色初明，瞿燕庭一大早抵达片场，从小区门口到单元楼这段路，他也尽量避免和太多人碰面。

　　秋日清晨的小区内很是冷清，四处没几个人，大夜结束的A组人马全部在单元楼背面的空地上休息。

　　小张拎着一袋早餐迎过来："瞿编，早。这一份是给您的，豆浆小笼包，您吃不惯的话我再去买别的。"

　　瞿燕庭接过，说："谢谢。"

　　小张解释："不是我买的，A组昨晚上大夜，刚收工。陆文哥体恤大家辛苦，请全组人吃早餐。"

　　瞿燕庭没说什么，拎着包子豆浆进了单元楼。

　　昨天休息室没人用，房间里有些闷，他走到阳台上开窗通风。小区内地方有限，立在101的阳台上，能将楼后面的光景一览无余。

　　窗外，A组熬完通宵人困马乏，所有人东倒西歪地就地休息，吃早餐的吃早餐，打瞌睡的打瞌睡。

　　瞿燕庭视力一般，无法逐个观察，只注意到几位"画风清奇"的同志：葡萄藤下，任树和刘主任脸对脸趴在桌上开小会；美术指导蹲在路灯下，擦拭脚上一双荧光橘色的球鞋；最显眼的，当数别人瘫着他立着，并且是在栅栏前倒立的男一号。

陆文已经倒立了五分钟，血液微微上头，将通宵拍摄的疲倦冲淡许多。

他不敢坐，更不敢回房车休息，怕自己两眼一闭睡成死猪——因为白天还有两场戏，拍完才可以收工。

孙小剑蹲在一旁："下来吧，咖啡不烫了。"

陆文翻下来，擦擦手，接住一杯特浓咖啡吊精神。昨天傍晚本来能睡一觉，结果瞿燕庭在房车上，不仅侵入他的私人空间，还给他添堵，走之后都害他睡不着。

孙小剑问："昨天你和瞿编聊什么了？"

"没聊什么。"陆文道，"我不爱聊闲天。"

孙小剑一听便明白了，八九不离十是在抬杠，说："瞿编从房车上下来，脸色有点冷。"

陆文饮一口咖啡："多新鲜，他什么时候给过我好脸色？"

孙小剑想了想，确实。他感觉陆文和瞿燕庭之间，有一种关系破裂，但低头不见抬头见，不得不打交道的撕扯感。

"特别像……"他比喻道，"因抚养权而勉强维持联系的离异夫妻。"

陆文差点把咖啡喝鼻孔里："少胡说。"

孙小剑道："那你说是什么感觉？"

陆文试图找一个合适的词，想了几个似乎都不够准确。他语文不太行，便敷衍过去："我干吗对他有感觉？我候场去了。"

说是候场，周围就这么大地方，不过是沿着墙根儿绕一圈，在楼前人少的位置等候。他靠边站，等各组人员准备就绪。

陆文倒立时滑下一截裤管，此刻仍卡在膝弯处，露着修长紧实的左小腿。他一向好动，即使身体疲惫，脑袋也要东张西望地瞧稀罕。

一回头，发觉自己原来站在101的阳台窗下。

陆文再一抬头，发现瞿燕庭站在窗内，他吓得弹开一步，内心意外又焦躁，用力跺跺脚，将裤腿弄了下去。

瞿燕庭本未察觉，这下循声垂眸，面无波澜地看着陆文，然后举起杯子，吸溜了一口傻小子请的甜豆浆。

两人四目相对，一瞬后便错开，陆文赶紧把头扭回去了。

接下来布景完成，各部门就位，陆文走向葡萄藤。

这架葡萄藤是叶杉种的，他于无数个深夜独自坐在下面排遣心事。

昨夜通宵拍摄，半宿的时间都是在葡萄藤下过的。

即将拍摄的这一场，是叶小武翘课回家，发现叶杉的新书被毁坏，想为叶杉重新买一本。他没钱，见街坊在葡萄藤下打牌，于是心生一计。

陆文走过去，方向掉转，瞥见瞿燕庭已经离开了阳台。

拍摄开始。

"叔叔阿姨，又打牌呢。"叶小武冒出来，往架子上一靠。

对于他翘课，街坊司空见惯，杨阿姨说："重点高中那么难进，你三天两头地逃学，以后有得后悔。"

叶小武说："今天开运动会，我就回来了。"

"胡说八道。"林叔叔说，"我侄子和你同校，说下个月才开。"

叶小武没心没肺笑着："嘿嘿。"

杨阿姨说："小心你妈回来抽你。"

叶小武无所谓道："我就说脑壳痛，我妈最疼我，舍不得打。"

钱大爷悠悠开口："他逃就逃咯，学又学不会。我看应该他去鱼摊帮忙，反正考大学也没指望。"

叶小武最不喜欢钱大爷，糟老头子倚老卖老。他说："你就知道我考不上？我如果考上大学，开学典礼请你去。"

钱大爷也不认输："你能考进去，那我能去大学里面当教授。"

叶小武话锋一转："您把当教授的事放一放，先结一下拖欠的五次台费行吗？"

钱大爷变了脸："小兔崽子，十块钱也要催债，等我赢钱就给你。"

叶小武说："你每次都这么说，前后五次了。十块钱台费你都拖，你吃碗小面是不是要分期啊？吃锅串串是不是要贷款啊？"

钱大爷向来爱占便宜，恼羞成怒地把牌一推，赖掉十块钱走了。

叶小武立刻坐下："我来我来，玩多大的？"

杨阿姨道："你有本钱吗？别凑热闹。"

"您不懂了吧。"叶小武说，"我这叫空手套白狼。"

叶小武学习不行，跟学习无关的东西样样拿手。他加入牌局，一改吊儿郎当的样子，专注看牌，连声都不吭。

一旦赢钱，他便屈起两指在桌角敲一敲，示意大家给钱，姿态如同一个老手。

几圈结束，叶小武不只赢够书钱，按他们家的生活水平，他和叶杉下个月的零花钱都够了。

他毫不恋战："就玩到这里吧。"

另外三人不甘心，要求再来一局。

叶小武把零散的纸币一张一张地叠起来："谢谢各位叔叔阿姨的赞助，我要给我哥买书去了。"

任树喊道："停，过！"

休息一小时拍下一场，工作人员先换场准备。

陆文没有挪窝，停留在椅子上，等周围人七零八落了，他注意到阮风立在葡萄藤外。任树也看见了，问："你什么时候来的？"

"好半天了。"阮风回答，"听说A组拍打麻将，我来看热闹。"

陆文心想，不愧是西川人，虽然品种不太纯。

这部戏从立项到筹备，任树基本告别了一切娱乐活动，他走到桌边，心猿意马地摸了张牌。阮风也凑过来，加上陆文，形成三缺一的局面。

人差不多走光了，阮风说："不够人耍。"

任树环顾一圈："再叫个人，去叫瞿编来。"

阮风眉头一紧，下意识地摸了摸兜里的钱包："瞿老师肯定很忙，还是不要叫他了吧。"

陆文暗道，这大概就叫作避嫌。

任树说："大学的时候我们偷偷在宿舍打牌，瞿编从来不参与，应该是不太会。当时是穷学生，输了难过，如今就无所谓了。"

阮风不失礼貌地笑笑："呵呵。"

任树说："去叫他，他输的钱请咱们喝饮料。"

阮风仍然不情愿："还是算了吧……"

"年纪轻轻怎么那么磨叽？"任树使唤道，"小陆，你去叫瞿编。"

有些事真是沉默也躲不过，陆文无奈地遵命，去单元楼里敲门。敲得手都酸了，瞿燕庭才打开一条门缝。

陆文开门见山："打牌吗？"

瞿燕庭说："没兴趣。"

陆文撇清关系："是任导让我叫您的。"随后，他又若无其事地加上一句："而且，阮风也在哟。"

瞿燕庭没反应，"哟"什么"哟"，不理解这人冲他撒哪门子娇。

陆文没耐性了："我们都知道了，您不太会玩。牌技差也没关系，您的身份摆着呢，我们哪敢赢太多。"

瞿燕庭本想关门，却被这语调招惹了，怀疑陆文拍一场叶小武真把自己当成了雀神。他改变主意，答应道："那好吧。"

旁人都撤了，编剧、导演、男一、男二，聚在葡萄藤下打牌。

瞿燕庭什么都没拿，坐下填补三缺一的位置，看样子准备空手套白狼。陆文在对面，不知是不是错觉，他觉得阮风的表情有些凝重。

牌局开始，瞿燕庭问了一句"玩多大"。在此之后他一声不吭，只盯着牌桌，摸牌和出牌都轻拿轻放。

一圈打完，瞿燕庭赢三家。

陆文抬头，见瞿燕庭屈起食指和中指在桌角敲了两下，示意他们掏钱。他身上没现金，也没预料到会输，讪讪地问："能扫码吗？"

瞿燕庭眼皮都不抬："从你片酬里扣。"

又提片酬，陆文说："下一把我就赢回来。"

下一把，瞿燕庭赢两番四倍，再下一把，瞿燕庭和出清一色，没完没了地压制他们。直到任树和阮风输光了现金，牌桌上终于安静了。

陆文计算欠了多少钱，越算越不可置信。有没有搞错，这叫不太会？

任树嗓子卡痰似的："燕庭，你深藏不露啊。"

瞿燕庭急着干活儿，无意炫耀牌技，说："手气好而已，就玩到这儿吧。"

任树说："再来一局，让我们翻个盘。"

瞿燕庭一点都不恋战，将钞票一张一张地叠起来，招手叫来剧务，道："感谢任导和小阮的赞助，明天我请全组吃早餐。"

他说完挪开椅子准备回单元楼，走之前仰头看了看上方的葡萄藤。

陆文旁观着，脑海中回想起瞿燕庭打牌时的场景，巧合般地与他演绎的一幕幕重叠了起来。

任树把钱输光后老老实实地去拍戏了。顷刻间，葡萄藤下只剩陆文和阮风。

阮风将钱包揣起来，嘟囔道："我就说别叫他，非要叫。这下好了，本来就不挣钱，现在还要倒贴。"

陆文回神："什么不挣钱？"

"拍这戏啊。"阮风说，"本来就拿一丢丢片酬，还输一笔。"

陆文没忍住："你的片酬怎么可能就一丢丢？"

阮风叹了口气，他的片酬确实还可以，但他接这部戏是友情价。既然说了，他索性不藏着掖着，靠近陆文的耳边，低声说了个数字。

陆文震惊到以为自己听错。

阮风的片酬，居然只有他的三分之一。

震惊过后，陆文疑惑了。既然事实如此，说明之前在办公室，瞿燕庭骗了他？

可惜他没有时间思考太多，A组全部转移完毕，他这个男主角要尽快就位。下一场戏倒是不太远，就在隔壁的学校拍摄。

栅栏少了几根，陆文就近钻过去，经过101的窗外时，他蹦起来向窗内望了一眼。

客厅里的瞿燕庭自然看不到，打牌回来后，他便继续专注地修改剧本。

第三十场戏是叶小武和齐潇的感情戏，创作时他便不算满意，成稿前来来回回修改了很多次。

他拿捏不准，要么笔墨太少，不足够，要么浓墨重彩，过了火。

瞿燕庭的手指悬在键盘上，一句台词卡壳，脑海里倏然闪过陆文的评价——读剧本感受不到恋爱中悸动的感觉。

教学楼内，第二场戏正在拍摄。

这是一场打架的戏，中午放学，叶杉去鱼摊帮工，叶小武偷偷来叶杉的学校，找那几名欺负叶杉的男生报仇。

拍之前，任树郑重强调，别搞"流星拳"和"旋风腿"，也没有偶像剧式的特写慢放，要演绎得贴近生活、写实。

陆文觉得导演多虑了，仿佛他多厉害，能打得很炫彩似的。

他虽然高大得如一匹野马，但摊上一个高大得如汗血宝马的退伍兵父亲，挨揍的经验更丰富一点。在外面惹事的话，他还有三个情同手足的发小，向来都是一起冲上去的。

台词不多，叶小武挑衅两句后便动了手，一对六，一路从教室打到走廊，寡不敌众，挨了不少拳脚。他有股为叶杉出气的狠劲儿，不打败对方誓不罢休。

叶小武摔倒滚了一圈，爬起来，将六个人全部干趴。

本想放句狠话，训导主任赶过来了，叶小武撒丫子就跑，一边跑一边嚷嚷："管管你们这帮学生！再有人欺负叶杉，我下次还来！"

陆文拐下楼梯，这场拍完了。

他浑身脏兮兮的，腿有点疼，打滚儿把膝盖磕破了。李大鹏第一时间来扶他，蹲下身为他贴创可贴。

陆文对李大鹏要求不高，毕竟对方是剧组助理，不过这几天试下来，李大鹏细致得像他家里的老保姆。

A组可以收工了，陆文回房车卸妆、换衣服，收拾好东西，离开剧组前返回了小区。他不喜欢欠人钱，拿着钱包直奔编剧休息室。

客厅内小打印机运转着，"刺啦刺啦"地响。瞿燕庭已经改完第三十场戏，按照改一场拍一场的计划，会加塞到明晚拍摄。

"咚咚咚"，有人敲门。

似乎料到瞿燕庭会拖半天才开，对方不敲了，直接喊话："我是陆文，来还打麻将输的钱。"

瞿燕庭无法再拖延，拿起打印好的一份剧本。A组都收工了，剧本原本要等明早再分下去，既然陆文过来了，就提前给他。

陆文连轴转累坏了，抬臂靠着门框，额头抵在门板上，瞿燕庭一开门，他前倾些许，两人之间近在咫尺。

瞿燕庭退回一步："站好。"

陆文收回手，撸了一下短发。他打开钱包，麻利地抽出一沓红票，递过去，说："打麻将的钱，你数数对不对。"

瞿燕庭不接："明晚请A组吃夜宵吧。"

陆文"哦"一声，随即记起拍摄通告："不对啊，明晚又没戏，我怎么请？"

瞿燕庭递上剧本，说："第三十场戏有改动，场次调整到明晚。有问题吗？"

陆文接过剧本，没顾上回想这场戏的情节。或者说，从瞿燕庭打开门开始，他满脑子都是阮风透露的他俩片酬的信息。

瞿燕庭为了羞辱他，不惜撒谎骗他？

陆文张张嘴，犹豫一会儿将问题咽了下去。他和瞿燕庭的身份不对等，瞿燕庭想怎么回答都行，他很大概率会得到一个自讨没趣的答案。

他改口："没问题。"

瞿燕庭叮嘱："把剧本提前记熟。"

"好。"陆文说，"拜拜。"

回到酒店，陆文什么都懒得琢磨了。他太困了，洗完澡将窗帘一拉，眼罩一戴，上床睡得昏天黑地。

定好晚上六点的闹钟，没醒过来，生生睡到了八点半。

外面灯火通明，陆文赖在床上叫了客房晚餐，准备吃饱饭后看剧本。

等待的工夫，他拿起手机，有三条来自孙小剑的未读信息。

第一条是转发剧务的通知，第三十场戏提前拍摄，这事他已经知道了。

第二条：哎哟喂！我好期待啊！

第三条：你期待吗？

又要熬夜，陆文不明白期待个什么东西。他下床拿出剧本，翻了翻，顿时明白了孙小剑在期待什么——第三十场戏是叶小武和齐潇正暧昧的阶段，晚上叶小武送齐潇回家，分开前吻了齐潇。

换言之，他明晚要和仙琪拍吻戏。

第二天，白天的拍摄非常紧凑，不知不觉便忙到了傍晚。

天黑一入夜，A组人马便转移到另一处片场，也就是剧中齐潇的家，一处有洋房有别墅的高档小区。

各组都在做拍摄前的准备，夜戏不好拍，灯光照明的工作难度大幅增加，灯光组一直在调试。

某棵树底下，陆文蹲在道牙子上，膝盖的伤口重新裂开，有些刺痛。他手里捏着一片落叶，转竹蜻蜓似的来回搓叶子的梗。

临近拍摄，他心里真的有点紧张。

今晚就要拍吻戏了，那可是他的……

陆文掏出手机，想玩一局游戏放松放松，忽然想起答应了今晚请客，于是点开外卖软件，找了一家貌似不错的餐厅。

他按人头数点单，每人一份招牌鱼片粥和牛奶芋头糕，付款时一顿，返回点单页面修改了一下。重新付款时，编辑了一句备注。

陆文心思飘忽，订完餐就忘记打游戏，站起来，沿着树荫朝人少的地方溜达。

他晃悠到房车附近，男女主的房车并排停着，此刻大家都聚集在片场，车四周没有人，一片漆黑。

陆文摸黑上车，拿了一盒薄荷糖，下车从车尾经过两车之间的空隙，冷不防地，发现车身侧面的休息棚下，隐约有一个人影。

"妈呀！"他吓得号了一嗓子。

人影被陆文吓得一抖，从椅子上站起来，打开便携灯，将整束光照向车尾。

陆文眯了眯眼睛，迎着光走过去。

走到跟前他就后悔了。

瞿燕庭放下便携灯，坐回椅子，脸上写满了发自内心的无奈。片场乱糟糟的，他在此处躲清静，没料到清静成这个样子的犄角旮旯，也能被人撞见。

这人还反咬一口："吓死我了。"

瞿燕庭没吭声，他何尝不是心有余悸。

静默了半分钟，陆文没离开，退后至另一辆车身前。

瞿燕庭有种不祥的预感，以他对陆文的了解，对方八成是要找事儿。

果然，陆文咳嗽一声："今晚这场戏，为什么提前拍？"

瞿燕庭回答："因为有改动。"

陆文又问："为什么要改动？"

瞿燕庭说："你用不着了解。"

陆文被堵得没话讲，在昏暗中生闷气，其实他一点都不想了解，他只是不想把下个月的戏提前到今晚拍。

晦暗的光反射在车身处，瞿燕庭依稀分辨出陆文的脸色，郁闷、忐忑，糅合在一起瞧着怪难受的。

他问："你有问题？"

陆文说："我和仙琪才见过三四面，就拍吻戏，我怕拍不好。"

瞿燕庭很意外，对演员来说，吻戏和其他戏份没什么区别，都是演绎罢了，没想到陆文会担心这个。

但他也给不出什么建议，便道："没关系，就……亲就行了。"

"说得容易。"陆文说，"亲不好还不是不给过。"

瞿燕庭的忍耐有限，也不喜欢小演员讨价还价。他将便携灯一扭，给陆文打了一束专属强光，问："那你想怎么样？不拍了？"

陆文本来弓着背，懒洋洋的，光束一来立刻挺直脊椎，还揣起兜。他以为瞿燕庭动摇了，立刻说："我想先和仙琪多磨合磨合，然后再拍。"

瞿燕庭回道:"你谈过的女朋友能绕山城三圈,每一个都先磨合磨合?"

陆文哽住:"我……"

瞿燕庭继续说:"你挺细致的啊。"

一句话戳到肺管子上,陆文恼羞成怒:"我是怕人家女生不好意思,我有什么可担心的,不就是接吻吗?我就担心我接的吻没法过审!"

陆文胡咧咧一通,打开薄荷糖朝嘴里倒了几颗。

远处传来很脆的纸袋子声音,两人一齐望向靠近的黑影。剧务小张找了一大圈,循着亮光跑过来,手里拎着两份外卖。

"瞿编,陆文哥!"小张喘着气,"你们俩叫我好找!"

他把外卖放在桌上,打开袋子,一边拿一边说:"谢谢陆文哥请客,大家都吃上了,你和瞿编也趁热吃吧。"

陆文问:"没有漏的吧?"

小张说:"没有,每人一份牛奶芋头糕和招牌鱼片粥,鱼片特别多,特别鲜。"

餐盒摆出来,小张便跑走了。

瞿燕庭不吃鱼,自然也不会喝这份鱼片粥,这时陆文走过来,把其中一份推到了他面前。

"我不吃。"

"那你看看,毕竟它这么香。"

瞿燕庭愣了一下,低头看餐盒,侧面贴着一张打印的小条。餐品名称是"皮蛋瘦肉粥",备注有一行字:请标明,这份给瞿老师。

他倏地抬头,仰脸去看陆文。

陆文又摆出那副欠揍的样儿:"爱吃不吃,反正我请了。"

瞿燕庭没生气,摸了一下略烫的餐盒,然后把便携灯关掉。

他好歹是编剧兼投资人,妥协的话明着说不出口。

于是在暗中,他道:"先试试借位吧。"

陆文一惊:"真的?"

尽管看不见五官,瞿燕庭还是能从语气里判断出陆文的情绪变化。他把灯拧开一点,微弱的薄光下,陆文的表情的确轻松许多。

虽说吃人嘴软,但瞿燕庭妥协不全是因为这碗粥。角色目前是高中生,不建议拍正面接吻的镜头,可以借位,把控角度令观众会意即可。

瞿燕庭省去解释，只给一份忠告："你正经的拍戏经验不多，面对许多第一次，紧张或抵触是正常的。你要尽快学会克服，强迫自己接受，甚至享受，明白吗？"

陆文的松快劲儿被冲淡了，瞿燕庭好声好气的一番教诲令他忍不住反思自己。

他问："我是不是很不专业？"

瞿燕庭如实回答："非科班，确实有一些。"

陆文感到受挫，很想追问一句"你是不是又看扁我了"，但为了自尊心，他选择憋着。因为以过往经验来说，瞿燕庭根本不屑于哄骗他，一定会给他一击。

谁料，瞿燕庭话锋转折："不论科班与否，演员都有自己的上限和下限，想做到哪一步就要有相应的付出。你如果有天赋，现在处于下限，那就努力冲向上限。"

陆文点点头，认真记住瞿燕庭的这句话。

他目前不清楚自己的下限和上限在什么位置，希望有一天，他能自信地判断出自我的优劣。

瞿燕庭搅动餐盒里的粥，香气飘溢，弥漫在这个静谧的犄角旮旯。他喝了两口，发现陆文放着外卖不碰，依旧在嚼薄荷糖。

"你怎么不吃？"

"哦，我拍完再吃。"

陆文抓起便携灯，夹怀里，使光束从下巴照向头顶，吓人地说："等会儿凑近念台词，我怕熏着女演员。"

瞿燕庭暗道，对女孩子蛮绅士的。他不知道的是，当初开机宴，陆文担心见面时会熏着他，整个晚上一直饿着肚子。

拍摄时间差不多到了，瞿燕庭喝完粥，动身与陆文一起返回片场。牛奶芋头糕还没吃，他隔着包装纸捂在掌中取暖。

拍摄场景是小区里的一段路，监视器布在道旁，周围挤满歇工的工作人员。瞿燕庭没过去坐，立在"齐潇家"门口左侧的树荫下。

演员就位，仙琪说："谢谢你的消夜，下次我请。"

陆文嚼了半盒子的薄荷糖，一张口吸气，冷得像嘴里刮起旋风："等会儿拍摄，冒犯了。"

仙琪拍过不少爱情剧，但是这样说的男演员并不多，她回道："言重了，借位而已，咱们放轻松就好。"

导演亲自喊"开始"，一声令下，瞿燕庭在阴影里默默剥开了芋头糕。

第5章　吻　戏

　　道旁的树栽得很密实，树后面是一排小洋房，叶小武和齐潇停在七八米外，距齐潇家门口有五棵大树的距离。

　　怕家门口有被人发现的危险，叶小武每天就把齐潇送到这个位置。

　　他恋恋不舍地说："这么快就到了，你去吧，我看你拐进门再走。"

　　齐潇说："今天能不能把我送到家门口那棵树下？"

　　叶小武笑起来："你不是说那棵树离你家太近，怕被发现吗？"

　　齐潇解释："路灯坏了，看不清。"

　　叶小武和齐潇并肩慢行，走到第五棵树，两个人默契地藏在树荫里面。齐潇向树下的草丛张望，同时挪动碎步离叶小武近了一点。

　　叶小武问："瞧什么呢？"

　　齐潇说："昨天草丛里蹿出一只野猫，差点抓到我。"

　　叶小武明白了："你是不是害怕，所以让我陪你走过来？"

　　齐潇不只怕猫，也怕黑，她羞于承认，答非所问地说："到我家门口了。"每一晚分手前，都是这一句台词。

　　叶小武却没按惯例说"再见"，他审视四周，确认无人后上前一步："这么高级的小区路灯也会坏啊，要是一直坏着就好了。"

　　齐潇装作听不懂："那我回家了，明天见。"

　　瞿燕庭咬下一口芋头糕，他在左侧，演员在右侧，相隔的过道被摄影师占据。机器挡住七七八八，他只能看到陆文垂在身旁的一只手。

　　从上前一步后，那只手就握成了拳头。

　　仙琪说完台词，转身欲走。陆文一手握拳，另一只手去抓，本应该抓住仙琪的手臂，一不小心抓住了对方的书包带子。

　　"齐……齐潇。"他结巴了。

　　仙琪转回身，面容羞涩。

　　陆文迈出脚尖，同时攥着书包带子把人拽回来，感觉够近了，于是硬生生地将脚尖收回。

　　他问："你是真的害怕，还是想和我多走一截？"

　　仙琪回答："我真的害怕。"

　　关键点要来了，陆文满脑子都是马上要进行的吻戏，台词吐得很僵硬："以后，我保护你。"

说完，陆文弯曲双膝，慢慢向仙琪俯身，膝盖上的伤口隐隐作痛。虽然是借位，但两人的嘴唇要离得很近，越近越紧张，他浑身的肌肉绷得像一块铁板。

瞿燕庭这才体会到陆文对吻戏的担忧。

果然，演的什么玩意儿。

任树忍无可忍："停！都停！"

陆文刚站直，任树已经冲过来，将他的手臂"啪"地打到一边。很疼，他甩着胳膊退后一步。

"小陆，你抓她书包干什么？"任树说，"一手握拳，一手拽书包，你搞对象还是劫钱啊？"

陆文讷讷道："我不小心抓错了。"

"那赶紧松开啊，一直抓着有毛病吗？"任树嚷道，"在树下的状态就不对，太拘了，膘眉耷眼的，台词念得傻死了。"

陆文有些无力："我……"

"你不用解释。"任树道，"你吻她的时候太僵硬了，你去镜头里看看，半身不遂都比你灵活。"

这时仙琪摘下书包，蹲下去揉捏脚踝。她穿了内增高弥补身高差，陆文拽她那一下有点猛，把脚崴了。

陆文尴尬得想撞墙，连连道歉。

夜戏时间紧，任树要亲自教一遍戏。

其他人四散开，过道空了，女主去冷敷，任树看见另一侧的瞿燕庭，叫道："吃糕群众，你过来。"

瞿燕庭并不想过去，但不好当众拂导演的面子，咽下最后一口芋头糕，他走入那一片树影。

任树对陆文说："现在，我是叶小武，瞿编是齐潇。"

瞿燕庭想躲："我脚也崴了。"

"你少来。"任树抓住瞿燕庭的手腕。念导演系的时候，他们没少一起磨本子，把编、导、演的活儿都尝遍了。

瞿燕庭猝不及防，没挣开，便防御性地环住手肘。

任树一边轻拽瞿燕庭，一边讲道："要抓手，温柔地拉过来，自己再靠近，是一个互动的推进过程。"

两个人面对面了，任树说："你个子高，叉开腿或弯腰都无所谓，动作一定要自然流畅。"他比瞿燕庭矮，看上去有点滑稽："拉过来就松开手，去托她的脸。"

陆文直勾勾地看着，瞿燕庭立在那儿，脸侧被任树托住，他躲了一下，就这轻微的一下，让这场配合多了几分被摆弄的无奈。

无奈却没有反抗，显得……很乖。

任树用拇指按住瞿燕庭的下巴，借位吻，吻自己的指甲盖儿。

他讲到重点："蜻蜓点水的吻，你要把握好速度。先接近她，停留一会儿，拍完特写，镜头转后你再亲下去。"

陆文不禁又握住了拳头。

叶小武是有预谋地亲齐潇，要表现出来，任树在这里加了一个细节："你先接近她的脸颊，令齐潇和观众以为叶小武要亲的是脸。最后一句台词放到这一步，说完在齐潇失神的空隙，低头吻嘴唇，等于诈了大家一下。"

几乎详细到每个分镜头，任树演示完毕，退到一边，问："小陆，记住没有？"

陆文目不转睛，视线还停留在瞿燕庭的身上，一点点投入叶小武的人设中，他回答："记住了。"

任树掌心朝内勾了一下："来，按照我教的过一遍戏。"

陆文压根儿没注意到任树的手势，只记得任树说，瞿燕庭是齐潇。他现在是叶小武了，一步迈过去，堵在瞿燕庭的面前。

由于身高的关系，瞿燕庭一直颔首，此刻不得不抬起头来。他来不及反应，腕间一热，陆文伸手抓住了他。

许是握久了拳头，陆文的掌心有一层温暖的薄汗。

他要温柔，攥着瞿燕庭的手腕微微使力，将对方朝自己拉近了半步，同时迈出脚尖，填补另一个半步。

陆文的右肩挂着书包，便只抬起左手，轻轻地捧住瞿燕庭的腮边。他的手很大，手掌托着脸，指尖触碰到瞿燕庭的耳郭。

瞿燕庭身躯僵硬，环着的双手悄然抓紧了自己的衣袖。不知是被陆文的手掌烘暖了，或是其他原因，他的半张脸都变热了。

他呆滞得忘记躲闪，又突然一颤，因为陆文已经低下头，偏停在他的脸颊一侧。

没有打光，路灯坏着，树影下晦暗不明，陆文只能看见瞿燕庭瞳孔中的亮星，眼睫一垂，那点光也遮住了。

他靠近,再靠近。

耳畔,陆文对瞿燕庭说:"以后,我保护你。"

Chapter 6

第 6 章
纸 条

"你幼不幼稚,以为拍电视剧吗?"
"我就想让你消气。"

瞿燕庭像一块易碎的玻璃，那四个字如雨水滴落砸下来。他如梦方醒，松开手，将陆文一把推开。陆文趔趄半步，也梦醒般从角色中脱离。

瞿燕庭的神情隐没在阴影中，无法看真切，他的声音也显得缥缈，沙哑地说道："我不需要。"

陆文一时难以开口，转瞬间，瞿燕庭便剥夺了他开口的机会，声音变得清晰又冷漠："能拍就拍，不能拍我整段删掉。"

瞿燕庭说完没有停顿，大步离开，身影很快看不见了。片场陷入一阵死寂，工作人员不明情况，齐刷刷地望向树荫，陆文整个人都傻了，他身后的任树也有些蒙。

几分钟后，导演助理来告知，瞿燕庭坐保时捷走了。

陆文直觉这次的问题很严重，他之前言语顶撞，大声嚷嚷，甚至吹胡子瞪眼，可瞿燕庭永远是从容不迫的，刚才那是第一次翻脸走人。

他回头看任树，喊了句"导演"。

"叫我干吗？"任树问，"现在想起我来了？"

陆文做好挨骂的准备，走到任树面前。突然，任树一抬手，他下意识地往后躲，以为任树要抽他。不至于吧？就算要抽，也应该瞿燕庭亲自抽吧？

任树掏出烟盒和火机，叼一支烟点上："你怕什么怕，刚才不是挺霸道的吗？"

陆文愣在原地，不知如何辩解。

任树简直气乐了:"你吃什么长大的,怎么那么虎啊?"

陆文说:"不是您让我过一遍戏吗?"

"我没让你跟瞿编过啊。"任树愁得慌,"女主不在,我朝你招手,示意你跟我过,你拿瞿老师过哪门子戏?"

陆文问:"您招手了吗?"

"废话,我就差说'嗨'了。"任树半怒半开玩笑道,"你压根没看我,就算我长得没瞿编好看也不能这样吧?"

陆文抹了把脸,沾着薄汗的手心蹭过鼻尖滑下,托住自己的腮帮。刚才的画面不禁浮现出来。

此时陆文捧着自己的脸,看起来就像拔了智齿。

任树沉默地抽烟,虽然训了陆文一通,但其实他对于瞿燕庭的反应颇觉讶异。他们导演系出身,干这行,教戏时亲自上阵如家常便饭,念书时就懂。也正因如此,陆文傻兮兮地和瞿燕庭比画时,他没立即阻止。按理说,瞿燕庭没有第一时间推开陆文,是接受配合的,不明白为什么突然又不乐意了。

陆文也不明白,问:"导演,到底什么情况?"

任树分析:"估计是这场戏太暧昧了,前面还能坚持,后面就不行了,这哪个男的受得了。"

陆文心说,行了吧,问你也是白问。

这段插曲过后,所有人员各就各位,继续拍摄,片场仿佛不曾发生什么。但这个行业的人传八卦最快,瞿燕庭翻脸走人的事明天就能传遍全组。

拍完已是深夜,回酒店的路上,陆文窝在车厢最后一排,耷拉着头,半截身子都滑到座椅之外,真有点半身不遂的意思。

"一时失志不免怨叹,一时落魄不免胆寒……"他心烦必唱歌。

孙小剑罕见地没有插嘴,经历这么多他已经领悟,一切的一切都不是他这个经纪人的错。他看透了,哪怕是公司的金牌经纪人、总经理乃至董事长,也拿陆文这个完犊子的家伙没办法。

他感到好奇:"别人见瞿编一面都难,你不仅和他对戏,还捧他的脸。我采访一下,当时是什么感觉?"

陆文当时沉浸在戏中,没有顾及别的。如果非要说一下感觉的话——光滑、细腻又干净……

他及时打住思绪，心烦意乱，拒绝回答。

午夜，6206套房的客厅只亮着一盏落地灯。瞿燕庭洗了澡，披着毯子坐在沙发上回复邮件。发送完不过两分钟，工作室的乔编发来消息，问是否方便通话。因为瞿燕庭要盯夜戏，原定明早联络，既然回来了，他索性直接拨了过去。

下周视协开研讨会，讨论的作品是瞿燕庭的工作室参与制作的。他派乔编出席，提前谈一谈相关事宜。

与会人员里有一位吴教授，瞿燕庭授意，会议结束请吴教授坐一坐。

乔编是位行事爽快的女性，心思也很细腻，在谈话的间隙插了一句："瞿编，身体不舒服吗？声音沉沉的。"

瞿燕庭用"犯困"敷衍，最后道："吴教授那边答应的话，第一时间通知我。"

乔编说："好，你别不接电话就成。"

"别开我玩笑。"瞿燕庭道，在这方面却没多少底气，"不接就多打两通。"

挂了线，瞿燕庭将手机屏幕扣在沙发上，合上电脑，沙发周围仅剩落地灯的黄色光辉。人处于视觉模糊的环境中，听觉变得格外灵敏。

一个脚步声从走廊传来，厚地毯都无法消弭，说明走路的人步伐沉重又拖沓。服务生内部有严格要求，不可能闹出这样的动静。脚步声由远及近，逐渐近至门前，然后在门外消失了，不难猜到是哪个刚下班的二百五。

瞿燕庭在片场情绪外露，与失态无异，他暂时不想搭理令他失态的人。伸出手，他将落地灯关掉了。

猫眼里的光彻底消失，陆文按铃的手停在半空。他盯着6206的门牌纠结。瞿燕庭要休息了？还是察觉他在门外，用这样的方式来回避？

纠结半响，陆文觉得自己好笨，无论是哪一种情况，都没有按铃的必要了。他垂下手，却没转身回6207，继续盯着6206的门牌，似乎想看透什么。

在树影下，只有他听见瞿燕庭说的那一句——"我不需要。"

"我保护你。""我不需要。"

陆文杵了很久很久，不曾敲门，亦不曾出声，心里揣着一团他梳不开的乱麻，不明就里地在瞿燕庭的门外罚站。

第二天，陆文天不亮便开工了，上妆、过戏、拍摄，按部就班地做每一项。片场

第6章　纸　条

一切如常，实则连送盒饭的大姐都已听说，他昨晚把总编剧气跑了。

傍晚收工，陆文上二楼化妆间换衣服，经过101时顿了一下。门锁着，瞿燕庭一整天没有来剧组。

还在生气？不想看见他？

陆文心里结了个疙瘩，收拾完离开剧组，路上距酒店越近，他心里的疙瘩就越大越坚硬。

回到酒店，陆文又停在6206的门外。他不想顾忌瞿燕庭是否愿意见他，也没有想好说词，见猫眼透着光，直接按下了门铃。

瞿燕庭待在书房里，门铃一响，手指便在键盘上敲错了一个字。他没有叫客房服务，没订晚餐，于是继续工作不想理会。没想到，门铃出故障似的，连续不断地响了十几声。

当思路彻底被打断，瞿燕庭后仰靠住椅背，烦躁地揉了揉眉心。根据这种二百五式的按铃方法，他大概知道门外头的人是谁了。

又响了五六声，门铃声终于停了。瞿燕庭刚松口气，门口就响起了更加隆重的敲门声。他既感到忍无可忍，又感到无可奈何，终于起身出去，放轻步子走向了玄关。

就在他握住门把手的时候，敲门声戛然而止。

瞿燕庭透过猫眼一瞥，看见陆文垂着头，正在揉捏被敲红的指关节。既然手都红了、痛了，估计会老实地回房间了。他松开门把手，退后转身，准备返回书房。

瞿燕庭刚迈出两步，背后从门边传来轻微的摩擦声。他停下转回去，疑惑地寻找声源，随即瞪大了眼睛。

门缝下面，一张纸被缓缓塞进来。

瞿燕庭走过去，蹲在门后将它捡起来。是一张普通的横格纸，边缘毛糙，像是刚从笔记本上撕下来的，纸上写着四个大字——我是陆文。

他的第一反应是，学习不怎么样，字写得倒不错。

这时，第二张纸塞进来，写着：昨晚对不起。

第三张紧随其后：我不是故意冒犯你的。

第四张的笔迹浅了些，是个问句：你还好吗？

瞿燕庭将四张纸一一摆好，不自觉地注视着门缝。过去了一会儿，没有纸再塞进来。他轻轻站起身，从猫眼向外瞧，门口空无一人。

走了？可是他没听见6207的门响。

在房间宅了一天一夜，瞿燕庭终于打开了门。

门口是蹲在地上，夹着背包，拿着纸垫在大腿上，正埋头苦写的陆文。他被突然打开的门吓了一跳，抬起头，傻乎乎地望着瞿燕庭。

瞿燕庭垂下眼睛，去看陆文手里的第五张纸条。

陆文站起来，隔着门还好，面对面他感到有点丢人，尤其是瞿燕庭还拿那四张纸。他把第五张揉成一团捏在手心里，往兜里藏。

"拿出来。"瞿燕庭说。

陆文犹豫："这张没意义……"

瞿燕庭又说："我看看。"

陆文本就理亏，只好掏出来，把一整团递过去。瞿燕庭接住，将皱巴巴的纸一点点展开，分辨纸上痕迹更浅淡的字。

上面写着：完蛋，笔没水了。果然没有意义。

瞿燕庭无言以对，可门已经开了，彼此已经面对面站着，虽然一内一外，但仿佛隔着楚河汉界。半晌，他说："你幼不幼稚，以为拍电视剧吗？"

陆文的脖子上挂着包，一只脚斜伸出去缓解久蹲造成的麻木感，整个人看起来傻兮兮的。他吸吸鼻子，又迷茫又无措，回道："我就想让你消气。"

瞿燕庭不知怎么接下一句，唇齿几度开合，五张薄纸捏在指间，窸窣声更衬托出四周的安静。

事实上他并不生气，当时的反应也不是针对陆文，是他自己没控制住情绪以致失态。至于原因，他不足为外人道。

看瞿燕庭缄默不语，陆文便开口解释："昨晚我只想着对戏，没考虑太多，任导向我招手我也没注意，不知道怎么回事，直接就冲你过去了。"

瞿燕庭听完这一大串解释，不做回应显得不妥，便简洁地"嗯"了一声。

陆文说："我不是故意的。"说出来一琢磨，又改口："呃，既然做了应该是故意的。但我……怎么说啊，没想让你不舒服，真的，不骗你，毕竟……"

瞿燕庭问："毕竟什么？"

陆文豁出去了："毕竟我这脑子也骗不了谁。"

瞿燕庭抿住嘴，门齿咬着下唇，力道由轻渐重，否则嘴角会控制不住地翘起来。

"任导批评过我了，我以后会注意分寸的。"为显诚意，陆文把任树也搬出来，"其实我昨晚就想敲门，但你好像休息了。"

瞿燕庭问："所以你今天夺命一样不停地按门铃，还塞纸条？"

陆文点点头，他下定决心，无论如何，今天一定要道歉，结果任凭他怎么按铃，房内都没反应，于是只好改成敲门，最后没办法了他才塞纸条。

瞿燕庭未免有些纳闷，在办公室谈话之后，陆文对他的态度十分鲜明，轻则阴阳怪气，重则抬杠犟嘴，怎么这一次的态度这么好？

陆文略窘，他这个人莽撞不懂事，却也有点原则，比如凡事一码归一码。虽然瞿燕庭伤害了他，并一笑而过，但这次是他冒犯了瞿燕庭，他不会当无事发生。

"再说了，"陆文道，"做了亏心事，不道歉的话，我心里长痘儿。"

说"疙瘩"显得太大太在意，他改了改。

瞿燕庭实在忍不住了，偏过头，"哧"地笑出声。

陆文立刻问："你现在消气了吧？"

瞿燕庭握着几张纸，好奇他没有开门的话，陆文还会不会有后招，于是问："如果塞纸条没用呢？"

只见陆文认栽地垂下头，背包仍挂在脖子上，他拉开拉链，把手伸进去，变魔术一般从包里拿出一枝黄色的康乃馨。

塞纸条之前，陆文便设计好了。这一步不管用的话，他就回去写一封道歉信，为了美观，把康乃馨粘在信封上。

瞿燕庭愣住了。

陆文递过来："直接给你吧。"

瞿燕庭经常被唤作"老师"，却是第一次有人送他康乃馨。他接住，觉得这枝花莫名眼熟，仿佛在哪里见过。

陆文舒口气，认为瞿燕庭开了门，他亲口认了错，现在还送了花，这件事终于可以揭过去了。一旦过去，那几张撕得毛毛糙糙的纸也就不重要了。

不过他猜想，瞿燕庭肯定会扔了的，用不着他操心。

两个人在走廊交涉许久，直到楼层管家带领服务生夜巡，他们才双双回房。瞿燕庭关上门，门后的玄关柜上有一只细颈花瓶，插一枝花正好。

他先去浴室接了些水，返回门后，将康乃馨的花茎伸入瓶口。

走廊上有些塞窣的动静，管家和五六名服务生停在6206的门外。管家抬起手，拨弄门框旁边壁瓶里的花，说："怎么少了一枝康乃馨？"

瓶里的花朵隔日更换，规格固定，一枝主花四枝配花。这两天的主花是伯恩哈特芍药，配花是浅黄色康乃馨。服务生翻早巡时的检查单，花卉一项打了钩，不会有疏漏，道："可能是谁拿了一枝吧。"小事情，管家吩咐尽快补齐，同时叮嘱各房间的鲜花要及时供应，一伙人继续检查，朝前面走了。

门内，瞿燕庭感叹不愧是二百五。

剧组的生活照旧，吻戏那件事成为过去时，无人再提起，尽管它已经传播到每一个角落。黄昏正好，陆文披着淡红色的光走出一单元，刚补完妆，等会儿拍摄下一场戏。拍完不收工，连轴干大夜，今夜又将是一个艰苦卓绝的夜晚。

这个时间大家都在吃盒饭，下一场戏有吃饭镜头，所以陆文先空着肚子。他待在楼下，借着日落的光线温习剧本。

开机以来他学到许多，就拿吃饭的戏来讲，咀嚼的速度、一筷子夹多少、搭配的表情、说台词的节奏，全部是需要设计和把控的。

等下这场戏，陆文提前练习了好几顿，就为了能够演得生动自然。

十分钟后，场记在楼上喊："陆文哥，上来吧！"

陆文回一声："好嘞！"

陆文跑进二号楼三单元，剧中，302是叶杉和叶小武的家，老旧的两居室，兄弟俩睡一间，叶母睡一间。这一场戏是叶小武和叶母的对手戏。月考结束，叶母检查叶小武的考试卷子，场景发生在餐桌上。

302的房门敞开着，监视器堵在门口，正对客厅一角的小餐桌。任树拿着对讲机喊话，无关人员纷纷找位置躲镜头。

陶美帆饰演叶母，素颜上阵，一身朴素耐脏的深色衣裤，扎着围裙坐在桌旁。桌上摆着一碗白米饭、一盘辣椒炒肉和一碗汤。陆文落座，与陶美帆相隔一个桌角，对方伸手便能摸到他的头。事实上，叶母也的确喜欢摸叶小武的头。

饭菜冒着热腾腾的白气，浓郁的香味中带着辣椒的呛味，陆文不禁侧了一下头，李大鹏见状在桌腿旁边放了一瓶牛奶，他顿时安心了。

场记拎着板子，预备打板。

隔壁街上，保时捷缓缓停在道旁，瞿燕庭下了车。

瞿燕庭整整四天没来剧组，一是工作室事情忙，需要远程处理；二是他脸皮薄，那晚大庭广众下翻脸走人，需要独自缓缓。

今晚大夜拍摄的是场重场戏，任树三催四请，他只得过来盯戏。

第6章　纸　条

瞿燕庭穿过窄窄的小巷子，墙根处青苔丛生，滑腻腻的一片，稀薄的霞光披落下来，大红大绿揉成一片艳丽的色彩。生锈的自行车、漏气的皮球，还有一只碎裂的花盆拦在半路。瞿燕庭绕过去，走出巷口拐到街上，再走五六米就是小区门口。

瞿燕庭不确定是否要备戏，来早了，决定去片场瞧一眼。他垂着视线往上走，掩耳盗铃地想，只要他不看别人，那就不用打招呼。

上到三楼门口，瞿燕庭收住步子，停在任树的背后。

任树慢动作回头："我说呢，感觉后背一凉。"

瞿燕庭问："这一场拍多少了？"

"刚开始。"任树答，"不过应该很顺利。"

屋内外全是人，瞿燕庭不自在，但晚上盯戏也是在302，不如先适应一下。恰好任树说："来都来了，一块儿看看。"

嫌搬椅子太麻烦，瞿燕庭干脆站着，手掌按住任树的椅背。

从他的视角望向客厅，可以清晰地观察两位演员。他没顾得上观察陶美帆，只一瞥，目光就被吸在陆文身上了。

陆文的长腿窝在小小的餐桌下面不消停地抖。腿上裹着一条蓝中透白的牛仔裤，裤子的破洞从大腿开到小腿，膝盖整个露着，开脱的线头随抖动而摇摆。帆布腰带多出的部分不塞进裤环，反而故意耷拉着。上半身更加要命，鲜嫩的姜黄色卡通帽衫，外面套了一件镶嵌铆钉的黑夹克。

瞿燕庭问："他怎么穿成这德行？"

任树说："上一场叶小武不是去跳舞嘛，瞎打扮的。别提了，小陆死活不穿，叫服装老师训了一顿才听话。"

瞿燕庭被雷得够呛，之后再一次望过去。那一老一少坐在桌前，叶母拿着几份考试卷子，叶小武左手端着米饭，右手用筷子在盘子里扒拉肉片。

叶小武偷瞄叶母，说："妈，我今天在路上遇见个老头，目测六十多了，穿跨栏背心跑步呢。"

叶母嗔怪地回他一眼："你别转移话题。"卷子一抖搂，她切入正题："你看看你的分数，怎么每一门都不及格？"

叶小武夹一片肉丢嘴里，埋头扒米饭。

叶母道："我跟你说话呢。"

"我听着呢。"叶小武打马虎眼，"妈，你做的辣椒炒肉真是越来越好吃了，特别香。"

叶母烦他打岔，翻出数学卷子，指着卷头说："怎么考的36分？蒙也能蒙50吧？你哥闭着眼都比你考得多。"

叶小武咕哝道："你也就这时候夸我哥，我怀疑我哥拼命考第一，就是为了让你夸一下。"

桌子这么小，叶母却似乎没听见，继续说："这几道大题写得满满当当，为什么全是叉，一分都不给啊？"

叶小武"嘿嘿"一笑，他不会解，又不想交白卷，于是在答题处将几道题的题干打乱顺序、纵横交错地抄了一遍。

叶母气得给了他一巴掌，拍肩膀上，没用力，拍完还给抻一抻帽子，语调也没有恼怒的迹象，反而苦口婆心："儿子，已经高三了，你再不用功真的来不及了。"

叶小武说："问题的关键不是我学不学，而是我学不会。那些老师讲课跟个BB机似的，我根本听不懂。"

叶母发愁地摸了摸叶小武的头。

叶小武塞一口米饭："当初就不该让我上这个重点高中，活受罪。"

叶母给他挑肉片，夹碗里："少说胡话，你那么贪玩，一点自制力也没有，去差学校混三年就彻底完了。"

叶小武继续争辩："那我也考不上大学，除非——"

叶母打断他："先吃饭，都要凉了，多吃点。"

陆文没台词了，只剩下吃，他挥舞着筷子夹菜，一口一口地塞嘴里。舌尖辣得发麻，鬓角渗出小汗珠，腿也不抖了，脚腕在桌下默默夹住了牛奶瓶子。

他端起碗，嘴唇贴住碗沿儿，将碗底的米饭扒进口中，一边咀嚼一边抬眸，视线越过摄影机瞥向正前方，惊觉瞿燕庭站在门外面。

视线交会，他知道瞿燕庭也在看他。

陆文不知道从哪冒出一股劲，捏紧筷子猛吃猛嚼。直到吃下最后一粒米，他把碗筷"啪"地搁下，满嘴油光，逼真地冲镜头打了个响亮的饱嗝。

剧本可没这么写，是自由发挥。

瞿燕庭隐于门外的人群中，仅离陆文三四米远，他望着陆文那副饕餮的模样，动动唇，不出声地吐出一个字——猪。

陆文微怔，怀疑自己被辣晕了，已然出现幻觉——瞿燕庭竟然在嘟嘴。

Chapter 7

第 7 章
飙 戏

"我没有演砸。"
"你演得很好。"

夜幕降临，各组为今晚的夜戏做准备。

房间内挤满了人，虽不至于无处下脚，却足够令瞿燕庭坐立难安了。他沿楼梯上去，一直上到五楼，楼下嘈杂的声音才逐渐远去。

声控灯暗得像一豆烛光，瞿燕庭在楼梯上坐下来。灯灭了，他懒得叫，双肘挂在膝头，双手托着低下的前额，囿于黑暗之中。

没多久，有人从楼下上来。

瞿燕庭刚把冰冷的台阶坐热乎，犹豫要不要躲去六楼，不等他决定，对方一步三阶，已经爬上扶手侧面的楼梯。

一声弹舌，灯亮了。

上来的是陆文，他换成叶杉的妆发，拿着剧本，想找个清静的地方背一背台词。他在台阶上坐下，没发现瞿燕庭坐在拐角上面的楼梯上。

瞿燕庭亦不出声，呼吸也浅淡得几不可闻。

翻开剧本，陆文压低嗓子一句句地读，反复调整停顿和重音，读完一遍进行第二遍，认真的模样与平时判若两人。

今晚要拍摄的重场戏之一有哭戏，整体是一个情绪爆发的过程。对象依然是陶美帆，与老前辈飙戏，陆文觉得压力很大。

况且，瞿燕庭来盯戏了，盯他演的叶杉。

读完第二遍，陆文合上剧本，将台词从头到尾背诵出来。

瞿燕庭听在耳中，他写的他清楚，陆文背得一字不差。背完，陆文仍觉不够，开始进行第四遍。

瞿燕庭无法继续沉默，轻咳了一声。

"啊！"陆文惯有的一惊一乍，这儿有人！

他起身冲上拐角，总算发现坐在楼梯上的瞿燕庭，他也不好问人家"你怎么会在这儿"，便杵着。

瞿燕庭其实只是提醒陆文别出声，默读。

陆文解释："我不知道你也在，不是故意打扰别人的。"

瞿燕庭道："我是让你留着嗓子。"

陆文返回去坐下，模仿瞿燕庭的姿势撑住前额，拇指按在太阳穴上。他静了一会儿，未雨绸缪地问："能不能商量个事？"

若不是陆文的语气太温柔，这个措辞，瞿燕庭以为是什么导演、制片或投资方在和他讲话。

他慢一拍地问："什么事？"

陆文说："片场人多，如果我演砸了，你要教训我能不能找个没人的地方？"

瞿燕庭手掌下滑，交握十指掩住下半张脸，声音中的笑意尽数被手掌拦下："剧组人多眼杂，干脆回酒店得了。"

陆文当真了，问："那去你房间还是去我房间？"

瞿燕庭怀疑陆文得斯德哥尔摩综合征了。可惜演员演戏，演得烂必遭骂。就算演时混过去，以后自有观众讨伐，不是可以防患于未然的事情。

瞿燕庭没有鼓励，也未施压，仅客观地叮嘱道："不用考虑如何如何演，进入叶杉的状态，遵从你意识里的反应就好。"

片场一切就绪，两个人返回302。

监视器搬入房中，瞿燕庭在任树旁边落座。

大夜难熬，桌上搁着一大杯浓茶，他道了句"辛苦"。

"习惯了。"任树说，"希望拍摄顺利。"

瞿燕庭问："你怎么看？"

任树答："没底，小陆第一次拍哭戏就赶上这场，先来一条试试吧。"

瞿燕庭沉思道："好的话你别夸他，他容易嘚瑟。差的话你也别吼他，吼蒙了更麻烦。是褒是贬都等拍完再说，别影响他的情绪。"

"行。"任树答应完笑了，"你还挺了解他。"

瞿燕庭将手机调成静音，开始盯戏。

今天是周六，叶小武和同学出去玩，还没回来，房间里显得冷清。

叶母从阳台收下一大团衣服，抱进卧室。房子小，叶杉和叶小武睡上下铺，合用一张书桌。叶母叠完衣服，挽起袖子整理凌乱的桌面。

兄弟俩的书本全堆在桌上，还有叶小武借来的漫画和杂志。叶母一一分类，试卷不必看姓名，高分是叶杉的，不及格是叶小武的。

收拾出一摞漫画书，叶母叹口气，检查抽屉中还有没有。一拉开，里面塞满上学期的试卷，她一份份掏出来叠好，发现最底层藏着个笔记本。

叶母拿出来，不知新旧，也没有写名字。

镜头推特写，封皮掀开，"凌晨"二字一闪而过，是叶杉工整遒劲的笔迹。见字如面，瞿燕庭想起陆文蹲在门外塞纸条的傻样。

叶母一页页翻看，双颊肌肉渐渐紧绷。

客厅的门锁响了，叶杉回来了。他天不亮就去海产市场进货，在鱼摊支应了一整天。他边进浴室洗手边朝房中喊道："妈，今天生意不错。"

洗完手，叶杉走向卧室："妈，以后周日我也去吧，你多休息一天。"

叶母一直没有回应，待叶杉走进来，她面无表情地转过身，眼中是一股哑火的黯然。叶杉看见叶母手中的笔记本，脸色一变，他焦急地冲过去，近至桌前却胆怯地停下，更不敢看叶母的表情。

"妈……"

"这是什么？"

叶杉沉默着不回答。

叶母不想和他无声对峙，又问了一遍："这是什么？你写的是什么？"

叶杉在原地不知所措，没擦干的水珠捂在手心，和汗水融合在一起。

叶母失去耐性，翻开最近写的一页，念出上面的一行字："'凌晨三点，妈妈骂了我。'叶杉，我骂你了吗？你写的是什么意思？"

叶杉慌张地摇摇头："妈，我乱写的，什么都不是！"

叶母并不理会，翻到前一页："大前天，凌晨四点五十七，妈妈打我耳光。"

"七号，凌晨两点，我被锁在门外，妈妈不理会我。"

"三号，凌晨四点半，妈妈带小武一个人回老家，我找不到他们。"

叶母一页一页地往前翻，一句一句地念："二十九号，凌晨三点半，我梦见中考那天……"

这些全部都是叶杉的梦。记不清从何时起，叶杉的梦越来越频繁，每个惊醒的凌晨，他难以再入睡，便爬起来，记录下梦里的内容。

叶杉哀求叶母不要念了，他伸手夺笔记本，被叶母奋力挥开。

叶母的呼吸微微急促："你一直做噩梦？"

叶杉的双眼已经红了，他否认道："不是……"

可惜叶母并不相信，盯着他问："叶杉，你半夜惊醒，都是因为这些噩梦？可你场场噩梦都是梦见我，都是梦见你的亲妈？"

叶杉落下眼泪，叶母质问他："梦见我骂你、打你，我不让你回家？梦见我带小武走，我不要你了，是不是？叶杉，你是不是有妄想症？是不是有精神病？！"

叶母又看了那些字句一眼，扬起手，将笔记本狠狠地砸在叶杉胸前，她哽咽道："我没日没夜地忙活，拉扯你们兄弟俩。真好啊，到头来成了你梦里的恶人了！"

叶杉后退一步，笔记本掉在脚边。

"日有所思，夜有所梦。"叶母抬高音量，"今天咱们就说说清楚，你对我有多不满意！你心里头攒了多少委屈！"

叶杉咬住嘴唇压抑哭声，眼泪一股一股地流下来，说不出一句话。

叶母的鬓边落下一缕头发，看上去狼狈又憔悴，她按着胸口，恨声道："好，你不说，我帮你说。"

叶杉哭着乞求："妈……我错了……"

然而叶母接着说："你觉得我对你不好，我不重视你，是不是？你去鱼摊帮忙，你干这干那，我却更疼小武，你心里头不高兴，是不是？！"

"你最委屈的，是我逼你和小武换了准考证，让你替他中考，让你念不了重点高中，是不是，叶杉？！"

叶杉拼命否认，再也抑制不住哭声："不是，不是的……"

"那是什么？"叶母眼眶含泪，"我是你妈，我让你做噩梦了。"

"妈……"

"好，有本事梦见你爸去！"

顷刻间，叶杉的表情变得怔忪，他双膝发软，"扑通"一声在叶母的面前跪下。

叶母的声音终于低了下来，像回忆一件往事，也像在叶杉的头上落下一把尖刀："要不是你八岁那年闹着非要去看电影，你爸着急赶回来接你……他也不会在路上出了事。"

近景镜头里，陆文呆滞了三秒钟。

瞿燕庭的目光离开屏幕，望向陆文跪在地上的背影。那一副宽肩收紧，随呼吸而颤抖，后背弓成一道浅弧线，显得那么无助，那么卑微。

他看见陆文抓住"母亲"的衣角，泣不成声地说："妈……我知道你怨恨我。"

所以用尽一切努力，只为了讨对方的欢心，想得到和弟弟一样的母子间的亲近。那些频繁的梦境，放大和映射的根本不是委屈，而是经年累月因内疚形成的恐惧。

叶母轻声否认："叶杉，你是我儿子，我不会怨恨你。"

可她在成为一个母亲之前，先是一个深爱丈夫的妻子。在漫长又辛酸的岁月里，她体味的是另一份痛苦。

"我看见你……总会想起你爸爸。"

陶美帆推开了陆文的手。

陆文眼皮通红，眨了眨眼，缓缓瘫坐在地上。他垂下头，捡起笔记本，眼泪"啪嗒啪嗒"地落在纸张上面。

"刺啦"，他撕下一页。

低泣，痛哭，号啕。

一张张记录，每一个从噩梦醒来的凌晨，被全部销毁。

现场的一切似乎都停止运转，只有陆文撕心裂肺的哭声。他攥着满手碎纸，嘶哑的哭声艰难地从喉头挤出，他想说"对不起"，却唇齿打战，没吐出一句成形的话。

瞿燕庭微微放空，沉浸后又抽离了眼前的场景，分不清那里是陆文、叶杉，抑或是其他的谁。

他喘不上气来，起身悄悄离开了房间。

门关上的同时，画面定格，这一场戏拍完了。

工作人员涌进来，任树立刻起身，大步走向两位演员，一边走一边鼓了鼓掌。摄影师闪到一旁："我都快哭了。"

陶美帆擦拭眼尾，笑问："任导，怎么样啊？"

任树连连点头："太满意了，真的，我太满意了。"

陶美帆道："这场戏确实演得过瘾，小陆一点都不怵。"

陆文仍坐在地上，他不及老前辈资历深，无法快速从角色中抽离，哭得太阳穴突突地疼，刚止住眼泪。

任树拽他："快起来吧！小陆，我还担心你接不住陶老师的戏，没想到拍得这么顺。情绪和肢体都很到位，细腻，表现相当不错。"

陆文顶着一张花脸，双眼红肿，活像个悲伤的熊瞎子。

陶美帆开玩笑："快让我儿子缓缓，去洗把脸。"

陆文晕头转向地去浴室洗脸，冷水一泼，镇静下来，完成入戏再出戏的过程，剩下一阵怅然若失的空虚。

屋里人多，他想一个人静静。

陆文下了楼，往人少的地方走，他以为自己漫无目的，实则被叶杉的情感影响，不知不觉便走向了葡萄藤。剧本中，在北方老家也有一架葡萄藤，是叶父生前所种，来山城后叶杉种了这一架。

陆文走过去，走到近前顿住了，没料到这里有人。

葡萄藤下，瞿燕庭独自坐在那。他侧着脸，枕着手臂，趴在桌沿上，也不管桌面是否干净。灯泡的光打在突出的眉骨和鼻梁上，像月光落在山峰，双眼隐没于暗处。

陆文很意外，愣住了，他以为瞿燕庭走了，原来待在这儿，却不知道瞿燕庭为什么待在这儿。

被他惊动，瞿燕庭直起了身体。那双眼中没有繁星闪烁，亦无波涛涌动，若眼神有温度，那温度大概比深夜的风更冷一点。

相顾片刻，陆文先开口："我没有演砸。"

瞿燕庭有些沙哑地说："你演得很好。"

这是认识以来瞿燕庭第一次夸奖他。

陆文不惊喜，不得意。导演表扬他，激动地鼓掌，陶老师也表扬他，笑着说过瘾。

他凝视着瞿燕庭，沉声问："那你为什么不开心？"

瞿燕庭将双臂撤离桌面，衣袖上沾了灰，他抬起小臂轻拍，一下一下地把手也弄脏了。借着动作，他佯装没有听见陆文的问题。

饶是陆文的神经比华表还粗，也看出瞿燕庭在回避。他没追问，走到葡萄藤下，递上一包擦脸的柔肤湿巾。

瞿燕庭接住，抽出一张擦拭双手。陆文瘫坐在另一张椅子上，腰部悬空，肩胛靠住椅背，看起来很疲倦。

破椅子不舒服，瞿燕庭道："还有一场戏，去休息一会儿吧。"

陆文说："在休息了。"

其实身体的疲惫不算什么，主要是心灵的虚空，陆文时不时摸一下脸，虽然拍完了，但总觉得眼角有热泪滑过。

瞿燕庭了解这种情况，演员完全进入角色，情绪大起大落，之后需要时间抽离，每个人沉浸的程度不一样，需要的时间也不一样。

他念导演系时，曾学过导演和演员的沟通之道。某种意义上，导演像演员的心理医生，在拍摄的前中后，随时对演员的状态进行干预和调整。

瞿燕庭不确定陆文愿不愿意倾诉，于是先抛出一个问题试探："任树说，这是你第一次正儿八经地拍哭戏？"

陆文"嗯"了一声，带着浓重的鼻音回答："不只是拍戏，我活到现在，第一次这样哭。"

那神情不似说谎，瞿燕庭道："说明你过得不错。"

陆文承认这一点："所以我拍之前特别没信心，怕演不好。挨不挨骂倒无所谓，主要是大伙通宵陪着，我难为情。"

"现在顺利拍完了。"瞿燕庭用表扬调动陆文的情绪，"你演得很好。"

陆文果然没忍住，美滋滋地说："人家任导都鼓掌了。"

瞿燕庭失笑，加强力度："你演得很好，出乎意料的好。"

陆文心满意足地咧开嘴笑了。片刻后笑容一点点凝固，他闭上嘴巴，觑着桌面上那层灰尘陷入沉默。

半晌，他坦白："其实我作弊了。"

瞿燕庭不解："什么？"

陆文说："提到过世的父亲，当时，我想起我妈了。"

瞿燕庭记得，陆文说过他在单亲家庭长大，通过去世的叶父想到自己的母亲，说明陆文的妈妈也已经不在了。

他以己度人，或是修养使然，总归不会去追问。

而陆文说出口痛快许多，无意识地进入了倾诉状态："我妈生我的时候难产。我没见过她，只看过她的照片，当时……反正就想起她了。"

"你没有作弊。"瞿燕庭温柔地说，"是你妈妈在帮助你。"

陆文的神情突然变得茫然。他体味着瞿燕庭的话，陡然间，心里的结仿佛被解开了，他彻底放松下来。

陆文还没忘瞿燕庭独自坐在这儿的光景，他绕回之前的话题，想知道瞿燕庭是不是心里也有个结。

"你刚才心情不好？"

"没有。"

"怎么没有，你可以告诉我啊。"

"凭什么？"

"我都告诉你了。"

"你主动说的。"

"明明是你诱导我说的。"

"我诱导你干别的，你干吗？"

陆文不擅长话术，言语几句便被噎死了。他是好心，想要充当电台的知心小弟或树洞，但显然瞿燕庭不需要。

他觉得瞿燕庭无论何种情绪，总是展露浅浅的一层，内心深处掩埋得很深很深。他没办法探知，也没有合理的身份去挖掘。

陆文吃瘪，气闷地把湿纸巾夺回来："用完也不还我，我还要用呢。"

瞿燕庭虽未倾诉，但成功地将心事抛诸脑后，开始欺负人道："你用吧，多擦两张，不过现在擦玻尿酸也帅不回去。"

陆文马上掏出手机，打开前置镜头，在破灯泡的"死亡"打光下仔细查看。他的整张脸都哭肿了，眼睛更不必说，双眼皮撑得像两条刀削面那么宽。

"啊！"陆文惊得起立，"我现在比叶杉更难过！"

瞿燕庭本是开玩笑的，没想到这人的偶像包袱还挺重。

陆文麻溜走人，边走边说："我要去敷面膜，先撤了。"

"至于吗？"瞿燕庭嘀咕道，"演员演好戏就行了。"

陆文急刹车，停下来郑重声明："我首先是一个帅哥，然后才是一名演员。"

瞿燕庭难得语塞，娱乐圈最不缺的就是花瓶，每一个花瓶都竭力自证是合格的演员，他这位男主角大概有点毛病。

他满不在乎地说："帅有什么用。"

陆文欠揍地冷哼一声，暗暗拆穿："怎么没用啊，有的人就喜欢帅哥。一旦喜欢上，给戏拍，给资源，不知道多爽。"

·115·

瞿燕庭听懂弦外之音，问："你遇见这样的人了？"

陆文腹诽道，你装得真像。他回答："遇见了，就在咱们剧组。"

瞿燕庭内心诧异，回神时陆文已经跑远了，他留在葡萄藤下，胡乱地思忖，等下一场戏开拍才回去。

依旧在302的卧室。陶美帆收工了，下一场是陆文的独角戏。叶杉与叶母发生冲突的这一晚，凌晨夜半，叶杉梦见了去世的父亲，从梦中惊醒。

陆文换上纯棉的短裤背心，躺上床。整体布景完成两个月了，床单和被罩没换洗过，他靠着床头感觉浑身难受。

任树坐在床边："小陆，你太僵硬了。"

陆文一动不动："嗯。"

"你'嗯'个屁，动弹啊。"任树一把掀开被子，露出陆文伸直的双腿，帮他摆姿势，"你平时这样睡？不抽筋啊？"

瞿燕庭抵达门口，脚步一顿，任树正掰开陆文的膝盖，捉着陆文的小腿弯折出一点角度。他盯着床边，默默走到位子上。

任树说："小陆，你躺下。"

陆文滑入被窝，怕枕套蹭到脸，仰面朝上，被子搭在胸口，肩膀和手臂都露在外面。他问："导演，我脸还肿吗？"

任树瞥陆文一眼，脸还可以，双眼仍然红肿，特写拍出来会不好看。他叫助理拿来一只冰袋，压在陆文的眼皮上，冷敷一会儿。

陆文又说："导演，把我拍帅点哟。"

"简单。"演得烂，任树就发火，演得好，就给好脸色，"长这么帅，我想拍丑都费劲。"

镜头从床边切入，人物的位置要控制好。任树抓住陆文裸露的肩膀，拧过来翻过去地摆弄，找最佳角度。

陆文翻身翻得头都晕了，直哼哼。

瞿燕庭冷眼旁观，手捧冷掉的浓茶，浅浅地蹙一下眉。

找好角度，替身在上铺就位，任树返回座位上，才看见瞿燕庭回来了。

他问："去哪转了一圈？"

"透了透气。"瞿燕庭道，余光打量起对方的脸色，任树虽然一脸疲惫，但掩不住好心情。

"高兴什么呢？"瞿燕庭问。

任树回答："我当导演还能高兴什么，拍得顺呗。上一场小陆演得特别好，你也看见了，是吧？"

瞿燕庭说："不知道这一场怎么样。"

"应该没问题。"任树道，"叶杉的试镜片段就是这场戏。"

屋内没开灯，照明师将灯光设置在窗外，白色的灯光像洒进来的月光。镜头先切上铺，叶小武趴着呼呼大睡，一条腿伸出来，小腿垂在半空。

下铺，叶杉的左颊贴着枕头，额头一层亮晶晶的汗。他微微张开嘴唇，喘着气，在床褥间不安地挣扎。

猛地，叶杉睁开双眼，从梦中惊醒了。

许是因为叶母的一番话，他梦见了离开十年的父亲。

叶杉瞪着上铺的床板缓了许久，坐起来，轻轻下床，把叶小武的腿塞回去，为他掖好被子。

他到桌前坐下，拧开台灯，闹钟显示凌晨三点半。笔记本已经撕碎，用不着再记录，他枯坐在椅子上发呆。

良久，像是攒够了勇气，叶杉弯腰将最下面一层的抽屉拉开。里面有一张褪色的旧信封，信封中是一张老照片和两张电影票。

叶杉将电影票和照片抽出来，年头太久了，票根泛黄、发脆，印刷的字迹也变得模糊。这是叶父生前买的，电影的名字叫《天堂回音》。

叶杉放下电影票，拿起叶父的老照片。

此时的场景与试镜片段中的一致，监视器画面里，陆文双手捧着照片，靠在椅背上，镜头从侧面一点点靠近。

任树说过，试镜的这一段，百分之八十的演员都哭了，轻则泪流满面，重则放声号啕，哭不出来的就龇牙咧嘴。

他当时的评价只有一句——代入叶杉，你们不怕把叶小武吵醒吗？

瞿燕庭看着屏幕，特写镜头下，陆文的脸上没有一丝痛苦，他的眉、他的眼，他的唇峰嘴角，在淡淡的月光下透着安然。

长镜头中，瞿燕庭发现陆文始终没有眨眼睛。

许久许久，陆文抿住唇，似乎是笑了。

他把照片和电影票小心翼翼地装好放回抽屉，仰脸对着窗，一直没眨的眼睛终于轻轻阖上，从眼尾落下两行滚烫的泪。

　　瞿燕庭手臂一热，是任树靠过来，悄悄地说："明白我当初为什么选他了吧。"

　　明白，瞿燕庭上一场戏就明白了。

　　任树压抑着激动，像是在押宝："小陆照这个势头、这个水准发展，以后不愁没戏拍、没资源。"

　　瞿燕庭神情微动："这么肯定？"

　　任树正在兴头上，夸口道："至少我欣赏他，我也算个有点名气的导演吧？"

　　短暂的死寂。

　　"任树。"

　　"怎么了？"

　　瞿燕庭略带迟疑地问："……你喜欢帅哥吗？"

　　任树一惊："啊？"

Chapter 8

第 8 章
失 约

"等我?"
"不等你,还能等一场
山城艳遇吗?"

问出口，瞿燕庭才发现这句话有歧义，让任树吓得一激灵，自己的智商简直被陆文拉低了，是谓近墨者黑。

　　大一，瞿燕庭还没认清系里的同学，任树已经谈上了女朋友，是一个舞蹈学院的女孩。大二期末分手，任树喝得酩酊大醉，抱着床梯耍酒疯："燕庭啊，我再也不相信爱情了！"

　　瞿燕庭改口："我的意思是，你喜欢颜值派还是演技派？"

　　"我都喜欢。"任树回答，"最好又有颜值又有演技。"

　　瞿燕庭就此略过这个话题。大夜疲倦，脑子不转，他实在猜不出陆文暗示的人究竟是谁。不过转念想想，猜到又如何，他根本没立场管那么宽。

　　拍完最后一个镜头，任树喊道："好，过！"

　　主灯打开，房间骤然变亮。终于收工了，工作人员急忙涌进来收拾，替身演员从上铺起身，形成一片乱糟糟的热闹景象。

　　陆文依旧坐在椅子上，没动。

　　"小陆！"摄影师叫他一声，"还不收工啊，怎么了这是？"

　　瞿燕庭循声看过去，陆文背对他，头压得很低，无法窥探其表情，只能看见颈后微微凸起的一块椎骨。

　　这场戏陆文感同身受，从小到大，他都是以这种方式怀念从未谋面的母亲。又过去两三秒，他抬手擦了擦脸，顶着泛红的眼眶，离开椅子。

瞿燕庭猜到了，但假装不知，开玩笑问："刚才睡着了？"

陆文顺势下台阶，含糊地答："嗯……困死我了。"

最混乱的几分钟过去，摄影组走得差不多了，腾出点地方。孙小剑挤进来，伺候陆文卸妆换衣服。

挪到床边，陆文忘记悲伤，矫情地问："在这儿换？"

时间很晚了，去化妆间或房车太麻烦，在这里换完就能直接收工。孙小剑最烦人矫情，说："都是大老爷们儿，你还害臊啊？"

陆文受不了激将法，登时脱掉背心："我怕大家看见我的魔鬼身材，嫉妒。"

他说着，朝墙边瞅。任树正眯着眼睛打一个长长的哈欠，瞿燕庭收起剧本正低头玩手机，根本没一个人关注他。

任树打完哈欠，说："早知道这么顺利，就不让你过来跟着熬了。"

"没事。"瞿燕庭在给司机发消息，让对方在巷口等他。

任树累得够呛，抽出一支烟点燃，用尼古丁解乏。

吞吐不过两口，剧务跑进来问："任导，您现在走吗？"

"废话。"任树被问蒙了，"不然我留下打扫卫生？"

剧务讪讪地说："大夜留了五个司机，有一个去送陶老师，一直没回来，他拿着A2-3的车钥匙呢……"

任树就坐A2-3，无语道："给他打电话啊，让他赶紧回来。"

"打不通……"剧务说，"语音通话也没接。"

干大夜最怕的就是司机和后勤熬不住，掉链子。任树顿时恼了，扯着烟嗓正要发脾气，被瞿燕庭按了一下肩膀。

瞿燕庭估计其他车都开走了，这时间也不好叫车，否则剧务不会来找骂。他道："别等了，坐你的保时捷回去。"

任树这才想起自己有车，说："那先送你。"

瞿燕庭摇摇头，一来一回天都亮了，他让任树直接回酒店休息，自己可以多等一会儿，联系酒店的车过来。

床边，陆文刚提上裤子，本来孙小剑帮忙挡视线，结果"噌"地一下，那孙子猝不及防地蹿走了。

陆文吓道："我走光了！"

孙小剑已经蹿到编剧和导演那儿，竖耳朵听半天，逮到绝佳的机会献殷勤，他怎么能错过："瞿编，您如果不嫌弃，坐我们的车一道回去？"

如此安排最便捷，瞿燕庭不想拖泥带水，答应道："行，那一起吧。"

凌晨四点，正是又冷又黑的时候，片场逐渐冷清下来，小区外的老街和夜色一样幽暗，路灯点缀着几抹残黄。

瞿燕庭回休息室拿文件，耽误了几分钟，出来后人迹寥寥。从小区拐到街上，再步行至巷口，走近了，发现墙根底下站着个人。

陆文站了十分钟，孙小剑拎着包先上车收拾，命他在此处等候，护送瞿燕庭穿过劫匪都施展不开的小巷。

"等我？"瞿燕庭问。

陆文回答："不等你，还能等一场山城艳遇吗？"

瞿燕庭不禁佩服陆文的体力，结束一天一夜的拍摄后尚有力气抬杠。他却累了，默默抬脚走人。

陆文落在瞿燕庭身后踏入窄巷，周围漆黑无光，穿堂风若有若无。他平日里被伺候惯了，揣着手没有打开手电照明的觉悟。瞿燕庭也无所谓，黑暗更令人心静。

脚步声有些碎，陆文腿长步子大，三两步追上瞿燕庭，再减速落后，如此反复。瞿燕庭稍稍错身，说："你去前面吧。"

"不了。"陆文怕自己在前，会彻底将对方落下，"领导走前面，我殿后。"

瞿燕庭觉得他用词滑稽，问："我算领导？"

"对啊。"陆文忍不住翻旧账，"当初我坐错领导的车，都被撵下去了，等会儿领导居然要坐我的车了。"

瞿燕庭也没想到会有这一天，只好任由陆文记仇。

继续向前走，快走到一半时，巷中发出一声沉闷的响声。瞿燕庭的鞋尖碰到一片碎瓷，是那个拦路的破花盆，他绊了一步，身体失去平衡向前栽下去。

陆文没来得及惊呼出声，动作比大脑敏捷，冲上前伸出手，抓住瞿燕庭就用力地往回捞。

"咚"，很闷的一声。太黑了，陆文不知道抓着瞿燕庭的哪里，也不确定磕在他胸口的是不是瞿燕庭的肩膀。

瞿燕庭动弹不得，陆文贴着他的右后侧，握住他的胳膊。

陆文稍一颔首，说："领导，站稳了？"

瞿燕庭"嗯"一声，胳膊被松开。陆文后退一步和他拉开距离，掏出手机，打开手电帮瞿燕庭照明，同时俯下身，捡起碎片扔花盆里，然后单手把花盆拎到了墙角，说："走吧，小心点。"

瞿燕庭道："刚才谢谢。"

陆文仅靠谱了两分钟，打着哈欠说："不用谢，困嗝屁了，快走吧，领导。"

保姆车停在巷口另一边，后排放着两大包备用衣服，孙小剑在倒数第二排，陆文和瞿燕庭上车，并肩坐第一排。

许是因为困乏，路上气氛沉闷，瞿燕庭闭目养神，陆文从上车就在解耳机线。

孙小剑很有眼色，路口红灯刹停，他顺势向前扑，扒住椅背开口："瞿编，您是不是晕车？我有晕车药。"

瞿燕庭眼都没睁："不用。"

孙小剑又问："瞿编，今晚的两场戏，您觉得陆文表现怎么样？"

瞿燕庭答："不错。"

"您这么说我就放心了。"孙小剑抓住机会，王婆卖瓜，"我不懂演戏，站在观众的角度上，我觉得陆文的表演特别有感染力，我都想哭。"

陆文臊得慌："你哭吧，别说话了。"

孙小剑无视他，继续说："第二场戏，叶杉安静地看照片，那个场景简直了，无声胜有声。瞿编，我不是乱吹，我们陆文绝对潜力无限。"

瞿燕庭回忆那段没有一句台词的戏。因为叶杉的愧疚和痛苦在与叶母冲突时已经展现得淋漓尽致，所以独自看叶父的照片时，占据他的只有思念与安宁。

陆文在第一场戏的表演是"放"，第二场戏，他一眨不眨地盯着照片，平静，满足，最后悄然地落泪，是"收"。

瞿燕庭有一说一："处理得不仅很到位，并且很老练。"

陆文罕见地没有骄傲，他一个非科班出身、经验不足的小演员，哪里懂什么收和放。他只是想他妈妈了，相信瞿燕庭也明白。

忽然，他说："不应该怪叶杉。"

瞿燕庭睫毛颤动，轻轻睁开了眼。

陆文仿佛自说自话："不是叶杉的错，叶父是死于意外，没有人能预料。如果都这样追根溯源的话，我妈也是我害死的。"

瞿燕庭道："这不一样。"

"没什么不一样。"陆文反驳。

孙小剑看苗头不对，急忙打岔："剧本是瞿编写的，你跟瞿编争什么道理啊？乖啊，接着解你的耳机线吧。"

陆文并不是争，他只想表达内心的感受："我只代表我自己，对于叶杉，我很心疼他。假如真有这样一个人，我希望……"

瞿燕庭喉结滚动："什么？"

陆文说："我希望他不要再像今晚那样哭。"

之后车里一路无声。到酒店时，天快要亮了，陆文和瞿燕庭在走廊分手，说"早安"或"晚安"都不合适，两人便默契地刷卡进门，暂且别过。

康乃馨仍摆在玄关柜上，瞿燕庭抚弄一下花瓣，回卧房休息。

一天一夜过去，多云的早晨，天幕是灰蓝色的。手机在枕边振动，来电显示"乔编"。瞿燕庭倏地醒了，估计是吴教授那件事有了答复，他一边接通一边下了床。

乔编惊讶道："今天好快啊。"

瞿燕庭耍酷："手滑了。"

他聊着电话走进浴室，单手放热水，解扣子，脱衣裳。接完电话，他泡进满缸的热水里，舒舒服服地洗了个澡。

瞿燕庭睡了太久，需要活动活动筋骨。他没使唤司机，错过早高峰搭地铁。地铁里的乘客稀稀疏疏，他没感到不自在。

出了地铁站，步行两条街到剧组。A组在三楼拍摄，瞿燕庭没上去，吩咐小张跑一趟，告诉任树有点事找他，拍完请任树去一下101。

任树拍完没耽搁，立刻去找瞿燕庭。101没锁门，客厅也无人办公，瞿燕庭正闲情逸致地在阳台上浇花。

"今儿怎么上午过来了？"任树走过去，"也不忙，很反常嘛。"

瞿燕庭言简意赅："找你。"

任树一头雾水，站在瞿燕庭旁边，俩大男人对着一盆营养不良的小花。他揪一下花瓣："有什么事，您尽管吩咐。"

瞿燕庭不爱开玩笑，直接说："视协过两天要开研讨会。"

任树知道，也明白瞿燕庭不会无缘无故和他聊这个，应一声等待下文。

瞿燕庭掐下一片枯黄的叶子，说："制作中心的吴教授会参加，你不是想见见他吗？"他们念大学的时候，吴教授是副院长兼摄影系故事片摄影专业博士生导师，也是任树一直崇拜的偶像。

"哥们儿，"任树一直想见吴教授，奈何搭不上机会，他有些激动地问，"你什么意思？"

瞿燕庭不卖关子："我们工作室有份参与这次研讨的电视剧，会派乔编出席。会议结束组个饭局，或者茶会，要请一请吴教授。"

他掐下一小把枯叶残花，仔细地拢在掌心，声音也放轻了："你愿意的话就去一趟，我让乔编安排，到时候你们一起去见吴教授。"

任树瞪着瞿燕庭，眼睛特别亮，像两个小灯泡。

瞿燕庭开玩笑："照照镜子，跟哪吒要变身似的。"

任树任由他取笑，说："你怎么那么仗义？"

这些年他们联络不多，为这部戏才重聚。在筹备期的某个深夜闲聊，他提到想见吴教授，没想到瞿燕庭竟一直记着。

瞿燕庭说："我靠资助念的大学，咱们专业又特别烧钱，那几年，你时不时买错衣服、充错饭卡，每次去你家让我又吃又拿。我好歹有些良心，受人之恩没有不报的道理。"

任树对吃火锅那晚叙旧的种种只字不提，少年时的落魄像心上的旧疤，他不忍揭开："互相帮助，什么恩不恩的，你又寒碜我？"

"别说多余的话了。"瞿燕庭掀过这一页，"该订机票就赶紧订，把剧组的工作安排一下。"

刚才太兴奋，任树差点忘记自己是导演。他纠结起来："我来回要去一两天，剧组这边上上下下的……"

瞿燕庭说："把导演组的人手分配好。"

任树"嗯"一声，对着窗户迷瞪起来，四五秒钟后，他从怀里掏出拍摄通告，笑得蔫儿坏："安排人手简单，重点是要有个做主的、把关的。"

"你看谁合适，就——"

"别折腾这盆破花了。"任树打断瞿燕庭的话，将皱巴巴的通告单递上去，"我看你挺合适。"

这下轮到瞿燕庭讶异了。

他的目光落在纸上，像被黏住一般不肯移开，看了好一会儿，他回道："别开玩笑了，我是个编剧。"

任树说："你是导演系最拔尖儿的学生。"

瞿燕庭道："念书和工作不一样，也许我只会纸上谈兵。"

"我看你是妄自菲薄。"任树将通告单放在窗台上，"再说了，这些年你跟着曾导耳濡目染，水平肯定只进不退。"

瞿燕庭喉头滚动一下，不自觉抿起嘴唇。

任树说："你就答应了吧，你写的剧，你投的钱，我交给你不是天经地义吗？你盯戏的时候很少发表意见，是为了给予我这个导演最大的尊重，我都知道。那这次就听我的安排。"

瞿燕庭踌躇不前，隐隐地，眼中似有些难以捕捉的心动。

"好……我试试看。"

瞿燕庭答应了，伸手去拿通告单，才发觉不知何时自己握住了拳头。他松开手，掌心的薄汗浸染了纸张。

今天要审工作样片，任树顺道问："要不要一起看看？"

瞿燕庭等会儿就回酒店，下午要和工作室开电话会议，就婉拒了。

任树见状，征用这间休息室，发消息让助理通知A组的导演、摄影和男主角，所有人来这屋集合审片。

陆文收到消息，从三单元跑下来，手里拎着一个西点盒。大夜受那么多表扬，他烧包，不请客不舒坦。

陆文拎的这盒是给瞿燕庭的，早上对方没来，都放凉了，现在去编剧休息室，正好拿过去。走到半路，他瞧见迎面向外走的编剧本人。

瞿燕庭拿着导演的拍摄通告，边走边看，经过一根老旧的电线杆时，面前投下一片阴影。他抬头，陆文打劫似的挡着路。

"去哪啊？"

"回酒店。"

"几点啊就回去？"

瞿燕庭奇了怪了，他想来想走，还得对这个人报备不成？

陆文也意识到管得太多，傻笑一声混过去，递上西点盒："请全组吃早餐，你那份，菠萝包和泡芙。"

前后不下三回了，瞿燕庭说："挣那点片酬还不够请客的。"

第8章 失约

"我乐意。"陆文晃晃盒子，"到底吃不吃啊？"

瞿燕庭没有接："我吃过了，你留着当零食吧。"

陆文不勉强，收回手，待瞿燕庭与他擦肩走过，他回头看对方的背影。他一直没有问，他的片酬真的比阮风的高？是的话，瞿燕庭那天为什么要骗他？

陆文踢了颗小石子，朝一单元去了。

七八个大男人挤在101的客厅，沙发坐满了，陆文地位最低，自觉搬了个小马扎坐旁边。他打开西点盒，拿出焦脆的菠萝包给自己加餐。

任树说："活儿还没干，你先吃上了。"

陆文咕哝道："我看片儿的时候喜欢吃点东西。"

副导正在调片子，闻言乐了："看个屁的片儿，咱们是审工作样片。"

样片调出来，连在电视上，是前天晚上拍摄的内容。叶杉和叶母发生冲突，情绪双双爆发，之后叶杉梦醒看父亲的照片。

没有背景音乐，也没有剪辑，未加工的样片不如成片完美，但有一种监控录像般的真实，是一种原生态的震撼。

陆文渐渐忘记咬面包，专注地盯着屏幕。两段样片播放完，副导不小心按错，开始播放更早拍摄的一段戏。

那是第一次大夜拍的——叶杉在葡萄藤下的单人场景。

深夜的葡萄藤下，叶杉孤身坐在那，侧着脸，枕着手臂，安静地趴在桌沿儿上。灯泡的光打下来，照亮他的眉骨和鼻梁，眼中的哀愁隐匿于暗处。

陆文怔住了。画面里的分明是他，可他恍惚中仿佛看见了另一个人。

摄影组的大助说："这一幕的光线特别好，没糟蹋演员的表演。"

"嗯，小陆演得不错。"任树见陆文没有反应，打了个响指说，"小陆，琢磨什么呢？"

陆文回神："没什么……我走神了。"

副导笑道："干活儿不专心，和叶小武一个样，不过叶杉又演得挺到位的。"

任树深有同感，但不敢揽功："一开始差点意思，让我好一通骂。还是瞿编有一套，给小陆讲了讲戏，一次就让他把握住了叶杉的感觉。"

陆文愣道："导演，什么讲戏？"

"这就忘啦？"任树回答，"第十四场，你演叶杉的第一场戏。那天拍好几条不过，瞿编不是把你叫办公室去了吗？"

陆文喃喃道："可是他……"

"他什么，训你？打击你？"任树说，"瞿编想教训一个小演员，还用去办公室关上门，给对方留面子？他那是给你教戏，让你体会角色的情绪，明白了吗？"

陆文两眼发直，攥了满手的面包碎屑。瞿燕庭骗他阮风的片酬比他高，是故意为之？瞿燕庭打击他、羞辱他，用身份压制他，都只是在讲戏？

所以……瞿燕庭根本没有看不起他？

那团憋了许久，已经沉在肚子里的闷气涌上来，急需喷薄释放，陆文猛地站起来，冲任树嚷嚷道："怎么不早说啊？"

刚舒心两天，陆文心里又长痘了。

从得知真相开始，他的心情就复杂起来，想对瞿燕庭说点什么，具体的语言没有组织好，可至少要说一句"谢谢"。

然而，瞿燕庭忙着和任树交接工作，根本没工夫搭理他。

两天后，任树去北京了，瞿燕庭全权代工。

凌晨五点，市区某家私立医院。陆文穿着一身病号服从房车下来。满脸青紫、血痂，眉骨上凝着一层厚厚的血痂，额头上有一道逼真的足以致命的伤口。

搭电梯到疗养部八楼，门一开，入眼是乱中有序的繁忙景象。

自动贩卖机旁边忙碌完的机械组刚放下手中的工具；休息区坐着十几名群演，有医生有护士；其他演员在走廊候场，陶美帆、阮风、仙琪、街坊四邻全部都在。

陆文掠过每个人，来到病房门口，视线透过门上镶嵌的方形玻璃扫过满屋子人，然后捕捉到他这两天一直惦记的那一位。

用"惦记"可能不太准确，但以他的语文水平找不出更恰当的词。

陆文敲敲门，得到回应推门进去。

病房是浅色调的，瞿燕庭立在床尾的移动桌前写字，背很直，穿着来山城那天的燕麦色亚麻衬衫。

他顶替任树的职责，从画面构图到场面调度，再到空间营造，全部需要他来把关。

余光里闯入一个高大的身影，瞿燕庭瞥了一眼，看见陆文惨不忍睹的样子。

执行导演康大宁说："过戏，摄影机试走位。"

瞿燕庭收回视线："1号镜头上柔光屏，然后开低挂模式。"

陆文脱鞋上床，躺平闭上眼，听见工作人员就位的脚步声，门开了，其他演员陆续进来。男女演员花香型、皮革香型的香水味，以及病房本身的消毒水气味，这些不同的气味在房中开始融合。

忽地，鼻间闯入一味清冽的若有似无的须后水的味道。陆文睁开眼，原来是瞿燕庭走到床边，正拿起床头柜上的工作台本。

陆文眼巴巴地瞧了对方许久，犹豫要不要叫一声"瞿老师"。

瞿燕庭居高临下地俯视陆文，没打招呼，捏起被角往陆文的脑袋上一蒙，隔着一层棉布叮嘱他别乱动。

陆文的声音闷闷的："万一我忍不住呢？"

脑袋一痛，瞿燕庭用本子敲了他一下，吓唬他剧组已经开了一针安定，准备随时给他注射。

过戏，拍摄，一场一场地演绎剧本，几个钟头很快就过去了。

陆文一直躺在床上，中间差点睡着。午间收工，大家往外走，他磨蹭到墙角的监视器一旁。瞿燕庭在桌后收拾东西，还没走。

场记开窗通风，一阵清风灌进来吹落了桌上的表格。陆文抢先捡起，递过去，瞿燕庭接住，对他说："赶紧卸妆去吧，颜料伤皮肤。"

不等陆文回话，瞿燕庭干咳起来。一上午指挥拍摄没顾上喝水，他敛起东西朝外走，用剧本掩住嘴唇。

陆文跟着走出病房，叫道："瞿老师——"

瞿燕庭却叫住场记，哑着嗓子吩咐："叫摄影组在花园集合，我马上下去，趁中午人少拍一组景物镜头。"

他说完去搭电梯，陆文追上来，问："瞿老师，你什么时候有空？"

瞿燕庭道："你有事？"

陆文郑重其事地说："我有话想跟你说。"

瞿燕庭不明白，大小伙子怎么这么缠人，看看手表预估了一个时间："大概一点半拍完，你去湖边找我吧。"

疗养部后花园，茂盛的香樟树围拥着半环回廊一池湖水，中心广场覆盖着大面积草坪。双机位，A摄主导，B摄辅助，第一遍试拍看效果。

瞿燕庭审一遍画面，判断色阶、明暗关系等是否合适："天太阴，EI再调高。段哥，3号那个贯穿镜头，频率是不是有点低？"

瞿燕庭问得很委婉，掌机段猛立刻道："不到百分之六，确实低了点。"

瞿燕庭说："控制在百分之八到九，切渲染镜头的时候保持这个频率就行。"

段猛忙不迭地答应。

瞿燕庭外表斯文，但作风利落，工作时果断得没有一句废话，待调整完毕，开始正式拍摄。

房车上，陆文卸完妆在吃盒饭。

孙小剑从医院门口一个大爷那儿买了水果回来。他拎着塑料袋，从里面掏出两个黄澄澄透着红、完全熟透了的大柿子，洗净擦干，放在盘子里。陆文摸了一下，皮薄汁多，软绵绵的，有他大半个手掌那么大。

孙小剑说："我妈每年都买一箱。"

陆文道："难怪把你吃得小脸蜡黄。"

"放屁。"孙小剑不负责地科普，"北方干燥，吃柿子润肺止咳。"

陆文想起瞿燕庭咳嗽，等吃完饭，时间也差不多到了，他要去湖边赴约，顺便带上洗干净的大柿子。

中午人少，陆文一路捧着个柿子颠颠地走到后花园，绕过回廊，横穿中心广场。后花园几乎没人，摄影组拍完就去吃饭了。

他从草坪上的小径靠近湖边，周围种满了香樟树。距湖边五六米远处，最繁盛的一棵香樟树下，瞿燕庭独自坐在双人长椅上。

陆文不清楚对方等了多久，急吼吼迈出步子。

突然，湖边冒出来一个人，是阮风。

阮风先一步跑过去，"咕咚"往长椅上一坐，挨在瞿燕庭的旁边。一切发生得太突然了，陆文生生刹住步子，瞪着半路杀出来的程咬金。

瞿燕庭愣了一下："你怎么来了？"

"惊不惊喜？"阮风笑眯眯的，抬臂搭在椅背上，按住瞿燕庭的肩，"今天累了吧，我给你捏捏。"

陆文顿在原地，看着阮风"搂住"瞿燕庭的背影，将迈出的那一步收回。他的脑子记不住太多事，差点忘了瞿燕庭和阮风甚好的关系。

也对，他只是道谢，哪能跟人家比？或许，瞿燕庭本就约了阮风，只是顺便抽几分钟见他一下。谁让他不赶巧？

陆文低头看看手里的柿子，都焐热乎了，不知道是不是真的能止咳。他没出声，也没有露面，识相地掉头走了。

瞿燕庭环顾一圈没发现别人，但毕竟是公共场合，他让阮风坐好。阮风收回手："大中午都睡觉呢，我找了一大圈才看见你。"

瞿燕庭问："你有事？"

阮风说："我看你吃饭没有，盒饭是红烧鱼，我知道你不吃。"

瞿燕庭吃过饭了，自那次之后，小张给他单独订餐。

阮风放心了："任导把挑子撂给你，虽然就两三天，但也够累人的。"

瞿燕庭想起另一位缠人的大小伙子，回头望了望。

阮风奇怪道："你老瞅什么呢，有人要过来吗？"

瞿燕庭避而不答："你来唠嗑的？"

阮风是来问一声，他之前答应今天请B组聚餐，正好下午瞿燕庭跟B组拍摄，他想问瞿燕庭要不要参加。瞿燕庭想都没想，直接拒绝了。人多的场合令他烦躁，尤其是聚餐这种一大帮人交际的场合。

阮风说："可是片场人也多啊。"

"不一样，这是工作。"瞿燕庭摩挲着工作台本，神情很安然。这份代职工作对他来说，享受远远大于忍受。

阮风没办法："那好吧，要不我今晚去找你？"

瞿燕庭了解这种聚餐，不到凌晨不会结束，他可没精力等到那么晚开门，于是又拒绝了。

阮风倒是很听话，瞿燕庭说什么是什么。不方便待太久，他要回房车去，走之前道："如果有人不服管，给你添堵，告诉我，我帮你收拾他。"

瞿燕庭很是不屑，说道："别瞎掰了，还记得你小时候每次被人欺负，回家只会哭吗？"

阮风脸一红："不跟你说了，走了！"

湖边只余微风，有些冷，瞿燕庭忍着，怕离开拿一趟外套，会令某个迟到的人扑了空。他傍在长椅扶手上，觉得很累。今天接触了太多人，所有神经紧紧地绷着，需要一条条放松，就像湖面散开的涟漪。

分针在表盘上走了大半圈，鸭子在湖边喝饱了水。

瞿燕庭一直坐到两点半，快开工了，再等下去会耽误拍摄。他沿着湖边往回走，又生气又好笑，没想到自己会被一个小演员放鸽子。

下午的拍摄任务不重，剧组和医院有协议，七点前必须结束。陆文在A组，瞿燕庭换B组，两个人一下午没有见到面。

傍晚收工，回酒店的路上，陆文靠着车窗一声不吭，帽檐压得很低，遮住了眼睛。

孙小剑满腹疑惑，大中午吃饱了撑的不睡觉，跑出去乱晃，晃一圈回来就耷拉个臭脸，不明白陆文遭遇了什么。

"你中午去哪了？"

"湖边。"

湖边挨着小树林，孙小剑直觉不寻常："去湖边干吗？约了人？"

陆文的脸更臭了："约了小鸭子，我游泳！"

孙小剑愈发好奇："到底发生什么了？"

陆文冷哼："我就不该去。"

"谁知道你为什么去，还捧个柿子。"孙小剑感觉挖不出八卦，便开始分享八卦，"听说阮风今晚请B组聚餐。"

陆文倏地抬头，冲司机嚷道："掉头，我要请A组，去江边最贵的餐厅！"

孙小剑不懂陆文为什么突然争强好胜起来，给了他一拳："去你个头，该拍全剧的重头戏了，回去乖乖地看剧本。"

提到剧本，陆文便想起编剧。

陆文"啪"地扣下棒球帽："看个屁，咱们去逛街。"

"你到底抽什么风？"孙小剑忍住脏话，"我看你是'大姨父'来了，有劲没处使，躁动。中午去湖边游泳没游爽是吧？行，你回酒店去泳池补上，游二十圈，游完回房间睡觉。"

陆文一下午没见到瞿燕庭，对方跟B组，这会儿阮风请客聚餐，那俩人肯定当着大伙的面暗送秋波、暗度陈仓。

他说："我要游五十圈。"

回到酒店，陆文收拾东西去五十四层的泳池。从极简风格的门廊进去，左边通向水吧，右边走廊通往更衣室和化妆间。陆文径自右拐，被服务生拦住。

"先生不好意思，泳池今晚不对外开放，您可以去水吧放松。"

陆文问："为什么？"

服务生道："有位客人下午预定了，今晚包场到十一点，抱歉给您带来不便。"

怎么诸事不顺，陆文随口问了句："开派对啊？"

服务生答："不是的，那位客人只是游泳。"

陆文震惊道："一个人游泳有必要包场吗?!"

服务生脸色尴尬。

"这泳池几百平，他非要霸着自己游？"陆文吐槽，"不孤单啊？不无聊啊？"

正说着，更衣室里闪出一道熟悉的人影。

瞿燕庭走出来，身穿一件长及小腿的真丝浴袍，鸦青色的绸缎在壁灯的照映下流光溢彩，领口微微敞着，锁骨半掩，丝带束腰，显得身体更修长，也更单薄。

他听见有人吵闹，声音有些耳熟，所以出来看看。

陆文傻了眼："……你怎么会在这儿？!"

瞿燕庭踩着人字拖走过来，反问："那我应该在哪儿？"

应该在B组聚餐吧……

陆文呛了一口气，把话咽了下去。

中午后花园湖水的涟漪太轻柔，惹得瞿燕庭想要沉入水中，放松一下身心。他不喜欢和陌生人一起游泳，也觉得不方便，于是提前包了场。

他又问："你刚在嚷什么？"

陆文没想到包场的人是瞿燕庭，顿时有些蔫儿："我也想游泳。"

中午白吹那么久冷风，瞿燕庭简直想把陆文一脚踹水里去，但他也想知道陆文有没有一个合理的解释，于是道："换衣服去吧。"

泳池之上，挑高的穹顶上缀满射灯，三面落地窗，一池深蓝色的水，水面波动荡漾，盛着碎银似的光。

瞿燕庭先进来，沿着池边不疾不徐地走，一边走一边抽开腰间的丝带，浴袍松散滑落，被他扬手丢在休息床上。

陆文不怕冷，换上一条泳裤，浑身上下没有别的衣物，拖鞋也不穿，赤着脚走进来，一眼瞥见那件鸦青色的真丝浴袍。

瞿燕庭已经下水了，在一片湛蓝里穿梭。

踩上大理石池岸，陆文将偌大的泳池尽收眼底。几十米远处，透过水面看见半潜在水中的瞿燕庭，一抹似轻烟似薄纱的白色。

陆文单臂撑着池岸跳下水，微凉的水漫至胸腹间。他撩了几捧泼湿肩颈，适应之后，舒展身体向前游去。

巨大的空间里仅余水声。

陆文和瞿燕庭相隔很远，两个人各游各的，沿两条直线来回往返，仿佛永远也不会相交。

半小时后，陆文记不清游了几圈，游到一头停下来，在水中站稳。他抹把脸，狂甩短发上的水滴，双肘向后搭住池岸，懒洋洋地靠着。

扫视一圈，陆文发现这包场未免太彻底，连个供使唤的服务生都没留，他服了瞿燕庭。

远处，看不清人，只见一朵水花渐渐靠过来。陆文目不转睛地盯着，手指一下一下叩在大理石面上，悄悄计时，九秒钟后水花到达了这头。

速度不错，他默默点评。

和陆文横向相隔五六米，瞿燕庭"哗啦"钻出水面。

他的身体在水中微微浮动，出水的一刻，扬起头来，墨色的发丝被一把拢向脑后，下巴尖到喉结连成一道漂亮的弧线。

瞿燕庭哪里都水淋淋的，额角、双鬓、凹陷的锁骨，冷白的肌肤上缀满水珠，灯光打下，像在银河里游过。

陆文的手掌扣着池岸边缘，将冰凉的大理石焐热了，他猛地移开手，"哐当"一声，碰到了池岸上的饮料托盘。

瞿燕庭闻声，终于垂首，一双湿漉漉的眼朝陆文觑来。

陆文不知所措，生硬地别开脸。他去望玻璃窗，佯装欣赏窗外的城市夜幕，却望见他们投在窗上的影像。

瞿燕庭咳嗽起来，捂住嘴，声音闷闷的。

托盘里有矿泉水，陆文拿了一瓶，半游半走地向瞿燕庭靠近，距半米远停下，拧松瓶盖递过去。瞿燕庭接住抿了一口，止住咳嗽。四周连水花声也没有了，安静又空旷，他无声地看着陆文。

陆文心里发毛，便打破了沉默："干什么？"

言语间传来淡淡的回音，瞿燕庭道："你不想说点什么？"

陆文挑一下眉毛，别人挑是为了耍帅，他是打心底里迷惑。瞿燕庭什么意思？他应该说点什么吗？

琢磨片刻，他找了个应景的话题："看你蛙泳不错，会蝶泳吗？"

瞿燕庭道："会。"

陆文试图调动气氛："要比一圈吗？"

瞿燕庭说："不要。"

陆文讪讪地"哦"一声，两句话把游泳的话题聊到了头。他不想再琢磨新的，何况，他有真正好奇的问题。

"你……"他开口，"怎么没去B组聚餐啊？"

瞿燕庭回答："嫌人多。"

陆文被简单的三个字打发了，他不知真假，又问："为什么要包场游泳？"

瞿燕庭回答："同上。"

陆文说："那为什么让我进来了？"

瞿燕庭无奈地呼口气，他已经后悔让陆文进来了。矿泉水仍在手里，他便回道："嗓子不舒服的时候，有个递水的也不错。"

这真的没法聊了，陆文说："行行行，你喝，你多喝点。"

瞿燕庭拧紧瓶盖，将矿泉水放上池岸："我不想喝矿泉水，你去水吧给我要一杯乌龙茶。"

怎么还得寸进尺了？陆文皱了皱眉。为了还瞿燕庭讲戏的情，他点头答应，但为了面子，他嘴上说："正好我想喝火龙果汁，就顺便给你带一杯茶吧。"

陆文转身，双手撑住台面，水珠顺着微突的肩胛滑落，一路刻画脊背上薄而韧的肌肉群。身后，瞿燕庭并没有使唤人的爽快感觉，反而觉得郁闷，趁陆文跃出水面，水声"哗啦"响起，他忍不住问出了口。

"中午你是不是忘了什么？"

陆文动作停滞，没料到瞿燕庭会提起。

可他该怎样回答，说他没忘，他没有失约，他一路捧着个柿子，特别傻地走了个社交软件步数第一名……

然后，他被阮风截和。

瞿燕庭问得更直白："为什么放我鸽子？"

陆文深吸一口气，回答："我中午睡误了。"

怕瞿燕庭再说什么，陆文撑上池岸，迅速朝水吧去了。

乌龙茶要现泡，火龙果汁要鲜榨，手机锁在更衣室。陆文干等，听隔壁桌俩男的从房产聊到债券，最后聊到大保健。

他先把果汁喝完，捧着一杯乌龙茶回泳池，这场景像极了捧着大柿子去湖边，并且都是给瞿燕庭。

十几分钟过去，中午的事应该翻篇了。陆文吊儿郎当地喊了一嗓子，在回音中搜寻瞿燕庭的身影。

无人回应。

深蓝色的水面很平静，他定睛看向泳池中央，跳动的波光下，瞿燕庭沉没在水里一动不动，如一朵凝滞的云团。

陆文喊道："瞿老师？"

他下一刻抬腿，内心一片慌乱："瞿老师！"

陆文丢掉乌龙茶，沿着池岸飞奔。"扑通"！他冲过去一猛子扎进泳池，奋力扬臂，一边游一边大喊："瞿老师！瞿燕庭！"

"姓瞿的！"

游到中央，陆文潜入水中，伸出双臂朝瞿燕庭扑过去。

瞿燕庭闭着气被水流包裹住，轻飘飘的失重感令他紧绷一整天的身体彻底放松。猛地，他被一双大手擎住，紧接着一副温热结实的躯体贴住他，对方紧紧勒着他的腰，将他带出水面。

灯亮得晃人，瞿燕庭眯着眼，脸颊被陆文鬓角的短发剐蹭，扎扎的，有些痒。他被一只铁臂死死箍着，拖到池岸旁尚未回神，身体猛然一轻，陆文先把他举上了大理石台面，然后抬起手兜住瞿燕庭的后脑勺，这才对上瞿燕庭睁开的、清澈的眼睛。

陆文吓得半死："你……醒了？"

瞿燕庭面色平静，小腿垂在水中，膝盖抵着陆文。他点点头，水珠随着动作从下巴滴落。

捂在他后脑的手掌慢慢移开，扶住台面将他包围。

确认他不会倒下，陆文瞪着他问："你自己一个人在搞什么？"

瞿燕庭说："我——"

"你知不知道有多危险？！"陆文无情的吼声打断了瞿燕庭。

他此时忘了彼此的身份，只记得刚才受到的惊吓，嚷道："瞿老师，瞿大编剧，你有没有安全常识？你在哪儿学的游泳？谁教的你一个人沉在水底一动不动？！"

瞿燕庭解释："我只是想放松一下。"

陆文拔高了声音，说："没你这样放松的！万一腿抽筋了，你怎么上来？直接放松到天堂去了！还包场？连救生员都不留！出意外都没人救你！幸亏我及时回来了！你是不是故意支开我？早不放松晚不放松，偏等没人的时候放松，有人在你就放松不了是吧！"

有生之年，瞿燕庭头一次被一个小演员痛骂，他头都被说疼了，道："好了，我没事。"

陆文凶神恶煞地说："好什么好！"

瞿燕庭道："不用担心。"

"谁担心你啊！"陆文又炸了，"我是愤怒！我告诉你，我血压心脏都不好，还缺钙！把我吓出毛病……算工伤！"

瞿燕庭没法儿了，怕陆文再嚷嚷下去会引来服务生，他抱着试一试的心态，伸出手，用哄自家大猫的方式按住陆文的脑门。

"别喊了。"他道，"嗓子不累啊。"

陆文顷刻间哑火，只瞪着眼珠子。

看来管用，瞿燕庭低声说："谢谢。"

陆文翻滚的情绪戛然而止，一句话也说不出了。瞿燕庭对他说"谢谢"，他憋一整天的两个字，怎么让对方先说了呢？

他不知道该怎么办了。

陆文躲开瞿燕庭的手，向旁边移动两步，一撑台面跃上池岸："我不游了。"

瞿燕庭也折腾累了，原本来放松的，结果搞得这么刺激。他无奈地披上浴袍跟在后面，两个人进入各自的更衣室，淋浴，穿衣。

瞿燕庭的头发稍长，吹得慢一点，出来走向门廊，陆文的说话声越来越清晰。

"……你们这儿的安全隐患太大了，任何情况下都不能没有救生员。哦，他说包场，包场又不是清场，不能给钱好办事，什么都答应……"

服务生连连点头："是我们疏忽了。"

陆文裹着天鹅绒夜袍，双手揣在缀着刺绣的小口袋里。等瞿燕庭过来，他抿住嘴巴，假装无事发生。

瞿燕庭配合表演："走吧。"

两个人沉默地回到六十二层。到房门外，瞿燕庭习惯性地瞄一下壁瓶，自那天之后他就养成关注每日花色的习惯。

他们背过身去，各开各的门。

泡在冷水里游了那么久，乌龙茶一口没喝上，瞿燕庭的喉咙发痒，低声咳嗽起来。

陆文握着门把手一顿，打破沉默："等一下。"

瞿燕庭见陆文刷卡进门，几秒钟后便跑了出来，手里捧着一个熟透的大柿子。

"给我的？"瞿燕庭问。

陆文回答："我经纪人他妈说，吃柿子润肺止咳。"

瞿燕庭接住，柿子沉甸甸的，带着对方掌心的温度。

辗转一遭，这柿子陆文终究是送出去了，那点不甘心也一并被唤醒，他忍不住反口了："其实我没放你鸽子。"

瞿燕庭疑惑："那你……"

提及阮风一定会尴尬，陆文撒了谎："我在小树林绕晕了。"

瞿燕庭白等那么久，听见陆文的理由，却没想象中的不高兴。

他无奈地笑了："每天都能傻出新花样。"

笑完，他问："你约我有什么事？"

时间很晚了，陆文长话短说："你给我讲戏，我都知道了，我想谢谢你。"

瞿燕庭反应了几秒，于他而言，这件事过去就忘了，根本没放在心上。

他托着柿子，道："谢礼我很喜欢。"

互相道过晚安，瞿燕庭回房间了，拿了把勺子径直走到沙发坐下。

拔掉柿子的蒂，他挖了一口，忽然停下。

这样吃有点浪费，瞿燕庭打开投影仪，找了一部电影边吃边看。片头音乐响起，他甚至知道每一秒滚过的字幕是什么，因为他已经看过无数遍了。

片名出现，"天堂回音"四个字赫然出现。

瞿燕庭吃一口柿子，托陆文的福，这一次看时，他觉得甜。

Chapter 9

第 9 章
代 工

"我能感觉出来,摔那一下,他好像挺关心我的。"

"差远了,摔得不够狠,再来一条。"

黎明时分下雨了，淅淅沥沥地，一直持续到傍晚。山城雾蒙蒙的，天空暗得如一盘墨。

说来也巧，今天正好拍摄雨戏，剧组驻扎在叶小武的学校门口。

叶小武没带伞，叶杉来接他，看见他和齐潇有些亲密的样子。兄弟俩住一间屋，叶杉不难察觉到他在偷偷恋爱。

叶小武大方承认，更向叶杉诉苦，齐潇希望他考大学，等毕业后去同一个城市念书。他玩笑般说了一句："我哪考得上，除非哥你再帮我一次。"

叶杉没有回应，失神地握紧了伞柄。

对手戏需要替身，切换机位拍摄两遍，分别抓叶杉和叶小武的主镜头，后期再剪辑。地上的砖缝里插着小塑料片，目的是校准走位，否则丝毫偏差都会造成穿帮。

镜头升高，拉远，捕捉斜织的雨线。执行导演喊："停！过！"

陆文立刻单膝下蹲，手肘夹着伞，将插在地上的塑料片一一拔出来。这是瞿燕庭拍之前根据设计的镜头动势，亲自蹲在这里插好的。

今天过戏时，陆文走过来踩哪里定点，如何找照明的光，几号镜头看哪个机位，也都是瞿燕庭一点一点教的。

陆文将塑料片全部拔出来，拢在手心，起身后恰好瞿燕庭走了过来。他把泥土擦掉，伸手递过去。

"谢谢。"瞿燕庭接住,"走吧。"

这场戏拍完了,今晚大夜通宵,依旧是外景,众人准备前往下一处拍摄地。

人多显得路窄,陆文和瞿燕庭并肩朝前走,彼此的伞沿儿时不时撞上,伞骨尖划过伞面,沙沙的。

剧组的车辆停得很远,在一处临时租的小停车场,摄影组的设备又沉又金贵,堵在前面磨蹭着。走到剧组停车的地方,段猛喊道:"干活儿的都帮忙搭把手,把机器搬一搬!"

孙小剑和李大鹏去帮忙,陆文自己拎上包。他的房车停在最里头,扫了一圈一辆辆贴标的车,没看到那辆保时捷。

停车场位子有限,保时捷不比其他车能装耐耗,瞿燕庭让司机开回去了。

陆文说:"瞿老师,我的房车最宽敞,坐我的走吧。"

瞿燕庭道:"好,谢谢。"

"你别总谢我了。"陆文说,"熟人间不用这样。"

瞿燕庭无语:"……谁跟你是熟人?"

俄顷,雨下大了,伞面"噼里啪啦"地响。走到房车门口,两个人收伞上车。

一场雨令温度骤降,车上更换了一些厚的备用衣服。陆文直奔床边,脱下剧组的服装,把私服铺排了一床来挑选。瞿燕庭在卡座坐下,将剧本放在桌上,纸张被淋湿了一角,他抽出纸巾按压住吸水。

陆文穿上一条运动裤,问:"穿这条深灰的帅,还是浅灰的帅?"

没有其他人在场,瞿燕庭估计是问自己,便回答:"都帅。"

陆文说:"跟没说一样。"

瞿燕庭道:"深灰。"

陆文说:"您至少看我一眼吧?"

瞿燕庭终于肯抬眸,旁观陆文在那儿挑三拣四。他从前只是不懂女明星,如今也不懂男明星了,距下一场戏仅休息几个钟头,用得着这样吗?

陆文拎起一件烟紫色的毛衣,绒绒的马海毛,低饱和度的灰调给人十分温柔的感觉。他将毛衣丢在一边:"瞅见这毛衣就闹心,孙小剑还放车上。"

瞿燕庭疑惑道:"为什么?"

陆文吐槽:"这颜色,白皮显白,麦皮显黑,黑皮变乌鸡。"

瞿燕庭深感无语,继续默默擦剧本。

不多时，孙小剑和李大鹏回来了。

人一多，瞿燕庭立刻噤声。如果是正事或工作，他会全力克服一切不适，维持表面的游刃有余。但私下他会埋头避免任何的交流。

李大鹏泡咖啡，孙小剑看陆文光着膀子，急忙走到床边："祖宗，该感冒了！"

陆文挑了件卫衣套上，将其他衣服扫开，在床上扒出个空，掀开毯子。

孙小剑小声问："你要干什么？"

陆文回答："到点了叫我，我躺会儿。"

"你躺个毛啊。"孙小剑把他拽起来，"今晚拍重头戏，过去坐好，在瞿编眼皮子底下看剧本，让瞿编感受到你的用功。"

陆文磨蹭过去，窗边对开的小卡座中间配了一张小桌，他坐到瞿燕庭对面。

车厢分两个区域，泡好咖啡，孙小剑和李大鹏就闪到前面的小客厅，将窗帘拉起来。出发了，车内很安静，仅有途中的风雨声。

瞿燕庭双手捂着热咖啡，袖口淋湿了，凉凉地贴在手腕上。他端起咖啡抿一口，视线擦着杯沿越过去。

陆文端坐在桌前，先摆家伙什儿，便笺纸、记号贴、涂改液，以及大学男生最爱的酷黑帆布笔袋，最后掏出剧本，郑重地放在桌上。刚放好，他心里"咯噔"一下。

陆文不动声色地盖住封皮，可惜瞿燕庭已经瞥见了。

陆文讪讪地拿开手，露出封皮上的涂鸦，是剧本围读那天，他在瞿燕庭名字后面画的小燕子。

一秒钟"用功"都没来得及展示，还被抓了现行。

他给自己挽回颜面，说："我这是尊敬你。"

那为什么不在任树后面画棵树？莫非不尊重导演？

瞿燕庭半个字都不信这幼稚鬼的。

念谁来谁，他的手机忽然响了，来电显示"任树"。

铃音响起的一瞬，陆文看见瞿燕庭受惊般地向后躲了一下。尽管幅度微小，但他确定没有看错。

他好奇谁能让瞿燕庭如此反应，往屏幕上一瞅："呃，任导打来的。"

瞿燕庭捧着咖啡，没有动。

机身贴着桌面振动，铃声不断循环，伴着外面的潇潇风雨，瞿燕庭在等挂机前的最后一声。还没等到，陆文先憋不住了："年纪轻轻的，怎么就耳背了？"

瞿燕庭剜了陆文一眼。

这双丹凤眼剜人，像刀马旦的花枪，也像玫瑰花的刺，陆文未品出其中的威慑意味，反被勾得壮了胆子，下回还敢。

铃声循环到最后一次，瞿燕庭拿起手机，划开通话键。

"燕庭，是我。"任树直入主题，"在忙吗？你那边怎么样？"

瞿燕庭答："在路上，快到地方了。"

任树担心道："我看天气预报说山城中到大雨，赶紧打给你问问。"

"嗯，下了一整天。"瞿燕庭说，"正好，不用洒水车了。"

他嘴上开玩笑，实际情况却不容乐观。下雨的戏最怕真下雨，许多条件不可控，拍出来的效果可能跟预期天差地别。

今晚要拍的是一场重头戏——雨中车祸。

这场戏需要占据一段实景道路，剧组提前几个月考察、选址，向当地有关部门递交拍摄申请。获批后无法改期，只能在限定时间内清场拍完。

任树问："分镜是不是用不上了？"

"我正要说这个。"瞿燕庭道，"雨势比较大，光线和角度需要改，牵一发而动全身，你的分镜剧本估计不能用了。"

任树明白："外景情况多变，我那个也只是囫囵地打个草稿。燕庭，甭管别的，你全权做主，能拍完就拍，实在困难就算了，我回去再想辙。"

任树的粗嗓门穿透力很强，小半个车厢都能听见。陆文一边翻剧本一边听热闹，听到这一句，翻页的动作慢了半拍。

他觉得任树说得有点道理。如此凶残的雨夜，拍外景是相当大的考验。瞿燕庭堂堂一位总编剧兼投资人，何必受这份罪，大不了重新申请，以后找机会补拍。

然而，瞿燕庭说："你回来不用想辙，看样片就行了。"语气非常平和，甚至称得上潇洒。

挂了线没多久，房车减速行驶，慢慢在马路边停靠。下车直行五十米，就是今晚的拍摄区域。

手机屏幕仍亮着，瞿燕庭点开一个聊天群组，编辑发送：做机器保护，检查拍摄车辆、威亚和安全设备。

各小组一一回复"收到"。

陆文在这一串提示音里，目睹瞿燕庭退出界面、锁屏、把手机装兜里，一系列动作行云流水，和接电话前的迟钝模样判若两人。

瞿燕庭拿上雨伞，要下车去拍摄区域转一圈。车门打开，一股湿冷的寒风灌入车厢。陆文缩缩脖子，拉紧卫衣帽子的抽绳，把绳尾的小金属帽叼在嘴里。

窗外，瞿燕庭撑伞走过，伞沿儿被雨水打得发颤，冷风时不时掀起伞的一角。

孙小剑关上门："我的妈，冻死我了！"

陆文咬着金属帽，屁股在座位上蹭了蹭。莫名地，他想下车去看看。可他既不是导演，又不是摄影，现在有什么理由下去？

雨幕倾落，他瞧不见瞿燕庭的身影了。

玻璃窗蒙上一层雾，陆文抽了张纸巾擦掉，很快又漫上一层，渐渐地，潮湿的纸团丢满了半张桌子。

最后一次，他用手掌擦去雾气，看见瞿燕庭从不远处回来了。

陆文喊："鹏哥，再来杯咖啡！"

李大鹏应声："马上给你泡！"

陆文伏在桌上，假装一直读剧本。瞿燕庭上来先脱下潮湿的外套，返回小卡座，手臂交叠抱在胸前，没碰已经放凉的半杯咖啡。

李大鹏端来新泡好的、热乎乎的咖啡，放在陆文的手边。

陆文说："鹏哥，我背台词嗓子疼，想喝胖大海。"

李大鹏看了眼刚泡好的咖啡，内心也快喊他祖宗了。

等窗帘又拉起来，陆文才将杯子往前推，道："瞿老师，不嫌弃的话，这杯你喝了吧。"

瞿燕庭伸手去端。陆文的手还未收回，指肚贴在杯身，觉得烫，指尖不小心触到瞿燕庭的手指，冰一样的冷。

他看瞿燕庭只穿着单薄的衬衫，问："借你件衣服穿？"

来山城没有带多少厚衣服，但瞿燕庭想拒绝，这种天气很糟蹋衣服，他不想欠人情。可陆文已经去床边拿了，拿来了那件"白皮显白、麦皮显黑、黑皮变乌鸡"的烟紫色毛衣。他猜到瞿燕庭介意什么，所以故意拿这件，还满不在乎地道："借衣服是其次，我主要想看看白的人穿什么效果。"

瞿燕庭穿上，套在衬衫外。衣服大了些，小肩包裹住三角肌，袖管遮住虎口，只露出十根修长的手指。

人家穿了，陆文却收回视线，埋头盯着剧本。

瞿燕庭也拿出纸笔，在拍摄区域踩了盘，他要重新设计分镜。从导演系毕业近十年，这是十年间他第一次名正言顺地画分镜。

下笔之际，瞿燕庭对着空白的纸张凝神。陆文悄悄抬眸，盯着对面的笔尖，担心瞿燕庭转行已久，生疏了。

突然，瞿燕庭利落地落笔打格，标镜号、景别、摄法、主要内容，安排每个镜头的秒数。他颔首伏案，一刻不停地填满整张白纸。注意到陆文的目光，他问："剧本读完了？"

陆文一激灵，心虚地连翻几页，目光却不肯收回，见瞿燕庭一口气设计完分镜剧本，换一张纸，像打牌赢钱似的，屈起两指在桌面上敲了敲。

"要多少？"陆文条件反射地问。

瞿燕庭说："有尺子吗？"

陆文从酷黑笔袋里拿出一把尺子，递过去："你要画什么啊？"

瞿燕庭没回答，压住尺子画了几条线。打好区域框架，以实心和空心圆圈表示光照范围，实线和虚线表示光照路径，标注角度。他在画场面调度示意图，明确光源位置、每个镜号对应的光线投射方向和人物在动态中需要的照明变化。

瞿燕庭一气呵成地画完，撩开袖口看表，估计各组准备得差不多了，于是打开工作群，发送通知：开工。

前后不过三秒，孙小剑拉开窗帘，说："祖宗，服化老师刚发来消息，两分钟后就过来。"

瞿燕庭穿上外套，一只手系扣，另一只手敛起剧本纸张，先下车走了。

服化老师过来，为保暖和防水，让陆文在内衣外面缠上两层保鲜膜再穿戏服。保鲜膜缠裹肢体的感觉很强烈，下了车，陆文法老复活般僵硬地走向拍摄区域。

挂威亚，做安全测试，过戏。

陆文和替身就位，开始正式拍摄。

密集的雨线中，叶小武疾走到马路边，叶杉追上他，兄弟二人在雨中争执。

风很大，叶杉手中的雨伞飘落在地。

叶杉紧紧抓着叶小武，两个人撕扯起来，浑身都湿透了。

远处，一辆面包车飞速驶来，车前灯照射出强烈的白光。

雨幕仿佛银河倒泻，什么都看不清楚。猛然，叶小武在激烈的纠缠拉扯中失去平衡，叶杉摔在路边，而他整个人跌向了马路。

他惶惶地抬头，一束强光迎面，已经无处可逃。

身体骤然一轻，陆文被威亚吊起来，擦着路面抛出一道浅弧。

眨眼的工夫，陆文摔在棕垫上。一瞬间的晕眩过后，他闭着眼听见轮胎划过地面的刺耳摩擦声，听见无休止的滂沱雨声……

在混乱的声响中，陆文恍惚听见一道脚步声离他越来越近。

风雨好像停了，陆文眯开眼，看见一顶雨伞遮在上方。

他喃喃道："瞿老师……"

刚才喊了停，陆文仍一动不动地躺着。瞿燕庭撑着伞俯下身，问："能动吗？是不是摔到了？"

"没事。"陆文回答，"……我没听见喊停。"

瞿燕庭确认道："真没事？"

陆文点了点头，他的脸是湿的，随着点头的动作，鼻梁和眼窝处的雨水向眼睛滑去，瞿燕庭伸出手，在他的眼窝处抹了一把。

那只手不算温暖，但带着一股力量，仿佛把他从冷水中打捞出来。

直到被孙小剑扶起来，陆文才回神。他环住对方的脖子，藏在伞下，一边走一边悄声说："刚才瞿燕庭居然来帮我擦脸。"

孙小剑没明白："什么意思？"

陆文道："我能感觉出来，摔那一下，他好像挺关心我的。"

瞿燕庭已经回到摄影机旁，在潮湿的外套上随便蹭了蹭手。

康大宁问："瞿编，怎么样？"

"差远了，"瞿燕庭说，"摔得不够狠，再来一条。"

第二条直接拍摄车祸镜头。

陆文在路旁候场，被威亚紧勒的感觉依旧清晰，保鲜膜令浑身的毛孔都无法呼吸了。他弯下腰，双手撑住膝盖保存体力。

雨势渐凶，瞿燕庭在路中央检查照明。他一手撑伞，另一手抄着喇叭："3号镜头一结束，我会打手势提醒，你就立刻上镝灯①。"

灯光组长答："好，我记住了。"

---

①镝灯：一种具有高光效、高显色性，寿命长的新型气体放电光源。

"陆文跌倒,镜头抓两秒特写。"瞿燕庭叮嘱,"一定要打好银反[1]。"

一阵风刮过,瞿燕庭的脸上蒙上一层水珠,他不在意地抹一把脸,继续道:"注意跟焦,第一条拍得不行。"

摄影大助说:"瞿编,我知道了。"

——调整完毕,瞿燕庭走向路旁。雨水来得急,马路牙子前的积水足有一米宽。他顿了一下,预估能不能跳过去。

这时,陆文在台阶上伸出了手。

瞿燕庭把手搭上去。他被陆文使巧劲儿拉过去,踩上台阶,彼此的伞沿儿撞在了一起。

松开手,陆文让开一步。保鲜膜拘在身上不舒服,他微弓着背。

瞿燕庭过来总共说了两句话,第一句是:"这种戏都是奔着通宵去的,估计会拍很多条。"

陆文回道:"嗯,我准备好了。"

瞿燕庭又说:"这场戏难在方方面面,和演员的关系反而不大,你不用有什么心理负担。"

陆文点点头:"既然难在方方面面,那瞿老师,你也不要有负担。"

瞿燕庭愣了一瞬,代班导演的压力绝非一句安慰便能打消。不过这话从陆文嘴里说出来,怪新鲜的,他听完轻松了几分。

演员该就位了,陆文放下伞走向马路。

说出来可能没人信,陆文几乎没淋过雨。平日里车接车送,但凡不那么风和日丽的日子,司机跟得更紧。小时候,儿童雨衣从S号换到XXL号,他前脚蹿出去踩个水,保姆后脚就把他薅回来。

所以在他的观念中,淋雨就是遭罪,今晚可以说是为艺术献身了。

瞿燕庭发号施令:"各就各位,开机。"

面包车疾速驶来,风雨掩盖不住引擎的嗡鸣,陆文跌在马路上,抬起头,两束刺目的灯光迎面照射过来。

全景拉近景,推特写镜头,定格时长两秒。

"嘭",猛烈的撞击声,轮胎擦着潮湿的路面滑出一截,发出尖锐的声响。

---

[1] 银反:摄影用银色反光板,用于补光。

陆文身体一轻，被威亚吊起来，视野中是一片白色的光，雨线如织，更深处是浓浓的黑夜。短暂的晕眩后，他重重地砸在了棕垫上。

瞿燕庭打手势，康大宁喊："Cut！"

孙小剑和李大鹏冲过来，两个人合力扶起陆文。还没站稳当，面包车启动，掉头返回了路尾。

康大宁喊："喘口气，走第三条！"

湿透的衣服有十几斤重，都黏在了身上，陆文往回走，把脱落的一段保鲜膜塞回袖管。一阵风吹来，他深感凄凉。

"剑哥。"

"哎，怎么了？"

"公司给我上保险了吧？"

孙小剑哄道："上了，你坚持住好好拍。这段戏播的时候，我叫艺宣部给你安排个新闻稿，内容——陆文，敬业。"

十个明星有九个半吹过敬业，没劲。

陆文说："我想要'陆文，牛到极致'。"

第二条拍完，陆文尚有力气废话，接下来拍摄第三条、第四条、第五条……这组"跌倒——撞飞——狠摔"的镜头一共拍摄了八条。

第八条拍完，陆文瘫在棕垫上，差点吐了。

瞿燕庭喊道："停，过！"

已近凌晨三点，这场雨越来越肆无忌惮，没有丁点儿减弱的意思。工作人员移动防雨棚，准备拍摄下一组镜头。

段猛兜上冲锋衣的帽子，扛着云台和黑旗①，刚走两步，瞿燕庭过来为他打伞。

"瞿编，不用不用不用……"段猛连连拒绝，"可使不得！"

瞿燕庭半边身子淋着雨，微微紧张地转动伞柄，却装作气定神闲："没什么使不得，你们辛苦。"

另一处防雨棚下，陆文开始化妆，伤口和在医院拍摄的那天一样，但是更加严重。化妆老师说："今天的血浆颜色更鲜艳，浓度和成分跟之前不太一样，先在耳后试试过不过敏。"

---

① 黑旗：摄影设备，用于遮挡光线。

陆文配合地偏头，看见马路上，瞿燕庭正在朝这边走过来。

一抹冰凉的血浆涂在耳后，上次是右耳，这次是左耳。

化妆老师说："哎呀，原来你左耳后面藏着一枚小刺青，好像是音符？"

陆文"嗯"一声，好多年前文的，很小，不特意看的话很难发现。

化妆老师问："为什么文音符？"

陆文回答："因为……喜欢音乐。"

年轻人喜欢音乐似乎理所当然，化妆老师笑了笑，道："现在流行跨界，不少演员去歌坛玩一圈，你想没想过出张专辑什么的？"

瞿燕庭走入棚内，听见一些。

陆文扯扯嘴角："我……"

不知怎的，瞿燕庭在陆文的笑容里察觉出一丝苦涩，似乎有难言之隐。瞿燕庭算是解围，也是为了正事，把话头掐断："聊完了吗？"

陆文避开化妆师的问题，暗自松一口气。

瞿燕庭在旁边坐下，他要给陆文讲一遍人物动作。等下拍摄车祸的后段镜头，叶小武落地后翻滚几圈，最终停下，画面定格。

化完妆，陆文带着满脸血污开始拍摄。

这次没有棕垫，陆文直接侧躺在马路上，半边脸浸泡在雨水里，贴着又冷又硬的水泥路面。他绷紧浑身的肌肉，蓄势待发。

瞿燕庭一喊"Action"，陆文就猛然滚动身体，又快，又狠，在潮湿的路面上磕磕碰碰，用自身肉体的力量，营造出被撞击落地后产生巨大惯性翻滚的场景。

陆文的口鼻被污水入侵，呛了几下。

数不清滚了几遭，他终于停下，轻合着眼，在巨大的疲惫中演绎出濒死之人一点点被涌上的痛苦吞噬的无力。

然而，定格镜头的秒数还没走完，瞿燕庭喊："停——再来一条。"

翻滚的部分过了，只需拍最后一个镜头。陆文躺着没动，正上方是镜头，斜上方是照明灯。他参考过一些资料，研究过人死之前的状态。

他将身体逐寸放松下来，艰难地眨了眨眼皮，半睁半合间眸光趋于涣散。

"停——"依旧是瞿燕庭的声音，"重来。"

脸上的血迹被冲淡了，陆文站起来，化妆师和助理围住他补妆。他任由血浆在脸上涂抹，有些迷茫，想不通结尾的表现有什么问题。

补完妆，其他人从周围离开，陆文看见瞿燕庭立在离他两米远的地方，不知立了多久，仿佛在等他。

陆文走过去，低头钻入瞿燕庭的伞下，抱歉地说："瞿老师，我没演好。"

瞿燕庭问："叶小武是怎么死的？"

陆文有些迟疑，叶小武和叶杉发生了肢体冲突，失去平衡倒向马路，发生车祸死亡。剧本是这样写的，他不明白瞿燕庭为什么会问他。

他回答："意外事故。"

"你有没有想过，"瞿燕庭顿了一秒，"一切并不是意外。"

陆文顷刻愣住。瞿燕庭将伞面压低，抵挡住骤风暴雨，也挡住他和陆文的面孔。头顶豆大的雨滴在伞面"噼啪"炸开，他倾身向前，像轻轻地吐露一个秘密："其实叶杉看到了那辆面包车。"

陆文呼吸一滞："什么……"

瞿燕庭说："叶杉故意把叶小武推向了死亡。"

他写得非常隐晦，剧本中几乎看不出来，拍摄时也没有直观的镜头表现这一点。

瞿燕庭退开，抬高了伞。

两分钟后，结尾镜头拍摄第三条。

叶小武浑身血迹，躺在马路上，耳郭被路面的积水淹没，额头处致命的伤口不断涌出鲜血。他微张着唇，双目圆睁，一眨不眨，手指张开在地面上挣扎，想要抓住什么，却只能搅起一层浑浊的涟漪。雨丝如银针坠落，刺得他眼角一片猩红。

恐惧，痛苦，都不敌难以置信。

叶小武的死亡，成为叶杉终生的秘密。

往后余生的愧疚是真，生出的梦魇是真，但在叶杉推出叶小武的那一刻，心中的恨与恶也是真的。

摄影机拉近，面部特写定格。

三、二、一，终镜头的秒数走完，瞿燕庭沉声喊道："停——过！"

陆文痛得闭上眼睛，浑浊的雨水掺杂血浆，一起灌进了他的眼眶里。他爬起来，被孙小剑和李大鹏一左一右地扶住。

演员和服化可以收工了，孙小剑心疼地说："终于拍完了，我的妈呀，先摔了好几遍，又在地上滚，我旁观都觉得累死了。"

李大鹏道："一直在雨里泡着，冻坏了吧。"

陆文根本看不见路，两腿灌了铅似的，深一脚浅一脚地走。

回到房车上，一下子暖和了。陆文把双眼冲洗干净，脸和头发也擦干。

他筋疲力尽地瘫在床上，孙小剑一件一件地帮他脱下鞋袜和衣裤。捆在身上的保鲜膜都打结了，只能用剪刀剪开。

脱得只剩一条内裤，陆文呈"大"字形躺着。

李大鹏拧了条热毛巾，说："别感冒了，我给你擦一遍。"

陆文一片大海带似的晾在床上，热毛巾擦过一遍，知觉才慢慢恢复。他的思绪却没有从剧情中抽离，仍停留在叶杉和叶小武的世界。

孙小剑端来热茶，扶他起来喝了一口。

热茶下肚，陆文稍稍清醒。他想起其他人，说："忙一通宵辛苦了，给大家订点热汤热粥，我请客。"

"祖宗，"孙小剑说，"凌晨四点我去哪儿给你订？"

陆文叹息一声，重新躺下，体力透支后进入放空状态。

李大鹏给他盖上毯子，说："回酒店我给你煮点吃的。"

孙小剑惊讶道："你会煮饭啊？"

"会啊，我们当助理的什么都会。"李大鹏笑说，"其实我提前买了生姜红糖，还有老母鸡，回去了我给陆老师煮一碗姜汤，再炖只药膳鸡煲。"

"可以啊你。"孙小剑说，"你是剧组助理，只是给我们帮忙的，做这么多怪不好意思的。"

李大鹏倒是实在："分内事，再说领导吩咐了，我哪敢怠慢。"

"谢谢你啊，鹏哥。"陆文趴在枕头上，饮水思源，连那位领导也一并感谢了，"也谢谢任导对我的照顾。"

李大鹏一脸茫然："这事和任导有什么关系？"

陆文问："不是任导吩咐的吗？"

"不是啊，当初小张安排我做你的生活助理，千叮万嘱要我仔细点。他说亲口关照的人——"

陆文抬起头。

李大鹏回答："是瞿编啊。"

陆文诈尸般弹起来，眼睛残红未消，瞪圆了对着李大鹏："你说什么？给我安排生活助理，是瞿老师的意思？"

"对啊。"李大鹏道,"小张跟我这么说的。"

毯子从肩头滑落,陆文光着膀子,愣住了。孙小剑在一旁张着嘴,也相当意外的模样。

"我去收拾收拾,把脏衣服装起来,明天还给服化老师。"李大鹏拿上毛巾和水杯去小客厅了,窗帘也拉了起来。

陆文和孙小剑面面相觑。

陆文焦躁地抓抓短发——所以瞿燕庭给他讲戏的那个下午,还给他安排了助理?他一直在享受瞿燕庭对他的关照,却浑然不觉。

孙小剑说:"瞿编这么做,说明他很欣赏你,咱们一开始的目标实现了?"

陆文滑入被窝里,翻身面朝墙。欣赏与否他不清楚,他只记得自己冲撞瞿燕庭无数次,现在胸口发胀,盛着满满的愧疚。

冷不防,车身驶过减速带,颠了一下。

陆文这才注意到,扭头问:"怎么回事?车动了?"

孙小剑说:"累傻了吧,不动怎么回酒店?"

陆文急道:"可瞿老师还没上车呢!"

除却艺人和服化组,其他人还没有收工。车祸拍完,需要再拍一组无人的景物镜头。清晨时分,光线变化,这时需要重新判断现场的光。瞿燕庭坐在防雨棚下,跷着二郎腿,纸笔垫在腿上画新的示意图。

他抬头观测街道,设计每个位置的布光。余光中段猛朝这边跑过来,他低下头,紧张地转动一圈笔杆。

"瞿编,"段猛钻入棚下,"机器又防护了一遍,没问题。"

瞿燕庭简短地回应:"嗯,辛苦。"

雨太大,段猛没有离开的意思,就守在一旁:"瞿编,你这架势很有写生的感觉啊。本来就学过画画,还是念导演系的时候学的?"

瞿燕庭本来学过,不专业,学导演少不了画分镜,又笼统地学了学。但他归功于启蒙者,说:"小时候跟我爸学的。"

段猛道:"令尊肯定是个文化人,不会是画家吧?"

瞿燕庭抿唇浅笑,眼底却平静无澜,是成年人惯有的敷衍方式。

标好最后一笔,他直接说:"A摄上大摇臂,开工。"

回到酒店,陆文泡了个热水澡,从头到脚清洗干净。出浴室后,他连手指头都懒得动，老僧入定般往妆台前一坐，喊孙小剑进来伺候。

"先吹头吧。"

孙小剑撸起袖子，绕到陆文背后吹头发，吹干后陆文低下头。

"干吗？"

"擦脖子。"

男人经常穿衬衫，挺括的衣领下，露出的后颈就是男人的第二张脸，必须保养得当。陆文垂着头，孙小剑帮他往颈子上擦乳液，动作轻柔，怕糙手擦红他的皮肤。

陆文不经意间想到瞿燕庭。

握笔打字的一双手，应当是过惯好日子的，然而他拉他踏上台阶时，分明感受到瞿燕庭的手上结着一层旧茧。

陆文回卧室躺下，连轴转的一天一夜，一沾大床，四肢百骸彻底放松了。

床头灯上粘着一张便签，是他出门前写的，罗列着一串项目，水浴、雾式热疗、全身按摩，并预定了私人影院。

孙小剑问："你都订了，还去不去啊？"

"去个屁。"陆文扒紧大床，"现在天塌了我也不离开这张床。"

孙小剑深觉可惜："那多浪费啊。"

陆文一贯大方，说："你想去的话就去吧，陪一晚也够累的，叫上鹏哥，还想做什么项目挂我房号就行。"

李大鹏煮好了姜汤，端来一碗。

陆文一口气喝干净，里外都暖和了。他让孙小剑和李大鹏都回去休息，套房安静下来。陆文躺了片刻，又困又累却睡不着。窗外的高空，阴沉中透着微光，是雨中的黎明。

其他组收工没有？

拍摄顺不顺利？

瞿燕庭搭哪辆车回来？

陆文越发睡不着，"嗡"，手机短促振动，孙小剑发来消息：睡了吗？

手腕压在枕头上，陆文回：干吗？

孙小剑：上微博，阮风关注你了，回关一下。

陆文有一阵子没上线了，狐疑地打开微博，吓了一跳。自己新增了几万关注者，他粗略扫了扫，基本全是阮风的粉丝。

平时每条微博就一百来条评论，现在评论栏有近千条未读。陆文点开一瞅，阮风的粉丝给他留言：帅哥，好好照顾我家阮阮。

有毛病吧。

剧组的演员互关很正常，陆文握着手机，却迟迟按不下关注键。

他发了一会儿呆，最终退出了微博。

孙小剑的消息追过来：回关了吗？

陆文撒谎：忘记登录密码了。

窗外雨势不定，偶然刮过一股强风，叫嚣着掀翻行人的雨伞。

陆文难以入睡，裹着睡袍转移到客厅沙发，半小时后，走廊隐约有脚步声，他立刻爬了起来。

瞿燕庭收工归来，忙了一个雨夜，浑身上下早已湿透。他将外套抓在手里，潮湿的烟紫色毛衣颜色变深，绒毛上覆盖着细密的水珠。

他累极了，脚步沉重，走到6206垂首刷卡，乌黑湿凉的发丝贴在前额，抬头时被他轻轻地拢向脑后。

瞿燕庭进门后反身关门，陆文在渐窄的缝隙中看见他解开了一颗衬衫纽扣。

门关上，徒留门把手表面淡淡的水痕。

6207门后，陆文贴着猫眼，什么都窥不见了。但脑海里的人影还未消失，与平时的矜持不同，与片场里指挥全场的果断也不同，刚才的瞿燕庭显得狼狈、落拓。

像风雨里颤抖却坚强的一棵树。

瞿燕庭太冷太累了，冲完热水澡，连吹头发的力气也没有。门铃响了，他刻意忽略掉，没多久按铃改成了敲门。

服务生不会这样干，他大概猜到是谁了。

瞿燕庭疲于应付，顶着毛巾去开门，只吝啬地开了一掌宽。门外，陆文双手捧着一口小锅：“瞿老师，助理煮的姜汤，还有一碗。我听见你回来，拿来给你喝。”

瞿燕庭有些讶异，问：“你喝过了吗？”

走廊尽头，服务生做清晨第一班早巡，向这边走过来。瞿燕庭害怕服务生向他问候，把门开大，让陆文先进屋。

陆文一边进门一边说：“我喝过了，剩下的放冷了，本来想热一下再端给你，但是我不太会用厨房的电器。”

关上门，瞿燕庭道：“我自己热就好。”

两间套房的结构一样，陆文把姜汤端到开放式厨房。瞿燕庭从柜子里拿出一套碗盅，盛出来用蒸箱加热。

他随口问："助理给你煮的？"

陆文不答，反问道："瞿老师，是你给我安排的助理吗？"

瞿燕庭蒙了两秒，他不挂心这样的小事情，回忆片刻才确认道："貌似是……我跟小张说的。"

陆文的大手按在岛台上，像那天按着游泳池岸，把冰凉的台面都焐热了。他一个十八线，向来受的是怠慢，何曾让人这样关照过。

"你……"他语气很矫情，又充满期待，"为什么对我这么好啊？"

瞿燕庭明显一愣："没有吧。"

"怎么没有？"陆文莫名有些着急，"剧组那么多演员，你为什么偏偏给我安排助理？"

瞿燕庭回答："因为别人本来就有助理。"

陆文语塞，心血管那一块也有点堵。

只一瞬的神情变化，瞿燕庭便明白了，挑眉问道："怎么了，你是不是以为我格外重视你？"

被戳中心事，陆文心虚地遮掩道："没有啊，我有什么好受重视的，不过是比别人帅了点。"

瞿燕庭还问："特别感动吗？"

"都说了没有。"陆文越描越黑，"这有什么好感动的，我就求证一下，没别的意思。"

瞿燕庭又开始欺负人："那你收工不睡觉，巴巴地跑过来送姜汤？"

陆文窘得要死，口不择言道："我喝不完，不想浪费而已。再说了，我其实……其实是来拿毛衣的。"

千算万算漏了这个，瞿燕庭收敛一些："毛衣……淋湿了。"

"那也得还我。"陆文管不了自己的嘴了，"我就这么一件显黑的衣服，现在就得还。"

瞿燕庭有点尴尬，他本想洗干净再还，这二百五竟然上门来要。他往浴室走，之前毛衣脱下来放进脏衣篮了。

忽然，手机在沙发上响起来，八成是卡着时间问候拍摄情况的任树。瞿燕庭转身去接电话，冲陆文说："毛衣在脏衣篮里，你自己去拿吧。"

陆文一时嘴硬，现在也只好将错就错。他走进浴室，灯亮着，淋浴间的玻璃门半敞，飘出没散尽的热气。

脏衣篮就在洗漱台的旁边，装满了衣服，陆文俯身去翻。

不出五秒钟，陆文空着手从浴室出来，喊道："毛衣我不要了！"

瞿燕庭拖到最后一声铃音正要接，被这一嗓子吓了一跳，一不小心把电话给挂断了。他不解地问："刚才那么心急，为什么又不要了？"

陆文口齿磕绊："都……都淋变形了，反正我不要了。"

瞿燕庭说："那我赔你一件。"

"不用。"陆文道，"就当我送你了。"

说完，他去厨房拿上小锅，径自往外走，走到玄关拧开门，看见花瓶里的那一枝康乃馨。花瓣趋于枯萎，但瞿燕庭一直插着没丢。

"瞿老师，"陆文顿住，"总之，谢谢你对我的关照。"

瞿燕庭道："不客气。"

话音刚落，陆文攥紧门把手，气势十足："但一码归一码，我必须提醒你一下，以后不要让人随便进你的浴室！"

"嘭"！门甩上了。

瞿燕庭滞在沙发旁，眉目间透着几分不解与惊讶。他又被那个二百五吼了？不知是太疲惫，还是习惯了，他竟然蹿不起一丝怒火，只觉得莫名其妙。

瞿燕庭取下颈间的湿毛巾放回浴室，经过脏衣篮的时候想确认一下毛衣变形的程度，如果问题不大，他就送去干洗。

篮中的衣服是洗澡前脱的那一身，先扔进的是外套，接着是毛衣、长裤、衬衫、袜子……越外层的衣服压得越下面。

"都没拿出来，怎么知道变形的？"瞿燕庭嘀咕着，拿起最上面的一件。他顿时僵住了，手指勾起的这一件，是他最后脱下的、湿淋淋的、黑色的三角内裤。

所以，这条内裤一直在最上面？

陆文找毛衣的时候，岂不是……

瞿燕庭触电般收回手，把内裤扔回篮里。他直起身，明白陆文为什么不要了，也明白了陆文吼的那句话的意思。

他抬头看镜子，白炽光映着黑睡衣，颊边泛起两团难堪的绯红。

Chapter 10

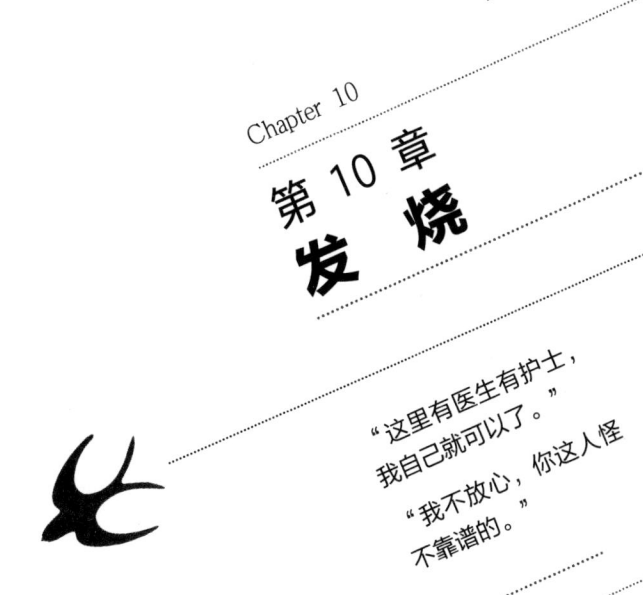

第 10 章
发 烧

"这里有医生有护士,
我自己就可以了。"
"我不放心,你这人怪
不靠谱的。"

姜汤热好了，生姜和红糖的味道在客厅里弥漫开来。瞿燕庭在沙发上喝，汤水蜿蜒进胃里，身体慢慢回暖。茶几上放着剧本，潮湿的纸页一捻就会皱掉，他小心地翻开，翻到中间部分，也就是叶杉和叶小武人生的转折点。

叶小武死了。

叶杉继续自己的人生，同时替代叶小武，开始另一份人生。

当初任树拿到剧本，读到这里时，惊讶地说："是个人格分裂的故事？"

这种题材算不上大众，多见于犯罪片。瞿燕庭没有回答"是"与"不是"，在他看来，叶杉的变化更像是一种人性的简单割裂，而非一种心理疾病。

叶杉羡慕叶小武的一切，羡慕到嫉恨，他渴望成为叶小武以得到叶母的爱。这样的心理和多年被冷落的创伤，促使他生出弟弟的人格。

但他始终很清醒，没有去犯罪，没有两个人格互相蚕食。如同把自己单纯地一分为二，多活出一段叶小武的生命。

作为叶杉，他参加高考，念大学，获得独立离开原本的家庭。作为叶小武，他对叶母体贴孝顺，偶尔任性妄为，与真实的叶小武无异。

瞿燕庭翻到了最后，姜汤也喝完了。

他合上剧本，后仰靠在沙发上，身心涌起一股无边的疲惫。

枯坐了许久，瞿燕庭决定去好好地睡一觉，他订了一份客房晚餐，因为太清楚自己的德行，以防万一给管家留了言，请送餐时多按几次门铃。

瞿燕庭回卧室休息，起身时有点头晕。他钻进被窝里，身体的温度回升，却依旧冷得忍不住蜷缩起来。

风雨是在晌午停的，整座城市水雾氤氲，团云未散，在空中挤挤攘攘。

陆文趴在床中央，舒展着长手长腿呼呼大睡，一个人愣是把一张双人床占得满满当当。傍晚时分手机响了，他埋在枕头里没起来，眼都没睁，伸手一通乱摸。

"谁？"陆文接通，起床气顷刻间蓄到满格，声音低得厉害，"睡觉呢，别烦我。"

手机里没动静，陆文估计是垃圾来电，被他唬住了，不耐烦地说："你有事没事啊？有屁快放。搞投资的还是搞借贷的？这么磨叽还学人家玩诈骗，滚！"

电话那头没感情地说："是我。"

陆文猛地一哆嗦，下意识弹起来，在床上来了招白鹤亮翅，睁圆眼睛一看来电显示——陆战擎。

困意都吓回娘胎去了，他重新将手机贴在耳边，老实得不行："爸，是你呀。"

陆战擎回："嗯。"

陆文问："打给我有事？"

陆战擎答："借贷。"

陆文挠挠下巴，打算用卖惨应付过去："谁让你这时候打来，我不是睡得正香嘛。山城下大雨，昨晚通宵拍车祸戏，吊威亚往地上摔，在马路上打滚，我容易吗我。"

陆战擎问："累了？"

"这还用问啊。"陆文诉苦，"累死了，你差点就中年丧子了。"

陆战擎依旧没感情："胡说八道。"

陆文耸了耸肩："不知道为什么前胸后背都有点疼，而且饿过头了，感觉有股淡淡的空虚。"

陆战擎说："矫情。"

无法沟通了，陆文踹一脚枕头，说："你到底有事没事？没事挂了。"

陆战擎道："穿厚点，吃完饭再睡。"

陆文还没反应过来，陆战擎又道："你老子先挂。"

耳边已成忙音，陆文坐在床上犯迷糊。

为防下一次再这样措手不及，他打开手机设置，给陆战擎弄了个专属铃声。为缓解自己接电话时的心情，选择的铃声是《欢乐时光》。

陆文彻底不困了，饥饿感来袭，需要祭一祭五脏庙。他一头扎进衣帽间，吃什么没想好，先打扮打扮。天冷，定制的毛料长裤款式不肥不瘦，正合适，再搭配一件英式宽角领的单色细棉布衬衫，外套是他新买没穿过的经典款战壕风衣。

陆文换好衣服，揣上手机钱包，在玄关穿鞋时听见走廊上的按铃声。服务生和管家推着餐车，停在6206门外。

他系好鞋带，服务生按第三次。

他扣住风衣袖扣，服务生按第四次。

他拔下房卡，服务生按第五次。

脑海中浮现瞿燕庭接电话的样子，陆文打开门，管家向他问候，他热心提醒道："多按一会儿吧，住这套房的客人对铃声不太敏感。"

"瞿先生？"管家改成敲门，"您订的晚餐，瞿先生？"

服务生问："会不会出去了？"

"应该不会。"管家说，"瞿先生有留言，他不外出，可能开门会慢一点。"

陆文拐上走廊，身后敲门声依旧不断。

他一边走一边纳闷儿，就算瞿燕庭是磨蹭大王，也差不多了吧。莫非在睡觉？可他睡那么熟，铃音一响便醒了，按铃这么久都吵不醒瞿燕庭吗？

陆文脚步放慢，不禁想，瞿燕庭不会在房间里出了什么事吧？有之前在泳池的前科，那位仁兄还有什么干不出来的？闪着腰了？晕倒了？猝死了？

陆文急转弯，掉头返回6206门口，说："别敲了！开门进去看看！"

管家愣道："这……酒店有规定……"

"规定个屁啊！"陆文嚷道，"规定能有他一个活人重要？万一他有什么事呢？给我开门，我认识他，事后要追究责任的话我担着。"

管家也有些担心，只好答应，拿来房卡刷开了门。

陆文立刻冲进去，喊道："瞿老师！"

套房内毫无声响，卧室门半掩，陆文一口气奔到床边，听见呼吸声，看见瞿燕庭安然无恙地躺在床上。

可是他这么大动静闯进来，瞿燕庭闭着眼，完全没有反应。

陆文在床前蹲下，伸手却不知道碰哪里，便把被子压了压。瞿燕庭露出完整的一张脸，脸色红得厉害，像从肌肤里洇出一抹胭脂，挂着汗，鬓边的发丝都湿了。

"瞿老师？"陆文叫了一声。

那双眼睛缓缓睁开，眼皮也透着红，遮掩着漆黑的瞳仁，瞿燕庭"唔"了一声，算是回应，呼出一口滚烫的气息。

陆文掀开被角，瞿燕庭在被中缩着肩膀弯着腿，双臂交缠在身前。

"瞿老师，你冷吗？"陆文用手背碰瞿燕庭的额头，"好烫！"

早在湖边吹风那天，瞿燕庭就着凉了，昨夜被雨水一浇就彻底烧了起来。

他的嗓音异常沙哑："你怎么进来了？"

陆文说："我给你送晚餐。"

瞿燕庭道："我不想吃了……"

"吃什么吃，早凉了。"陆文趴在床边，道，"瞿老师，你发烧了，好像烧得很厉害，你觉得怎么样？"

瞿燕庭闭上眼，回道："冷。"

陆文当机立断地说："瞿老师，我带你去医院吧。有病还是找医生，我照顾你的话很可能把你照顾嗝儿屁了。"

瞿燕庭虚弱地笑，脸色更红。

陆文吩咐管家备车，给瞿燕庭披了件开司米外套。

从六十二层下来仿佛耗光了瞿燕庭全部的力气，上车后他只能靠着车窗支撑着。陆文隔着扶手箱坐在另一边，让司机去最近的医院。

窗外，天色已经暗下来。

瞿燕庭贴着椅背，头向后仰，手臂拢紧外衣的对襟。高烧最明显的症状就是浑身发冷。陆文扭头瞅了几次瞿燕庭缩作一团的模样，直接掀起扶手箱挪过去，脱下风衣，在狭小的空间内一抖，将瞿燕庭裹住。

风衣能缠一圈半，他说："瞿老师，你该多吃点了。"

瞿燕庭轻合着眼："还是羽绒服暖和。"

陆文有点无语："你烧傻了？这是经典、新款、我新买的风衣。"

瞿燕庭说："风衣也这么暖和。"

那是因为……陆文在心里说，因为带着我的体温。这话他怎么也说不出口。

瞿燕庭垂首蹭到衣领，思及什么，问："那件毛衣，真不要了？"

陆文当即想到不小心勾起的内裤，紧闭着嘴巴，点点头。

瞿燕庭裹着风衣，借窗外的灯光打量陆文。对方打扮时髦，腕间有雪松前调的香水味，在雨后的夜晚外出，应该是约了人。

他感到抱歉："是不是耽误你约会了？"

"啊？"陆文有点蒙，"为什么这么问？"

瞿燕庭道："好不容易休息一晚，没约一个绕山城的女朋友？"

陆文神色尴尬，吹出去的牛拉不回来，便生硬地转移话题："说到女朋友，叶小武死了，齐潇可怎么办啊？"

"剧本不是写了，最后和林揭在一起了。"

"他个男二那么幸福。"陆文沉吟片刻，"瞿老师，不知道我的理解对不对，虽然叶杉有了弟弟的人格，但我认为他和叶小武是有区别的。"

瞿燕庭问："什么意思？"

"比起取代，"陆文斟酌道，"叶杉只是想尝尝像叶小武一样活着的滋味。如果叶父没有出事，他的人生原本也可以快乐又任性。"

瞿燕庭没有回应，陆文低声说："瞿老师，世界上没有如果，但你给了叶杉一次机会。"

一阵沉默。风衣滑落一边，陆文抬手为瞿燕庭盖上。这时路口转弯，瞿燕庭无力抵抗惯性，靠过来挨住了陆文的手臂。

许是太疲乏，他闭上眼睛，呼吸渐轻。

陆文低声说："瞿老师，你眯一会儿吧，到了叫你。"

"好，"瞿燕庭又道，"乖。"分不清是命令还是夸赞。

陆文乖巧地坐着，虽然瞿燕庭只是挨着他，而不是靠着他，但他自觉担起了人形靠枕的角色。

不到五分钟，手机铃声打碎了这份宁静。陆文感觉得到，瞿燕庭轻颤了一下，不知是被铃声惊扰还是因为冷。

他隔着布料摸风衣口袋，不是他的手机在响。稍一欠身，陆文从屁股底下摸出瞿燕庭的手机，屏幕上闪烁着一个单字，"阮"。

陆文顿觉烫手，心头不爽。

他递过去，道："瞿老师，你的电话。"

瞿燕庭本就不喜欢接电话，现在因为发烧嗓子疼，谁的电话都不想听。

陆文瞄了瞿燕庭一眼，暗道心虚了吧，继续说："瞿老师，你的手机在响哟。有人打给你，一个叫阮的人，阮风的阮。"

瞿燕庭眼皮一跳，更不想接了，也顾不上分析陆文是否在阴阳怪气，毫无反应地装睡。

陆文来了劲——

"瞿老师，你醒醒啊？"

"瞿老师，真不接吗？人家可能挺着急的。"

"瞿老师，你没休克吧？"

直到铃声停止，陆文总算消停了。

他把手机扔回屁股底下，偏过头看瞿燕庭。驶上一段大道，绚烂的霓虹灯光泼洒进来，星星点点的光在瞿燕庭身上晕开，好似在他微蹙的眉间投下一片星子。

"长得挺好看——"陆文故意道，"睡起来像头猪。"

瞿燕庭终于忍不住了，嘴角轻轻一抽。

医院的输液室人很多，有咳嗽的，擤鼻涕的，瞿燕庭还未说什么，陆文先受不了了，做主开了一间单人病房。病房的面积不大，胜在安静整洁，有独卫也方便。护士配好液进来，挂上药袋，询问输哪只手。

瞿燕庭伸出左手，白皙的手背上交错着几条青紫色的血管。护士利索地扎好针："滴液速度不要太快，有什么事情按铃就可以了。"

陆文第一次给人陪床，从床尾绕到床头，放下刚接的一杯水，然后拉开椅子守在床边。瞿燕庭背部垫着两只枕头，上半身微微抬高。他听见陆文发出一声叹息，便扭脸去瞧，用目光询问什么事。

陆文说："我刚才站得远，怕护士认出我来，结果又多虑了。"

瞿燕庭失笑："这部戏你是男主，播出后知名度会提升的。"

陆文道："剧组能大力宣传宣传我吗？比如陆文演技情商俱佳，知名编剧瞿燕庭力赞他前途无量。"

高烧令头脑麻木，瞿燕庭未加思索："好，我给你安排。"

陆文一脸讶然，他开玩笑过嘴瘾罢了，怎料瞿燕庭竟会轻巧地答应。一时分不清瞿燕庭是认真的还是在逗他。

外面华灯斑斓，这座城市的夜生活刚刚开始。瞿燕庭过意不去，说："这里有医生有护士，我自己就可以了。"

陆文翻个白眼，从"溺水"到今晚高烧，他对瞿燕庭的自理水平有极大的怀疑。万一睡着没醒，点滴滴完都没人知道。他说："我不放心，你这人怪不靠谱的。"

瞿燕庭道："我没事，你去忙你的吧。"

陆文吸吸鼻子："我也没什么好忙的。"

瞿燕庭说："今晚不是有约会吗？"

陆文心想，既然他这个情场万人迷的人设已经立起来了，干脆将错就错："无所谓，反正都迟到了，下次再约吧。"

未免被追问，陆文掏出手机，假装有消息要回。

瞿燕庭果然不再问，猜测陆文在和约会对象联系，解释自己无法赴约的原因。之后陆文捧着手机不放，应该是和对方聊了起来。

房中静悄悄的，瞿燕庭无聊，目光沿着天花板上吊瓶的悬挂轨道逡巡，从右绕到左，顺着挂杆落在药袋上，观察药液中升起的小气泡。

忽然，手臂被戳了一下。瞿燕庭偏头，右臂旁边，陆文的手指还未收回。

他忍不住猜想，是约会推不掉吗？或者和对方聊了一会儿，改变了主意？

陆文举着手机凑近："瞿老师，你帮我看一下。"

瞿燕庭没有窥探别人聊天记录的欲望和兴趣，婉拒道："不太好吧，你想干什么不用问我。"

陆文坚持道："我想让你看看啊。"

瞿燕庭没来得及说下一句，陆文已经把手机伸到他面前。哪有什么聊天记录，屏幕上鲜艳热闹，三个动画小人儿各据一方。

他微怔："你在……斗地主？"

"对啊。"陆文告状，"这孙子一开局就明牌，还翻倍，搞得我压力好大。你打麻将那么厉害，帮我看看怎么出。"

瞿燕庭哭笑不得，陆文又戳他："快点，倒计时呢。"

瞿燕庭嗓子疼，抬起右手点了点屏幕。陆文赖上他了，挨在床头，扒着他出了一半的牌。两人离得很近，能听见鼻息声，瞿燕庭放下手："你自己去玩儿。"

陆文这才坐回去，跷着二郎腿，长裤下端露出骨感分明的脚踝，衬衫柔软平整，敞着俩扣子，挽着袖管，风衣横搭在腰胯间，仿佛怕腹肌着凉。

瞿燕庭的脸仍是红的，耷着双目，两扇睫毛忽闪得很轻，病态中多了几分倦懒。他的手压在身上，抓了一下被子。

陆文察觉到，退出马上要打赢的牌局，问："怎么了，冷吗？"

瞿燕庭说："胃有点不舒服。"

第 10 章　发　烧

　　陆文恍然大悟，熬完通宵一天没吃东西，瞿燕庭八成是饿的。此刻提起来，他的肚子跟着一起"咕噜"直叫。医院餐厅开放的时间早就过了，陆文打开外卖软件，问瞿燕庭想吃什么。瞿燕庭一时断片，只想到皮蛋瘦肉粥和芋头糕。

　　陆文搜索餐厅名字，发现医院超出了配送范围。他闲不住，抄起风衣决定亲自去餐厅买一趟。走之前，陆文捏着被角掀开一点，说："把右手塞被窝里。"

　　鲜少有人这样指挥自己，瞿燕庭慢半拍，迟钝地缩回右手。陆文掖了掖被子，对他说："瞿老师，睡一觉吧，睡醒给你吃好吃的。"

　　瞿燕庭有种被当成小孩儿哄的错觉。

　　陆文下一秒便坦白："我小时候不睡觉，我家保姆就这么骗我。"

　　瞿燕庭无语："可我不是小孩儿。"

　　陆文说："所以我没骗你，去了啊。"

　　瞿燕庭合住眼，听脚步声远离，门关上，房中只余药液"滴答"的声音。他渐渐沉入梦乡，梦里阳光明媚，像是北方的大晴天。

　　不知过去多久，瞿燕庭捕捉到细碎的脚步声，霎时醒了。

　　值班护士进来给他换药，说："体温降下来些了，感觉怎么样？"

　　瞿燕庭答："好多了。"

　　护士笑着说："你的睡眠比较轻，我推门看了几次，没敢进来。陪床的帅哥特意嘱咐过，不要吵醒你。"

　　瞿燕庭不困了，欠身倚住枕头，拿起床头柜上的手机。快九点了，原来他睡了一个多小时。解锁屏幕，"电话"图标上有个未接提示的小红圈，瞿燕庭把这茬忘了，正欲回拨，"阮"先一步打来了第二通。

　　瞿燕庭接通，叫了声"小风"。

　　走廊尽头，陆文正一只手拎着一大袋吃的，另一只手端着杯热巧克力匆匆赶来。到病房门外，陆文不知道瞿燕庭醒没醒，侧身用肩膀贴住门，轻轻顶开一条缝。人还未进去，先听见了瞿燕庭讲电话的声音。他立刻退出来，在门外等。

　　瞿燕庭说："我没事。"

　　阮风打第一通电话时没人接，以为瞿燕庭在休息，便没继续呼叫。到酒店找不到人，才得知瞿燕庭生病去了医院。

　　"可能淋雨着凉了，有点发烧。"瞿燕庭道，"正在输液。"

　　阮风问："管家说有朋友陪你，姓陆？"

·165·

瞿燕庭回答："嗯，陆文。"

他把手机拿远了一点，躲过阮风的咋呼音，断断续续的话传出来："管家说陆先生，我就猜会不会是陆文，居然真的是……"

阮风问病房号，要过来。瞿燕庭不准，医院人多，万一被拍到徒增麻烦。

护士从门外经过："帅哥，回来啦，怎么站在外面？"

陆文用傻笑混过去，领导在里面讲私人电话，他哪好随便进去。

手机那头，阮风妥协道："那好吧，我不过去了。"

瞿燕庭挂线，病房内没了动静。五分钟后，陆文从外面顶开门，假装刚刚回来。

瞿燕庭投去目光，但陆文没有回视他，也没有打招呼，兀自走来，落下移动桌，将餐盒一个接一个地摆上桌面。瞿燕庭左手不能动，身体又虚弱，便伸手抓住陆文的衣角。

陆文毫无防备，被拽得挪了一步，才明白瞿燕庭要坐起来。他单手一捞，将瞿燕庭扶了起来。

"跑一趟累不累？"

陆文撇撇嘴，当然累了，还要在门外傻站着。

瞿燕庭道："你多吃点。"

撇下的嘴角又勾了上去，陆文把餐盒打开，兴冲冲地说："我要了两样清淡的小菜，配着芋头糕吃吧。"他给自己要的虾饺，鲜香四溢。

隔着移动桌，陆文侧坐在床沿上，问："瞿老师，你什么海鲜都不吃吗？"

瞿燕庭点点头，他不喜欢海腥味。

陆文说："叶杉不吃鱼，是你从自身找的灵感吗？"

瞿燕庭搅动皮蛋瘦肉粥的动作停下，舀起一勺送入口中，逃避掉这个问题。舌尖被烫得一麻，他皱起眉。

陆文正好吃完，拿过那碗粥："烫是吧？你先吃芋头糕，我给你吹吹。"

"不用这么麻烦。"瞿燕庭感觉不太好。

陆文道："就当练手了，以后给我爸养老送终，免得抓瞎。"

瞿燕庭乌云罩顶，陆文三番五次把他和自己爹联系起来，到底什么毛病？他忍了会儿，咬下一口糕："你觉得我很老吗？"

"没啊。"陆文一脸无辜，"您贵庚啊？"

瞿燕庭说："三十二。"

陆文"哦"一声，原来瞿燕庭比他大四五岁。几秒钟后，陆文发觉瞿燕庭一直盯着自己，似乎在等下文。

他试探地答："你看上去好年轻啊。"

瞿燕庭满意了，安生吃糕。陆文继续吹粥，吹了几下，病房的门"吱呀"一声被推开。两个人一齐望过去，阮风低着头，动作迅速地闪入病房。

关上门，阮风摘下口罩和帽子。他阳奉阴违，挂线后以最快速度赶来，向年纪大的护士打听了房号。

三个人面面相觑，空气好像都凝固了。

陆文忽然明白了，瞿燕庭之前是在和阮风通话。他放下粥，两手一空，尴尬到无所适从，拿起热巧克力站起来。

瞿燕庭先反应过来："阮风，你怎么来了？"

阮风说："我不放心。"

短短两句话，陆文感觉头顶发光，自己俨然成为一只碍事的灯泡。他从床边踱至床尾，又移动到窗前，自觉地为阮风腾位置。

阮风奔过去，一屁股坐在瞿燕庭身旁。陆文捏紧杯子，知道自己已经是多余的那个，杵在这儿只会让瞿燕庭和阮风不自在。他非礼勿视，识相地往外走。

瞿燕庭却没忽略他，下意识地问："你去哪？"

陆文脚步未停，还能去哪，哪凉快就哪待着去呗。

真好笑，他发现瞿燕庭生病，他陪瞿燕庭来医院，他第一次给人陪床，他绕了一大圈亲自去买皮蛋瘦肉粥和芋头糕。

既然阮风会来，瞿燕庭何不提前支走他？

虾饺仿佛没咽下去，一整团堵在胸口，陆文心烦意乱地说："去护士站，有个护士姑娘挺漂亮，我去要个号码。"

他拧开门出去了。

门一关上，阮风殷切地问："哥，你好点了吗？"

瞿燕庭和阮风是亲兄弟，血浓于水的亲。

二人相差六岁，瞿燕庭跟父亲姓，出生在阳春三月，正是春归的燕子落满庭院的时节。阮风随母亲姓，出生前一晚母亲梦见了海棠花，给他取名阮梦棠。

阮风生得白净，胆子小，名字又像个丫头，小时候经常被笑话，出道时就想改一改，便取了简洁好记的"阮风"一名。

瞿父去得早，当时瞿燕庭八岁，阮风只有两岁。

母亲带他们南迁到西川，一个女人养活一双年幼的儿子，五六年便积劳成疾。母亲离开时，瞿燕庭刚念完初一，阮风刚读小学。此后，瞿燕庭背负所有重担，念书的同时赚钱顾家，尽管他只是一个尚未步入青春期的少年。

瞿燕庭养了阮风整整五年，随着课业加重和学费增多，他越发吃力。一直到他高考结束，为了保证弟弟能吃饱、穿暖，他不得已给阮风重新找了一个"家"。

收养阮风的人是一位独身老太太，膝下无福，想有个儿孙做伴。瞿燕庭主动签下协议，只要对方善待阮风，将来由他为老太太赡养晚年。

瞿燕庭依靠资助念完大学，出于内敛抑或自卑，他从不言及家庭，灰暗又狼狈的成长经历也一并被他封存在心底深处。

多年后瞿燕庭成为编剧，阮风进入演艺圈。

这是一个极易生口舌是非的圈子，也因为另外一些原因，他们选择对兄弟关系保密。况且在法律上，被收养后，阮风和瞿燕庭已不是亲属关系。

时至今日，两人同在剧组，就连任树也不知道阮风是瞿燕庭的亲弟弟。

瞿燕庭对阮风而言，是唯一的血缘亲人，是幼年最大的依赖和支柱。他黏惯了，得知瞿燕庭生病，哪还顾得了许多。

问完，阮风抚上瞿燕庭的额头，微微发热，是低烧症状。

"好多了。"瞿燕庭拿下阮风的手，握住一使劲，捏得阮风龇牙咧嘴。他轻声教训道："谁让你跑来的，我的话你当耳旁风？"

阮风十分委屈，心里更不是滋味："你是我亲大哥，我人在山城，你病了却不打给我，还怪我来看你？"

瞿燕庭语塞，松开了手。他不会打给任何人，自打父亲去世，他就学会了自我消解病痛、孤独与失意，根本没有寻求依靠的习惯。"小病小灾，别担心。"他说。

阮风已经知道陆文住6207，说："今天多亏有陆文哥。"

这就改口叫人家"哥"了，瞿燕庭不觉望向房门，陆文说的漂亮护士，是给他换药的那一位吗？要到号码了吗？

阮风注意到桌上的饭菜，从袋子里抽出点餐小票，一看餐厅名字便知是陆文特意去买的。回想刚进病房时，陆文貌似捧着面前这碗粥。

阮风一惊一乍："哥，人家还喂你啊？"

"胡说什么。"瞿燕庭解释，"太烫了，他吹一吹。"

阮风依旧惊讶，幼年妈妈操劳，一向是瞿燕庭照顾他吃饭穿衣。自从他学会握筷子，瞿燕庭再没给他吹过饭。

"陆文哥这么体贴的？"

"……嗯。"瞿燕庭感觉哪里不对劲，"是因为我单手不方便，他才帮忙的。"

阮风道："可人家好歹是个明星，陪你输液，给你买好吃的，这些也罢了，为了你连形象都损失了。"

瞿燕庭不明所以。

阮风转述管家的话："是陆文哥要求管家开门的，他们有顾虑，被陆文哥吼了一顿。要是传出去，也许就成耍大牌了。"

瞿燕庭全然不知："真的？"

"骗你是小狗。"阮风道，"管家说陆文哥特别着急，还说什么都不比你一个活人重要，有任何后果他来承担。"

瞿燕庭没听够："还有吗？"

阮风回忆着："陆文哥本来要外出，都走远了，不放心又返回来的。"

瞿燕庭当时烧得头昏，恍惚中听见有人喊"瞿老师"，等睁开眼，就见陆文蹲在他的床边了。他以为对方是恰巧路过，原来是专门"搭救"他的。

他今晚欠下一份大人情。

阮风很有家属的自觉："改天我得好好谢谢陆文哥。"

瞿燕庭抬手弹了阮风眉心一下，无奈地说："你给我老实点。"他简直头疼，阮风这一趟跑过来，陆文一定觉得非常奇怪，该如何解释还是个问题。

"哥，你放心吧。"阮风眉心被弹得红了一块，看起来莫名喜庆，"我知道陆文哥在这，来的路上已经想好说辞了，我来解释。"

阮风端起粥，准备喂给瞿燕庭喝，瞿燕庭看看时间，下了死命令，让阮风尽快离开，医院人来人往，万一被人发现就麻烦了。

他拿起桌上的手机，塞给阮风，嘱咐对方戴好帽子。

阮风还想磨叽两句，一摸兜愣住："哎？我手机在呢。"

瞿燕庭也愣住，那这部手机是谁的？他按一下电源键，亮起的屏幕上是一张陆文穿着长靴骑在马背上的照片。

阮风惊呼："哇，好帅！"

走廊上，陆文敞着战壕风衣，本想潇洒走人，结果手机忘了拿。

他把病房区逛了一遍，热巧喝完，读了墙上贴的医疗小知识，了解到隔壁病房的大爷姓张，并陪人家看了十分钟电视剧，最后返回病房外，想拿手机，也想一窥房中的情况。

他正要敲门，一位病人家属匆匆跑过去，不小心撞到他的肩膀，他倾身把门挤开了一条缝。

没想到，陆文看到阮风抱着瞿燕庭。

"哥，有事一定要打给我。"阮风小声说，拍了拍瞿燕庭的背，一如小时候生病瞿燕庭抱他那样。

陆文的目光凝滞在两个人身上，瞿燕庭低哑又温柔的话语响起。

"快回去吧。"

"不用担心。"

"你听话。"

他就奇了怪了，瞿燕庭自己都成了一棵病秧子了，还有心思安抚阮风？

陆文晃神的工夫，阮风走到门口，看见他，说："陆文哥，瞿老师让我先走，我从安全通道下去。"

陆文用高大的身躯帮阮风打掩护，一前一后穿过走廊，拐进了安全通道。光线阴暗，两个人站在楼梯转角，阮风说："陆文哥，今天谢谢你照顾瞿老师。"

陆文手插着风衣口袋，说："在一个剧组，搭把手的事。"

阮风道："你一定很奇怪我为什么会来探望瞿老师吧？"

陆文清楚得很，佯装疑惑点了点头。

"其实，我和瞿老师认识。"阮风坦白，"准确地说，是瞿老师对我有恩。"

陆文内心稳如泰山，脸上流露出几分错愕。他不主动八卦，但凡人皆有一颗好奇之心，他想听听瞿燕庭和阮风的"过往"。

他明白，阮风会将之辩解成恩情。

阮风拿出备好的说辞："我第一次拍电影的时候，有幸在剧组见到了瞿老师。"

陆文心说挺巧，他也是在剧组遇见瞿燕庭。

"当时我一个小新人，不免闹笑话，瞿老师却不怪我冒犯。"

陆文微怔，想起进组之初闹了大笑话，瞿燕庭也没跟他计较。

"我演技青涩，遇到不少困难。瞿老师一点架子也没有，每次都把我叫到一边，给我讲戏。"

陆文愣了一下，感觉不太对头。

"在剧组很辛苦，瞿老师默默关照我。"

陆文彻底蒙了，口袋里虚握的手掌吓出一层汗。他这才了解，瞿燕庭是如此一步一步地帮助、体贴阮风，最终两人成了现在这样。

可是这一桩桩、一件件，那么似曾相识，那么感同身受。

阮风没注意到陆文已经傻了，兀自总结陈词："我们就是这样认识的，瞿老师为人低调，你可以帮忙保密吗？"

陆文没反应，阮风问："陆文哥，你没事吧？"

陆文牙齿来回摩擦，迟缓地点头答应，最后从牙缝里挤出一句"没事"。

阮风眉眼弯弯，说："多谢，那我先走了，改天请你吃饭！"

轻快的脚步声逐渐远去，消失于某一层。陆文独立在一片昏暗中，方才的字句在耳边循环往复，像一把小锤敲在他的神经上。

药液快输完了，瞿燕庭单手把点餐小票收起来，过后他要把餐费和医药费一齐还给陆文。手机收到几条消息，是阮风发来的，瞿燕庭点开——

"哥，我向陆文哥解释了。"

"编得很真实，符合咱俩编剧和演员的身份，挑不出毛病。"

"陆文哥没怀疑，好像还挺感动的。"

"我走了！有事一定要打给我！"

瞿燕庭暂且放心，不禁望向门口，阮风估计已经上车了，那陆文怎么还不回来？

他念谁来谁，下一刻陆文推开门，却不进来，庄严肃穆地杵在病房门口。

那张脸凝重得宛如中了邪，瞿燕庭忍不住猜，难道要号码被拒绝了？他说："你的手机在这儿。"

陆文恍若未闻："有些问题我问过了，但我想再确认一遍。"

瞿燕庭问："什么问题？"

陆文深深地吸了一口气，本就低沉的嗓音被压得更低。

"我进组的时候冒犯你，你有没有怪我？"

"怎样算怪你？"

"改剧本，调整我的戏份，是公报私仇吗？"

"当然不是，你可以问任树。"

"第十四场戏，你打击我的话，只是讲戏，帮我找感觉？"

"是。"

"我演得烂，你不嫌弃我吗？"

"你只是需要教。"

"你根本没有看不起我？"

"没有。"

"安排助理，完全是同情我人手少吗？"

"也有一点关心。"

陆文哽了一下："你……觉得我帅吗？"

瞿燕庭的脑海中浮现出那张骑马照，他回答："……很帅。"

最后一个问题问完，"嘭"的一声，陆文甩上门出去了。

瞿燕庭一头雾水，不明白发生了什么。

陆文走到护士站，扑在桌子上，引得三位值班护士围过来，他恳求护士长："大姐，我想测一下血压。"

他撸起袖子，仰头望着天花板，上臂绑着血压仪的袖带，脉搏连着心脏一同剧烈地收缩。

很快，测量数值停止跳动。

护士长说："血压还可以，心跳怎么这么快啊？"

陆文一脑袋扎在桌上，捂住胸膛，掌心下的心跳强劲有力。

能不快吗？他危险了。

Chapter 11

第11章
对 戏

"你怎么了?"
"我……我只想平平
淡淡做个老实人。"

护士台的呼叫铃响了,是瞿燕庭的三号床。

实在很莫名其妙,陆文出去后,瞿燕庭在床上愣怔了好一会儿。药液滴尽,等他察觉时,针管已经回血,手背微微鼓起一块。

他把松紧阀推至顶端,防止气体灌入,微抬左臂等待护士过来。很快,护士推门而入,陆文跟在后面一并回来。

瞿燕庭的疑惑更浓了,因为陆文的模样太奇怪了,满脸通红,低头压眉,耷拉着眼,神情微妙,轻一分是欲语还休,重一分是无语凝噎。

陆文停在床尾,死活不往前走。

瞿燕庭能感觉到陆文在刻意保持距离,或是回避什么。他稍一思索,此时没有第四个人在场,只能是因为这名年轻的护士。

护士走到床边,弯腰揭下瞿燕庭手背的胶布,说:"有点回血了。"

陆文终于直起颈椎,抬起眼来,朝病床上望过去。他听见瞿燕庭按铃便回来了,衣袖挽在手肘还没放下来。

"肿了。"护士说,"估计会瘀青。"

瞿燕庭觉得没关系,结果陆文反倒是有意见,也似是怨他不靠谱:"这么大个人了,没人看着都不知道早点按铃。"

护士说:"那你应该看着呀,你不是陪床吗?"

瞿燕庭顺势问:"你刚才去哪了?"

陆文说:"拉屎。"

护士笑了:"他去我们护士站了,测血压。"

输液针拔出来,瞿燕庭按住针孔,鼓胀的手背隐隐作痛。他问:"你不舒服?"

护士摘下空药袋,替陆文回答:"血压还可以,但是心率过速,等下可以再测一次。"陆文没料到护士会说出来,脸色变得更红,头也再度低下去,兀自在床尾恼羞成怒。

待不出血了,瞿燕庭松开手掀被子,挪到床边穿鞋。他不想在医院过夜,这里洗漱不便,而且明早和工作室还有文件要沟通。

虽然退了烧,猛一下起来仍有些晕,瞿燕庭擦着床沿儿踱到床尾。

陆文依旧别扭,不肯大大方方地端起下巴。

瞿燕庭愈发奇怪,护士已经出去了,这二百五怎么还这副德行?

拿起搭在床尾板的外套,他一边穿一边猜测:"你说要号码的护士,就是她?"

陆文心里"扑通"一声,如大鸭子入水:瞿燕庭这就迫不及待地盘问他了?

他的"暂时性颈椎病"忽然好了,梗起脖子回答:"对,就是她。"

瞿燕庭心道,看来测血压是为了搭讪,还挺有招儿的。但心率那么快,说明陆文确实对人家动心?

毕竟是公众人物,感情生活应当慎重一点,他问:"那你要到号码了吗?"

陆文正色道:"这是我的隐私。"

瞿燕庭无意打探,只担心陆文傍晚一个约会对象,夜晚又一个心动对象,哪天搞出对剧组不利的事情来。他提醒:"那你保护好隐私,不要闹出绯闻。"

陆文听懂了,瞿燕庭在敲打他。不要闹绯闻就是不要联系,不联系就没感情,没感情就继续单身。

离开医院叫了辆出租车,瞿燕庭不喜欢离司机很近,坐在驾驶位斜对角的后排。陆文从小有司机接送,也习惯坐在后面。

与来时不同,陆文尽可能远离瞿燕庭,紧挨车门,全程无声地对着窗外。

车驶入一条暗巷,窗外光线骤减,车内的暖光趁机将车里的情景尽数反射到车窗上。陆文猝不及防,看见瞿燕庭靠在另一边,双臂交叠在胸前。

这是身体抵御寒冷的姿势,夜深了,气温比来时更低。陆文不自觉地捉住前襟,又顿住,把衣服给瞿燕庭的话,瞿燕庭会不会更得寸进尺啊?

"阿嚏。"瞿燕庭轻轻打了个喷嚏。

陆文管不了那么多了,脱下风衣,没有转头,只把手伸过去一扔:"给给给,你先裹上。"

瞿燕庭被风衣罩住脸,他将之展开一点,盖住上半身和大腿,吸吸鼻子,又嗅到雪松的香气。

瞿燕庭不知为什么,今晚自从阮风露面,陆文从行为到态度都变得很奇怪,活像个情绪不稳定的青春期大男孩。

可能是姜汤暖胃又暖人,也可能是这一遭照顾着实辛苦,总之,瞿燕庭很感激陆文。他偏过头,对上车窗上陆文的视线。

陆文无处可躲,眉毛拧巴起来:"你想干吗啊?"

瞿燕庭问:"你怎么了?"

"我没怎么。"陆文很委屈,"我……我只想平平淡淡做个老实人。"

瞿燕庭的脸色因为难受还有些苍白,他听不懂陆文话里的意思,但被"老实人"这字眼逗笑了。

陆文心想,完了,他怎么说什么,瞿燕庭都笑。

瞿燕庭向人表达亲近的经验少之又少,而他最亲的人莫过于亲生弟弟。顿了一会儿,他嘴角微弯,暂时放弃所有顾虑,说:"其实你和阮风很像。"

陆文的心倏地收紧。

他装傻:"不像吧……阮风白白嫩嫩的。"

瞿燕庭道:"都有点傻,看上去很好骗的样子。"

陆文慌了神,望见窗外的酒店大楼,出租车正好靠边停下。钱包烫手似的,他哆哆嗦嗦掏出五十块钱,嚷道:"不用找了!"

下了车,陆文在前面大步流星,叫都叫不住。瞿燕庭落后两米,到大厅的电梯前才追上,陆文仿佛心急如焚,快把直达梯的按钮戳报废了。

"你很急吗?"

陆文想,搞文艺的应该不喜欢粗俗的,说:"真的超想拉屎。"

瞿燕庭果然不出声了,等电梯下来,两个人一起进入四面镏金的金属盒子。电梯内根本无处躲避,站哪里都从梯门瞧得一清二楚。

数字跳跃上升,速度很快,但追不上陆文的心率。

至六十二层,梯门缓缓拉开,陆文一个箭步冲了出去。瞿燕庭还穿着风衣,他追不上陆文，拐入走廊在后面问："衣服怎么办？"

陆文刷卡开门："你先拿着吧！"

待瞿燕庭走到门口，6207的房门已经关上了。

他回6206，脱下风衣挂起来，从自己的外套兜里翻出点餐小票，然后进浴室洗脸刷牙，喝一杯水，翻了翻茶几上的杂志。

瞿燕庭消磨掉半小时，估计陆文办完事了，拿上衣服去对面敲门。他已经收了陆文的毛衣，总不能把人家的风衣也扣住。

陆文就坐在玄关凳上，刚把情绪平复下来。门铃一响，他做了几个深呼吸，站起来开门。

瞿燕庭递上衣服："给你。"

陆文接住，坚信只要他不开口，就不会有下文。

瞿燕庭说："今天谢谢你。"

陆文没办法了："不客气。"他紧接着又说："挺晚了，我要休息了。"

"等一下。"瞿燕庭道，"给我你的手机号。"

陆文愣住，这是想私下和他聊天，进一步了解吗？

瞿燕庭催促："发什么呆呢，快点。"

陆文迫于强权，将手机号报了出来。

瞿燕庭听一遍就能记住，转身回房间了。陆文盯着6206的门牌，出神半晌才关上了自己的门。

他晕乎乎的，回卧室往床上一栽，怀疑自己根本是在做梦。

陆文自我麻痹，决定马上睡觉，也许一觉醒来什么都没发生。他三下五除二地脱掉衣服，手机从裤兜里掉出来，屏幕亮了一下。

一定是瞿燕庭。短信，还是加微信好友？

陆文紧张地舔舔嘴唇，捡起手机，解锁后发现是支付宝的消息提醒。他狐疑地点开，"朋友"那里多了一个陌生人，向他发来一条消息。

"我是瞿燕庭。"

陆文有些发蒙，为什么要用支付宝联系？想偷能量啊？

这时，第二条消息发过来，瞿燕庭向他转账——520元。

陆文手指一松，手机掉了，520元？！

他活了二十八年，第一次有人给他转520元！

陆文扯上睡袍，脑袋发热地冲了出去。

转完账，手机没电了，充电器在床头。瞿燕庭回卧室前关掉所有的灯，最后剩玄关上方的小射灯，他走过去时有人用力地拍门。瞿燕庭看一下猫眼，将门打开。

陆文满脸通红，像是生气，也像是难为情，两味情绪掺在一起发酵，使他整个人看上去精神抖擞，充满了战斗的欲望。

他攥着手机，质问道："你什么意思？！"

手机显示对话页面，瞿燕庭认为一目了然，但还是用语言解释了一下："这个是我，我转给你钱。"

陆文问："你看看你转给我多少！"

瞿燕庭说："520元。"

"我识数！"陆文受不了了，"你到底想干什么？"

瞿燕庭问："我怎么了？"

"你再装！"陆文瞪着他，"你敢说你不明白'520'是什么意思？！"

瞿燕庭好整以暇："意思是188元加332元，188元是晚餐的费用，332元是输液的费用，一共520元。"

瞿燕庭来山城前取了一些现金，连号的红钞，一张零钱也没有。他觉得还五百不合适，还六百又有点打小费的感觉，于是用支付宝转账。

瞿燕庭莫名挨了一顿嚷，但现在好像隐约明白了原因。

瞿燕庭轻倚门框，笑意也轻浅："你以为是什么意思？这么激动。"

陆文早傻了，要说玩文字游戏，他根本就玩不过瞿燕庭，姓瞿的几句话就能把他耍弄一通。

"好了，"瞿燕庭见好就收，"回去休息吧。"

他说着伸手，推了陆文一把。

手指不小心勾到腰间的真丝带子，匆忙系住的结一瞬间散了。丝绒睡袍前襟向两边大剌剌地敞开。

陆文身前一凉，彻底呆住了。倘若有服务生经过，一定以为他是个变态。

陆文"唰"地拉拢住前襟，脑子"嗡嗡"的，整个人傻了，赶紧低头确认自己穿了内裤。

他脸色涨紫，双目圆睁："你干吗啊？！"

瞿燕庭蜷了蜷犯错的手指，咕哝了一句"抱歉"，目光却不由得扫到陆文的胸膛和腰腹上。

"你看什么看!"陆文紧拢两片衣襟,恨不得连喉结也捂住,腰带抽紧,打了两个结实的死扣。

突然,瞿燕庭问:"你不觉得疼吗?"

陆文一顿,身上的确有些疼,他没留心,只和陆战擎通话时提过一嘴。

瞿燕庭刚才看到了,陆文的胸口有一块瘀青,腰腹、大腿和膝盖上似乎也有,真正的重灾区应该是看不见的后背。

伤痕是威亚的保护带紧勒以及多次抛摔和翻滚所致。

陆文动一动肩,牵扯着胸背的肌肉一起疼,又酸又胀。他没什么法子,只能挨过一晚再说。

瞿燕庭让陆文等一下。他去翻行李箱,拿来一瓶药酒和几盒膏药贴,这是他出差旅行时的必备品。膏药分止痛的和活血化瘀的,他简单给陆文讲了讲。

陆文今晚受的刺激太大,精神疲软,应声时呆呆的。

瞿燕庭耐心地问:"明白怎么贴了吗?"

陆文眉一皱:"你当我傻啊?"

瞿燕庭看在自己高烧被他"搭救"的分上未与他计较。

"后背贴不到,用帮忙吗?"

陆文眉头皱得更深了,满脸透露着一位良家男人的满腔警惕。他把东西一夺,像头倔驴:"不用,我胳膊长,够得着。"

两扇门关上。

瞿燕庭小病未愈,睡下了。

陆文闹完乌龙白拿人家一堆膏药,花花绿绿的比女明星的面膜还复杂,他拆开两盒,对着镜子贴。

腰间的死扣解不开,他败家且毛躁,用剪刀给剪了。哪痛贴哪,他把自己贴得跟手账似的,满身都是浓郁的药味,关灯上床,把被子团在怀里,久久不能入睡。

第二天,日光稀薄的早晨,陆文关闭手机闹钟。

解锁,食指悬在屏幕上,他把脸埋入枕间深呼吸,然后鼓足勇气点开了短信箱。

一整夜,没有收到瞿燕庭的短信。

他退出来,现在谁还发短信,太土了。打开微信——通信录——新的朋友,界面一片平静,也没有收到瞿燕庭的好友请求。

陆文的脚丫子一蹬,把床单划出一道深深的褶痕。他打开支付宝,先收能量喂小鸡,装模作样地在一个App里忙活,忙完,点开和瞿燕庭的对话,静静地瞅着。

瞿燕庭没有设置头像,俨然"僵尸号"。

陆文盯着"520",认真得像读一道数学题。转账后就没有发来新的消息,自己果真是误会他了?

他打个滚,发觉贴膏药的部位不怎么疼了。

陆文点击对话框,输入"谢谢你的膏药",又删除,改成"膏药很管用",再删除。无论怎么说,都感觉嗲嗲的,好恶心。

陆文后悔语文没有学好,一番纠结后,将感谢改成了生硬的叮嘱:今天记得去输液,别说我没提醒你。

发送完五秒,微信提示响了。

"我就知道!"这一定是瞿燕庭发来的好友请求,一夜"故纵",稍一回应就来"擒"了!

陆文火速打开微信,聊天列表顶端显示一条消息。

孙小剑发来:七点出发,大堂等你。

这就很尴尬了。

七点整,保姆车准时驶离酒店花园。

瞿燕庭活动一下肩颈,处理了一小时文字稿,有些疲。他将皮椅转动半圈,看向窗外明亮的天色。

他续上半杯黑咖,阅稿,返修改意见,和工作室连线开会,一口气忙到晌午。

收线前,于南说:"老大,天气预报说山城降温,你小心着凉。"

晚了,但瞿燕庭没透露自己生病的消息。

于南问:"老大,厚衣服带够了吗?要不我给你寄两件过去?"

"你有没有搞错?"乔编的声音传过来,"买去呀,Gucci、LV、Armani,你这样伺候,他慢慢连商场都不逛了!"

对于商场,尤其是门店这种和柜员一对一的地方,瞿燕庭向来是绕着走。听乔编这样揶揄他,瞿燕庭说:"不用了,我自己去买吧。"

于南确认道:"真不用?"

瞿燕庭云淡风轻地说:"嗯,这里离商业街不远。"

乔编甜甜地喊:"瞿编,给我捎瓶香水吧!"

第 11 章　对　戏

瞿燕庭冷峻道："我给你烧个包。"

挂了线，瞿燕庭没有丁点儿逛街的意思，但他需要保暖的衣服，思索片刻，打开购物软件凑合买了两件。

瞿燕庭没开消息提示，买完才注意到旁边的支付宝蓝标上有未读消息的小红圈，打开才看到陆文早上发的消息。时隔四五个小时，似乎没有回复的必要了。但瞿燕庭转念想起那一身青青紫紫，于是礼尚往来地表达关心：身体好点没有？

两分钟后，陆文回：好多了。

瞿燕庭怕傻子不知道，回道：今天就撕掉，不要贴太久。

陆文：知道了，还用再贴吗？

瞿燕庭：不疼就不用。

陆文：没用完，还剩下不少。

瞿燕庭：剩下的你留着吧。

陆文：你怎么囤那么多膏药？

瞿燕庭：我腰不好。

发出去瞿燕庭就后悔了，手指支棱了一会儿，他亡羊补牢地说明：经常久坐写稿子，腰会疼。

许久，陆文回复：哦。

一个简单的字，切断聊下去的欲望，瞿燕庭没再回复。

陆文坐在房车的休息棚下，消息提示音一响，他的心就吊起来了。每回复一句，就吊得越高，现在卡在嗓子眼里。

对话似乎结束了，他却迟迟不退出，怕瞿燕庭还有下一句。

车尾绕过来一个人，是阮风，他学过戏曲，嗓音清如泓泉，叫得又甜又亲："陆文哥——"

陆文吓得一哆嗦，手机砸在了脚背上，弯腰拾起的工夫阮风走了过来。他慌忙锁屏，把手机塞兜里。"嗨。"陆文挤出笑容。

阮风拎着塑料袋，在旁边椅子坐下。他的房车在这一辆后面，他刚刚在车上隔着窗没瞧见陆文，所以绕过来找找。

不自然的笑仍挂在脸上，陆文询问："找我有事？"

阮风漾开嘴角，一口贝齿衬得笑意灿烂，他将塑料袋递过去："陆文哥，能帮我个忙吗？"

·181·

陆文托住袋子，大概有三四斤重，扯开袋口，里面是几大串葡萄，寻常的品种，但仔细挑过，颗粒新鲜又饱满。他不解："这是？"

阮风道："我今晚夜戏，实在抽不开身，麻烦你帮我捎给瞿老师。"

陆文一愣："这不合适……"

"有什么不合适的。"阮风扔出"糖衣炮弹"，"陆文哥，我知道你热心，你就帮帮忙吧。"

陆文头都愁大了："其实不用，酒店每天供应水果。"

阮风十分坚持："但不一定有葡萄啊。"

的确不一定，可葡萄又不是什么稀罕水果，非得吃吗？

"陆文哥，我就不拿你当外人了。"阮风把握着分寸透露，"我偶然知道的，瞿老师生病，尤其是发烧的时候，喜欢吃葡萄。"

原来是这样，陆文情绪复杂地看了阮风一眼。

阮风毫无知觉地笑着："陆文哥，你爱吃什么？"

"啊？都好。"

"哪天咱俩收工早，我请你吃饭。"

陆文越发心虚，不知该怎样面对阮风。他忍不住反思，瞿燕庭这样对他，他是否有逃不开的责任。

常言道，我不杀伯仁，伯仁却因我而死。现在的状况是他没怎么惹瞿燕庭，瞿燕庭却越来越过分。

陆文倍感煎熬，笑得勉强又内疚："小阮……你都叫我哥了，我请你。"

"都好，那说定了！"阮风爽快地应了，助理叫他补妆，他一边跑一边回头喊，"陆文哥，谢谢了！"

傍晚日落，霞光正浓的时候，瞿燕庭输完液回酒店。路上阮风打来电话，说拜托了陆文捎一袋葡萄给他。

客房晚餐先一步送到，清淡的四菜一汤。瞿燕庭简单吃了几口，端抱电脑窝在沙发上改剧本，偶尔抚弄一下腕表。

敲打出一行字，走廊隐隐传来的脚步声渐近，他指尖稍停，估摸着是陆文收工回来了。

果然，门铃响了。

瞿燕庭没有瞧猫眼，直接打开了门，却不料门外是陆文的经纪人孙小剑。他后撤半掌距离，抓紧了门把手。孙小剑满脸堆笑，比陆文的态度好十万八千里，语气也恭敬："瞿编，打扰啦，您吃了吗？"

瞿燕庭抿唇"嗯"一声，语气淡得能在空气里化开。

孙小剑不敢废话，递上袋子说明来意："瞿编，这是阮老师给您的葡萄，托我家陆文拿给您。"

瞿燕庭不明白陆文为什么不亲自给他，要多此一举地让经纪人代劳，看6207关着门，他问："陆文没回来？"

"回来了。"孙小剑怕显尴尬，扯了个谎，"他着急上厕所，先进屋了。"

对面屋内，陆文背靠着门，后脑勺抵着门板，将外面的对话听得一清二楚。瞿燕庭一面收着阮风的葡萄，一面关心他的去向。

这叫什么？这就叫吃着碗里的，看着锅里的。

陆文无法接受，既然他惹不起，那他就躲得远远的。

瞿燕庭把葡萄拎到厨房，过冷水洗净，三大串足足占满了一盆。拈一颗能填满腮帮，汁水甜蜜，果肉又软有弹。

瞿燕庭小时候一生病发烧，瞿父便从家里的葡萄藤上摘一串葡萄。春夏就用冰箱冻一会儿，秋冬就过一遍冷水，凉凉的，给他镇嗓子。

未结果的季节，瞿父买来，骗他是摘的，他回回都信。

瞿燕庭坐在沙发和茶几的空隙间，一边改稿子一边吃。

手机响了，是昨晚从北京回来的任树。瞿燕庭停下吃葡萄的手，拖到电话快要自动挂断时，按下了通话免提键。

一段好友寒暄后，任树不知他生病，问他今日没去剧组，是不是前几天累坏了。

"还好。"瞿燕庭不喜抱怨和报忧，"没给你耽误事就行。"

任树的声音充斥了整个客厅："你这样就没劲了啊，那么大的雨，实拍，一通宵连带空镜头全部搞定，哎呀呀……"

瞿燕庭说："怎么？"

"你说怎么？厉害呗！"任树爽朗地笑道，"燕庭，你如果有一支自己的班子，会拍得更好。"

每位导演都有这样一支班子，包括摄影、照明、美术、剪辑，每个人都熟悉导演的风格和套路，工作会更有默契。

瞿燕庭沉默数秒，开口时笑了，像在自嘲："我一个编剧要什么班子，给你代工就够够的了。"

任树乐道:"累坏了?那我可不好意思往下说了。"

瞿燕庭会意:"有事?"

"关于第七十八场戏……"任树有些为难,"今晚能不能改出来?我想让杨斌老师提前杀青。"

杨斌饰演叶父,系特邀,戏份很少,定于本周末杀青。老戏骨出名的敬业,但他患有风湿和哮喘,天冷后熬得十分辛苦。任树知道后于心不忍,想让对方早点离组。

瞿燕庭浏览文档页面,一口答应:"好,今晚发你邮箱。"

"太好了,真是我亲哥们儿!"任树的热情仿佛让手机都隐隐发烫,"我收到剧本就去找杨老师,跟他对一遍戏,明早开拍。"

瞿燕庭轻声重复:"明早?"

任树回答:"是啊,其实是加塞,这样不影响别的场次。"

那今晚不但他要把剧本改好,演员也需要把台词记熟。瞿燕庭看着文档中叶杉的台词,问:"陆文怎么办?"

"差点把他忘了,叫上他一起。"任树说完,很纳闷,"不过奇怪了,我怎么没在酒店碰见过他?"

你当然碰不见,瞿燕庭心说。

为了省时省力,他采用折中的办法,把任务揽上身:"这样吧,我来管他。"

两小时后,陆文泡在开着热水循环模式的浴缸里,双臂搭在边沿上,臂膀的肌肉泛着一层水光。

他后仰枕着毛巾,心烦,在淡淡的水雾里唱歌。

来电铃声打断了他。手机在妆台上振动,陆文起身,踩着地巾过去。是一个陌生而规矩的号码,不像是诈骗,他接起来:"你好,哪位?"

"是我。"瞿燕庭的声音。

陆文打了个寒战,慌乱地扯下浴袍披上。大脑顿时乱成一锅粥,瞿燕庭打给他干什么?有什么目的?

稳住心神,他的喉结来回滑动:"什……什么事?"

瞿燕庭道:"过来我房间。"

陆文冲出浴室去瞅墙上的钟,十一点半,瞿燕庭此时打来让他过去,什么意思?!

"什……什么？"陆文希望是假的，"我没听清……"

瞿燕庭重复道："过来，来我的房间。"

陆文很慌，他大脑一片空白，整个人像个大拖布戳在地板上，浑身滴水，说话都颤悠悠的："我……已经睡了。"

瞿燕庭说："那就爬起来。"

陆文两眼一黑，急得要冒火："这么晚了！你要我过去干什么啊？"

瞿燕庭回答："第七十八场戏有改动，过来看剧本，我要帮你对词。"

陆文几乎气笑了，瞿燕庭是不是当他傻？深更半夜要他过去，连看剧本这种借口都说得出口，鬼信啊？！

"动作快点。"瞿燕庭说完挂了电话。

听见忙音，陆文的心凉掉半截，他没有拒绝的权利，除非不想继续混了。可他一旦踏进那扇门，会有怎样的结果？

那一晚，阮风夜会瞿燕庭的画面历历在目。时移世易，如今轮到了他自己。

陆文激起一层鸡皮疙瘩，惴惴不安地幻想，瞿燕庭会怎样威逼利诱，他又该如何守住底线。

无论如何，他绝不想走上那条路。

陆文强迫自己镇定下来。他一个一米八八的壮汉，兵来将挡水来土掩，还怕瞿燕庭不成？

为保险起见，陆文翻开通信录，找到他那三位情同手足的发小——顾拙言、苏望和连奕铭。经过筛选，陆文打给了机灵狠辣的苏望。

两声就接通了，苏望"喂"了一声，打破这个孤立无援的深夜。陆文听见好兄弟的声音，动容道："哥们儿，是我。"

"我还能不知道是你？"苏望说，"怎么了啊，男一号，山城的夜晚是不是火辣辣的？"

过于辣了，陆文道："我猜着你没睡，加班呢？"

苏望是做私募股权的，高级合伙人，旁人眼中的金装精英，但喜欢自贬："可不么，金融民工的苦我已经说倦了。"

陆文体贴道："你注意休息啊。"

苏望敏锐如鹰："说吧，遇着什么事了？"

陆文难以启齿，于是编了一个借口："等会儿有个应酬，我推不掉，你一小时后给我来个电话。"

苏望即刻懂了："帮你脱身是吧？"

"对，能配合好吧？"陆文问。

苏望不屑道："小意思，咱俩这默契。"

安排妥当，陆文钻入满满当当的衣帽间去穿衣服。

改完剧本后，瞿燕庭简单冲了个澡，对完戏应该很晚了，可以直接上床睡觉。

刚要吹头发，门铃响了，瞿燕庭走过去开门，本来面无表情的他敞开门后双眼微微放大。

门外，陆文穿着繁复的三件套：衬衫一丝不苟地系到顶，暗扣的马甲，双排扣的外套，修身款的裤子扎在一双锃亮的短靴里，外面还套了一件厚重的羊绒大衣，缠了一条毛围巾。

瞿燕庭以为来了个因纽特人，奇怪道："你怎么穿成这样？"

这样比较有安全感，陆文回答："晚上有点冷，我体寒。"

瞿燕庭半信半疑，错身让开路："进来吧。"

陆文把心一横，跟在瞿燕庭身后进了屋。他注意到瞿燕庭绯色的耳郭和滴水的头发，这副湿漉漉的模样显然是刚洗完澡。

走到客厅，陆文趁瞿燕庭不注意抹了把汗。茶几上有电脑、剧本和纸笔，场景布置得还挺逼真。

酒店没有影印设备，只能看电子文件，瞿燕庭把电脑放在茶几一角，他和陆文隔着桌角坐在地毯上。

穿太厚了，陆文个儿又大，憋屈地拧巴着身体。

他强烈怀疑看剧本是子虚乌有，问："瞿老师，改完的剧本呢？"

瞿燕庭按压触控板，屏幕亮起来，赫然是第七十八场戏的剧本。

陆文服了，还真有剧本，瞿燕庭也太努力了。

"先看一遍。"瞿燕庭说。

陆文的下巴收在围巾里，压眉抬目，擦着茶几边沿瞄向身旁。瞿燕庭坐在离他两拳远处，精致的鼻梁在灯下很是夺目，神情沉静如一位君子。

陆文在偷看，心烦意乱，所有乱糟糟的情绪都浮于心头，而最深处的其实是一份失落。因为那些令他感激的帮助与关怀，都只是瞿燕庭的手段。

倏地，瞿燕庭回望，眼睫轻轻一撩似扇动的蝶翼。

陆文立刻避开目光，心虚地说："我看完了。"

"嗯，我代替杨老师。"瞿燕庭朝茶几上的纸笔努努嘴，说，"先对一遍词，做好笔记。"

白纸压在一本笔记本下面，陆文粗手粗脚地一拽，将笔记本甩到了地毯上。他捏住皮质封面将其拎起来，松散的纸页间又掉出几张横格纸。

陆文捡起，认出纸上的字迹，竟是他之前蹲在门口写完后一张一张塞进门缝里的那些，瞿燕庭居然一直收着没丢。

笔记本上有工作要务，瞿燕庭一把夺回，将那几张纸夹了进去，用眼神责备他冒失。陆文心想，这大概就叫害羞吧。

这场戏的情感很细腻，瞿燕庭一句句地讲。陆文弯腰趴在茶几上记笔记，一手好字是儿时被陆战擎逼着练的，但写得很慢。

瞿燕庭放缓语速，恍惚间忆起给弟弟听写生词。

一遍结束，他递上一支红笔："下一遍抠细节，用红色标注。"

陆文贴身的短袖已经被汗浸湿了，他偷偷看表，快十二点半了，假装对戏用得着这么久吗……陆文神游外太空，身上热，心里燥，脸颊犹如被红笔涂过一样，一脑门的汗。突然，"啪"的一声，肩膀被抽了一巴掌。

"啊！"陆文吼出来，"你打我干吗啊？"

瞿燕庭的食指戳在纸上："你写我名字干什么？"

陆文一惊，纸上果然写着"瞿燕庭"三个字，后面是笔尖画出的红色曲线。

他撩起围巾擦汗，一边擦一边找理由："我……"

陆文支支吾吾，恰好手机响了，是按约定打来的苏望。他煞有介事地接通，心里盘算着，即使无法脱身，至少让瞿燕庭清楚他名草有主。

"喂？"陆文咬牙道，"宝贝儿。"

瞿燕庭觑过去，有一瞬的意外与好奇，继而转换为不悦。正事还没干完，这二百五先是心不在焉，现在还聊起私人电话？

和谁？漂亮护士，约会对象，还是另有其人？

实际是金融民工，苏望："你神经……"

"想要花？"陆文打断，"明天就给你订，玫瑰好不好？"

苏望说："山城的伙食是不是给你辣傻了？"

"没去耍，我就在酒店呢。"陆文一脸柔情，继续说，"还不能休息，而且一个人睡不着。"

苏望道："你做梦呢吧！"

"乖，下次带你逛街。"陆文越演越起劲，说，"什么，开视频啊？恐怕不太方便吧……"

苏望忍够了："今夜咱俩割席，祝你前程似锦。"

陆文急忙挽留："宝贝儿，你别生气！"

电话挂断，客厅静了下来，此事无声胜有声。陆文见瞿燕庭蹙着眉，明白对方受挫了。他刚想再描黑点，手机又响了一声。

陆文打开消息一看，是导演助理发来的临时通知——明早四点半开工，提前拍摄第七十八场戏。

陆文一阵凌乱，瞿燕庭没骗他？！

"可以继续了吗？"瞿燕庭耐心告罄，冷冷地问。

陆文掉下一滴汗，点点头。瞿燕庭嫌弃地斜他一眼："明早和杨老师过一遍戏就正式拍，今晚必须准备无误。"

"深夜幽会"结束了，变成了"名师一对一"。

仔细抠完细节，两个人代入角色对词，一共对了四遍，把握流畅度后，陆文开始背台词。瞿燕庭口干舌燥，把小盆拉过来，拈下一颗葡萄塞嘴里。这是他小时候养成的习惯，吃葡萄有瘾，一颗接一颗停不住。他熟练地剥皮吐籽，眨眼吃掉小半盆，黏腻的果汁沾了满手，于是起身去洗手。

陆文差不多背完了，双腿屈得发麻，想坐起来。

他撑着长沙发借力，没留神，一巴掌压住了遥控器。"嘀嘀——"投影启动，自动连接系统，屏幕亮起来，出现了上一次关闭时的记忆画面。

是《天堂回音》，叶杉和父亲没看成的电影。

瞿燕庭洗完手返回客厅，看见投影画面愣了一下，随即冲过去，拿起遥控用力地按下关闭键。

屏幕变黑，陆文回了神："这部电影——"

"台词背完没有？"瞿燕庭打断他。

陆文回答："背完了。"

瞿燕庭下逐客令："回你房间去，早点睡吧。"

陆文默默往外走，步子有些沉。一个电话招他来，一句话赶他去，来回都是瞿燕庭做主。走到玄关，他忍不住回头，问："你生气了？"

瞿燕庭弯腰收拾茶几，不作声。

陆文主动道歉："我不是故意乱碰的，对不起。"

门一开一合，人走了。瞿燕庭停下来，疲惫地坐在沙发上，却没有夜半应有的困意。电脑屏幕上，修改过的几场戏按照日期排序，第七十八场是修改的最后一场戏，瞿燕庭来山城的任务已经完成了。

四点半天色黢黑，片场的工作人员哈欠连连。陆文化过了妆，却遮不住眼底的青色。离开瞿燕庭的房间后他睡不着，直接来上工，无精打采地候场。

等杨斌过来，剧中的父子俩过完戏，便开始拍摄。

镜头拉近，陆文眼球中的红血丝痕迹分明。他暂时不做他想，只专注地演。脑海中出现了和瞿燕庭对词时的笔记，情绪何时推高，哪个字升降语调，关键的节点，留白的秒数，瞿燕庭逐一教过。陆文胸有成竹，面对老戏骨也能举重若轻。

一场戏拍到天色大亮。

陆文换了身衣服，继续白天的拍摄，不眠不休七八个钟头，正午收工后便松了弦儿，饭都没吃就钻房车里睡觉去了。

没敢贪眠，陆文蓄点精神便起来了，洗把脸回小区，发现楼尾聚着一大拨人，全围在葡萄藤的附近。陆文去凑热闹，被休息棚下的一大捧花吸引，在旁边还有个奶油蛋糕，蛋糕上写着"庆祝杨斌老师杀青"。

葡萄藤下，杨斌正在拍摄最后一幕戏。

陆文绕到101的阳台下，不远不近地看着。他和杨斌的对手戏寥寥，基本存在于梦境，因为叶父去世时叶杉年仅八岁。有一对双胞胎男孩饰演叶杉和叶小武的童年时期，此刻在葡萄藤下，叶父抱着的是叶小武。

每个演员都有相对独立的戏份，对陆文来说，这段戏有些陌生。

叶小武发烧了，打个针要死要活，从诊所回来就挂在了叶父身上。叶父抱着他坐在葡萄藤下，桌上搁着一小盆葡萄。

"爸爸，"小演员稚嫩的童音传来，"葡萄好大啊。"

叶父剥开一颗，喂给他："甜不甜呐？"

叶小武双颊微鼓，天真地问："爸爸，你是从藤上摘的吗？"

叶父回答："是啊，你每次发烧吃葡萄，都是爸爸摘的。"

"可是……"叶小武嘟囔,"昨天我在下面瞅,为什么没看见啊?"

叶父笑道:"你每次能吃一盆,葡萄看见你,吓得都藏起来了。"

叶小武一愣,明显相信了,抱起那一盆葡萄,两只小手熟练地剥开皮,塞嘴里,一颗接一颗地吃。

叶父道:"你还来劲了?"

叶小武说:"趁现在有,我得赶紧吃!"

随着导演喊停,现场欢呼声一片,大家纷纷大喊"杨斌老师杀青快乐",有人送上捧花,推出了大蛋糕。陆文却立在原地,缓慢回过身,抬起头,瞿燕庭没来剧组,101的阳台上不见一人。

Chapter 12

第 12 章
火 锅

"好巧,咱们大衣都是黑色。"
"还有更巧的,咱们俩都是男的。"

晚上，剧组为杨斌在酒店大厦顶层的宴会厅举行杀青派对。

宴会厅为酒吧式布局，挑高大穹顶的玻璃天窗透着星光点点，灯影幽暗，几十束纤细的激光循环扫荡。有舞池，有舞台，满场流动着舒缓的爵士乐，边上是冷餐区，刚上过一轮顶级生蚝，香槟塔摆了八层高。

人来得很齐，但不比开机宴群星璀璨，女演员的裙子甚至不如脚下的地毯鲜艳。不过胜在氛围轻松，大家的心情都不错。

陆文端着一杯红酒，薄唇一抿浸润舌尖，尝出品质一般，之后便掐在手里充充样子，半口也不碰了。

他四处晃，经过长长的甜品桌遇见仙琪，对方一手拿着空盘子，一手握着小包。

经过一段日子相处，他们已经彼此熟稔许多，他停下，绅士又痛快地说："我帮你夹，吃哪个？"

仙琪回道："哪个也不吃。"

陆文转瞬没了风度："那你瞧半天，看景儿呢？"

仙琪说："你懂什么，吃一口就胖死了，我可是清纯女明星。"她看着陆文，又问："你要不要吃？我帮你夹。"

"我不怕胖吗？"陆文的偶像包袱不输任何人，"我可是英俊男明星。"

仙琪"喊"了一声，小包一甩，无情地跳舞去了。

第 12 章 | 火锅

陆文意兴阑珊，赏心悦目的餐点勾不起他的食欲，也没有落座高谈阔论的欲望，他四处晃，最后停在墙边欣赏华丽的油画。

一旁是两扇高大对开的厅门，到了这个点，不管是台前的演员或是幕后的班子，人差不多都齐了，这时，不知道是谁姗姗来迟，引得周遭一圈人引颈而望，看是哪位大腕儿。

陆文也不例外，偏头投去一记眼光。

只见瞿燕庭款款走来，头发抓得微蓬，露出光洁的前额。他在门侧暂停片刻，将长款大衣脱下交给服务生保管。里面是一件珍珠色的轻质亚麻衬衫，晚礼服款，柔软又松垮。欧洲浪漫主义诗人喜欢的大开角翻领只覆住半截锁骨，两条绕颈细带代替领结，没挽花，轻飘飘地垂在胸前。上松下紧，下身穿了一条纯黑修身长裤，配一双黑色天鹅绒的"吸烟鞋①"。

除了银色的雕花腕表，瞿燕庭没佩戴任何首饰，他素净又倜傥，走动时衬衫轻盈地向后飘，若隐若现地勾勒出一点腰身。

人们一面暗自惊叹一面自觉地让开路，待瞿燕庭走近便展颜问候一句"瞿编"。

瞿燕庭一路颔首穿行，嘴角漾开一抹笑，带着惯有的矜持。任树在前面叫他，他走过去，踏入舞池正前方的环形卡座。

乐队换了一支悠扬悦耳的曲子，陆文有一搭没一搭地踩着节拍，他走到舞池灯光扫不到的一角，有股暗中监视全场的快感。

"燕庭，迟到了啊。"任树说，"我还以为你不来了呢。"

杨斌是出名的老戏骨，抱恙在身坚持拍摄，杀青宴他亲自打了电话邀请瞿燕庭，不露面太不懂事。瞿燕庭拎着一只小袋子，递过去："买东西耽误了，杨老师别介意。"

"给我的？"杨斌接住，"瞿编太客气了。"

瞿燕庭赴宴前百般磨蹭，结果迟到了，半路买份礼物，好歹不那么理亏。他腼腆地笑笑："庆祝您杀青，辛苦了。"

任树从托盘中拿一杯酒给瞿燕庭，一起敬杨斌一杯。瞿燕庭浅啜一口，关心道："杨老师接下来有什么安排？"

杨斌洒脱地说："我给自己放寒假了，天一冷，呼吸道就受不了，腿也疼。"

任树道："那您好好休养一段时间，千万保重身体。"

---

① 吸烟鞋：一种流行的鞋的款式。

"欸，我去海边待几个月。"杨斌拍拍任树的手背，亲切地说，"为了让我早点离组，我知道你费心了，谢谢啦。"

任树不敢抢功："这次的决定权不在我，我问燕庭行不行，他一口答应，连夜把戏改好才能提前拍的。"

杨斌立刻举杯："瞿编，多谢多谢，这杯我敬你。"

"您太见外了。"瞿燕庭这次一口饮尽，而后轻轻抿掉唇上沾染的酒液。

入场，寒暄，你来我往，推杯换盏，瞿燕庭实则难挨得如坐针毡。他特意问过场地，得知杀青宴在可以容纳众人的宴会厅，一路上数不清深呼吸了多少次。

他特意打扮过，希望考究的服装能掩饰他的紧张。

客套过后，瞿燕庭陷入沉默，任树和杨斌怕冷落他，时不时递来一句话头。还好光线较暗，模糊了他接腔时勉强的表情。

影影绰绰中，舞池边走过来一人。

陆文神态悠闲，端着酒杯来祝贺："杨老师，杀青快乐。"

杨斌回道："小陆，要你赶个大早开工，辛苦喽。"

陆文敬完没有离开，掏出手机问："杨老师，能合影留念吗？"

"来，"杨斌欣然答应，"咱爷俩多拍几张。"

陆文绕过黄铜茶几，从瞿燕庭的膝前经过，坐在杨斌旁边拍了几张照。

拍完没走，待杨斌和任树继续说笑，他挪到瞿燕庭的身边。

刚才陆文远远看见，瞿燕庭坐在半环形的金色丝绒沙发上，靠背高过头顶，远离其他人，孤独，不安，仿佛一座荒凉的流沙岛屿。

所以合影不过是幌子，光线这么差，他觍着脸过来，只是为了做一堵风雨不动安如山的人墙。

有一旁高大的身躯挡着，瞿燕庭逐渐放松下来。

这两天太纠结，此刻伴着音乐、酒水，陆文一时只想逃避，什么都不去想。沉默让陆文略感尴尬，他扭头，冲瞿燕庭咳嗽。

瞿燕庭默不作声，空酒杯在掌中旋一圈。

陆文瞥见那只杯子的玻璃上有一道浅浅的痕迹，是瞿燕庭手掌留下的汗渍。

他问："瞿老师，你不舒服？"

瞿燕庭摇摇头："没有。"

陆文穿着一身西装，将胸前的口袋巾抽出来，往瞿燕庭的虎口里塞，同时抽出酒杯，说："擦一擦。"

"谢谢。"瞿燕庭有种被识破的窘涩。

陆文放下酒杯，没从托盘里拿新的，而是在零食碟里抓了一把奶油爆米花，单手捧到瞿燕庭面前："吃口甜的吧。"

一支优雅老派的舞曲奏响，剧组的年轻人纷纷退出舞池，陶美帆拎着裙角现身，朝卡座这边招手要一个舞伴。

陆文作势起身："陪我妈跳舞去。"

"别去。"瞿燕庭抓住陆文的手腕，他怕身旁落空，克制又急切地说，"就待在这儿……哪儿也别去。"

陆文其实压根儿没动："哦。"

瞿燕庭反应过来被二百五诓了，用力地狠狠一捏，陆文疼得龇牙，把爆米花甩得七零八落。

这会儿工夫任树已走进舞池，牵住陶美帆的手献舞一曲。

气氛逐渐升温，舞台亮起，不少人冲上去唱歌，现场仿佛变成卡拉OK。陆文也想上去唱，但为了瞿燕庭，只好老实地当听众。

大家玩嗨了，陶美帆等一干演员过来，给杨斌敬酒。瞿燕庭往边上挪，脊背挺得笔直，在众目睽睽下拗出一份得体。

有人起哄："杨老师唱一首！杨老师唱一首！"

杨斌豪爽登台，时髦地唱了首流行歌曲，饶舌的部分让大伙都震惊了。

氛围正好，他点点台下："导演来一首，不过分吧？"

任树叫苦："我刚跳完舞！气儿都没喘匀！"

"那你点一个！"杨斌大手一挥，"点个腕儿够的！让他替你唱！"

卡座周围的人密密麻麻，任树灌了一杯酒，微醺的状态令他兴奋，一扬头冲着瞿燕庭嚷："瞿编的腕儿够不够？"

瞿燕庭眼皮猛跳："我不行，我唱不了。"

"少来！"任树高声道，"瞿编来一个！"

瞿燕庭擦干的手心霎时湿滑一片，捧场的，起哄的，周遭激动的人声将他淹没。牵在嘴角的笑容那么单薄，摇头也像是欲拒还迎。

陶美帆亲自请他："瞿编，来一首吧！"

杨斌在台上递出话筒："瞿编，就当为我送行！"

陆文离得最近，觉出瞿燕庭神情微妙，不是尴尬，而是一种近似胆怯和不适的状态。莫非瞿燕庭五音不全，怕出丑？

他愿意做骑士，奈何他不够资格。

瞿燕庭在满目期待中起身，这样欢愉的场合，老前辈亲自请他，他不能扫兴，只能负着满背的汗水强作落落大方。

瞿燕庭登上一尺高的大理石台，接过麦克风，说着契合身份的漂亮话："那我献丑了，庆祝杨老师杀青，希望以后再度合作。"

灯光黯淡，小光束缓缓地扫着舞台，一段淅沥的雨声响起，前奏流淌而出。

瞿燕庭低垂眼眸，轻轻慢慢地开口唱：

还记得当天旅馆的门牌，

还留住笑着离开的神态。

…………

一首《约定》被瞿燕庭清澈冷淡的嗓音唱出来，就像湛蓝的天空里扯出的一丝云絮，缠绵，干净，久久不曾淡去。

陆文听得出神，他的鼻头不再萦绕红酒的气味，手中的玻璃杯变得很轻。他想起了很多事情，一些来到剧组后发生的点点滴滴。

一曲结束，人声鼎沸，瞿燕庭大方从容地走下大理石台，而身后，衬衫凉凉地贴在背上，是无人知晓的狼狈。

任树歇够了，接棒唱下一首，又涌起一拨叫好声。

瞿燕庭没回卡座，避开人群朝外走，像一只落单的孤雁。他始终抓着陆文塞给他的口袋巾，抚过额头拭去一层冷汗。

他离开了宴会厅，匆匆地，甚至来不及拿回大衣，只想躲起来一个人待一会儿。

瞿燕庭拐入洗手间，进到最里面的隔间内，锁住门，在马桶盖上坐下来。他弯着腰，双肘撑在大腿上，抬手捂住了眼睛。

他心绪颓然，指尖插入发丝，将抓好的发型弄乱了。

皮鞋跟的声音很响，有人进来，止步在外面的化妆间，很快又出去了。洗手间内安静冷清，再无人进出。

整整四十分钟过去，瞿燕庭躲在隔间里，落了汗的身体有些冷，但一寸寸松弛了下来，精神不那么紧张了。

做了个深呼吸，瞿燕庭开门出来，洗手，烘干，走到洗手间门后，他听见外面的说话声。

"不好意思，不能进去。"

"不是维修，但真的不能进去……"

"您去那边的洗手间吧，给您添麻烦了。"

"真的抱歉，拜托去那边的吧……"

是陆文的声音。

所以无人进来并不是因为幸运……

瞿燕庭拉开门，入眼是陆文堵在门外宽阔的背。他的胸口忽然很胀，滋味难名。

"陆文。"他叫他。

陆文转身，他有许多疑问，但什么都不问，避开一切会让瞿燕庭不舒服的话题。"瞿老师，"他直接道，"你想回派对还是先走？"

瞿燕庭说："我想走了。"

"好。我陪你一起。"陆文没有征求瞿燕庭的意见，他既然因为担心追出来，就不会给瞿燕庭反驳的机会，"我去取外套，在雕塑那儿等我。"

瞿燕庭道："好。"

似乎怕人会偷偷跑掉，陆文见瞿燕庭握着他的口袋巾，便拍拍胸前："我等会儿要把它塞兜里，回来前，帮我叠成多角形。"

大厦顶层是极简风格，略微空旷，瞿燕庭立在雕塑下，认真地折叠手中的布。

等候不多时，陆文拿着他的大衣回来了。

两个人相距不过十几米，陆文向瞿燕庭走去，明明可以躲开他，明明可以置之不理，陆文却做不到。

瞿燕庭孤坐在沙发上，站在灯光幽暗的舞台中央，落在熙攘的人潮里，此刻等在那一尊冷冰冰的雕塑下……都让他想起涌动的深蓝色池水。

瞿燕庭沉入池底，像一捧浸没在水中逐渐消融的雪，让旁人想捧起来，又害怕抓不住。

陆文加快了步子。

最后半米远，瞿燕庭叠好了口袋巾，迎着他迈出一步。

不待他把东西递上，陆文奔到近前，扬臂抖开大衣，将他紧紧地裹住了。

陆文把两片衣襟拢在瞿燕庭胸口，指关节碰到衬衫，料子比他想象中还要柔软，大开角的领子虽漂亮，但锁骨、三角区、喉结全露在外面。他十指松开，但未收回，勾起两条轻盈的飘带，试图抽紧，拽了一下。

瞿燕庭以为他在闹，怨他幼稚："你几岁了？"

"风华正茂，年富力强。"陆文一面自夸一面继续拽，"外面冷，把你的仙女小飘带系上。"

瞿燕庭消沉整晚，闻言终于大大方方地勾起唇角，被陆文的用词气笑了。他举起叠好的口袋巾，怕散开，便直接塞进陆文胸前的小兜。

穿好大衣，瞿燕庭把两条长飘带挽个结，无奈道："装饰用的，遮不住什么。"

陆文一挑眉，合着这人明白遮不住？

他得寸进尺地干涉人家穿衣打扮："病才好，也不知道捂严点。"

瞿燕庭转移话题："好巧，咱们大衣都是黑色。"

太拙劣了，陆文抬杠："还有更巧的，咱们俩都是男的。"

几句不着边际的浑话似乎比在隔间的四十分钟更管用。瞿燕庭心绪缓和下来，抬手拢过散乱的发丝，将今晚的难堪一并抛到脑后。

由于两个人是半路离席，剧组的司机不知正在哪儿消磨，干脆就没叫车。

从大厦后门出来是繁华的商圈，步行街上灯火辉煌，三三两两结伴夜游的旅客流连于百货店、餐厅、奢侈品店之间。

进组以来难得这般悠闲，陆文和瞿燕庭并肩散步，谁也不着急。

花坛旁边坐着遛狗的老两口，牵引绳绑在扶手上，小狗在他们经过时冲来。

陆文单膝下蹲，抱着狗头就开始撸，大手能把小型犬的脑袋撸秃，还不忘评价："毛还挺滑。"

瞿燕庭蹲在旁边，附和道："眼还挺大。"

高冷小公狗确认他们是两位大龄男青年，扭屁股便回去了。

陆文和瞿燕庭无言以对，起身朝前走，陆文不忿地扔一句："这狗不行，给我二百我都不养。"

瞿燕庭问："那给二百五呢？"

陆文鼻孔喷气，不过一颗心落回肚子，瞿燕庭能损他，说明情绪还不错。

见陆文不吭声，三五步后，瞿燕庭碰碰对方的手肘，挤对完又禁不住担心："不高兴了？"

第 12 章　火　锅

哪至于，但被人在乎情绪的感觉谁也不愿抗拒，陆文刻意沉着脸不回答。

瞿燕庭上一次正儿八经地哄人要追溯到十几年前，对象是小学生弟弟。他无措地沉默了一会儿，实在想不出别的招儿了。

陆文自顾自地走，突然被瞿燕庭拽住，他们面对面停在树下。他要做什么，说声抱歉？补一句好听的？难不成，当街给他撒个娇？

瞿燕庭的招数和十几年前一样，拿小物件儿吸引对方的注意。当年是泡泡糖、卡片和小汽车，现在他身上别无他物，只有一部手机。

他打开相册，选中一张小猫的照片，举到陆文的眼前："让你看看我的猫。"

田园土猫，八成是捡的，养得膘肥体壮，陆文无法欣赏它的美，只体会到瞿燕庭的黔驴技穷。

算了，他主动下台阶："真可爱啊。"

瞿燕庭以为这办法灵，问："你喜欢吗？"

"喜欢。"陆文已经分不清谁哄谁，"拍得真好。"

瞿燕庭松了口气，低头摆弄手机。

陆文轻声叹息，只怪陆战擎没塑造好他的性格，太容易被人拿捏了。

这时，兜里的手机响了一声，收到一条微信提醒。陆文掏出一看，"新的朋友"处显示小红圈，他点开，是一则好友请求。

备注写着：我是瞿燕庭。

陆文有些不好意思，之前他一直以为瞿燕庭欲擒故纵地要加自己微信，对方却毫无动静，等他遗忘了，这看似迟来的请求却这么自然地发生了。

陆文默不作声，目不斜视，匆忙按下"同意"——添加成功。

紧接着，瞿燕庭发来那只肥猫的照片。

陆文又怕瞿燕庭只为了发照片，发完会把他删除，盯着页面片刻，试探地敲字回复：它叫什么名字？

瞿燕庭抬头，好笑道："你直接问我不就好了。"

陆文一不留神就问出口了："你不会把我拉黑吧？"

瞿燕庭愣了一下，留有余地地说："只要你不惹我……"

后话吞在喉间，陆文今晚做的一切仍历历在目，他情不自禁改了口："你本来也不白，我还拉黑你干什么？"

不论褒还是贬，陆文都顺着瞿燕庭的话放了心，那只肥猫似乎也顺眼了一些。

继续向前走，步行街不方便打车，他们或交流或沉默地走了很长一段路。

经过一家火锅店，乌黑的匾额旁挂着一串红灯笼，辛辣的香气勾得瞿燕庭放慢了步子。

派对上只喝下两杯酒，他肚子饿了。

陆文也没吃东西，嗅了嗅，对山城的火锅有点犯怵，就在他内心感叹"这得多辣啊"的时候，瞿燕庭款款移步，仿如旧时的少爷、端庄的名伶，登上门前的台阶。

"我说瞿老师……"陆文试图悬崖勒马。

瞿燕庭回头，招揽他："走，我请。"

二楼小包间的装潢简单古朴，四方桌配长条凳，推窗便扑来习习寒风。瞿燕庭将外套放入藤编筐子里，挽几折袖口，比端坐丝绒沙发上自在多了。

他夹着铅笔在餐单上打钩，钩了一串自己吃火锅必点的，一抬眸，陆文横拿着手机在打游戏，他便帮忙代劳："你爱吃什么？"

陆文回答："清汤。"

"……好。"瞿燕庭修改锅底，"我们来个鸳鸯锅。"

餐点好，楼下传来一阵喧闹，瞿燕庭端着一杯茶，侧首望去，原来是七八名年轻人聚餐结束，喝醉的人在撒酒疯。

菜陆续上齐，鸳鸯锅一半深红一半乳白，两股香味相交融。除了医院那次，这是瞿燕庭和陆文第一次正式同桌吃饭。

两双筷子井水不犯河水，瞿燕庭涮着红汤，蘸着辣椒干碟，不亦乐乎。

陆文从白汤里捞出一片牛肉，放在碟子里晾着，他的动作很磨蹭，心不在焉地吃着这顿火锅。

其实他在等一个时机，一个能够问出口的机会。

他认为瞿燕庭今夜的表现和反应，以及瞿燕庭对门铃、来电铃音的抵触是不正常的，但也无法断定是病态的。

他想了解更多。

另外，叶杉和叶小武的某些特质在瞿燕庭的身上有所体现，这是单纯的巧合，还是灵感来源，又或是一种自我经历的记录？倘若是最后一种，哪部分是创作，哪部分是瞿燕庭曾经真实的人生？

陆文反复斟酌着，怕莽撞地说错话，怕触及了瞿燕庭的痛处，瞻前顾后，久久开

第 12 章　火　锅

不了口。

一碟虾滑吃完,他鼓起勇气叫了声"瞿老师"。

瞿燕庭隔着袅袅的白色热气抬头,额上有薄汗,与站在舞台上唱歌时的汗水截然不同。

他放松,自然,唇齿毫无防备地微张,呼着辣乎乎的气息。

千言万语都哽住了,陆文问不出一个字。

他怕也好,怯也罢,此时此刻改变了主意。

他的好奇和关心并不重要,他更想让瞿燕庭毫无负担地吃好这一顿饭,离开火锅店时依然身心惬意。

"怎么了?"瞿燕庭问。

陆文抽出纸巾:"擦一擦汗。"

"谢谢。"瞿燕庭忽然笑了,红唇黑眼,在灯下明艳又鲜活,"我给你点了一份猪脑。"

陆文不明所以:"啊?"

瞿燕庭说:"以形补形。"

陆文恍觉真心错付:"……过分了啊。"

瞿燕庭从餐架上端起来小小的一份猪脑子,爱吃的人垂涎,不爱的人退避三舍。陆文皱眉撇嘴,嫌弃极了,仿佛瞿燕庭敢把脑子下到锅里,他下一刻就会抬脚走人。

关键时刻,手机响了,铃声闷闷地从藤编筐子里飘出来。

陆文的手机就在桌上,他立即幸灾乐祸地帮忙掀开盖子。瞿燕庭搁下猪脑,不情不愿地从大衣口袋中摸出手机。

陆文瞥见屏幕上闪烁的"阮"字。

被火锅烘热的身体骤然冷却。

仿佛是午夜梦醒,也像是一记耳光抽在脸上,他今晚暂且不去纠结的东西悉数复活,取代滚烫的红白鸳鸯,横亘在他和瞿燕庭之间。

"喂?"瞿燕庭划开通话键。

派对还没结束,在外面打电话不方便,阮风的声音有些小:"哥,我刚才给你打电话,你怎么不接?"

阮风打第一通时楼下正吵嚷着,瞿燕庭没听到,他解释:"周围有点吵,不是故意的。"

"那你去哪了？"阮风说，"我找了你好几圈。"

瞿燕庭道："唱完歌，我先走了。"

阮风关切道："没事吧？是不是不舒服？"

"我没事，你别担心。"瞿燕庭偏过头，窗外有淡淡的月光。

陆文不聋，他听得出来瞿燕庭对阮风的态度。只一秒的分神，箸间鲜嫩的牛肉滑落汤底。

听见对面有一些杂音，阮风问："哥，你在酒店吗？"

"在外面吃火锅。"瞿燕庭习惯性叮嘱，语气带着家长式的命令意味，"你少喝一点酒。"

"我知道了。"阮风不免疑惑，"哥，你一个人吃火锅吗？"

瞿燕庭回答："我和陆文在一起。"

桌对面，陆文倏地瞪圆了眼，不可置信地看着瞿燕庭。

这是可以说的吗？

挂了电话，瞿燕庭重新拿起筷子，才发觉陆文石泥雕像般一动不动地盯着他，目光灼灼，像要把他烧出洞来。

瞿燕庭心里发毛："怎么不吃了？"

"我还能吃得下吗？"陆文反问，压抑着排山倒海的情绪，"瞿老师，刚才打电话给你的是阮风？"

瞿燕庭点点头，面露一丝茫然："你怎么了？还好吗？"

陆文艰难地说："我很不好，我这两天快难受死了。"

瞿燕庭越发迷茫："到底出什么事了？"

"你说呢？"陆文又是反问，"你会不明白吗？"

瞿燕庭有些蒙，本来两人好端端地吃个火锅，为什么自己接完阮风的电话就疯了一个？难道……

他试探："和阮风有关系？"

陆文倒吸一口气，也不想继续装傻了。

"对，当然和他有关。"顿了顿，他下定决心道，"更和你有关。"

"我？"瞿燕庭放下了筷子。

陆文质问他："你到底什么意思？"

瞿燕庭感到头晕："什么什么意思？"

第12章　火　锅

"你干吗告诉他我在这里？！"陆文激动起来。

瞿燕庭不解："我为什么不能告诉？"

瞿燕庭真怀疑清汤锅里掺了假酒，他端起凉茶，整杯灌下去，待他拎起茶壶倒第二杯时，手腕却被陆文抓住，牢牢地钳着。

目光碰在一处，陆文的眼底有火星在炸裂，他不可以再隐忍不发了。

陆文从未如此严肃："瞿老师，你暗示过我，说我和阮风很像。我告诉你，你看错人了。"

瞿燕庭睁大双眼，他暗示什么了，他不是明说的吗？

"我和阮风一点也不一样，他不违抗你的意愿，但我接受不了！"

瞿燕庭用力挣开："到底关阮风什么事？！"

管他会有什么后果，大不了不拍了，被封杀退圈也无所谓！

陆文再也憋不住，大声嚷出来："我早就知道你们俩的关系了！"

瞿燕庭霎时呆住，眼神定在陆文脸上，一切发生得太突然太意外，他希望陆文是在开玩笑："……你知道了？"

"是，我早就知道了。"陆文语气坚定，"天下没有不透风的墙。"

瞿燕庭慌了一瞬，迅速冷静下来后，第一反应是要陆文帮忙隐瞒，他不卑不亢地说："替我们保密，好不好？"

陆文没打算讲出去，他滚了滚喉结，低音炮里糅了一丝沙哑，好像说出口时会痛一般："那你以后……别招惹我。"

"我招惹你？"

"对。"

"我招惹你什么？"

"你非要我挑明是吗？别拿你对阮风的那一套来对付我，我不需要。你以为我是什么人？！"

"对阮风好和关照你有冲突吗？"

到了这一步，陆文不懂瞿燕庭为什么还在嘴硬，语气委屈得像能拧出一把酸水："你放过我吧！我不愿意！"

瞿燕庭想解释，却被陆文抢去话头。

"你非要招惹我？"陆文彻底狠下心，"那你怎么不和阮风一拍两散？"

忍耐至极限，瞿燕庭终于爆发："你有毛病啊，亲兄弟怎么一拍两散？！"

"亲……"

"咣当"一响,茶杯被打翻了。

陆文惊得咬破了舌头,满脸惊愕。

Chapter 13

第13章
摊 牌

"瞿老师,我们还能像之前那样相处吗?"

"恐怕不能。"

走廊铺着暖黄色的灯光，人影被拉长，投在纹理分明的墙纸上。阮风疾走到6206的门外，鼻梁架着黑超，巴掌脸遮住大半。瞿燕庭一个电话命他过来，语气冷冷的，他没敢耽误，撂下吃一半的小蛋糕就跑来了。

按下门铃，阮风解开拉到顶的羽绒服，露出下巴，门锁"咔嗒"打开，他摘下墨镜，一抬头对上开门的陆文。阮风急忙瞅门上的门牌号，确定是6206，便迟疑地打招呼："陆文哥……来串门啊。"

陆文牵扯嘴角，笑中包含两分尴尬，三分心虚，五分未消失殆尽的错愕，糅合起来是十成十的勉强。

房间暖和，阮风脱下羽绒服，没敢挂，抱在怀里假装客人姿态。踱到客厅，瞿燕庭端坐长沙发中央，上翘的眼斜睨过来，似屋檐落下的冰碴。

阮风缩了缩脖子，忆起幼年犯错时，瞿燕庭就这般，他会撒娇，会扑上去亲脸，还会学公益广告打洗脚水，可现在当着陆文，他却连一声"哥"也不能称呼。

阮风暂停心理活动，叫道："瞿老师，我来了。"

事情在火锅店发生时，激烈的感情从两人心中爆发。瞿燕庭瞠目，陆文结舌，若不是服务员推门来加汤，他们能在滚沸的氤氲热气里对峙到天明。

瞿燕庭说好请客，结了账，赔了茶杯钱，一裹大衣从火锅店离开，在出租车上给阮风打了电话。

陆文全程粘着另一边车门，缩起一米八八的身体，忸怩作态，脸蛋贴着车窗，面红耳赤，惹得司机频频从镜中偷瞄。

抵达酒店后，瞿燕庭在前面大步流星，陆文垂头落在后面。刷开套房的门，瞿燕庭薅住陆文的衣领，将人一把揪进了6206。

陆文不敢进屋，在玄关的一亩三分地画地为牢，面壁思过，花瓶中的康乃馨凋零枯萎，是他此刻心情的真实写照。

瞿燕庭一边洗脸，换衣服，沏龙井，一边等另一位当事人到场，全程没管陆文。

现在人齐了，姓陆的浑身难受，姓阮的满脸无辜，一株并蒂花似的戳在客厅，你盛开得傻，我绽放得憨，亲兄弟般难分伯仲。

瞿燕庭抿成线的嘴唇开启，挑明道："不用装了。"

阮风一时没懂，瞅了瞅陆文。陆文后知后觉，其实阮风的眼睛和瞿燕庭有点像，眼尾轻翘，但阮风的轮廓偏圆。

阮风放弃思考："出什么事了？"

瞿燕庭回答："他已经知道我和你的关系了。"

阮风惊得愣住，不可置信："不会吧，明明瞒得很好……"

瞿燕庭说："我告诉他的。"

阮风更加吃惊，但面上却把外套一扔，走到瞿燕庭身旁坐下，端起现成的茶水解起渴来。

喝完，他好奇地问："为什么……"

瞿燕庭转过头，看着身边坐着的和茶几旁站着的，同时说给这两个人听："我再不告诉他，跳进江里都洗不清了。"

陆文面如火烧，动动唇想挽救，但又怕再说出什么惊天动地的话来。

阮风不明就里："哥，什么意思啊？"

"你还有脸问？"瞿燕庭翻手掐住阮风的大腿，五指纤长柔韧，手背绷起漂亮的筋骨。

阮风一声惨叫，从沙发上弹起来。

陆文想起瞿燕庭掐他手腕的力道，惶惶地让阮风别走。

阮风站稳了："哥……"

瞿燕庭道："你当初怎么跟他解释的？"

阮风摸不着头脑，乖乖将那番说辞复述一遍，随着瞿燕庭的脸色越来越沉，他音量渐低，往陆文身边躲了躲。

说完，阮风扭头问："陆文哥，到底什么情况啊？"

从瞿燕庭吼出"亲兄弟"三个字起，陆文眼底的震惊就如同生了根。事到如今，他心底仍有一丝不死心的星火，企图翻盘以燎原。

陆文沙哑地说："小阮，你和瞿老师真的是亲兄弟？"

阮风回答："真的。"

"那你为什么不姓瞿？"

"我跟妈妈姓。"

"为什么他名字那么讲究，你的名字这么一般？"

"我原名阮梦棠。"

"哎，不是，"阮风回过味儿来，"我名字怎么一般了？阮风，陆文，咱们俩档次差不多啊。"

陆文恍若未闻，捞起阮风的一双手，推心置腹，声调轻颤地说："你在医院讲的那些话……"

阮风抱歉地说："对不起啊，全是我瞎编的。"

陆文心头拔凉，不愧是编剧的亲弟弟，信口胡诌便唬得他七上八下。

松了手，他嗫嚅道："你害得我好苦啊。"

阮风压根儿没搞懂来龙去脉，但骗人理亏，于是握住陆文的双肩，颇有一副与君同愁的味道："这就是你一直没回关我的原因吧。"

瞿燕庭眉心抽动，既然话已问清了，便让阮风滚进卧室去了。

等人进屋关上门，客厅静了，水晶吊灯泛着冷光，瞿燕庭端着一双冷眼。三人的关系掰扯清楚，该将一将二人之间的弯弯绕绕了。

"坐那儿。"

陆文听话地坐下，取代惊愕，腔子里只剩下浓浓的窘涩，翻涌到脸上，一阵白一阵红，自带鸳鸯锅特效。

瞿燕庭问："现在相信了吗？"

陆文的颈椎仿佛断了，头要垂到地上："相信了。"

瞿燕庭开始算账："在此之前，你以为我和小风是什么关系？"

陆文缄默，四下跟着沉寂无声。

他惶恐地直起颈椎，对上瞿燕庭湖水似的一双眼，无声的压迫胜过一切逼问。

"我以为，"他扛不住了，"你是他传说中背后的资本。"

瞿燕庭的腰肢靠在抱枕上，很放松，一颦一蹙透着疏懒，带着一丝嘲弄道："你还懂什么是资本？"

陆文低头任嘲，他合理怀疑这件事过去后，在瞿燕庭的心里，他的脑子还不如一盘猪脑有内容。

瞿燕庭没心思挤牙膏："自己说。"

坦白从宽，陆文攥紧了膝盖，一狠心一咬牙将连日来的心惊胆战、胡思乱想、百般猜测一股脑全说了出来。

一幕幕画面闪过，陆文将能招的全招了，随着头一点点抬起，荒芜的心绪中渐渐酿出一丝委屈。

他受的刺激难道不大吗？

陆文可怜巴巴地说："我是有不对，可这全部都是我的错吗？你对我好，总不是我的幻想吧？阮风都知道那样编感人，也不怪我会想歪！"

瞿燕庭太阳穴胀疼："还成我的错了？"

"至少你误导我了！"陆文嚷道。

瞿燕庭气得眼窝发烫："你要耍无赖是不是？"

"我说的都是事实！"陆文梗着脖子，"在出租车上，你说我和阮风很像，你知道这一句话带给我多大困扰吗?！"

瞿燕庭忍无可忍："那是因为我把你当弟弟！"

陆文刹那间哑火了，怔怔地，胀满情绪的心脏仿佛被扎了一针，一下子空了，瘪了。瞿燕庭拿他当弟弟，那所有的举动都变得合理了。

他什么话也说不出，像颗漏气的皮球。

良久，陆文放弃一切辩驳，认栽了，老老实实地道歉："瞿老师，对不起。"

瞿燕庭弯起食指，用指关节顶了顶眉心。认识陆文的这段日子，一辈子的乌龙都加速搞完了。

他不想再为一场荒唐劳心，说："我和小风的关系，希望你能保密。"

"我会的。"陆文承诺。

墙上的钟将近零点，瞿燕庭涌起一股疲倦，放出赦令："回去吧。"

陆文终于能脱逃了，但他的动作却缓慢如机械生锈。

原来一切都是误会，瞿燕庭和阮风不是那种关系，瞿燕庭也不想怎么样他，甚至拿他当弟弟看待。

可是，他为什么觉不出一丝安慰？

发生这一遭，瞿燕庭还会理他吗？

陆文不禁停下来，他深觉希望渺茫，但不敢再憋着话，要问个清楚："瞿老师，我们还能像之前那样相处吗？"

瞿燕庭答得很轻："恐怕不能。"

陆文点点头，拖着步子离开。走到玄关，高大的背影再次停住，决然地杀了个回马枪。他冲到瞿燕庭面前，在对方的膝旁蹲下，里子面子都丢没了，还有什么所谓。

他仰着脸："我再也不干这种蠢事了，你能不能原谅我？"

瞿燕庭去拉他："你先起来。"

"我……这是我的极限了，"陆文有些慌，"我干不出更傻的事了，你再给我一次机会。"

瞿燕庭一时失语，这个蹲在这儿求他的人，也是守在洗手间门外保护他的人。

想到这里，今夜的惊和恼，全部化成一摊掬不起的无奈。

瞿燕庭挽住陆文的手臂，拉着他一同站起来，沙发前的空间很小，两人挨得很近。

他说："是因为，我要走了。"

陆文张张嘴，却说不出一个字。他竟然忘记了，瞿燕庭只是跟组，忙完自然会离开。

他没有挽留的资格。

他也不清楚自己怎么走回 6207 的。

夜深了，瞿燕庭关掉所有的灯，摸黑躺上床，蜷曲膝盖，后背紧靠着床头。他觉得累，但折腾一晚没多少睡意。

瞿燕庭将手机调成静音，发现微信有一条新消息，是于南帮他订好了机票，发来了航班信息，以及回去后安排好的一些工作。

他看了一会儿，没回复，退出来。

于南下面是陆文，幼稚的卡通头像，昵称即为本名。

瞿燕庭点开，修改备注，把人家好端端的名字改成"二百五"。

他的朋友圈有分组，根据亲疏远近、行业圈子，林林总总分得很细。

指腹悬了片刻，他却无法决定该把陆文分在哪一类。

瞿燕庭略过这一步，点开陆文的朋友圈。靓照不少，又帅又臭屁，大多是几个月前发的，开机以来陆文忙得没发过照片。

不过纯文字内容蛮丰富的。

瞿燕庭下划一截，停在第一条，日期是进组的那一天，陆文发了一句话：从未如此欣赏保时捷。

看时间，应该是在车上发的。

第二晚开机宴闹了大笑话，陆文在凌晨屏蔽亲爹发了一条反思：今天说了一句陆战擎听见会令我丧命的话。

瞿燕庭讲戏那天，陆文饱受打击，晚上在朋友圈问：我的海外饭在吗？

撞见阮风夜会瞿燕庭，陆文只能独自感慨：我的天啊！

怕自己忍不住说漏嘴，他还加括号备注：这条禁止评论。

"今天吹牛利用山城了。"

"大夜好累，就分享一首歌吧。"

"说出来大家也许不信，我的片酬比某当红'小鲜肉'还高。"

"事发突然，偷了酒店一枝花。"

"晕，原来柿子止咳是微信文章说的，这种人都能考上研究生，我能上一本也不奇怪了。"

"陆战擎能不能不要突然打电话，吓死自己亲儿子对他有什么好处？！"

截止到这一条，没有了。瞿燕庭算了算日期，那一晚陆文陪他去了医院，产生了误会，之后这段时间陆文一直沉默。

他失笑，屁大点事都要写一条，陆文这几天大概真的很憋屈。

瞿燕庭从陆文个人朋友圈退出来，看到"发现"界面里显示陆文的头像，他点开刷新，看到陆文几秒前刚刚发布了一句话。

"我真的应该吃点猪脑，"

"扑哧！"瞿燕庭忍不住乐了。

许是职业病犯了，他发现句尾用的是逗号，有些难受，便半开玩笑半指点地评论道：改成句号，重发一遍。

手机静音了没有发出声响，只有提示框在顶部闪烁了一下。

瞿燕庭返回聊天列表，陆文的头像占据最上方，显示一条未读，他好奇地打开。

陆文发来：因为我把后半句删了。

瞿燕庭问：后半句是什么？

输入提醒出现又消失，隔了很久，在屏幕即将黑掉的时候，陆文回复他：那你可不可以晚点走？

瞿燕庭握着手机，在微弱的光里怔住。

几道墙相隔的6207，陆文辗转反侧，在憋死自己之前发了那样一句话，发之前删掉了后半句。他没料到瞿燕庭会评论，脑袋一热便吐露出口。

撤回已经来不及，陆文敲自己一拳，试图解释：我的意思是……能不能再盯一场我的戏？

漫长的十几秒流过。

瞿燕庭发来：好。

回复完，瞿燕庭重新点开于南的头像，编辑了一句：航班推迟，安排的所有工作先放一放。

Chapter 14

第 14 章
告 别

"哎，你拎这包是幻影吧，超难买的。"
"陆文，你这个人，超难找的。"

保时捷靠边熄火，这里隔着小区两条街，斑驳树影照在沧桑的水泥路上，和那里有相似的景象。瞿燕庭瞧一眼窗外，问："这是哪？"

　　司机大哥回头："片场，今天在这儿拍。"

　　瞿燕庭心一软答应了陆文来盯戏，没关注拍摄通告。下车，登上五六级台阶，入口和普通店面差不多，边上竖着窄窄的牌子，字迹已经模糊。

　　这是一个小菜市场，年头已久，卖些蔬果肉蛋副食品，拥挤繁杂但五脏俱全。

　　瞿燕庭走进去，混杂的声音和气味扑面而来。

　　A组在第二列尽头处，正在做准备。

　　瞿燕庭经过一个个摊位，鞋跟踩在水洗过的格纹砖上发出"吱吱"的响声，越接近尽头，他的步子越慢，鱼腥味也越浓。

　　"燕庭！"任树看见他，大步迎过来，"这地方寒碜，你怎么来了？"

　　瞿燕庭没表明原因，说："我明天上午的航班，还没告诉你。"

　　"你不早说，我就怕你这样！"任树急得撸了一把头发茬，"我调场次，晚上我给你送行，明早我送你去机场。"

　　瞿燕庭摇摇头："你该干吗就干吗，忙你的。"

　　言语间，瞿燕庭的目光越过任树的肩膀扫向人群，最外圈是干杂活的，里面依次是摄影组、照明师，一身红的化妆老师踮着脚，在给男主角补妆。

粉扑拍在脸上，软软的，陆文的目光也一并柔和下来，瞿燕庭一出现他就未曾从他身上移开视线。昨晚不经大脑地发那样一条消息，没想到瞿燕庭会答应，今早一翻拍摄通告，陆文把肠子都悔青了。

剧组租的鱼摊，今天拍摄叶杉卖鱼杀鱼的戏份。

补完妆，陆文穿过人群。他觉得抱歉，瞿燕庭不碰鱼虾，待在这儿是活受罪，可瞿燕庭是为他来的，他又禁不住雀跃。

手摸进兜里，陆文停在瞿燕庭面前，同时掏出一盒薄荷糖，给自己倒两粒，余下整盒全塞给对方："瞿老师，这儿不好闻，你含颗糖压一压。"

瞿燕庭接住："你是不是故意的？"

"真不是。"陆文解释，"昨晚发生那些事，我哪还记得要拍啥啊。我就是想，想让你来……"

薄荷糖在舌尖微融，凉如含冰，瞿燕庭张一点口倒吸气。他说话算数，尽管环境不好，他也会盯完这一场戏。

陆文问："什么时候走？"

"明天上午。"瞿燕庭回答。

陆文不要含糊的答案，问："具体几点钟？"

瞿燕庭不傻，问清楚时间无非是要送机。

人多，他低声拒绝道："小风会送我到机场。"

陆文没再多说，用力抿住嘴，嘴角都要挤压出一个小酒窝来。瞿燕庭见识过这副可怜样，杀伤力一般人抵不住，他眼不见心不软，把脸撇开。

陆文难受道："你都不稀得瞅我了？"

余光轻抛，瞿燕庭说："人高马大跟个柱子似的，少卖萌。"

陆文不承认："我这是真情流露。"

"你对我流露什么？"瞿燕庭抬起手，把陆文的领子抻平，在那张宽厚的肩膀上拍了拍，"对你宝贝女朋友流露去。"

"我——"陆文刚想解释，场记就催人就位了。

鱼摊围成四方一圈，三面有桌，旁边挨着卖海带虾米的，桌上晾着新鲜的鱼虾，桌前的长方形大盆里是游动的活鱼。

陆文绕进去，垂手坐下，小破椅子"嘎吱"直响。他从未亲自买过菜，今天是第一次踏足菜市场。

| 跨界演员 |

  为了演好这场戏，陆文提前两个小时到场，观察摊贩的表情、动作和待人接物的方式，再糅入叶杉自身的特点，稍做调整。

  说实话，陆文蹭到哪都硌硬。但一开机，他不管不顾了，抄起抹布擦桌子，摆好电子秤，磨菜刀，熟练地捻开一把塑料袋。

  瞿燕庭窝在帆布折叠椅中专注地盯戏，陆文忙活的这一套动作十分自然流畅，他嚼着一粒薄荷糖，欣慰地勾了勾嘴角。

  一位阿姨停在摊位前，挑了两条鱼，叶杉捞起来，肥美的活鱼蹦得很欢，从案板上一下子蹦回了水里。

  段猛在近处摄像，被溅了一脸水："小陆，哥爱你，悠着点。"

  陆文忐忑地拍第二条，把鱼捞在案板上，鱼头和鱼尾疯狂甩动，他用双手拼命按住，台词都忘了说。

  好不容易拍完了这组镜头，该杀鱼了。陆文一手按着鱼，一手握着刀，镜头向他推近，他"哐"一下，把鱼尾巴斩断了。

  瞿燕庭有些无语。

  陆文进组前跟保姆学过，没学会，还把手划了一道口子，等养好直接来山城了，他讪讪地说："导演，我不会杀鱼。"

  任树犯难，鱼摊老板是山城本地人，心很大，交接完就回家睡觉了。

  他环顾一圈："我也不会。谁会收拾鱼？教教他。"

  剧组这帮人术业有专攻，没人擅长这个，有一两个会的，也只是手忙脚乱的业余水平。陆文不免焦灼，这是瞿燕庭临走盯他的最后一场戏，他必须要演好。

  重新捞了一条鱼，陆文左手按住鱼头，右手拿刀刮鳞，双臂肌肉绷得紧紧的。突然，鱼尾猛地掀起来，刀刃划偏从左手手背上擦过。

  周围好几个人惊呼，任树喊住他："小陆！别逞能！"

  橡胶手套破了，陆文摘下来，好歹手没受伤。

  现场众人沉默，都在发愁接下来该怎么办。

  瞿燕庭在手心一股脑倒了七八粒薄荷糖，全丢嘴里，脸颊微微鼓起来。他起身，脱掉外套，在众人诧异的目光中挽袖走去。

  陆文讷讷地说："瞿老师……"

  "闪开。"瞿燕庭绕进去。

  浓郁的腥气直往鼻孔里钻，瞿燕庭屏住呼吸，手套坏了，便赤手接过刀。

他将乱蹦的鱼抓回来，那东西还要逃，刀把在掌心轻掂一圈，薄刃翻上，手起刀落，他拿刀背在鱼头上狠狠一砸。

所有人看直了眼，难以置信瞿燕庭会干这个。

这地方容纳两名成年人略显逼仄，陆文挨在一旁，侧着身，不可避免地碰到瞿燕庭的肩膀。他与众不同，不吃惊，也不钦佩，心尖像被揪了一下。

这双纤韧白净的腕子，握笔打字的手指，曾经都做过什么？是否在青葱岁月牺牲一整个周末，从早忙到晚，沾染满身的鱼腥？

陆文不得而知，不敢去猜。

羊绒衫的袖子很宽松，从肘部滑下来，瞿燕庭在腰间蹭了三两次后耐心耗尽，用胳膊肘捅陆文的肚子。

"长点眼力见儿。"他说，"帮我撸上来。"

陆文单手圈住瞿燕庭的手腕，虚握着往上推，将衣袖堆回肘弯，袖口犯潮，已经不可避免地被溅湿了。

瞿燕庭教他："先敲鱼头，让它老实不动，就好杀了。"

刀尖直指鳃口，从缝隙中切入，将鳃片切开用刀尖一勾，同时给鱼翻个身，勾出鳃的一边贴住案板，"喀"地剁下来。

瞿燕庭处理完鱼鳃，刀刃垂直向下："刮鳞这样拿刀，顺着鱼鳞纹路一排排刮，乱刮一气弄不干净。"

陆文听得认真："我知道了。"

刮完鳞，瞿燕庭剖开鱼肚处理内脏，怕陆文记不住，收拾完又捞了一条，直到把陆文教会。结束时，瞿燕庭随手一楔，将刀尖扎在了木头案板上。

陆文递纸巾："谢谢瞿老师。"

掌心滑溜溜的，虎口也被鱼鳍磨红了，瞿燕庭一边擦手一边道："不熟练就多拍几条，别切到手，刚才吓死人了。"

拍摄继续，瞿燕庭绕出来，团着一把纸巾往外走，他停在菜市场门前的台阶上，大口呼吸干净新鲜的空气。

胸腔有股滋味向上翻涌，瞿燕庭颇觉反胃，想找什么东西压一压，旁边刚好有小卖部，他买了包烟，坐在台阶旁的石墩上点燃一支。

少年时期也曾好奇过尼古丁的味道，奈何太拮据，填饱肚子都是一大难题。瞿燕庭遥遥回忆着，吞吐着乳白的烟雾。

在今日之前，他以为自己这辈子不会再杀鱼了，以为时隔多年会遗忘这项技能，想不到那一连串动作仿佛刻在骨子里，根本不容抹掉。

不知过去多久，拍完了，陆文走出来，远远就看见瞿燕庭。名牌大衣半敞，掩不住一抹好身段，几缕温度微热的白烟于萧索的初冬颤颤巍巍地向上攀去。

"怎么还抽上了？"陆文操着熟稔的语气。

瞿燕庭问："酷吗？"

初次抽烟的少年才在意酷不酷，恨不得学电影里的明星。风水轮流转，陆文终于有机会笑瞿燕庭幼稚。

一位老婆婆在台阶上摆摊卖花，两只竹匾里面搁着白色的黄桷兰，有成捧的，有用线穿好的，半晌无人光顾，陆文便买了一串。

他拿给瞿燕庭："瞿老师，送你。"

之前是从酒店壁瓶拿的康乃馨，现在又是几块钱一串的黄桷兰，瞿燕庭评价道："你倒是不挑。"

"不懂了吧。"陆文装模作样地说，"我不能送你太贵太好的，显得我巴结你，不真诚，毕竟你是——"

瞿燕庭插嘴："有资格当你金主的人。"

陆文一赧，事情已经过去又何必再提。他把瞿燕庭指间的烟蒂掐了，将花串子套上瞿燕庭的手腕，说："就当……临别小礼物。"

瞿燕庭笑问："这质量能坚持到我去机场吗？"

"看你上不上心呗。"陆文碰到对方的袖口，"都湿了，先回剧组换一件吧。"

他们没坐车，穿小巷抄近路回到小区，瞿燕庭进编剧休息室，直奔洗手间洗手。

陆文上二楼化妆间，早晨带来两套备用衣服，他卸完妆后换上一身，又拿一件衬衫下楼，敲开101的门。

瞿燕庭在卧室，立在床边叠一条小毯子，余光看见陆文过来了，说："毯子我就不拿走了，搁在这儿，谁愿意盖就盖吧。"

"好。"

"冰箱的零食饮料没吃完，给大伙儿分一分。"

"知道了。"

"有两盒牛奶，你喝了吧，盒饭经常是辣的。"

"嗯。"

在交代事项的口吻里，陆文切实体会到瞿燕庭要走了。他打起精神，递上衬衫，努力把最后一件事办妥帖："瞿老师，先凑合穿我的吧。"

毛衣袖口湿冷难闻，瞿燕庭没有推脱，接过来，似是感慨地说："不知不觉穿你衣服好几次了，晚上回酒店还你。"

陆文无所谓："不还也没关系。"

"那怎么行，"瞿燕庭道，"本来就昧了你一件毛衣，今天又送了花，再来一件衬衫，你这临别赠礼够丰富的。"

"这是礼物套装。"人家都要走了，陆文不想藏着掖着，"主要是我的心意，东西只是形式。"

没拉窗帘，也没开灯，卧室光线黯淡，瞿燕庭背过身，换上衬衫，有些宽大，袖口覆盖在手背上。陆文靠过来，从兜里掏出一对当初为了配这件衬衫定做的袖扣，帮瞿燕庭挽起一折袖子固定住。

陆文低着头，闻见布料上淡淡的薰衣草味，应当是沾染于酒店衣帽间的藤条扩香。

他吸吸鼻子，仔细嗅了嗅。

瞿燕庭敏感地察觉到陆文的举动，抬起的手蜷缩成拳，猛然用力抽了回来。"叮当"一声，没别好的袖扣落在地板上。

陆文吓了一跳："怎么了？有没有扎着？"

瞿燕庭防备而疏离："你闻什么？"

"没什么，"陆文有些蒙，"有点气味……"

瞿燕庭神色惊慌，推开他，大步冲出了卧室。

陆文反应过来，追出去，听见"哗哗"的水声从洗手间传来。

水龙头被拧到最大，瞿燕庭弯着腰不停地搓洗双手，指甲刮过皮肤留下一道道痕迹，水珠溅在镜子上，手背逐渐变得通红。

他魔怔了，魇住了，被旧忆织成的网紧紧裹住，无法呼吸。

瞿燕庭始终在忍耐。那个菜市场，促狭的鱼摊，摆尾挣扎的活鱼，他寒酸狼狈的青春年华，被腥气包裹蚕食的一双双袖口……

他耗光力气扮作一堵坚不可摧的墙壁，此时此刻，他败了，不过是一面透出裂纹的玻璃，轻轻触碰便表里尽碎，一如当年被欺凌时满地零落的自尊。

水声狂乱，陆文的心脏不可遏制地剧烈收缩。

他冲上去把那双手拢向自己，动作僵硬，又十分小心翼翼。

他不知怎样开口，去问，去哄？该问一句什么，哄一声什么？戏剧与现实重合无数，纷乱的线索与画面从他眼前飞过。

陆文想起那间教室，靠窗的角落，他捡起瞿燕庭被风吹落的稿纸。

许久，瞿燕庭轻声啜嚅："为什么？"

陆文安静听着，耳边是怦怦的心跳。

"我躲在最后的位子无人理会时，"瞿燕庭酸楚地问，"为什么桌前不曾出现一个你。"

陆文已断定，瞿燕庭与叶杉，与叶小武，不只是创作者和角色的关系。

哪些是改编，哪些是亲历，他抓心挠肝地想了解清楚。

但他不能问。瞿燕庭紧扣的心扉是一道结疤的陈伤，作为旁观者，不管主动还是无意，任何窥探的行为都像是撕开对方的伤口，是一种毫无分寸的残忍。

今天不小心触及瞿燕庭的痛处，造成这般局面，就是最大的教训。

自责和心疼哪个更多一点，陆文分不清，能否等到瞿燕庭敞开心扉的那一天，他亦不确定。

陆文只知道，瞿燕庭明天就要走了。

手掌放在瞿燕庭的肩头，相隔单薄的衬衫传送了几分温度。陆文没在哄人，是在道一份真心："瞿老师，我在你的生命里登场有些迟，你把我当朋友也好，弟弟也好，让我多演一会儿。"

掌下身躯微动，瞿燕庭缓缓地抬起头，脸庞干净，眼眶发红，尽管失控，仍隐忍着没有哭。

"你就要走了，咱们唯一的联系不过是一个手机号码。"陆文说，冷静而认真，"别删除我，别拉黑我，朋友圈不要紧的内容别屏蔽我。"

瞿燕庭沙哑道："好。"

陆文圈住对方的手："我不会打扰你，也绝不再像今天这样惹你伤心。"

瞿燕庭又答应一次："好。"

"你怪我出现得晚，"陆文低声道，"那就不要只和我萍水相逢。"

瞿燕庭神色怔然，迟疑着，第三声"好"卡在了喉舌间。

陆文没得到回应，不逼近也不改口，静待片刻后，捞起松散的袖管揭过这一页，说："袖子又湿了。"

腕上的黄桷兰也遭了殃，花瓣七零八落的，瞿燕庭摘下来用纸巾包住，这是临别赠礼，他不会轻易丢掉。

陆文还有一场戏在302要拍，瞿燕庭让他去准备。

"今天是我不好，不该让你来。"陆文很抱歉，估计瞿燕庭要回去了，"回酒店好好休息。"

失态过，发泄过，也讨到了安慰，瞿燕庭压低眉眼，将洇湿的地方藏起来，再抬首时一派从容。

"我稍后过去。"他说，"一会儿见。"

除去中间一段插曲，今天与平时没多少不同。天黑收工，保时捷和保姆车一前一后地驶回酒店。

门框旁的壁瓶换了花色，一枝白色仙客来，四根银杏树枝，黄澄澄的银杏叶衬得白花愈发清纯。走近时，瞿燕庭贪看了两眼。

各自开门，陆文说："瞿老师，早点睡觉。"

"嗯。"瞿燕庭道，"晚安。"

在山城的最后一夜，瞿燕庭收拾好行李箱，立在窗边，再眺望一次渔船江水。

水中有浮萍吗？它们是否会在湍流中相逢，又不愿分离？

他心念微动，将陆文的衬衫洗净烘干，叠好放在床尾榻上。

一夜看似漫长，一场好梦未尽便过了。瞿燕庭一切整理妥当，八点准时出发，阮风的保姆车已在酒店停车场等候。

走廊对面，陆文抱肘靠在墙壁上，穿戴整齐，两条长腿向前交叠着，6206的门一开，他从臂弯里拔出一只手挥了挥："嗨。"

瞿燕庭意外地问："怎么在外面站着？"

"等你啊。"陆文走过来，将行李箱夺走，"送你去机场。"

瞿燕庭说："小风会送我的。"

陆文晓得，所以他没通知司机，准备跟着："我也去送不行吗？你拿我当弟弟，对待每个弟弟得公平点吧？"

瞿燕庭无可辩驳地答应了，走之前先把那件本来打算托管家转交的衬衫还给了陆文。陆文刷开门，将衬衫随手放在玄关柜上。

办完退房手续，搭电梯下停车场，梯门如镜，陆文背身打了个哈欠。瞿燕庭这才反应过来，问："你在走廊等了多久？"

陆文敷衍道："十分钟。"

瞿燕庭不信，稍一停顿："今天早晨下雨了，你知道吗？"

"不可能，我四点起床的时候——"

陆文说一半卡了壳，发觉中了瞿燕庭的圈套。他舔舔嘴唇，试图转移话题，给自己找台阶下："哎，你拎这包是幻影吧，超难买的。"

"陆文，"瞿燕庭叫他，似玩笑，可语气那么认真，"你这个人，超难找的。"

直到梯门拉开，地下停车场的冷风扑进来，陆文才从瞿燕庭这句难得的夸奖中回过味来。

保姆车中，阮风和瞿燕庭坐第一排，陆文坐第二排，司机与剧组无关，是阮风知根知底的自己人。

"陆文哥，你也来啦。"

面对人家亲弟弟，陆文这个名不正言不顺的"野弟弟"有点心虚，此地无银道："我凑热闹……瞿老师教会我很多东西，对我帮助很大，我想送送他。"

"你说那么正式干吗？"阮风咯咯乐，"你俩那晚在客厅吵的话我都听见了。"

陆文脸一红："你不是进屋睡了吗?！"

阮风回道："我认枕头啊，睡不着。"

随着引擎启动，陆文陷入巨大的羞耻与沉默里，糊在第二排椅背上当背景墙。前面两颗绒绒的脑袋，没到路口便被亲兄弟的磁场吸引在一起。

阮风搂住瞿燕庭："哥，你就不能多待两天吗？"

"耽误好多事了。"瞿燕庭说，"本来昨天就该走的。"

阮风的眼珠滴溜溜一转："那你也不是为我推迟的，听说你昨天去盯A组的戏，你放心不下谁啊？"

瞿燕庭坦荡回答："后面那个。"

陆文捏了把汗，心中疑窦丛生，为什么彼此的关系都挑明了，大家你清我白，他还是觉得跟别人弟弟比较怪怪的。

阮风道："哥，我杀青了去你那儿住几天。"

瞿燕庭说："好，给你烧好吃的。"

阮风问："我带火锅底料回去吧？"

第 14 章　告　别

"随你。"瞿燕庭叮嘱道，"天冷了，注意保暖，大夜以外不许熬夜，三餐按时吃，乖乖地把戏拍好。"

陆文在后面听着，瞿燕庭对阮风的关心，作为兄长，也代替爸妈，他对阮风体贴周到亲密无间，令他这个局外人十分羡慕。

忽然，瞿燕庭回头，对他说："你也是。"

陆文傻愣着，不等他组织好回应的字句，瞿燕庭便转回去了。

离机场愈来愈近，阮风说："哥，我舍不得你走。"

这是撒娇，陆文趴过去捡现成的："我也是。"

瞿燕庭不搭理他们。车子靠边减速，他打开提包检查证件，头也不抬地说："就送这儿吧，机场人多，下去免得被认出来。"

分别在即，阮风叨咕了一大串，衣食起居不必他操心，专拣暖心熨帖的好话讲，他从小就这样哄心事不外露的哥哥。

最后，阮风实在没的说了："代我问黄司令好。"

陆文疑惑："谁是黄司令？"

"我的猫。"肥美橘猫，不可一世，瞿燕庭发出短促而低沉的一声，代黄司令回应了一句，"喵儿。"

陆文不擅长撒娇，也不那么贴心，更不了解瞿燕庭生活里的种种，只能用自己的方式，拉开门先一步下车，强硬地对瞿燕庭道："没人认识我，我要送你进去。"

熟悉的机场，他们相遇的地方。

如果时光倒流回那一天，瞿燕庭没有把陆文赶下车，陆文知道了他的身份，之后的一切又会按照哪一条轨道运行？

航站楼里人来人往一如既往，换好登机牌，陆文陪瞿燕庭走到一处人少的位置，没有送君千里，此刻却终须一别。

"那个，穿得够吗？"陆文忽然变得笨拙，"北方大风降温，别又发烧了。"

瞿燕庭说："够了。"

陆文问："你吃早餐了吗，饿不饿？"

瞿燕庭温声催促他："你要把衣食住行全问一遍吗？十分钟，挑重点说。"

陆文不清楚什么是重点，又觉得哪一面都是重点，沉吟几秒，他道："接下来的戏份很难演，你走了，谁给我讲戏啊？"

导演组那么多人，陆文揣着明白装糊涂，他如同耍机灵的小学生向喜欢的老师表明心迹，潜台词是——我最需要的是你。

瞿燕庭何尝不明白，却不拆穿，反问："你想演好这部戏吗？"

陆文用力点头，他非常想。一开始是为自己的星途，后来为剧组所有人的努力，为叶杉和叶小武，现在也为了编写这个故事的人。

而瞿燕庭也为他着想："演好戏是本职，把职责以外的压力通通丢掉。你有你的天赋，沉下心，未来的结果不会辜负你的。"

陆文点点头："瞿老师，我会记住你的话。"

瞿燕庭没对任何人透过底，此时，他轻声告诉陆文："这部戏写完许多年了，是我真正的处女作，投资拍出来，是我留给自己的一个纪念。"

陆文觉得无比幸运，他通过这部剧认识了瞿燕庭，以后瞿燕庭的纪念里也会有他的影子。

楼中回荡着航班信息广播，催得人心慌，瞿燕庭看看手表，差不多该走了。成年人如此念念不忘地道别有点不像话，他微微笑，最后拍一拍陆文的肩膀。

陆文突然急道："我有要紧的没说！"

轻弯的眉蹙起来，瞿燕庭挤出一丝耐心："一分钟。"

陆文深呼吸，在人来人往的机场坦白真相，还讲得中气十足："瞿老师，我根本没有女朋友！"

瞿燕庭脸色赧然："你嚷什么……"

陆文急吼吼地抓紧这一分钟："我也没有约会对象，没找护士要手机号！那晚打给我的宝贝儿，是我发小，而且打完就决裂了！"

彼此的音量对比鲜明，瞿燕庭说："那绕山城三圈……"

"它就是个城！"陆文说，"没有绕三圈的前任，也没有现任，都是我吹牛的。"

一分钟到了，陆文讲完自觉后退一步挥挥手，闭紧嘴巴没有道"再见"。

如果能再见，在他说不要萍水相逢时，瞿燕庭就不会吞下那一声"好"。

"瞿老师，一路顺风。"

"别挥了，把手张开。"瞿燕庭命令道。

待陆文犹疑地张开手，他快走两步奔过去，抬手抱住了这个高大的身躯。揉脑袋会变得更笨，他轻揉陆文光滑的后颈。

编剧写下的故事，只是文字构成的幻想，瞿燕庭侧过脸，对陆文说："谢谢你让我的幻想变得真实。"

怀中由满变空，陆文微敞着手臂，耳畔声音未消，而瞿燕庭后退、远离，转身投入流动的人海。

陆文停留了许久许久，直到无法捕捉瞿燕庭的身影，飞机从天空划过，被云层掩埋，仿佛这些日子的回忆也一并飘远了。

航站楼外天高路远，令人心里发空。

回程的路上，陆文和阮风并坐在第一排，肩靠肩，头抵头，互相依偎着，像一对惨遭抛弃的天涯沦落人。

陆文掏出手机登录微博，五百年过去了，终于回关阮风，把微信也加上了。

阮风问："陆文哥，去剧组吗？"

今晚大夜，傍晚才开工，陆文要先回酒店，早晨四点起床，他需要补个回笼觉。

到酒店下了车，陆文慢腾腾地搭电梯上六十二层，6206的房门开着，管家正带清洁组做整理。人去楼空，很快又会入住新的客人。

关上门，陆文插入房卡，换上拖鞋，玄关柜上搁着那件衬衫，领口朝上叠得整整齐齐，散发着淡淡的洗衣香氛味道。

他双手托着衬衫，走进衣帽间，捏住衬衫肩线一抖搂，下摆和衣袖从折叠状态舒展开。

一抹金黄飘落。

"嗯？"陆文弯腰去捡。

是一张藏在衬衫中的白纸，巴掌大，右下角粘着一片颜色饱满的银杏叶。

陆文拾起来，白纸黑字，是瞿燕庭漂亮的笔迹，写着一首纳博科夫的小诗：

> 金黄色银杏叶，
> 麝香葡萄，
> 形如翅翼半展，
> 旧时蝴蝶。

陆文握紧这张纸，反复地读，惊喜，慌忙，乱糟糟地理不出头绪。他一个大白话都能误会曲解的人，瞿燕庭竟然留一首诗给他！

陆文奔出衣帽间去找手机，要查一查这首诗有什么含义，他在屋中乱转，带起的风将白纸一角轻轻掀动，露出背面的两行字。

陆文顿住,将纸小心翼翼地翻过来,依旧是瞿燕庭的字迹,但写得克制又矜持,一撇一捺藏着惊人的力道。

似是料到般,第一句写着:傻瓜,读不懂吧?

书写时,瞿燕庭对着窗外的无边夜色,远眺大江的滚滚波涛,脑海中,是那一句"不要只和我萍水相逢"。

陆文移不开眼睛。

下一句,是瞿燕庭迟来的回答——

再一次见面时,我讲给你听。

Chapter 15

第15章
网 友

"你是'GG'还是'MM'?"

"男的。"

机翼拂云来，穿云归，缓缓着陆时舱外换了北方的冬景。滑行结束，瞿燕庭不紧不慢地合上书，书皮简朴，内容和传统的民间手艺有关。

瞿燕庭拎包出舱，踏入接驳廊桥时寒意迎面扑来，这两天果然降温了。

于南来接他，手里捧着卡着点买的热咖啡，见他出来，一边招手一边热情地喊："老大！我在这儿！"

瞿燕庭波澜不惊地走近，接过咖啡，冷淡得像一个无情的资本家，将助理上下打量一番，才吐出一句："瘦了。"

于南苦涩地笑笑，这段日子每天两头跑，跨越十几公里去给瞿燕庭喂猫浇花。十几种花花草草个顶个娇贵，猫屎更不必说，铲一次熏得他两天吃不下饭。

他说心里话："老大，我太想你了。"

"辛苦了。"瞿燕庭这么说着，把包往于南怀里一塞，自己捂着咖啡闲庭信步。

取上车驶离机场，已经是下午了，瞿燕庭直接回家，汽车驶入公路，于南将明天的工作安排汇报了一遍。

明早九点开会，瞿燕庭啜饮一口甜甜的摩卡，说："上午茶订好，我请。"

"谢谢老大。"于南考虑到瞿燕庭舟车劳顿，说，"老大，咱顺路买份晚餐吗？"

此时车已驶入繁华的市区内，七彩斑斓的招牌于水泥森林绽放，五湖四海中西日韩，各处的美食都吃得到，瞿燕庭若有所思地说："皮蛋瘦肉粥吧。"

一小时后，汽车在小区西门刹停，瞿燕庭到家了。

他住在一处有些年头的高档小区，当年这里重湖叠巘，繁花似锦，是美得出名的楼盘，如今楼墙旧了，掩在茂密的树林中，有股美人迟暮的凋敝之感。

瞿燕庭住九楼，一梯两户，邻居是一对空巢老人。

门锁转动，一进屋，圆滚滚的黄司令蹲在小厅中央的地板上，须长毛亮，一身瓷实的肉，已恭候多时。见是户主回来，它激动地蹿到行李箱上。

瞿燕庭进屋，门合上的一刹那，似孤雁归巢，每一根神经都放松下来。他抱起黄司令，掂了掂，这小畜生似乎更沉了。

瞿燕庭曾交代，家里有些乱，不用管，于南听话地没收拾，一切仍是走之前的模样。他放下猫，把每个房间转了一圈。

瞿燕庭家是两居室，简约现代的装潢风格，入口是一个方形小厅，靠墙有一整面生态缸，造景是玩家级别，瞿燕庭亲自设计的。

小卧室作书房，存放着大量宝贝，有书、绝版影碟、投影仪、摄影装备，墙角还堆着各式各样的乐高和模型。

主卧是冷色调，床垫偏软，躺上去会形成浅浅的凹陷。瞿燕庭换上睡袍，将行李箱摊开，把衣服一件件挂进衣柜。

触手柔密，是那件烟紫色的毛衣，挂起来怕肩部变形，瞿燕庭叠好，忍不住猜测陆文有没有发现衬衫中的纸条。

他打开行李箱夹层，小心拿出纸巾包裹着的黄桷兰，水分虽已流失，但捡完整的花朵放进一本书里，可以做成标本。

打包的粥有点冷了，微波炉热过后，瞿燕庭端着瓷碗穿过客厅，拉开玻璃门跨进贯穿到主卧的长方形大阳台。花草多到迷人眼的地步，浅橘色的亚洲百合，紫色的葡风，粉白的铁线莲，缭乱难分的欧月、日月，五十几盆多肉：白菊，九轮塔，羽叶洋葵……摆满了一面黄铜架。

龟背竹翠绿水亮，瞿燕庭信手抚过，在小沙发坐下，在从古董市场淘来的法国小圆桌上，伴着桌上盛开的唐松草喝粥。

瞿燕庭全身放松，像黄司令猫在窝里，想翻肚皮就翻，想挠痒痒就挠，直到手机响起，勺子被他一哆嗦磕碰到碗沿。

惯有的拖延之后，瞿燕庭迟迟接听："喂？"

"燕庭，我！"打来的是任树，"安全到家没有啊？"

瞿燕庭忘了说一声，回答："到了，放心吧，晚饭都吃上了。"

"一个人吃？"

"不然呢？"

任树难得八卦："没跟工作室的人一起？聚会什么的？"

瞿燕庭捻着勺子，故意说："大冷天的，谁乐意跟老板吃饭，当然是找对象抱团取暖了。"

"有道理。"任树停顿了片刻，"哎，你们那个乔编有对象吗？"

瞿燕庭失笑，他刚回到家，任树便迫不及待地问，估计是那一趟研讨会上和乔编擦出了火花，可惜他不清楚乔编的感情生活，需要打探一下。

突然，任树在手机里朝远处吼："小陆，别吃了！"

勺子又不小心磕到碗沿，发出一声清脆的响声。瞿燕庭状似不经意地问："你喊什么呢？"

"喊小陆呢。"任树说，"晚上大夜，拍两场吃饭的戏，我让他空着肚子，他偷偷拿了份盒饭。"

瞿燕庭道："可能饿了吧。"

"他能不饿吗？"任树发脾气，"说是中午没吃，也没睡，不知道抽什么风，亢奋地上蹿下跳，跟头野熊似的在组里乱窜。"

瞿燕庭想象出那幅画面，"扑哧"乐了，挂线前，他多管闲事地劝道："行了，别吼他了，他蹿一会儿就消化了。"

黄昏忽至，葡萄藤披上一层霞光，陆文坐在下面吃盒饭，旁边还有一碗冰粉，是孙小剑让他镇一镇溢出来的肾上腺素用的。

陆文右手拿勺，垂下的左手碰到外套口袋，里面的钱夹里放着瞿燕庭留的纸条。喝一口冰粉，凉意不敌红糖汁的甜劲儿，肾上腺素反而更浓了。

夜幕落下来，该开工了。

这场是陆文和陶美帆的对手戏，剧情时间线是叶小武死后。

叶母大受刺激，烧了一桌叶小武爱吃的菜，中间是一盆水煮鱼。叶杉如坐针毡，这段时间的愧疚和痛苦拧成一条锁链，将他牢牢捆住，他的灵魂已经摇摇欲坠。

这顿给叶小武上供的饭菜味如嚼蜡，叶母无言的冷暴力是压垮叶杉的最后一根稻草。叶小武的遗照就摆在桌上，对着他，那张和他一模一样的脸，变成黑白色，冲着他笑。

叶杉颤抖着伸出筷子，夹起一片水煮鱼，吃下去。

他一点点咧开嘴，依照照片上的弧度、神采，复制出叶小武的笑容。

这场戏难度极大，叶杉摇摇欲坠的心理防线崩溃了，没有歇斯底里，也没有痛彻心扉，是压抑到极致的触底反弹，也是在亲情中落得一身伤痕后的向死而生。

陆文沉下心，台词的收放，接戏的节奏，根据镜头的远近决定神情的深浅，这一切都是瞿燕庭教他的。

而胸腔里的满足化成的那股力量，是瞿燕庭给他的。

陆文和陶美帆飙戏。一张桌，自欺欺人的母与子，叶杉扮作叶小武，叶母便给他夹菜，摸他的头，互相讨一份错位的慰藉。

片场安静又压抑，仅余演员念台词的声音，任树眉头紧锁，始终没有喊停。

这一夜累极了，比拍雨夜车祸还要累。结束后，陆文第一时间抱了抱陶美帆。

他从302出来，跑下楼，天边已泛起鱼肚白。

回酒店的路上陆文若有所思，不是沉浸戏中难以自拔，只是在思忖，关于叶杉，关于人格分裂……他明白这是瞿燕庭的创作，可情节是虚构的，那份少年沉重的挣扎未必是假的。

陆文想做点什么，为现实中的每一个"叶杉"。

回到酒店冲了个澡，陆文敞着浴袍坐在沙发上，丰盛的客房早餐被晾在一边，他专注地翻手机通信录。

虽然经纪公司只配给他一个孙小剑，但在陆家的公司，他不止有一个得力助手，划到"工作"分组，他的会计师、律师、税务顾问、财务经理等，有一长溜。

不过绕了一圈，陆文选择了老郑，陆战擎的助理。

刚八点，不到上班时间，二十四小时待命的手机很快接通，醇厚的中年男声传出来，语气亲切："文儿？多久没跟郑叔通过话了？"

陆文插科打诨道："档期太满了，糟心得不行。"

"你个臭小子！"老郑爽朗地笑，"说，有什么事情，郑叔帮你摆平。"

陆文无语地说："我没惹事儿！"

也不怪对方误会，陆文从小便不让人省心。

二年级打给老郑，声称在学校被一个男人欺负了，多么多么可怕，老郑杀过去，结果那个男人是数学老师。

初中第一次军训，立志要当一个兵，不穿校服，搞了身迷彩去学校，潜入校广播室把广播体操改成军体拳，课间操全校师生都一脸茫然。

高中迷恋上音乐，组乐队，买乐器，在学校四处流窜办演唱会，彻底告别学习。中途被陆战擎瓦解了乐队，挨了顿胖揍，一怒之下离家出走，跑出去玩了一趟。

大学毕业更难管了，做音乐室，签唱片公司，出专辑，一折腾就是好几年。陆战擎曾忍无可忍，说"纵子如杀子"，不能再放任下去。陆文却傻兮兮地问什么粽子。

"真没惹事儿？"老郑转变思路，"那就是缺钱花了。"

陆文不卖关子，拖长音，郑重其事地宣布："错，是我要给你钱。"

老郑愣了会儿："大清早跟我逗乐呢？"

陆文握着手机，声音变得很轻："我要捐一笔钱给文嘉基金。"

文嘉是陆文的母亲，她去世后，陆战擎以爱妻的名字成立了文嘉基金，文嘉基金非公募性质，一开始旨在帮助困难的单亲家庭和孤儿，如今发展趋于多元化，还包括许多大众关注较少的慈善项目。

陆文要把这部戏的片酬捐出去，把自己正儿八经赚的第一笔钱，上交给未曾谋面的妈妈，同时帮助一些有需要的人。

老郑感慨万千，问："有什么想法尽管说，郑叔去办。"

陆文已经考虑好了："给研究心理疾病方面，或者做心理疾病科普、咨询和治疗的公益组织，都可以。"

"好，我即刻去办。"老郑一口答应，而后关心地问，"文儿，你一切都好吧？娱乐圈乱，有什么压力千万别自己扛着。"

陆文一脸无奈："我好得很。"

老郑这才放心。

文嘉基金是陆战擎亲自过手的，一是情感寄托，二是慈善项目容不得丁点差池，老郑说："这件事瞒不住你爸，怎么不直接找他？"

陆文回答："你哄我，他骂我，你说我找谁？"

"这是好事，他肯定不骂你。"老郑无奈道，"你个没良心的，前一阵天气预报说山城有大雨，你爸惦记，打过去让你添衣服，你怎么不记他的好？"

收了线，手机从指缝里溜下去，陆文后仰靠着沙发背，被陆战擎无声无息的父爱搞得有点蒙。

吃过早餐，陆文上床睡觉，梦见和瞿燕庭挨着坐在房车卡座，忽然手机响，瞿燕庭往他肩后缩了一下。

混混沌沌地睡到下午，陆文被渴醒了，吃完水煮鱼的嗓子像含了一把沙。他爬起来喝水，抄起手机一瞅，老郑发来三十多条信息。

捐赠有严格的流程，老郑先反馈他一些相关信息，比如项目细分的类别、各公益组织的资历、针对特定人群的帮助计划，等等。

陆文从头到尾读了一遍，他不专业，只了解了个大概，其中有一个名为"杉树计划"的组织吸引了他的注意。

这是个无偿做心理疏导的公益组织，主要帮助的对象是青少年，去年和文嘉基金合作成立了一个网站，老郑发来网址。

陆文用酒店的电脑登录，他以为是公益宣传的网站，没想到是论坛性质的。板块分类很清晰：抑郁障碍，应激障碍，焦虑症，恐惧症……通过"杉树计划"受帮助的人，在线上有这样一个可以倾诉的家。

陆文进入这片港湾，浏览了很久，在形形色色的心理问题中，他点开了"社交障碍"一栏，莫名地，他联想到瞿燕庭的种种行为。

网站注册分为两类，一类是需要帮助的用户，一类是无偿志愿者。

陆文选择了后者，注册审核，提供真实信息，通过测评考核……他拥有了一个账号，什么都未设置，系统给他分配了随机的一对一用户。

对方的标签是他浏览最多的"社交障碍"。

"干什么，陪聊吗？"陆文想到做心理抚慰的治疗犬，"哇，还有试用期啊。"

他自言自语地点开用户信息，对方不在线，未写明男女、年龄和性格，也没有头像，只有昵称一目了然。

"还挺俏皮，"陆文念道，"社恐小作家。"

他想了想，给自己编辑了个昵称——倒霉小歌星。

瞿燕庭的工作室叫"纸上烟云"，取自纪昀的一句诗"千生心力坐销磨，纸上烟云过眼多"。

工作室位于一片别墅区内，为了舒服方便，瞿燕庭把闲置的私人房产用来办公，连租金都省了。

上午开完会，瞿燕庭在二楼房间里审一个需要改编的稿子，他审完后要亲自出修改意见。

文字最折磨人，不知不觉耗去大半日。瞿燕庭活动活动颈椎，端着空杯子出屋，走到旋转楼梯的栏杆前望向一楼的会客厅。

加上于南，一共四个人在忙，另外三人姚柏青、董鹤、彭跃然都是编剧。瞿燕庭几乎不搞管理，平时也不要求大家来工作室坐班，只认工作结果。

想起任树关心的事，瞿燕庭抚着栏杆问："于南，乔编在吗？"

四个人同时仰起头，于南昨天在车上汇报过，上午开会时乔编亲自提过，但他们了解瞿燕庭对一切应酬活动当耳旁风的毛病。

于南回答："今晚举办电影传媒峰会，乔编做头发去了。"

诸如此类的活动都靠乔编代瞿燕庭出席，他点点头，只好再晾任树一晚。

窗外日影西斜，瞿燕庭合上稿子，在晚高峰前先走一步。北方的秋冬净刮风，早晨开来的车上蒙着一层灰尘。

瞿燕庭驾驶宾利越野驶离车库，他很享受驾驶的感觉，独自坐在封闭的车厢里，手握方向盘，令人安心又自在，并且能以"开车不方便通话"为由拒接来电。

瞿燕庭先去洗了趟车，然后回家洗澡喂猫，煮饭吃饭，一如既往。这是他年少时梦寐以求的日子，能吃饱穿暖，没人欺负，就够了。

可现在，他在料理台前等待洗碗机结束运转，就那么立着，一秒，两秒，在轻微的机器运作声中，泛起一丝丝难言的空虚。

仿佛尝过有滋有味的珍馐，回归粗茶淡饭后不可避免地产生落差感。

瞿燕庭压下这股感觉，回书房继续审稿，面对密密麻麻的方块字时，他可以暂时忘记所有事情。

他盘腿窝在宽大的真皮扶手椅中，抱着黄司令，专注地度过两小时。

静音模式的手机屏幕亮起，来电显示"曾震老师"，瞿燕庭揉了黄司令一把，下手有些重，黄司令咧着大脸盘子喵喵叫。

等待片刻，瞿燕庭拿起手机，划动接听："老师？"

曾震正在参加电影传媒峰会，乔编找他打招呼，聊了两句，他把声音放低："小庭，听说你从山城回来了？"

瞿燕庭"嗯"一声："昨天回来的。"

"也不说一声。"曾震笑着埋怨他，随后惋惜道，"你那边刚回来，老师这边快进组了。"

曾震这部是年初筹备的电影项目，大导擅长的商业大片，光演员阵容就够观众讨论几个来回，下周即将开机。

瞿燕庭说："老师辛苦，开机顺利。"

"光嘴上说说啊？"曾震旧事重提，"你去山城没赶趟，现在回来了，只聊电话可不行。"

瞿燕庭明白，躲得了初一躲不过十五，他伸手翻记事本，明天正好周六，便说："我请您和师父吃饭，明天中午可以吗？"

约好后，瞿燕庭挑选餐厅订好位子，把地址发给曾震和王茗雨。通话时长不足五分钟，他却觉得比盯两小时稿子还要累。

关闭文档，瞿燕庭打开浏览器，登录"杉树计划"和文嘉基金联合创办的网站。

他是"杉树计划"背后的发起人和出资人，几年公益项目做下来，许多有心理疾病的患者反馈过，平时不被人理解，没有倾诉的对象，觉得很孤独。瞿燕庭就有了成立网站的念头，并且在去年得以实施。网站的模式仍在探索中，他偶尔上线，切实体验一下哪些部分需要改进。

登录账号，昵称是乱起的，叫"社恐小作家"，并且没有修改机会，瞿燕庭每次登录都颇感羞耻。

一上线，他发现自己有了志愿者。

瞿燕庭认为这个功能"愿景很美好，实则很鸡肋"，志愿者只凭一腔热血是不够的，因为大部分人的耐心都消耗得很快。

瞿燕庭迟迟没有点开志愿者发来的消息，都不用猜，第一句通常是：您好，我是志愿者某某某。

经历过四五个志愿者，每一个都态度可亲，小心翼翼地怕影响他的情绪，他便也谨慎礼貌，一来二去全然无法放松。

直到半小时后，瞿燕庭准备下线，走之前终于点开了未读。

对话框弹出来，显示的昵称是"倒霉小歌星"。

瞿燕庭当然不会认为对方真是一名歌星，他觑向屏幕上的消息，揉猫的手不禁又失了力道，惹得黄司令直叫唤。

倒霉小歌星发来：你是"GG[①]"还是"MM[②]"？

[①] GG：网络用语，"哥哥"的拼音首字母，代表男性。
[②] MM：网络用语，"妹妹"的拼音首字母，代表女性。

瞿燕庭失神片刻，回复：男的。

晚上有大把时间，倒霉小歌星在线，秒回道：你是作家？

社恐小作家：嗯。

倒霉小歌星：我最喜欢的作家就是男的。

社恐小作家：哦。

倒霉小歌星：你好冷淡。

瞿燕庭有些无语，他总觉得哪怪怪的，但说不上来。

倒霉小歌星：不愧是社恐。

瞿燕庭聊不下去了，直接下线不太厚道，随便搪塞一条理由：哪个男作家，我找他的作品拜读一下。

倒霉小歌星：纳博科夫。

社恐小作家：……好。

倒霉小歌星：我这两天也一直百度他。

社恐小作家：……

倒霉小歌星：打错了，拜读。

下线退出，瞿燕庭窝在椅子里，他想起陆文了，后面伴随着一串山城记忆。接下来的拍摄任务非常紧凑，二百五一定会很辛苦。

周六艳阳高照，瞿燕庭多睡了一会儿，快到中午才起来，从头到脚包裹了一身黑色，再戴一只不精致的沛纳海手表。

他做东，要早一点到，风驰电掣地驶过小半个区赴约。

预订的餐厅是私房菜馆，位于林荫路后的一幢灰砖小洋楼。瞿燕庭靠边熄火，架着黑超墨镜从车上下来，日光照耀，把白皙的皮肤镀了层金。

二楼临街的房间，带休闲露台，瞿燕庭踩着红棕色的地板上去，步子微沉。老板认识他，腔调软软地询问今天喝什么酒。

酒是存放在餐厅里的，瞿燕庭勾着车钥匙，说："先给我茶水单吧。"

瞿燕庭心不在焉地浏览菜单，指腹压着茶水单的击凸花纹，摩挲热乎了也没决定喝什么，街边有引擎响，他一个激灵回神，走到露台上向下望。

他的宾利后面停下一辆车，曾震和王茗雨下车。

瞿燕庭返回房间里，听脚步声重叠靠近，深吸一口气迎出去，面上勾出恰到好处的微笑。

曾震五十多岁，高个子，身材一直都很标准，见到瞿燕庭，他亲切地叫了一声，抬起手，按住瞿燕庭的肩头捏了捏。

"老师，自己开车过来的？"瞿燕庭问。

曾震说："是啊，没迟到吧？"

瞿燕庭笑着摇摇头，轻轻旋身从曾震的手掌下离开，去扶慢几步的王茗雨，喊了一句"师父"。

"燕庭啊，回来啦。"王茗雨披着一条羊毛披肩，头发松弛地绾在脑后，长相普通，笑起来的时候眼尾有深刻的皱纹。

餐桌是长形的，进了房间，曾震走过去："小庭，过来坐。"

"老师先坐吧。"瞿燕庭一边帮王茗雨挂包，一边说，"开车不能喝酒，老师看看想喝什么茶。"

瞿燕庭绅士地帮王茗雨拉椅子，然后在对方旁边落座，桌上摆着繁复的套碟和刀叉，花瓶烛台横亘在中间。

点了单，没让服务生打扰，瞿燕庭一边亲自给两人斟茶，一边认错道："本该早点张罗这一餐的。"

"确实挺久没见面了，"王茗雨问，"在山城的剧组怎么样？"

瞿燕庭回答："还成吧。"他端着无所谓的态度："我不管其他的，跟组只为了改剧本，一部三十几集的网剧也不值当太操心。"

曾震笑道："你要是真不操心，还用大老远跑过去跟组？改什么，拍完剪一剪不就好了？"

"瞧老师说的，"瞿燕庭开玩笑，"这话要是曝光了，舆论肯定质疑名导的职业精神。"

王茗雨开了口："你不用理他，他们当导演的怎么会懂编剧的难处。观众哪明白拍了什么、剪了什么，不好看总是第一个骂编剧。"

曾震被前后夹击，吃不消，赶忙换话题："小庭，老师的新片子要开机了，不跟组待几天？"

瞿燕庭遗憾地说："这段时间工作室攒了好多事，实在抽不出空。"

"事情总是忙不完的。"曾震尝试说服他，"这部电影邀请了美国的顶级制作团队，机会难得，老师想带你见见。"

·237·

瞿燕庭并不心动，婉拒道："老师的片子和顶级团队合作不是常事吗？以后肯定还有机会的。"

这时冷头盘端上来了，是曾震点的一道黑鱼子，他拗不动瞿燕庭，便低头开始用餐。王茗雨瞥一眼盘子，仍旧在喝茶。

瞿燕庭记起来，王茗雨不吃鱼子虾子，他便陪着未动筷。等下一道菜上桌，先用公勺为王茗雨添菜，这顿饭才正式开始。

有一道明虾很可口，曾震说："比昨晚峰会晚宴做得好吃。"

王茗雨下意识地问："什么峰会？"

叉子戳在牛肉上，瞿燕庭回答："电影传媒峰会。"

中途王茗雨去洗手间，餐桌上只剩斜对着的瞿燕庭和曾震。

曾震搁下餐具，向后靠住了椅背。

隔着桌上鲜艳的花瓣，瞿燕庭感受到曾震投来的目光，他擦擦嘴，主动挑起了话题："师父最近在忙什么？"

"不清楚。"曾震回答，"各忙各的，她不也连我出席活动都不知道？"

曾震手机响，他毫不避讳地接起来，一声"喂"，听起来纡尊降贵，符合他的脾气和身份。对面喊"曾老师"，态度很欢喜。

"今天啊？"曾震说，"我在外面吃饭呢。"

瞿燕庭隐约能听见声音，但不关心，重拾起刀叉切牛肉。

曾震全程带着一股倨傲，几句之后，约定下来，说道："那你先等着，我吃完饭过去。"

挂了线，王茗雨正好回来，瞿燕庭咀嚼牛肉，什么都不提。

一顿饭吃得差不多了，临走时，曾震一边穿外套，一边随意地告知："我不回家了，有点事要出去一趟。"

王茗雨基本没有反应，也不关心什么事，只问："你开车走？"

曾震抓着车钥匙："小庭，劳烦送你师父回家。"

从小洋楼出来，瞿燕庭为王茗雨拉开车门，他绕一圈坐进驾驶位，发动引擎，调转车头拐上机动车道，后视镜里曾震的车朝反方向驶远了。

吃饱了犯困，王茗雨裹着披肩，懒懒的。

瞿燕庭把温度调高，说："师父，瞧着你有些累。"

今年入冬时，王茗雨已经着手准备后年的开年戏，编剧组人不少，但总编剧是最费心的。她说:"我这儿还有个本子,顾不上了,到家拿给你看看。"

瞿燕庭答应了一声,没细问,路口等红灯时,他拿了瓶水拧开,递给对方:"师父,注意休息。"

王茗雨接住,忽然笑了:"这话跟你老师说去吧。"

瞿燕庭没反应过来:"嗯,老师也忙。"

"他当然忙。"王茗雨像说一件无关痛痒的八卦,"吃饱饭就跑出去。"

瞿燕庭微微尴尬,不知道怎么接。

王茗雨兀自讲着:"是去见个小演员,最近挺火的,会来事,这不上了他的新电影嘛。"

红灯变绿,瞿燕庭踩油门驶过路口,他不怎么关注娱乐新闻,也不大认得一茬一茬的流量明星,印象有些模糊:"貌似姓靳?"

"嗯。"王茗雨嘲弄地轻哼。

瞿燕庭眼神飘忽地望了眼窗外,握紧方向盘,没有再吭声。

紫山名筑到了,进一号门后速度慢下来,瞿燕庭单手把着方向盘,悠悠驶过紫山公园外环,二十分钟后驶进二号门,抵达别墅园内。

一路上只窥见园区的三分之一,有茗心书楼、杨柳堤、望不见边的永湖,湖岸草坪有自由活动的梅花鹿。

除却曾震和王茗雨,在这里置业的不乏圈内知名出品人和一线演员。住紫山名筑曾被媒体调侃为"大腕儿的标准"。

瞿燕庭不打算久留,把车停门口,跟王茗雨上楼拷贝剧本原件,还有一沓纸质的文件说明。他把东西塞包里,很快从别墅出来。

没掉头,瞿燕庭沿着浓荫马路直行,到路口打个弯,路旁停着一辆物流公司的大厢货车。

车厢敞着,里面全是或方或扁的独立木箱,装的是工艺品和画。除了搬运工人,还有保险员和拍卖行的经纪人,正在一一核对。

瞿燕庭经过时瞧了瞧,后面是一幢白色别墅,大概新装修过,在添置装饰品。

午后街上人少,瞿燕庭一路驰骋回家,途中手机在中控台上响了一次。

黄司令只热情了两天,今天已经厌了,对开门进屋的瞿燕庭不理不睬。不过瞿燕庭也不理它,直接奔阳台料理花草去了。

当完园丁，瞿燕庭总算闲下来，拿起手机查看开车时收到的信息，是会计师发来的微信。交代几句结束对话后，他没退出，无聊地划动聊天列表。

短短三天，陆文的头像被挤到了第十位。

瞿燕庭不爱看朋友圈，此刻点开，掠过其他人往下翻。

上午十点多，陆文发了一张照片，照片中他揽着自己的替身，替身演员怀抱黑森林蛋糕和礼物盒。

配字热情洋溢：祝贺"我"杀青！只有这么帅的你才能替这么帅的我，下一次相遇我们做双男主吧！

普通替身演员是经常被忽视的一个群体，受雇于剧组，薪酬不算高，只是跟在主演身边无声的替代，仿佛一抹影子。瞿燕庭曾获奖的电影《影人》，讲述的便是替身演员的生活。

按照流程，替身演员杀青后，片酬一次性结清就可以离组了，不会有人挂心。所以这张照片如此难得，陆文亲自准备的蛋糕和礼物，那句"双男主"，是他对对方梦想的莫大尊重。

相比之下，不得已的应酬，虚情假意的交际，貌合神离的夫妻关系，乱七八糟的潜规则……瞿燕庭盯着照片上陆文的笑脸，仿佛收藏了一份傻乎乎的干净。

下面有阮风的评论：陆文哥，下次给我做配吧。

陆文回复：万一瞿老师就想让我当男主呢？

一个比一个脸大，瞿燕庭禁不住笑了，再说关他什么事，这就惦记他的下一部戏了？既然被点了名，他动动手指留下一个赞。

不出五分钟，微信收到一条消息。瞿燕庭的点赞犹如一个信号，陆文说过不会贸然打扰，所以收到信号才颠颠地凑上来。

二百五：瞿老师？

瞿燕庭：嗯。

二百五：回去过得怎么样？

瞿燕庭：还行。

二百五：中午吃的什么？

瞿燕庭：贵的。

二百五：和别人约会吗？

瞿燕庭觑着这一问一答，怎么跟查岗似的，他不习惯被陆文牵着走，于是反过来掌握主动权，编辑道：有正事再找我。

二百五争分夺秒地回复：哎！

二百五：我有！

二百五：你先别走！

瞿燕庭纹丝未动，陷在沙发里捧着微温的手机，慵懒冷傲的劲儿和窝里的黄司令如出一辙，他看陆文干着急，慢悠悠地回：什么事？

顶部显示了很久的"对方正在输入中"，五百字小日记都该写完了，瞿燕庭耐心地等，还去拿了一趟带回来的文件。

冷不丁的，陆文发来：你不会忘记我吧。

掐掉语气助词仅六个字，饱含着试探与担忧，仿佛能描摹出陆文反复斟酌、删删改改的画面。远隔千里看不到神情，瞿燕庭便硬着心肠，回道：还没。

二百五：什么叫还没？！

瞿燕庭：没准儿哪天就忙忘了。

聊天页面没了动静，陆文没再回复。瞿燕庭支棱着手指，难道对方失望了？生气了？他想补救一下，身为一名文字工作者，却迟迟组织不好语言。

陡地，陆文的头像刷新了，换成他自己的照片。

陆文穿了件微蓬的中长款黑色羽绒服，敞着衣襟，里面是连帽卫衣、运动裤和球鞋，揣着口袋笑容灿烂，像个三千米能跑第一名的阳光大学生。

背景很熟悉，是101编剧休息室的阳台，瞿燕庭点开大图欣赏，再点一下，陆文终于发来新回复。

二百五：瞿老师，品品我的新头像！

瞿燕庭：品完了。

二百五：帅不？

瞿燕庭反问：谁帮你拍的？

二百五：你弟。

瞿燕庭返回去答上一个问题：帅。

二百五：你登录微信就会看见我的头像，如果这样还会忘的话，我只能每天给你发红包了。

在101的阳台前拍完照，陆文没挪窝，靠着墙和瞿燕庭聊天，也不嫌脏，直到服装老师在二楼扒窗框，喊他和阮风上楼换衣服。

陆文刚对瞿燕庭道了"再见"，阮风就跑过来了，支使人的德行和亲哥哥如出一辙："陆文哥，请大家喝下午茶吧。"

"怎么又是我请？"陆文握着手机，磨蹭着不想退出微信。

阮风道："今天早餐是我请的。"

陆文怀疑在其他人眼里，他和阮风就是剧组的一对冤大头。

他应下来，朝远处的孙小剑喊了一嗓子，让对方订下午茶。

阮风好奇地问："你跟谁聊天呢？"

陆文不自然地撸了撸头发，但遮掩反而更奇怪，于是他承认道："我和瞿老师聊了几句。"

"我哥？"阮风有些惊讶，"我哥向来不喜欢聊天。"

陆文愣了一下，默默记住这一点，决定以后不轻易打扰瞿燕庭。可他又怕控制不住，努力地找借口："我……我就是想看看猫。"

阮风信以为真，立刻掏出手机："简单，我有好多呢，我发给你。"

陆文骑虎难下地说："谢谢啊。"

两个人头拱头地凑着，一个发送一个接收。阮风真是实在人，把相册里的珍藏都掏空了，"哐哐哐"连甩十几张黄司令的靓照。陆文手机响个不停，满屏的猫，感觉屏幕都在掉毛。陆文委婉地说："你流量好多啊。"

"哥，你傻啊。"阮风道，"连101的WiFi呀，你没事就在阳台下晃悠，我以为你知道呢。"

提示音终于消停，陆文放大最后一张照片，从后往前看。

各式各样的黄司令，有窝里躺着的，地板瘫着的，舔毛的，炸毛的，陆文一张张划过，他关注到的不只是猫。

布艺沙发，浅色木地板，有划痕的柜子，每一张照片里的背景碎片拼凑出了瞿燕庭平日生活的家。

和6206的高级套房不同，温馨简单，甚至有些平凡和凌乱，住在这样的房子里，瞿燕庭会不会多一丝烟火气？

陆文胡思乱想着，划出下一张，他猛地怔住了。

照片的色调极绚烂，郁郁葱葱的花草间，瞿燕庭抱着猫坐在米色的小沙发上，微偏着头闭目小憩。桌上的花瓶里插着成团绽放的欧月，花枝累累，落在他的脸旁。橘黄色的阳光从背后的玻璃窗洒下来，笼罩着他，只有眼睫处有两扇弯弯的浅影。

第15章 网友

他似是惊呼似是感叹："哇。"

阮风疑惑抬头："哇什么？"

屏幕仍亮着，陆文总不能告诉阮风自己在惊叹他亲哥的颜值，忙找了个理由，解释道："哇……这张照片的像素真高。"并趁着进单元楼的间隙，落后几步将那张照片保存了下来。

夜晚收工，剧务分发了新的拍摄通告，接下来的拍摄任务更加紧凑。导演给大家打预防针，说辛苦是必然的。

前期陆文和阮风各在AB组，如今阮风也归为A组，两个人将有大量的对手戏。

叶杉和林揭考入同一所大学，成为室友。对林揭来说，叶杉既陌生又熟悉，在同一屋檐下生活，他慢慢察觉到叶杉行为的异常。

陆文和阮风逐渐熟稔，拍戏就不必说了，休息时挤在一辆房车上对戏背词，连轴转的时候攒的脏衣服来不及洗，互相借着穿。

立冬那天，收工已经半夜，阮风却带着陆文去吃火锅。陆文终于吃到人生第一份烫猪脑，下肚后便感觉自己好像真的机智许多。

第二天拍戏，男主男二都肿肿的，掌机段猛扛着摄影机，忍不住问："你俩昨晚打肉毒素了？"

平时还是陆文照顾阮风多一点，人家"哥、哥"地喊，又是瞿燕庭的亲弟弟，但他没问过阮风私事，关于童年、家庭、成长，他半个字都没有打听过。

山城的天气越来越冷，陆文以为自己会不习惯，待着待着却觉得也还好，每天披星戴月，哪怕在犄角旮旯都会待出感情，何况是美丽的山城。

忙碌时顾不得上网，十天半个月才多玩会儿手机。陆文和阮风微博互关，为了宣传，孙小剑要求他发微博，可他更喜欢发朋友圈，这样瞿燕庭也能看见。

陆文怕打扰瞿燕庭，不怎么联系，有一次实在憋不住，傻子似的发一条"谢谢您的赞"，发完陷入沉思，感觉自己猪脑吃得还是有点少。

值得一提的是，他通过了志愿者的试用期，为了干好这项工作，特意在山城置办了一台笔记本电脑。起初"社恐小作家"经常无语到发省略号，后来会发"吐血"表情，总归活泼了一些。

陆文乘胜追击，希望能加QQ聊天，这样比较方便及时。小作家整整考虑了三天，他不禁思索，如果有人跟小作家求婚，他岂不是要琢磨上半年？

可喜可贺的是，社恐小作家同意了。

两个人都是小号，没资料没头像，也许彼此的好友列表中也只有对方。

剧组的同仁陆续杀青了，圣诞节前夕，阮风也杀青了，陆文在机场送完哥哥送弟弟，送哥哥时舍不得，送弟弟时险些被粉丝把鞋挤掉。

当晚，阮风入住瞿燕庭家，兄弟俩一起度过平安夜。

陆文刷到对方的朋友圈，把盒饭一推，羡慕嫉妒地唱起来："别人的性命是框金又包银，我的性命不值钱……不值钱！"

等过完元旦，《第一个夜晚》剧组终于要班师回朝了。

不过还剩一场戏，是陆文和陶美帆的对手戏，要回去取景拍摄。

一想到要回家，陆文思乡之情就变得格外强烈，他不困不累了，走路也更有劲儿了，光山城的土特产就买了几大箱。

最后一天是休息日，收拾好行李，陆文带孙小剑和李大鹏出去逛街，外地人喜欢的景点全不放过。下午开车在城区里面兜风，看高低错落的居民楼，看红红火火的小吃店，看慢腾腾爬坡的阿公阿婆。

第二天早晨，陆文退了房。6206和6207始终相对，壁瓶里换了娇艳的蔷薇，不知以后会分别住进怎样的两个人。

陆文再度抵达机场，就此告别这座城市的天地草木。剧组的大伙都在，孙小剑守在一旁，背后是来来往往的行人，万物仿佛都将经受离别。

陆文酝酿好情绪，双手张捂在嘴边，对着天空大喊了一声："山城，再见！"

Chapter 16

第 16 章
回 家

"叶小武,你还没出戏吗?"

"我是认真的。"

机场外的道旁一前一后停着两辆迈巴赫商务车，司机身穿黑色西装，等在后车厢门外。

前面那辆的副驾驶下来一个男人，衣冠楚楚，中等身材，半眯起眼睛向航站楼门前观望。

陆文吊儿郎当地晃出来，相隔十多米，兴奋地招手喊道："郑叔——"

老郑笑成了一朵花，也挥挥手，迎上去和陆文拥抱，高兴地说："总算回来了，先上车！"

陆文有三四天假期，后续具体安排等剧组通知，至于经纪公司那边，他对孙小剑说："有事联系，先各回各家吧，后面那辆送你和鹏哥回去。"

从机场离开，陆文扒窗欣赏故乡的街景，数月时间过得真快，此刻终于有了回家的实感。

老郑问："拍戏好不好玩？"

"还行，有时候特惨。"陆文不经问，说起来便刹不住，"有场戏，我跟剧里的妈发生冲突，我哭得那叫一个声泪俱下。"

"真哭啊？"老郑很好奇，"还是滴眼药水？"

陆文说："当然是真哭！那流泪量眼药水哪够，得输液瓶子。"

老郑乐得抻了抻领带，怕呛着："小崽子，我怎么觉得你忽悠我呢？"

"我忽悠你干吗？"陆文披露道，"不光哭，我还跪下了呢，不信播出的时候你看看。"

老郑惊得直瞪眼，他看看不要紧，千万不能让陆战擎看见，要是陆战擎看见亲儿子给别人下跪，能一拳头把屏幕捣碎。

陆文一边绘声绘色地讲，一边打开包，像个票贩子似的掏出阮风的签名照，老郑的爱女是阮风的粉丝，他特意要的。

讲得口渴，陆文开了罐气泡水。

老郑在他闭嘴的间隙终于插上了话："这几天好好放松放松，想去哪玩，要不要出国？"这意思是给安排私人飞机。

毕竟还没真正杀青，陆文怕时间不够，回答："不了，先跟朋友们聚聚吧。"

迈巴赫平稳地奔驰着，进入市区商圈，繁华的都市气息渐浓，绕过盘桥，离远方的摩天楼群越来越近。

其中两栋大厦相邻，以空中廊桥衔接，深蓝色的玻璃外墙映着阳光流云。一栋叫"寰陆建设"，一栋叫"寰陆时代"，合起来是寰陆集团的总部。

老郑问："要不要去逛一圈？"

"不用。"陆文兴味索然，"看它没倒闭我就放心了。"

老郑哼道："有胆子见了你爸再说一次。"

陆文喝了口水，咽下去才咂出味儿来，再看老郑高深莫测的嘴角，他惊讶地问："我爸不会在家等我吧？"

两小时后，南湾一处带岗的园区依次启动外门和电子门，汽车缓缓驶入。

楼侧车道铺着暗色地砖，迈巴赫停下来，前方是一片花圃，旁边站着一个微胖的中年女人，是在陆家做了十多年的保姆。

陆文等不及司机伺候便开门下车，和对待老郑的热情不同，他兴奋得哪儿哪儿都不着调，用低音炮大声呼唤："玲玲姐，我想死你了！"

玲玲姐才一米六，差点被扑过来的傻大个给砸进花圃里，一张口竟然是浑厚的烟嗓："怎么瘦了这么多啊？要心疼死了。"

陆文诉起苦来，惹得玲玲姐眼圈泛红，走上楼侧的红砖坡道，进入长而空旷的西侧厅，两股粗嗓音此起彼伏，一唱一和，带着淡淡的回音。

两扇抵着天花板的高门露着条缝，门里面是一间起居室。

陆文陡然噤声，用气音问："我爸在家？"

玲玲姐说："你爸没去上班，专门等你回来。"

陆文惴惴不安地说："要不咱们去花园散散步吧。"

"散什么散，"玲玲姐推他，"好几个月不回家，冬至元旦都在外面，电话也不会打，你爸是想你了！"

厚重的门被拉开，陆文迈进偌大的起居室，他向着背对门的岛型沙发走过去，球鞋踩在地毯上没发出声响。

"爸。"他叫了一声。

沙发中央的身影微动，陆文绕过去，恰好陆战擎站了起来，简约的黑色家居服勾勒出结实的肩臂线条，抬手摘下读报时才会戴的金丝眼镜时，本就冷峻的面孔更冷上七八度。

父子俩身高差不多，但陆战擎给人的压迫感很强，开口道："回来了。"

"嗯。"陆文把包撂沙发上，离半米远和陆战擎面对面僵持，当爹的站着，他先坐下肯定会挨骂。

矮几上摆着文件和电脑，陆战擎刚刚一直在忙。门外传来老郑的脚步声，他来拿一份合同。

陆战擎说："先去换衣服吧。"

陆文准备走人，发觉陆战擎仍然立着，迎接他就算了，还用站着迎接下属吗？他隐约猜到，却不敢肯定，磨磨蹭蹭地走到陆战擎面前。

张开手，他英勇就义般拥抱住陆战擎。

"爸，"陆文别扭得要死，"几点开饭啊……"

陆战擎也不太习惯，抬手捏住陆文的后脖子，像揪一只烦人的土狗一样拎远了，回道："问你玲玲姐去。"

陆文挣脱，反手捂住后颈，忍不住喊道："疼死了！人家都是轻轻地摸，你想掐死我啊！"

陆战擎问："人家？"

陆文卡了壳，正好老郑进来，他借机开溜，跑太快差点把玲玲姐手里的托盘给撞翻了。

老郑没待多久，拿上合同便离开了，识相地不打扰陆家父子团聚，桌上的茶一口没喝，被玲玲姐原封不动地收走。

家里有两名私厨，知道今天加菜，大清早就开始准备了。

陆战擎起身去餐厅，说："早点开饭吧，那小子饿了。"

玲玲姐跟上来："瘦了整整八斤，要好好补一补营养。"

陆战擎一眼就看出来陆文瘦了，不知道是饿瘦的还是累瘦的，总归都是因为拍那部戏。

他嫌弃地说："什么破剧组，傻子还当个宝。"

"唉，谁叫小文喜欢。"玲玲姐心疼道，"餐食还好说，就怕会受气。"

陆战擎道："恐怕早受过了。我不帮他，他没后台没背景去蹚娱乐圈的浑水，不受人冷眼就怪了。"

陆家有两间餐厅，大的待客餐厅能容纳二十人左右，父子俩平时在向阳的小餐厅用餐。

陆战擎在长餐桌一头坐下来，依旧面色不豫。

玲玲姐安慰道："不过小文机灵，肯定应付得来。"

陆战擎仿佛听到笑话，嗤笑道："他机灵？"

玲玲姐强行解释："有时候脑子转得蛮快的。"

"你少给他贴金。"陆战擎道，"他就差把'没脑子'写脑门儿上了，缺的心眼儿都补了身高，只有一副傻大个子。"

房子静，陆文换好衣服过来，进门时准确无误听见陆战擎的最后一句话。他耷拉下脸："你现在当面训我还不够，还要背后说我坏话啊？"

陆战擎霸道得很："你是我儿子，我愿意在哪儿说都行。"

"你知道我是你儿子，"陆文隔着桌角坐下，幽幽地说，"那我的傻大个子，不是遗传你的吗？"

陆战擎说："遗传？你应该遗憾。"

"我遗憾什么？"

"遗憾你没遗传到我的本事，所以你这辈子的好日子，只能靠继承。"

陆文最无法忍受被陆战擎看扁，他赌气道："谁稀罕啊？我不用你管！"

"不用我管？"陆战擎问，"那你是喝西北风长大的？"

"我喝西伯利亚寒流长大的！"陆文撂下狠话，"以后不用你管！我自己赚钱养活自己！"

陆战擎从表情到语气都波澜不惊："你赚的钱够养活你什么？"

跨界演员

花瓶下压着一张票据，是陆战擎私账出的单子，他抽出来："拍这部戏的片酬有两百万吗？你那艘游艇全年不出海，只浮在码头不动，三个季度的运转费就把这笔钱吃空了吧。"

陆文哑然，才想起这段时间太忙，他年底忘记付最后一季的费用。他夺过单子，第一次觉得这笔数字很大，如果出海的话这笔数字还会翻倍。

静默片刻，陆文反应过来，他没支付费用，经纪人却没联系他。

陆战擎说："因为我在期限前帮你付了。"

"为什么？"陆文先声明，"这可是你自愿的。"

陆战擎喝口冷水压压火气，他不自愿能怎样？

从这东西一岁抓周，面对钢笔、电脑、法槌、听诊器等，一桌子好物件什么都不抓，径直爬他怀里起，他这辈子就脱不了儿女债了。

几个月前老郑告诉陆战擎，陆文把这部戏的全部片酬捐给了文嘉基金，从那时候起，一切流程都是陆战擎亲自盯着走的。他甚是欣慰，却找不到合适的方式表达，于是提前帮陆文把运转费交了。

气氛渐僵，玲玲姐赶忙张罗开饭，冷热盘一并上桌，荤素禽鲜都是陆文爱吃的。拿人手短，吃人嘴软，陆文把票据塞兜里，咳嗽一声："爸……吃饭。"

陆战擎道："别烫着，毕竟你是喝寒流长大的。"

陆文无可辩驳，埋头吃起来，汤都不敢趁热喝。

吃到七分饱时，他偶一抬头，看见桌上矮花瓶里插着的白色铃兰中有一只挂着一把钥匙，花枝弯垂得厉害。

陆文伸手把钥匙摘下来："现在流行这种花艺啊，负重前行。"

陆战擎道："收好它。"

陆文没转过弯："什么意思？给我的？"

陆战擎说："生日礼物。"

陆文因为忙于拍摄便忽略了十二月份的生日。

他才注意到桌上有个盒子，打开来，里面是手续文件、产权证什么的，还有一份艺术品拍卖会的竞买清单。

陆战擎送他的礼物是紫山名筑的一套房。

陆文握着钥匙，不知该说什么："爸，你怎么……"

"别墅装好了，东西很全。"陆战擎懒得瞅他，"装饰用的艺术品我没空挑，随便拍了几件。"

陆文偶尔回南湾，大多住另一套公寓，没想到陆战擎会准备一套房给他，还是作为生日礼物送给他。

说不开心是假的，但陆文喜欢装，得了便宜还卖乖："这算是赠予吧，不算继承。"

他左小腿被陆战擎狠狠踹了一脚，终于老实了："那我不白继承……我好好给你养老。"

陆战擎不理会陆文的贫嘴，说："你现在也算个公众人物了，以后需要出镜曝光就用紫山的房子，其他的隐私捂严点。"

"我知道。"陆文憧憬道，"听说曾震就住紫山，万一哪天晨跑遇见他，他崴了脚，我背他回去，他没准儿会请我拍电影！"

陆战擎又是一脚，精准地踹在陆文右小腿上，骂道："你少给我在外面装孙子，丢人现眼。"

陆文擦擦嘴准备闪人，再不走得在餐桌上被踹成残废，闪出去几步又返回陆战擎的椅背后，按住陆战擎的肩颈瞎揉："爸，我是爱你的。"

陆战擎压着嘴角："滚吧。"

陆文吃饱去补眠，大床一躺，小被一盖，计划明天下午去紫山名筑转一圈，看看缺什么。

对了，晚上得约发小们聚一聚，修补一下和苏望之间的裂痕。

午后，纸上烟云工作室。

改编的剧本进入收尾阶段，手机响的时候，瞿燕庭已经六个小时没离开过书桌。他捏了捏山根，长呼一口气，接通王茗雨的来电。

"师父？"

"燕庭，忙不忙？"

瞿燕庭靠住椅背的颈枕，闭上双目："还可以，师父有事吩咐？"

王茗雨问："之前的本子看得怎么样了？"

瞿燕庭微眯着双眼，剧本他读了五六集，是一部逻辑差、没重点、角色雷的偶像剧，后面只囫囵扫了一遍。

他回答："大概看了看。"

王茗雨说："明天来家里一趟吧，咱们聊聊本子。"

瞿燕庭咬了下嘴唇，这种水平的剧本根本不值得讨论，可王茗雨开口要求，说明事情没那么简单。

他答应道："好，我下午过去。"

陆文一觉睡到天黑，很踏实。中途玲玲姐悄悄进来给他掖被子，怕他睡醒会饿，早备好了茶点放在床头桌上。

他翻个身，靠住高高的软包床头，睡袍被蹭开，露出一片胸腹。

陆文摸出手机，打开微信四人聊天群，年底大家都忙，这阵子群里安静，他先测试一下数月不见的友谊忠诚度。

陆文：兄弟们，我在山城拍完戏了！

不出半分钟，顾拙言率先冒出来，回复：航班发给我。

陆文：接机啊？

顾拙言：废话，你赶紧的吧。

连奕铭这个从初中就提供休闲场地给他们的星级酒店少东家也冒出来，问：来我这儿聚吧，还是去谁家里？

顾拙言：去你那儿喝酒。

连奕铭：酒有的是，我让餐厅提前备食材。

顾拙言：铭子，你去接机吗？

连奕铭：必须的啊。

陆文看着二人的对话十分感动，但苏望始终没有冒泡，从那一晚"割席"之后，苏望好几个月没搭理过他。

陆文编辑道：望，你在吗？

连奕铭：哥们儿吱一声。

顾拙言：@苏望，干吗呢？

在三个人的齐声呼唤下，苏望勉为其难地加入群聊，高冷又理智地回复：陆叔几个月没见儿子，还用得着你们接啊？

陆文抓住时机求和：咱们四个里，你最聪明。

苏望：所以你选我当你的女朋友？

顾拙言：哦？

连奕铭：你俩等会儿。

顾拙言：什么时候的事情？

连奕铭：怪突然的。

陆文应付不了三张嘴，忙输入一连串话：都是误会！我今天已经回来了，明晚索菲当面聊，不见不散！

肚子已经开始咕噜叫，陆文端起茶点下床，去餐厅加了一碗羹配着吃，陆战擎下午去公司应酬还没有回来。

玲玲姐似乎有操不完的心："小文，吃完饭再玩手机。"

"不懂了吧，"陆文划动屏幕，"吃饭时玩手机，可以提鲜。"

玲玲姐一边给他切水果一边说："你明天去紫山看看，水电网络都装好了，咖啡机香薰机这些小电器和日用品也买好了。"

陆文心不在焉："你直接告诉我缺什么。"

"应该不缺。"玲玲姐骄傲地说，"我亲自列的单子，把你日常生活能用到的东西都买了。花艺要新鲜的，你几号入住？我再给你订。"

陆文左耳进右耳出，注意力全在手机上。

他正登录QQ，给社恐小作家发消息。

倒霉小歌星：晚上好，吃了吗？

陆文知道对方磨蹭，每次等回复时，都会想起瞿燕庭接电话的样子。

他格外耐心，嚼完两块忌廉挞，擦擦手才点开对话。

社恐小作家：还没，在加班。

倒霉小歌星：这么辛苦，你一定发财。

社恐小作家：借你吉言。

倒霉小歌星：我没什么事，这两天休息，你想聊天就找我。

社恐小作家：好，谢谢。

按下发送，瞿燕庭瞅了眼电脑屏幕显示的日期，周五了，忙碌着不知不觉就过完了一礼拜。

时间不早了，瞿燕庭疲于开车，就打算在工作室过夜，通过家里的监控检查了水粮的量后，远程给黄司令开了一盏小壁灯。

凌晨飘了点雨，天亮时已几乎无迹可寻，瞿燕庭洗了个澡，将剧本的收尾工作全部完成，下午锁门离开，去赴王茗雨的约。

途经百货商场，瞿燕庭为了不空手上门，进去买了份小礼物。抵达紫山名筑时正黄昏，在一号门外被一辆矮不拉几的超跑挡住了去路。

手机亮了一下，王茗雨发来消息，询问还有多久到。

瞿燕庭有点心烦，回复完把手机"咣"的一声扔在中控台上。

超跑终于动了，瞿燕庭连忙跟上，沿着杨柳堤向前开。

红身黑顶的跑车，速度只比电摩快一点，奈何这一圈是窄窄的单行道，瞿燕庭被挡在后头，只能跟着它龟速前进，连摁了几下喇叭。

超跑的觉悟还行，立刻加速奔驰拉开一段距离，瞿燕庭难得急躁，给油跟上，把距离缩短。

没想到到了别墅园的二号门口附近，超跑突然减速。

瞿燕庭急刹车仍是晚了，"嘭"地撞上前车，把超跑顶得晃了晃。他心情沉重，手心出汗，一是担心司机的安全，二是要和陌生人处理纠纷。

做了个深呼吸，瞿燕庭开门下车。

"哎哟……"

陆文从方向盘上抬头，捂着高挺的鼻梁，唯恐给撞折了。他不熟悉路，边开边瞧自然慢一点，可也不至于追尾吧？

右手揉着鼻子，左手用力地打开车门，陆文长腿一跨从车厢里钻出来，要见识见识肇事司机。

他气势很足，一转身，却愣住了。

瞿燕庭立在几步远的车尾处，背后漫天红霞。

两个人数月未见，谁也料不到会以这种方式重逢，一并呆呆地望着彼此，直到陆文手举酸了，把右手从脸上放下来。

瞿燕庭马上冲过去："你流鼻血了！"

"啊……"陆文鼻尖被瞿燕庭用手帕捂住，陆文在血腥味中嗅到了柔软的纯棉布散发的一丝皂角的清香。

他再度抬手，却覆盖住瞿燕庭捂着他的手。

陆文动唇，声音闷闷的："瞿老师。"

"要不要紧？"瞿燕庭担心道，"用不用去医院？"

陆文不露痕迹地躬身，怕瞿燕庭手酸似的把脸凑近一些。捂了会儿，他握着瞿燕庭的手腕一点点拿开，血已经止住了。

瞿燕庭问："疼不疼？"

"好疼。"陆文故意说，可说完便不禁咧出一排牙齿，惊喜地笑道，"瞿老师，我真没想到会遇见你。"

碰上如此滑稽的巧合，瞿燕庭也笑逐颜开："几号回来的？"

"昨天上午。"陆文用大拇指向身后的二号门比画，"我快搬进来了，今天先转一圈。"

瞿燕庭惊讶道："你要搬进紫山住？"

陆文点点头，期待地问："你也住这儿吗？"

"不，我去朋友家。"瞿燕庭回答，"其实是我师父家。"

陆文知道是曾震和王茗雨，他以为与名导金编做邻居自己会很激动，可确认瞿燕庭不住这儿，貌似失望更多。

两辆车占着路不方便，他们先开进园区，陆文告诉瞿燕庭自家门号，让瞿燕庭去赴约，结束后来找他。

迟到了一刻钟，瞿燕庭没对王茗雨解释原因，只道了歉。

年末保姆回家过年，曾震在剧组，整幢别墅空荡荡的，王茗雨还没吃晚饭，在餐桌上拆瞿燕庭买的礼物。

瞿燕庭熟门熟路地从开放式厨房的冰箱中拿出一盒馄饨，问："老师，吃几个？"

王茗雨说："十个，加葱花。"

小锅煮上，瞿燕庭切好葱花、雪菜碎，将汤底兑好，把热腾腾的一碗给王茗雨端上桌后，他又去烧水泡茶。

"燕庭，"王茗雨开口，"本子觉得怎么样？"

瞿燕庭用小夹子拨弄罐中的茶叶，委婉地回答："可以更好。"

王茗雨笑道："你的意思是，垃圾需要回收再生。"

瞿燕庭轻扯嘴角，他不承认亦不否认，王茗雨这样讲，说明她了解那部本子的价值，他老实地等后话就行。

喝两口热汤，王茗雨说："这碗馄饨放在早餐店卖十几块，放在大酒店价格就要翻倍。"

瞿燕庭盖上茶叶罐，将铁皮盖子紧紧地压实，他沉默地往茶壶注入热水，水流声险些盖过那声不明显的应和："嗯。"

王茗雨道："燕庭，给这部剧本冠名怎么样？"

不论是为了捧人，还是为了拉投资，瞿燕庭不关心背后的原因，但他在意自身的原则和口碑。

"师父，"他依旧委婉道，"我不擅长偶像剧。"

王茗雨却挑明了："价格你开。"

瞿燕庭端起木托盘，把热气袅袅的茶奉上，窗外树木萧索，令他在暖气充足的室内也觉得冷。

半晌，他确定地说："师父，我不想这么做。"

"燕庭，"王茗雨劝他，"你没必要抗拒。"

在瞿燕庭心里，做一行爱一行是很难的，许多人一辈子也遇不到自己真正喜欢的工作。当初转行他也是出于无奈，但做了这些年编剧，不能说没感情。

"师父，"他道，"这个行业的环境并不算太好，我管不了其他人，但我不想参与这种行为。"

王茗雨搁下筷子，抽张纸巾擦嘴巴，劝道："你想得太严重了，哪个知名编剧没冠名过几个本子呢？市场环境推动市场行为，随波逐流或许违心，可逆流而上容易淹了自己。"

瞿燕庭沉默地斟茶。

"况且，"王茗雨说，"做人要知恩图报。"

瞿燕庭面无波澜，壶嘴倾泻出的茶汤却抖了一下，斟好茶后，他收回手，用力到泛白的指甲盖渐渐恢复血色。

他妥协道："我再考虑考虑，明天给师父答复。"

"好，你一向懂事的。"王茗雨端起茶，"我和你老师资助的学生里，也数你最有出息。"

黄昏被夜幕驱赶，瞿燕庭从别墅出来时天色已经黑了。他坐进驾驶位，在封闭的空间独自静了一会儿，然后才发动引擎。

直行左拐，找到陆文说的3—19号，瞿燕庭熄火下车。大门没锁，花园里面的草坪沿途亮着一列射灯，将白色的别墅照得很清晰。

瞿燕庭隐约觉得眼熟，还未记起来，就看见陆文在大敞的屋门前招手。

没住人的房子格外冷清，陆文打开所有灯，拿出一双玲玲姐准备的拖鞋，瞿燕庭换上，有点大，踩在大理石砖上"啪嗒啪嗒"响。

瞿燕庭问："要不先检查一下车？"

"不要紧。"陆文浑不在意,"明天让司机开去车行修。"

瞿燕庭道:"需要多少修理费,修完我转给你。"

说着两人走进了客厅,房子是按照陆战擎的品位装潢的,整体颜色偏冷。

陆文带瞿燕庭参观房子,同时忍不住八卦:"瞿老师,你刚才见到曾导了?"

"没有,他没在家。"

"太遗憾了。"

瞿燕庭无法体会陆文的遗憾,怕陆文继续聊这些,于是转移话题:"我口渴,有喝的吗?"

陆文领他走进几十平方米的大厨房,落地窗外是后花园,他从消毒柜抽屉里拿出杯子,说:"正好试试这个咖啡机。"

瞿燕庭道:"别搞那么麻烦,矿泉水就行。"

陆文只好作罢,打开冷饮冰箱拿出一瓶矿泉水,拧松瓶盖递给瞿燕庭。上次在泳池也是这样,瞿燕庭随口说:"你是不是给女孩儿拧习惯了?"

情场万人迷的人设在机场崩了,陆文如实回答:"别瞎说,我这是小时候在礼仪课学的。"

瞿燕庭饶有兴致地问:"还学了什么?"

陆文正经知识不会,乱七八糟的很懂:"就拿社交来说,可以表现得厌烦,但不能表现出畏惧。"

感觉被影射了,瞿燕庭心虚地喝水。

陆文继续说:"在宴会上,宁愿端坐不动,也别摆弄手表和饰品之类的,不要让人看出你的煎熬。"

瞿燕庭更心虚了。

"如果有人说难听的话,"陆文道,"装作没听见,对方如果说第二遍,只会显得他脸皮厚。"

瞿燕庭忍不住卸下了周身的防备,语气透着点无助,似倾诉似讨教:"如果有人逼我做不愿意做的事,该怎么办?"

陆文来不及去想应对的理论,只忍不住问:"发生什么事了?"

理智回笼,瞿燕庭摇摇头,避开陆文的视线,反身离开厨房。

墙边有玻璃楼梯,他佯装好奇地说:"能上楼参观吗?"

陆文憋闷地回他:"上房顶也没人拦你。"

二楼主要是卧房，陆文的主卧有阳台，墙边还有男明星需要的梳妆台，桌上摆着一套未拆包装的护肤品。

玲玲姐没吹牛，确实什么都不缺。

陆文挑剔地说："床有点硬。"

瞿燕庭经验之谈："软了睡久会腰疼。"

两个人又并排在床边坐下，弹了弹，瞿燕庭伸手拧开了床头台灯，是温和的浅黄灯光。

床头柜是新的，配套的钥匙在抽屉的锁孔里还没拔，陆文嫌插着难看，说："瞿老师，你离得近，帮我拔下来扔抽屉里。"

瞿燕庭照做，拔下钥匙将抽屉拉开。

他们都以为抽屉是空的，却不料里面整齐摆放着遥控器、闹钟、备用电池、便签本，最中间是两盒计生用品。

陆文目瞪口呆，耳边响起玲玲姐的话——把你能用到的东西都买了。

他哽住："我……"

瞿燕庭放好钥匙，关上抽屉，说："紫山住的名人多，娱记都喜欢跟，带人回家的话小心一点。"

陆文好冤："我带谁啊？"

"你激动什么啊，"瞿燕庭道，"二十好几的单身男人，偶尔带人回家很正常吧。"

陆文半侧身，以牙还牙地问："那你三十出头，是不是经常带人回家？"

瞿燕庭说："关你什么事。"

陆文又问："那你有女朋友吗？"

瞿燕庭依旧说："关你什么事。"

陆文顶嘴道："你都把我撞了，我问问不行啊？"

"不许问隐私。"瞿燕庭总有理，"你买这些用品，却问别人女朋友，你小时候怎么不上上逻辑课？"

陆文辩驳不过，气都喘粗了，鼻腔发热，感觉又要掉血珠，猛一低头，他注意到瞿燕庭一直攥着的矿泉水瓶。

玻璃瓶身有痕迹，和杀青派对的酒杯一样，是掌心的汗。

陆文确认瞿燕庭有心事，想到他在楼下未说完的话，沉吟片刻，陆文道："你看这个逻辑对不对。"

"什么？"

"有人欺负你，就告诉我。"

瞿燕庭不知道该看何处，咕哝问："为什么？"

——我保护你。

"因为上一次说那四个字，把你惹毛了。"陆文低声答，"所以我不敢说。"

瞿燕庭凝视着床头灯，那一抹光似乎照到他心里去，把积攒的乌糟事都压下了，可理智提醒他，灯是别人的灯，光也是不属于自己的光。

他把灯关掉，说是回应，实则是轻巧地回避："叶小武，你还没出戏吗？"

陆文说："我是认真的。"

瞿燕庭起身，将床单的褶痕抚平，开玩笑道："我说拿你当弟弟，但你也不必真为兄弟两肋插刀。"

陆文跟着起来，认真地说："即使是普通朋友，有忙我也会帮，何况你在剧组关照我那么多。"

瞿燕庭脱口而出："我不需要你知恩图报。"

最后一个词瞿燕庭的语气冷若冰霜，陆文有些无措，他一个小演员企图解大编剧的忧，或许太自以为是。

在床边僵立数秒后，陆文像自嘲，也像抱歉："是我管得太宽了。"

瞿燕庭冷静下来，他明白陆文是好意，可惜成年人的世界充满烦恼，谁也帮不了谁，他说："对不起，是我语气不好。"

陆文没有介意："瞿老师，我目前能力不够，但你需要的话，我一定会尽力。"

瞿燕庭对这个世界的要求一点也不高，不用天降神兵，无须坚实后盾，只想在独自撑得疲惫难挨时，有人送份安慰就够了。

"谢谢。"他发自真心地说。

天色已晚，楼后的花园泳池影影绰绰，瞿燕庭便跟陆文在阳台随便掠了两眼，陆文又带着瞿燕庭参观了一圈新房，最后才去车库检查他的座驾。

"小问题，"陆文无所谓地说："交给车行就好，几个月没开了，修完顺便做个保养。"

瞿燕庭道："费用说一声，我转给你。"

陆文想起那套"当弟弟"的言论，没正形地说："哎呀，瞿老师，咱哥俩计较钱干什么，多伤感情。"

"亲兄弟还要明算账呢。"瞿燕庭不跟他胡扯，时间不早了，得尽快回家伺候黄司令，"你今晚住这儿？"

陆文摇摇头，他记得今晚有事。

"完蛋了！"他猛拍脑门儿，晚上约了顾拙言、连奕铭和苏望，他居然忘得一干二净！

瞿燕庭肇事理亏，愿意做一趟司机，勾着车钥匙在陆文眼前一晃，说："走，我送你。"

从别墅出来，锁了门，瞿燕庭上车后，陆文习惯性开后车门，被骂了句"你是哪国领导人"后，灰溜溜地钻进了副驾驶。

宾利头灯打闪，驶出去，陆文听着引擎声心潮澎湃：曾经的他被瞿燕庭赶下车，如今瞿燕庭亲自为他开车，娱乐圈还有比他更励志的吗？

"去哪里？"瞿燕庭问。

陆文说："芸漳路的索菲酒店。"

离开紫山名筑，瞿燕庭驱车拐上大道，倏地，那两盒计生用品跃入脑海，他用余光观察陆文的表情，唇瓣轻碰便问出了口："去开房吗？"

"嗯。"陆文掏出手机，翻连奕铭昨晚发的房号。

食指一下下敲在方向盘上，瞿燕庭想了想，又说："别乱约，万一哪天红了，事情翻出来可大可小。"

"放心吧，就约了仨——"

尾句断在喉口，陆文迟钝地反应过来瞿燕庭的意思。

他惊愕地转过脸，活像被污蔑清白的黄花闺女："我约的是发小！仨男的！"

瞿燕庭被吼得一愣："哦……"

"你哦什么哦？"陆文把安全带扯紧，"您这想象力，怪不得能当编剧。"

近墨者黑，瞿燕庭也学会耍赖："谬赞了。"

陆文嘟囔道："你压根儿就不该那样想，我不是乱玩的人，就算是，为了保命也不敢……我爸能打死我。"

相识以来，"爸"这个字算得上陆文的高频词汇，瞿燕庭问："你爸很严厉吗？"

"不严厉。"陆文回答，"那叫狠厉。"

索菲酒店门前的街道灯火通明，车子靠边停下，有彩色的光从挡风玻璃照进了车厢。瞿燕庭没熄火，转过脸目送陆文下车。

解开安全带，陆文仍坐着："瞿老师，你是不是忘记了一件事？"

瞿燕庭问："什么事？"

"那首诗。"陆文也偏过头，在昏暗的车厢迎上对方的视线，"你留给我的纳博科夫的诗，还没有解释是什么意思。"

瞿燕庭并没忘记，说："我看见银杏叶，所以——"

"我要迟到了。"陆文打断他，"下一次见面，再告诉我。"

瞿燕庭怎会看不穿陆文的心思，他答应："好。"

陆文立刻问："那什么时候再见？"

"都有空就可以。"瞿燕庭诧异，陆文的说法仿佛见一面要克服千难万险一样，"不是有微信嘛，再约不就好了。"

"啊！"陆文感觉自己错过了十个亿，"原来我可以直接约你啊？！"

瞿燕庭哭笑不得，伸手在陆文的面门上推了一把，陆文疼得嗷嗷叫，赶紧捂住了脆弱的鼻子。

"对不起，我忘了……"瞿燕庭拂开陆文挡脸的手，将对方拉近看了看。

"没出血。"瞿燕庭松手，"养两天应该就不疼了。"

陆文说："真没事啊……你瞧清楚了吗？"

瞿燕庭笑道："大小伙子，别那么娇气，玩去吧。"

陆文没辙子可尥，乖乖下车，在街边冲宾利的车屁股挥手，直到车影遥不可及，他把手插兜里，转身走进酒店外门。

后面有辆车，"嘀嘀"地响喇叭。

陆文往旁边挪挪，还在响。

"路这么宽，你……"陆文嚷嚷着回头，却不骂了。

透过车玻璃，驾驶位上的顾拙言西装革履，单手扶着方向盘，嘴里咬着支烟，英俊倜傥地冲他挑眉毛。

陆文激动道："兄弟！"

顾拙言落下车窗，探出头叹道："我很想念你啊。"

陆文陪顾拙言停好车，一起进了高级套房。

连奕铭和苏望已经到了，连奕铭开门，苏望立在玄关，等门一开，陆文纵身飞扑过去，狠狠抱住好兄弟："铭子——"

·261·

"哎，我呢？"苏望走到侧面，被陆文一胳膊搂住，嚷道，"你这傻子终于回来了啊！"

顾拙言关上门，换拖鞋，张开手臂围在最外圈。他们四个相识于满月宴，拥有彼此的童年口水光腚照，青春叛逆期都没闹过矛盾，不过倒是经常互相骂爹。

抱够了，陆文没眼泪，假哭："我太想你们了。"

顾拙言问："拍完这部戏能红吗？"

苏望故意道："能赶超男二吧？"

"喂，你们别给我那么大压力。"陆文翻脸往客厅走，"人家阮风的兄弟……可给力了，要资源有资源，要人脉有人脉。"

这仨人都不太了解娱乐圈，但争强好胜，连奕铭说："索菲新一年的宣传片，你给我拍。"

陆文心生喜悦，装腔作势道："我问问经纪人有没有档期。"

"档个屁。"苏望一向凶悍，"少装大尾巴狼，咱俩的账还没算呢。"

茶几上摆满了餐厅送的晚饭，连奕铭挑了几瓶珍藏的红酒，还有二十多瓶黑啤。四个人围坐下来，醒好酒，陆文先毕恭毕敬地给苏望倒了一杯，再给连奕铭倒，说："宣传片，我一定给你好好拍。"

顾拙言举着杯子："我也来点。"

陆文耍大牌："你自己没手啊？"

顾拙言懂了，他既没给资源，手里又无把柄，使唤不动这位冉冉升起的新星。

把玻璃杯放下，他说："哦，对，我开车来的，不能喝酒。"

连奕铭无语道："今晚在这儿睡，再说了，酒店有司机，你装什么傻？"

"就是。"苏望说，"谁不是开车来的啊？"

这句话正中顾拙言下怀："咱大明星不是，有人送。"说罢，顾拙言似笑非笑地看着陆文，抬起一只手，点了点鼻子。

这孙子全看见了！

陆文当即服软，他不是爱藏着掖着，只是不愿意瞿燕庭被议论。

夺过顾拙言的酒杯，倒上，他哄道："您请慢用。"

四个人干杯痛饮，聊数月以来的琐碎生活。

他们曾一起学骑马，一起参加夏令营，一起在国内外旅行。都是奔三的大老爷们了，许久不见仍要拥抱，还有聊不完的话，即使聊两句就会抬起杠来。

四五瓶红酒喝下去便已微醺，陆文搂着苏望仰躺在沙发上，互相喷着酒气熏人，他认错："那次打电话是我不对。"

　　苏望那张玉面书生似的脸双颊酡红："你还有脸提，一句'宝贝儿'，我三天食欲不振。"

　　"得了吧，"陆文大手一挥，"哪有那么严重！"

　　陆文继续道："那晚是突发情况，总编剧让我去他房间，我紧张啊！"

　　苏望晕乎乎地问："紧张什么？"

　　陆文说："哎呀，娱乐圈很复杂的，你不懂。"

　　"行，我也不问了，咱这感情，"苏望一巴掌拍陆文胸口上，"下次有事还打给我，别喊宝贝儿，喊干爹！"

　　陆文拍回去："你喝多了还占我便宜！"

　　苏望道："你懂个屁，你喊干爹，让对方以为你有权有势有资本了啊。"

　　"哇。"陆文舌头打结，"果然你最聪明。"

　　连奕铭听不下去了，把苏望架起来，扶进卧房去休息，陆文在沙发上横躺下来，脸有些烫，头晕目眩地闭上眼。

　　脚步声靠近，旁边坐下个人，陆文泛红的眼皮被敷上了一块湿毛巾，凉凉的很舒服。他伸手摸了摸，是顾拙言。

　　客厅只剩下他俩，顾拙言问："送你来的那个人是谁？"

　　醉酒令人难以思考，陆文坦白道："他姓瞿，是我这部戏的总编剧兼投资人。"

　　顾拙言猛地把毛巾拿开："就是他让你去房间？"

　　灯光有些耀眼，陆文眯着眼回答："全是误会，我以为他打什么主意呢，结果他并没有。"

　　"听你这语气，"顾拙言皱眉，"挺遗憾的？"

　　陆文把头一歪，重新闭上眼，咕哝句"放屁"，逐渐入睡了。

　　陆文被铃音吵醒，好不容易从沙发靠垫的夹缝里把手机抠出来，划开接通。酒后咽喉烧灼，似一团起床气憋在胸口，他便用鼻腔哼了一声。

　　是孙小剑打来的："是我，喝多啦？"

　　"没事。"陆文哑着嗓子，"有话快说。"

　　孙小剑道："不是还剩一场戏没拍嘛，剧组给通知了。"

陆文说："那你直接发呗，大半夜打电话，什么素质。"

"大哥，你做梦呢？"孙小剑喊道，"快十点了！"

手机变成忙音，陆文揉揉眼睛，睁开，发现套房客厅亮堂堂的，墙上钟表的指针恰好定格在十点整。

陆文坐起来，醉意消散，不过额角有些胀闷，茶几上戳满酒瓶，基本都空了，昨晚谁喝得也不少。

陆文掀开毛毯，去浴室洗脸刷牙，冷水一泼彻底清醒过来，刚打上剃须泡沫，苏望推门，半梦半醒地直奔马桶前站好。

潺潺水声响起，陆文说："憋坏了吧。"

"别瞎说。"苏望道，"男人哪儿都可以坏，唯独那儿不能。"

正说着，顾拙言和连奕铭也进来，昨晚一个个人模狗样，此刻挤在一间浴室抢地盘，陆文感觉烦死了："你们懂不懂先来后到？"

连奕铭居然脱光了，进淋浴间："懂，我们仨比你先来这世上，给我闭嘴。"

陆文最小，计较年龄的时候每次都吃亏。

苏望按下冲水键，支了个歪招，说："文儿，你找个有弟弟的朋友，就能体验当哥的感觉了。"

"嗯，弟弟不错。"顾拙言叼着牙刷，发自肺腑地感叹，"反正别找有妹妹的，折寿。"

连奕铭探出头："未来大舅哥，你诅咒谁呢？"

无视周围的抬杠，陆文默默刮着胡楂，耳边莫名响起阮风的声音，笑眯眯地喊他"哥"。一走神，锋利的刀片在下巴留下一道小伤口。

陆文冲掉泡沫，扬着脸照镜子，伤口渗出的血珠被水稀释，变成一抹水红色。

顾拙言漱口抬头，看着镜子中的陆文问："要不要紧？"

"小事。"陆文拍须后水。

见陆文伤口也不严重，顾拙言马上变了态度，催促道："洗完没有？腾地儿。"

陆文闪人，边走边大声说："吃顿早午饭吧，我请客。"

哥四个在酒店餐厅吃的这顿早午饭。四人都饿了，光顾着大快朵颐没怎么交流，吃饱饭各回各家。

苏望不顺路，连奕铭要开会，陆文蹭顾拙言的车回南湾。

第16章 回家

天气不错，晴朗得不似寒冬，陆文放下遮光板，有一搭没一搭地聊着天："年底了，今年春节在哪儿过？"

顾拙言的朋友庄凡心重拾学业，在美国进修，两个人逢年过节总要互相走动，他道："在这边，凡心回来过年。"

陆文异想天开道："你说我有生之年能上一次春晚吗？"

顾拙言说："春晚有什么好上的，在家陪陆叔吃饺子多好。对了，你这部戏拍完没有啊？"

"即将杀青。"陆文叹口气，"我人生中第一个男主角，怪舍不得的。"

顾拙言纠正道："你第一个男主角是在《今夜无眠》。"

那部去年年初上映的惊悚片，排片率和上座率跟同期影片存在断层式差距，最终提前下映，被陆文封存在记忆的深处。

上映第一天，连奕铭给索菲全体员工发了电影票，苏望包了场，顾拙言请亲妹妹全系同学去看。

当晚，他们四个人一起去了电影院，进厅的时候情比金坚，散场的时候差点恩断义绝。因为这破片，陆文在聊天群说了半个月好听话，才挽留住这份感情。

如今回想起来，顾拙言依旧心有余悸："这次的剧靠谱吧？"

"当然了。"陆文觉得力度不够，又加了一句，"废话。"

顾拙言说："那就好，可别又雷死人。"

陆文在狭窄的车厢蹬了一脚，把脚下的块毯都踹歪了，反驳道："你才雷人，这部戏是瞿老师的作品，是他真正的处女作！"

"我只是个帅人。"顾拙言不气不恼，反而笑起来，"有必要这么维护那位瞿老师吗？"

陆文说："怎么的？"

顾拙言摇摇头："啧啧。"

"你啧个屁。"陆文砸对方一拳，把话题扯开，"等我杀青了再约。"

快到南湾的园区了，顾拙言减速驶到外门前，停下来，却没立刻解锁车门。

他们这帮人不必担心受欺负，但是人都有头脑不清的时候，尤其身处充满诱惑的娱乐圈。

"凡事别冲动。"顾拙言叮嘱道，"反正多长个心眼儿没坏处，是吧，兄弟？"

陆文解开安全带："我知道，你放心吧。"

顾拙言解锁车门："有情况随时跟我说。"
陆文嫌这人啰唆，说："你那么忙，我跟凡心聊吧。"
顾拙言道："快给我滚。"

Chapter 17

第17章
聚 餐

"不是我写的,却署我名,给我钱,等于天上掉馅饼。"
"这等于作弊!"

陆文带着浓郁的酒味回到家，把玲玲姐熏得够呛，他立刻泡澡换衣服，拾掇干净了在房间窝着，泡上一壶胖大海背剧本。

　　孙小剑发来了拍摄通告，后天上午拍，地点在市郊的一处小区。

　　剧本已经背得滚瓜烂熟，陆文按照瞿燕庭教他的，将每句台词拆分开来，抓重点起伏，设置速度节奏，保证表演时时刻刻保持专业。

　　手机响过几次，不论短信还是微信，陆文一概没有理会，玲玲姐端水果进来，说他比高三冲刺时用功多了。

　　一壶水喝得见了底，陆文休息十分钟，打开微信，回完消息后刷一刷朋友圈。

　　最新一条是任树发的，道具组正在片场为后天的戏做准备，配字很有糙老爷们的味道：打好最后一仗！

　　剧组的同仁热情点赞，评论很长很长，瞿燕庭只留下一句简单的"辛苦了"。

　　任树谁也不搭理，单挑出瞿燕庭，回复道：后天过来玩呗。

　　陆文没忍住，留下了真诚的赞。

　　他反复刷新几次，但瞿燕庭始终没有回应。

　　瞿燕庭此时正仰躺在床上，早午两顿都没胃口吃，心不在焉地把那本民间传统工艺的书读完了。

　　他答应考虑冠名剧本那件事，但其实心知肚明，这件事不存在商量的余地。

做了十几年师徒，王茗雨第一次将"恩情"摆在台面上说，话说到这份上，瞿燕庭根本无法拒绝。因为他能有今天少不了王茗雨的帮助。

瞿燕庭心烦意乱地躺到现在，偶尔拿起手机，看新闻，留评论，删除相册里没用的照片……

离答复的时间越来越近，他迟迟没有打给王茗雨。

忽然，微信响了一下。

瞿燕庭烦躁地滚了一圈，欠身坐起来，解锁手机，对着微信图标上的红圈发呆。他猜测是王茗雨问他考虑好没有。

瞿燕庭被一股无力感攫住。

这感觉并不陌生，没米下锅的时候，拖欠学费被同学偷瞧的时候，第一次去紫山的别墅茫然无措坐立不安的时候，他都曾被这种感觉裹挟。

但最难的日子已经熬过去了，瞿燕庭会伤神，会心烦，却不会被轻易地击倒。

靠着床头坐了会儿，他打开通信录，拨出王茗雨的号码。

电话很快接通，王茗雨似乎正在等他："燕庭？"

"师父。"瞿燕庭省去无用的虚与委蛇，甚至省略了寒暄，"那个本子，我考虑好了。"

王茗雨问："怎么样？"

瞿燕庭抓着一角被子，回答得很平静："我答应冠名。"

这是王茗雨意料之中的答案，谈不上惊喜，应该是一份尘埃落定的踏实。

她欣慰地说："燕庭，这就对了，你没必要把这件事看得多严重，没有任何行业是完全守规矩的。"

瞿燕庭道："我并不认同这种说法，只是因为您比我的原则重要。"

"师父知道你懂事。"王茗雨无意争论，"价格方面你考虑好了吗？不用顾忌，师父不会亏待你的。"

"师父定吧。"瞿燕庭说，"但我有一个条件。"

王茗雨问："什么条件？"

瞿燕庭选择妥协，不等于全盘接收："本子既然冠我的名，我会在合同写明，我拥有对内容修改的一切权利。"

手机里静了两秒，王茗雨劝道："燕庭，你这是何苦呢，不值当为这个本子花费时间。"

瞿燕庭说："我是为自己的名声。"

"……那好。"王茗雨同意了，"按你说的办。"

瞿燕庭松开被角，轻轻抹了把脸，决然地说："师父，没有下一次了。"

瞿燕庭没理会王茗雨的反应，压下心中的不安，说完便挂了线。这一桩事情定下来，原本的工作安排会受影响，他又通知了于南一声。

人前风光果然是最不可信的东西，谁在背后都有无可奈何的难处。

全部处理妥当，瞿燕庭终于点开晾了半天的微信，未读消息在列表顶端，却不是王茗雨发来的，而是陆文。

二百五：瞿老师，我后天杀青，你有没有空？

丽景小区，保姆车缓缓驶入地下停车场，轮胎摩擦漆质地面发出尖锐的声音，陆文立刻戴上了耳机。

今天拍摄最后一场戏，车停好后，陆文单肩挂着包从车厢出来，哼着歌往外走。

年底了，许多住户回老家过年，停车场空出大片位置，孙小剑张望片刻，手指着一角，说："哎，是任导的保时捷。"

陆文随意一瞥，说："该洗洗了。"

"是够埋汰的。"孙小剑乐道，"眨眼最后一次拍摄了，进组当天出的糗还恍如昨日。"

陆文也笑了："不亏，白得任导一蜀绣靠枕。"

孙小剑说："还是瞿编赏的呢！"

陆文把帽檐压低，今天杀青，他希望瞿燕庭能来。他们是因戏相识，在这部戏画上句号的特殊日子里，他想和瞿燕庭一起庆祝。

可惜瞿燕庭说忙，恐怕来不了。

孙小剑最擅长哪壶不开提哪壶，问："哎，你说今天瞿编会来吗？"

"应该不会吧。"陆文把滑落的包甩回背上，语气欠揍，"我一介'小透明'杀青，人家那么忙，有什么可来的。"

孙小剑说："关你啥事？瞿编难道不是为任导来？"

陆文翻了个白眼："甭跟我说话！"

天色灰蒙蒙透着蓝，气象预报说这两天会降雪。

纸上烟云工作室一楼客厅开了壁炉，大家盘腿坐在蒲团上，唯独瞿燕庭坐椅子，跷着二郎腿睥睨众生。

每年这个时候最忙，给上一年收尾，为新一年开头，瞿燕庭昨晚筛选项目熬到三点多，家都没回。

一年中能创作、改编和参与制作的剧本有限，综合市场需求、政策等因素，规划好剧本的选题，俗称"定调"。

大家都很疲惫，瞿燕庭抓紧时间："咱们痛快点，定下来就下班。"

所有人都捧着平板电脑看资料，姚柏青说："瞿编，你把各类型趋势做了分析，这可是大工程。"

瞿燕庭人脉比较广，能拿到一些业内消息，所以他亲自做大致规划。等其他人看资料的工夫，他抚弄手表，搓热了冷冰冰的蓝宝石镜面。

于南挨得近，细心地说："老大，不晚呢。"

"嗯？"瞿燕庭没反应过来。

于南道："不是约了陈律师吗？"

瞿燕庭没吭声，他记挂的哪是什么陈律师，《第一个夜晚》今天收尾，顺利的话天黑前能拍完，他在琢磨这个。

拉一拉袖口遮住表盘，瞿燕庭暂不做他想。

把所有选题定下后，大家回去休息，瞿燕庭去会客室等陈律师上门，冠名剧本已盖棺论定，他要和律师讨论合同细节。

陆文换好衣服，黑色皮夹克，挺肩窄袖，高个子穿特别飒，短发抓得微乱，皱着眉往地上一戳，很有打群架铁赢的架势。

陶美帆也化好妆，头发花白了许多，整个人沧桑又衰老。

陆文没大没小地说："我的妈呀，你怎么变这样了？"

"我哪样？"陶美帆坐沙发上，盖上毛毯，"儿不嫌母丑，懂不懂？"

陆文蹭到旁边，不管扮演叶杉还是叶小武，他珍惜和陶美帆的每一场对手戏，从小关于母亲的幻想有太多太多，这部戏令他拥有了切实的体验。

瞿燕庭曾说，感谢他让自己的幻想变得真实，然而他也一样。

陆文掖掖毯子，嘴甜地说："陶老师，你化这样的妆也好看。"

"喊，甭哄我。"陶美帆笑了，抬手摸了摸陆文的脸，"你妈妈一定是个美人，把你生得这么帅。"

戏还没拍完，"母子俩"已经进入互相煽情的环节，任树捂着件面包服，一嗓子划破现场的温馨:"无关人员退场,各就各位!"

客厅里,电视音量调得很小,叶母感冒了,没什么大碍,只是一直咳嗽。叶小武来照顾她,煮了一碗粥。

叶母麻木得尝不出滋味,怔怔地盯着她的儿子。

起初叶母以为,叶杉是为了安慰她才假装叶小武。可叶杉以自身身份面对她的时间愈发地少,看着身边的"叶小武",她逐渐意识到叶杉的异常。

"小武……"叶母犹豫地问,"最近在忙什么?"

叶小武说:"我晚上在一个地方唱歌,不天天唱,跟别人轮班。"

叶母问:"是正规地方吗?"

"那当然啦。"叶小武搅动热粥,"妈,你别担心,我能照顾自己。"

叶母眼神飘忽:"不要太辛苦了。"

"不辛苦,我本来就喜欢唱歌。"叶小武开玩笑地说,"念重点高中那三年我才辛苦呢,一天天的,饱受摧残。"

陶美帆的神情变得紧绷,小心地捉住陆文的一只手臂,说:"中考换准考证那件事……是妈让你受委屈了。"

陆文动作稍滞,而后继续搅动着黏糊的米粒,笑道:"妈,你真逗。我白捡个重点,有什么可委屈的?"

叶母顷刻间松垮下来,像枝凋敝的花,当叶杉这些年距她越来越远,她终于醒悟过来,是自己亲手摧毁了他们的关系。

每一次叶杉扮作叶小武出现,她都忍不住猜测,曾经她宠爱叶小武的日子里,叶杉是以何种心情躲在角落里旁观。

"我……"叶母艰难地说,"我委屈了你哥。"

叶小武放下碗,盯着电视屏幕:"妈,你别多心。我哥挺好的,念了重点大学,有一份好工作,每月按时汇钱,供得起这么好的房子。"

叶母颤声道:"可他不见我!"

房间突然安静下来,陆文的手肘架在叉开的膝盖上,垂着头,低沉的声音仿佛一把重锤敲在叶母脆弱的神经上:"反正,你也不喜欢他。"

陆文站起来,跺了跺脚,弄平裤腿的褶皱,抓上手机钥匙准备离开,边走边说:"妈,锅里还有粥,想吃别的给我打电话,我给你订。这两天有雪,尽量少出门,身体好利索了再说。"

走到门口，他握住了门把。

叶母半倒在沙发上，歇斯底里地喊："叶杉！"

这些年自欺欺人的假象被这声呼喊划破了。叶杉顿在那儿，没有转身，也没有回头，他早已失去用真实身份面对母亲的能力。

承认，摊牌，清算叶小武的死因，抛开旧事续接断掉的情感……似乎一切都没有意义了。

陆文拧开门，大步走了出去。

背后，导演喊停，随即响起一片欢呼，陶美帆杀青了。

陆文还有一组镜头要拍，摄影组扛设备搭电梯下楼，陆文嫌挤，走了安全通道，这里每层有个小窗，阴冷刺骨的冬风从窗缝中挤进来。

还剩几阶，陆文停下，摸出手机打开微信。

他仍抱有一丝希望，给瞿燕庭发消息：瞿老师，你忙完了吗？

"慢走。"瞿燕庭送走陈律师时已将近五点钟，等下还要见会计师，年底各项结算需要他签字。

返回会客室，手机压在散乱的文件下，瞿燕庭拿出来看到陆文的微信，如实回复道：还有点事情。

二百五：嗯，我就……随便问问。

瞿燕庭不想开空头支票，没做任何保证，终止了对话。

陆文迈下台阶，走出单元楼时冷得打了个哆嗦，最后一幕在楼下拍摄，叶杉从家里出来，停在路旁，情绪悄然爆发。

冬季天黑得早，又是阴天，光线很差，康导想起拍雨中车祸那场戏："别的先不论，瞿编布光相当有一手。"

段猛说："是，给安排得明明白白，效果一出来，漂亮。"

任树跑下来，听见一耳朵："我吃醋了啊！"

陆文傻呵呵靠着电线杆，大家都惦记着瞿燕庭的好，他跟着乐。

没乐上两秒钟，任树吼他："就位去！咧着嘴巴喝风呢！"

剧末的最后一幕，在滚着浓云的天幕下，叶杉从单元门里走出来，迎着风踽踽独行，步子拖得很慢。

他停在路旁，头顶是一盏路灯，大树萧条的枝丫把影子投于地面，在寒气里瑟瑟地抖。

半只脚掌踩上台阶，他蹲下来，从兜里掏出一盒烟。

叶杉咬上一支，点燃，收紧双颊轻嘬了一口。

隐隐约约有白色的雪花飘下来，飞舞在橘红色的火星周围，叶杉呼出一片烟雾，待雾气消散，脸上已落下泪来。

陆文的戏份至此全部完成。

四周响起连片的掌声，陆文立起来，被无数人冲过来拥抱，被拉扯着合影，他之前羡慕一位位杀青离组的同仁，此刻轮到他，没想到无措远大于欣喜。

孙小剑捧着李大鹏的手说："鹏哥，感谢一路走来你的照顾！哪天在剧组不想干了，来我们公司！"

小张推着他们："怎么还挖人啊？走走走，收拾东西去聚餐！"

任树立刻问："给小陆准备的蛋糕呢？！"

"都在楼上！"不知谁嚷了一句，"先上楼！"

大伙热热闹闹地涌入单元门，陆文踌躇地收着步子，落后在人群外，等人走光，他独自在路灯下徘徊。

陆文仍夹着那支烟，烟快要燃尽了，火星变得微弱，他想起在山城的菜场外面，瞿燕庭漠然吞吐烟雾的模样。

夜幕降落，地面染霜似的，很快结了一层薄薄的冰雪。陆文蹲在马路牙子边，掏出手机，拨打瞿燕庭的号码。

响了三五声便接通了，比他意料中快。

"瞿老师，"陆文唇齿间逸出白气，"我杀青了。"

瞿燕庭说："祝贺你。"

陆文回道："谢谢。"

"我刚忙完，正要离开工作室。"瞿燕庭的声音透着疲倦，说，"不能当面给你庆祝了。"

陆文笑起来："没关系，下雪了，我也不希望你开车跑这么远。"

瞿燕庭道："那……就这样吧。"

"嗯。"陆文说，"开车小心。"

挂了线，陆文残存的一丝希冀彻底落空，他起身拍了拍肩头的薄雪，朝楼道口走去。那副样子，像第一天上幼儿园的小孩，苦苦等到放学却没人来接。

鞋底贴着地面，陆文磨蹭到路中央。

突然，一束强烈的灯光直勾勾、明晃晃地打过来。

陆文转过身，被强光激得皱眉眯眼，什么都看不清楚，恍惚间只听见一声轮胎碾过冰雪的刺耳刹停声。

"啪"，车灯关了，黑色宾利光滑的车身闪过锋利的冷光。

隔着飞雪和蒙雾的窗子，驾驶位上的面容瞧不真切。

"咔嗒"，门打开了。

瞿燕庭从副驾驶一捞，下了车，单臂抱着一大捧柠檬色的百合。

陆文愣在原地，在电话里明明说……所以，是惊喜吗？

他的动作总是比脑子快一步，还没想明白，先拔腿朝瞿燕庭奔了过去。

"瞿老师！"陆文喘着气，"……你怎么来了？"

"你说呢？"

陆文怀中被送入一大捧花，沉甸甸的。

瞿燕庭冲他笑："男主角，杀青快乐。"

跟做梦似的，陆文抱着花，目光犹如宾利的头灯，直勾勾、明晃晃地打在瞿燕庭身上，他高兴得晕头转向："我以为你不来了！"

瞿燕庭嗤着笑，指尖在百合花瓣上一勾，像刮人的脸蛋儿。要不是扎花的小姑娘动作慢，他还可以更快一点。

虽料到陆文会开心，但没想到他会这么开心。

瞿燕庭想到刹车时，路中央形单影只的一抹高大又落魄的身影，好奇道："你一直在等我吗？"

"我……"陆文有点不好意思，撒谎道，"没有，我赏雪呢。"

瞿燕庭笑话人："你还挺有兴致。"

几句话的工夫，剧组其他人下了楼，搬箱子的，扛设备的，一窝蜂涌出单元门。有人眼尖，发现了车旁的一双身影，喊道："是陆老师吧？陆老师！"

"干吗呢？"服装老师说，"亏我等他半天，他在楼下约会呢。"

天黑，陶美帆问："小陆跟谁啊？"

"约个屁的会！"任树分辨出来，招手喊道，"燕庭，过来也不说一声！"

大伙纷纷围上来打招呼，瞿燕庭下意识地后退，捉住陆文腰后的皮夹克边缘，拽着挡在身前。

·275·

陆文不露痕迹地挪动，抱着捧花商量道："导演，等会儿雪下大了不好走，咱们先转移阵地吧？"

任树赞同："走走走，聚餐！"

陆文说："今晚我买单，那地方我来选行不行？"

众人没意见，欢呼着往停车场搬东西，等大家散得差不多了，陆文转过身，道："不去卡拉OK，也不去豪华宴会厅。"

瞿燕庭微怔："是……迁就我吗？"

"我心甘情愿的，"陆文说，"那就不算迁就。"

雪花不断飘下来，扑在脸上，瞿燕庭轻抖着睫毛，决定偶尔任性一次："万一我又躲进洗手间怎么办？"

"那我就再帮你堵着门口。"陆文回答道，而后才是邀请，"瞿老师，你愿意一起来吗？"

瞿燕庭点了点头。

陆文全然不拿自己当外人，转头便钻进副驾驶，瞿燕庭总不能再把人撵下去，也上了车，第二次给这小子当了司机。

驶出小区大门，和脏兮兮的保时捷擦肩而过时，任树降下车窗："你俩真搞笑。"

瞿燕庭也降下车窗："什么搞笑？"

任树说："小陆抱着花坐你副驾上，乍一看还以为你载着女朋友。"

瞿燕庭道："你家女朋友像堵墙？走你的吧。"

两人关起窗一前一后上路，剧组的车辆跟在后面，颇具气势地连成一串，穿行于雪夜。

陆文找的地方是一家两层楼的居酒屋，门前挂着红色的日式灯笼。大伙都又累又冷，正需要这样的去处，烫壶酒，煮碗面，给高强度的剧组生活画一个温暖的句号。

两层楼被填得满满当当，卡座和榻榻米长桌皆座无虚席，拥挤又热闹，瞿燕庭选了吧台前最里面的座位，右手边挨着一面风情壁画墙。

陆文坐他左手边，问："瞿老师，你喝什么酒？"

瞿燕庭不喜欢清酒，要的啤酒和梅子酒，导演组的人比较狂野，直接去附近的烟酒超市搬了一箱白酒，看样子要痛饮一番。

第一轮举杯，庆祝陆文和陶美帆圆满杀青，"母子俩"戏挺多，陆文在酒桌上遥遥地喊一声陶美帆"妈",被任树骂了句"抱老戏骨大腿"。

陆文怕喝醉了出丑,控制着分量,晃悠一圈返回高脚椅,见瞿燕庭待在角落吃鸡肉串,便侧身坐下来,伸手碰了一下对方的杯沿。

瞿燕庭把酒杯端起来:"要敬我吗?"

"嗯。"陆文"扑哧"乐了,说,"瞿老师,你还记不记得开机宴的时候,我进包厢给你敬酒?"

瞿燕庭抿住唇,憋住笑意,在山城的日子里,陆文的丢人事迹简直不胜枚举。他饮下半瓶啤酒,真诚地祝福道:"下一部会更好。"

新上一轮刺身,配了浓浓的芥末,瞿燕庭能吃辣便无所忌惮,蘸一把塞嘴里,三五秒后呛得偏过头去闷咳。

陆文幸灾乐祸,搭着人家的椅背,倾身追过去瞧,结果瞿燕庭突然强撑着面子回过头来,脸红眼湿,鼻尖被揉得像落了朵樱花。

欠揍的玩笑话悉数卡在喉间,陆文慌忙移开脸,坐正身体,推着孜然小料却货不对板地说:"这个烤牛舌挺香,压一压。"

瞿燕庭轻慢地问:"怎么不瞧我了?"

陆文回答:"看热闹,没素质。"

吧台桌满满当当堆着杯碟,瞿燕庭的箸尖伸过来,夹走一片牛舌,身边传来细微的咀嚼声,之后是"咕咚咕咚"咽酒的声音。

瞿燕庭喝完剩下的半瓶啤酒,拿了一瓶新的,熟练地咬掉盖子,仰颈又灌下小半瓶。陆文这才发现,墙边已经摆着四只空瓶。

瞿燕庭没跟别人交流,有点独自喝闷酒的意思。他确实烦闷,前两天的烦心事一直在心底压着,今晚趁机借酒消愁。

任树端着酒杯寻过来,站在陆文和瞿燕庭身后说:"坐这么偏,叫我好找啊。"

瞿燕庭放下筷子:"要喝一杯?"

圈子就这么大,消息传播飞快,任树已经略有耳闻,小声问:"听说你接了个偶像剧,真的假的?"

接都接了,遮掩太不磊落,瞿燕庭回答:"真的。"

任树惊讶道:"不是你的风格啊,跟人联合还是怎么?"

"现成的本子。"瞿燕庭没详细解释,"冠我的名。"

任树不再多问,碰个杯就被导演组的人喊走了。

瞿燕庭一饮而尽,半晌没动静,侧过脸,发觉陆文神情微妙。

"你怎么了?"瞿燕庭问。

陆文不懂编剧行业的弯弯绕,但刚才也听懂了,他反问:"为什么要冠名别人的剧本?"

瞿燕庭颓然地笑了笑,这破事过不去了是吧?他回答:"开价高。"

陆文说:"可故事不是你写的。"

瞿燕庭道:"不是我写的,却署我名,给我钱,等于天上掉馅饼。"

陆文说:"这等于作弊!"

瞿燕庭沉默了,又咬开一瓶酒。

陆文有些着急,他曾误会过瞿燕庭很多次,可事实总是一次次证明了瞿燕庭的正直,无论是做事还是做人,所以他不愿相信瞿燕庭会做这种事。

"瞿老师,"陆文不死心,"是真的?"

瞿燕庭说:"下午刚和律师拟完合同,你说真还是假?"

陆文急道:"为什么啊?你不是这种人!"

瞿燕庭像挨了当头一棒,疼痛和眩晕袭来,他也搞不懂自己的好坏脏净。他靠住椅背仰起头,房梁倒挂的纸伞似乎在旋转,转得他沉积的情绪扬尘般飞起来。

他轻声道:"说明你不了解我。"

陆文的是非观很强,别扭地说:"也许吧。"

"现在明白我是哪种人了?"瞿燕庭自言自语,"是不是很失望?"

陆文还没有回答,身旁空了。

瞿燕庭单手抓着两瓶啤酒离开椅子去找摄影组的卡座,比起面对一桌人的不适,他此刻更渴望喝个痛快。

做代班导演时相处得熟了,段猛说:"瞿编,来我们这桌得喝白的。"

瞿燕庭晃晃啤酒:"我喝炮弹。"

大杯啤酒被倒入一盅白酒,瞿燕庭面不改色地一口气连灌了三只炮弹,酒液浸润着五脏六腑。

陆文远远地看着,又气又急,疯了吧这么喝,可瞿燕庭又不听他管,于是只能随手抓住一名服务生,说:"给那桌煮醒酒拉面,赶紧的!"

一场聚餐进行到深夜,摄影组的情况最惨烈,七八个男人几乎全军覆没,有人趴下了，有人吐了，满桌通红的猪肝脸色。

瞿燕庭也醉了，不过酒气不上脸，只在双颊落着一抹轻薄的粉。

剧组的人几名剧务会安排，陆文结完账，拿上外套直奔卡座，脚下的空酒瓶被碰得叮当作响。

他弯下腰，轻拍瞿燕庭的手臂："瞿老师？"

瞿燕庭睁开眼，哼了一声。

陆文把人拽了起来，披上衣服，架上胳膊搂住腰往外面带，瞿燕庭不怎么晃，也很老实，不吭声的话甚至看不出他醉了。

"谁啊？"可惜吭声了。

陆文本就不痛快，此时又被浓郁的酒气熏着，他箍紧手臂咬牙切齿地回答："活雷锋。"

瞿燕庭"嗤嗤"地笑，一出门寒风便扑过来，他往陆文的身边躲了躲，终于觉出腰部有些异样，皱起眉问："你摸我干什么？"

陆文在找车钥匙，找到后，扔给了等在门口的一个人，是陆家的司机小邵。

折腾半天上了路，陆文拧开矿泉水给瞿燕庭喝，把让司机带来的一包酸话梅也喂进去。突然，车身猛颠了一下。

陆文拍驾驶座："你给我开稳当点！"

小邵说："减速带……"

瞿燕庭也要说话："师傅，去林榭园，打表。"

"唉，好的。"小邵配合道，"您要发票吗？"

陆文无语道："你臭贫什么？"

小邵问："少爷，这位先生是？"

陆文不想透露太多，笼统地说："我领导。"

林榭园到了，陆文有些惊讶，没想到瞿燕庭住在这么普通的小区，把人扶下车，瞿燕庭死活不走，非抽出一百块塞给了小邵。

雪一直未停，地面白茫茫的，瞿燕庭被强悍的酒劲包裹，醉意越发厉害。陆文不放心，只能跟着，两个人沾了满脚的雪。

好不容易进了电梯，到了九楼，陆文怕惊扰邻居，搂紧了瞿燕庭不让他乱走。

门开了，漆黑的屋内浮着一双泛着幽光的眼，黄司令发出生人勿近的叫声。

陆文吓一跳，关住门，摸索墙上的开关。

还没摸到，耳畔传来瞿燕庭的声音："你不是失望了吗？"

陆文喉头滚动，沉默以对。

瞿燕庭又道："那你还跟着我。"

一瞬间，瞿燕庭挣脱了陆文，呢喃道："你没良心……"

眼前人的躯体隐隐站不稳，慢慢向下坠，在一双猫眼的监视下陆文重新将瞿燕庭扶住。

他沉声道："我错了好不好？"

卧室里，雪光从窗户透进来，不那么黑，陆文把人放下。瞿燕庭在柔软的被褥间扭动，时不时扯一下并不勒人的领口。

陆文帮他脱下衬衫，抻平棉T恤，顺带帮他把皮带也抽了下来，同时拼命回忆玲玲姐平时照顾自己的样子，问："有没有柠檬？我给你沏水喝。"

瞿燕庭摇头，不知是没有还是不喝，一扭身侧趴在床上，肚子刚遮住，后腰又露出来。陆文扯被子把他盖严实，隔着一层棉，扬手落下了一巴掌。

瞿燕庭蹙起眉："你敢打我……"

陆文不跟醉汉扯皮，一转身，被蹲在床尾的黄司令吓一跳，他拐进浴室，黄司令悄无声息地尾随他，拿他当入室的贼。

床边的人影不见了，瞿燕庭迟钝地欠身，拧开灯茫然四顾。很快，陆文回来，拿着一条热毛巾。瞿燕庭扬着下巴，醉醺醺的面容被微烫的毛巾拭过，湿润，绯红。还是有些晕，瞿燕庭支撑不住地跌回枕头上，手却伸出被窝，向床边摸索。

陆文问："想要什么？"

"你……"瞿燕庭大喘气，"你要走了吗？"

陆文险些气出内伤，这人清醒的时候欺负他也就罢了，喝醉了还胡说八道。

强忍着气，他给瞿燕庭掖紧被子，"嗯"了一声。

他望一眼窗户，簌簌的落雪还没停，不知会下到什么时候。

原本是庆祝杀青的好日子，身为主角却当牛做马，白天眼巴巴地盼着、等着，以为等来一份惊喜，实际给自己等来个祖宗。

瞿燕庭跟满桌人吹瓶豪饮时他盯着，喝多了也是他送到家，脱衣擦脸盖被子，费心劳力折腾到大半夜，这醉鬼擦净了，躺平了，舌头都捋不直就赶他走。

怎么不骂他没良心了？

就不担心他在冰天雪地里崴个脚？

陆文何曾吃过这种亏，郁气难舒，正要硬邦邦地丢一句"再见"，瞿燕庭终于摸到他的袖口，拽了拽。

"干什么？"

"要不……留下过夜吧。"

陆文一下子愣住，他忐忑地试探："我是不可能打地铺的。"

瞿燕庭说："好。"

陆文又道："我这辈子都不会睡沙发。"

刚说完，袖口的手松开，抽回被窝里了，陆文意识到得寸进尺失败了，然而不待他改口，瞿燕庭默默往床中央翻了一圈，腾出身旁的位置。

陆文的大脑也随着空掉的被窝变得一片空白："瞿老师？"

他摘手表，脱外套，动作刻意放慢给瞿燕庭反悔的机会，可直到脱得只剩衬衫长裤了，瞿燕庭依旧闷在被窝里，哼都不哼一声。

陆文撩开被角，规矩地躺进去，床垫的确偏软，他背对着瞿燕庭侧躺下。

不多时，背后传来均匀的呼吸声，瞿燕庭睡着了。

陆文毫无困意，小心地转过身。

瞿燕庭睡得并不安稳，偶尔会梦呓，梦见了谁便无意识地低喃，一把嗓子被酒浸得轻绵绵的，听起来好像猫吟雀叫。

"小棠……"

陆文反应了两秒，瞿燕庭喊的是阮风的本名，大概梦见了小时候？他李代桃僵给自己加戏，应道："唉，哥。"

瞿燕庭循声探手触碰到陆文，抚过一只肩头："好大一只……"

陆文尴尬道："哥，我成长了。"

瞿燕庭的手摸到陆文的肋骨，那些年他总这样摸阮风，孩子太瘦弱，他看看有没有长一点肉。

陆文咬牙忍着痒意，等瞿燕庭渐渐不动了，他握住那只手，拿开放在两人之间。

此时，瞿燕庭又说了一句什么，咕咕哝哝的听不清。

陆文蹭着枕头靠近，小声问："什么？"

瞿燕庭动唇，叫了一声"爸爸"。

这是小孩的叫法，陆文不敢细想，也没勇气去共情。

瞿燕庭俨然把他当成了梦中的父亲。陆文心情复杂，体会到什么叫因果报应，你曾把人家比作爹，人家迟早有一天也会把你当成爸。

雪在黎明前才停。

瞿燕庭很少睡得如此踏实，一觉过了中午，房间里是雪后初霁的亮堂，他眯开双眼，在宿醉后不免有些断片。

被窝里出奇暖和，甚至是热。

记忆回笼，知觉也一并复苏。

刚一动弹，脑后便传来暴躁的低音炮："别乱动。"

瞿燕庭发怔，难以置信这二百五竟然敢跟他发狠。

他沙哑地命令道："你给我下去。"

陆文皱紧闭着的眼："吵死了……"

瞿燕庭没好气地拍了拍对方。

陆文没醒透，但不耽误发起床气："就不能老实点？！"

瞿燕庭生气了，干脆铆足劲推了一下陆文。

刚苏醒的陆文嚷道："你干什么啊？！"

粗粝的低吼在房间里回荡，推人的人果然老实了，而陆文也把自己吼醒了。

脊背霎时出了一片冷汗，他进退维谷："瞿……"

瞿燕庭怒道："滚下去。"

陆文卷着被子滚了一圈，大猫似的弓着背。

瞿燕庭翻身下床，脚步发虚地冲到衣柜前，一边拿干净衣服一边观察床上，见陆文没有动静，他禁不住找碴："你还赖着不起，想让我拽你起来吗？"

陆文慌忙否认："我当然不——"

"不会最好。"瞿燕庭甩上柜门，"否则我封杀你。"

陆文恨不得找个地缝钻进去，陆战擎不让他在外面装孙子，要是知道他现在这个样子，估计一脚把他踹出陆家的户口本。

瞿燕庭进浴室洗澡，陆文只好爬起来，走到阳台上赏花。

黄司令卧在墙边的花架上，看到陆文立刻挺起脖子。

陆文有点怵，巴结这位不好惹的畜生："你这就叫心有猛虎，细嗅蔷薇。"

走近了，他摸黄司令的头，嘲讽道："你是公的还是母的？绝育了吧，呵呵。"

第 17 章 聚餐

陆文从阳台穿到客厅，昨晚忙乱，瞿燕庭的包扔在地板上，他捡起来，一沓文件滑出三五张，写着什么什么合同。是关于那部冠名剧的协议和说明，瞿燕庭已经签了字。陆文囫囵地读，发觉条条框框都关乎改编内容，却没一条谈及报酬。

浴室的门开了，陆文将合同收好放下，一副规矩模样。

瞿燕庭冲去酒气热汗，清爽地探出头，见陆文在沙发上坐着。

"过来洗漱。"

陆文听吩咐进了浴室，大理石台上搁着盒新牙刷，他在左边拆，瞿燕庭在右边吹头发，温热的风不时扫来烘着他的耳根。叼上牙刷，陆文抬头照镜子，捕捉到瞿燕庭扫了他一眼，他立刻道："你瞅什么？！"

瞿燕庭关掉吹风机，兀自抹乳液不理人。陆文觉得冤枉，造成这种局面也不是他一个人的错吧，说："是你让我睡床的。"

瞿燕庭道："我没让你睡得那么死。"

陆文辩解道："一千个人有一千种睡法……没准儿哈姆雷特就这样。"

这么幼稚的反驳，瞿燕庭懒得搭腔。

陆文咬着牙刷，满嘴薄荷的辣味令他更加心烦意乱。他手忙脚乱地拧开水龙头，漱口，洗脸，挂着满脸的水珠破罐破摔道："我不跟你说了！"

陆文奔出浴室，拿上外套和手机，急吼吼地换鞋走人。

瞿燕庭慢腾腾地追出来，送到门口。陆文心里乱七八糟的，一脚踏出去之前还不忘倒打一耙："追根溯源，你以后少带人回家过夜。"

"嘭"，门关上了。陆文在门口脚垫上愣了愣，转身走了，搭电梯下楼，一夜之间单元门外已白雪皑皑。

陆文踩着雪往外走，掏出手机正要叫车，孙小剑打了过来。

他接通，踢着地上的积雪道："喂？"

"是我！"孙小剑的声音很兴奋，"下午来公司一趟！"

陆文没有洗澡，没换衣服，身上不爽快，心理还受了创伤，今天哪儿都不想去，烦道："干吗啊？"

孙小剑说："公司要安排你参加一档真人秀！"

陆文停下："什么真人秀？"

"等你来了再说，"孙小剑忍不住透露，"机会难得啊，你知道这个节目其他嘉宾有谁吗？"

陆文问:"谁啊?"

孙小剑回答:"流量中的流量,靳岩予!"

九楼的阳台窗边,瞿燕庭在浇一盆葡风,望见楼下一片的白茫茫里戳着个姓陆的正讲电话,他凭窗无声地笑了。

"傻蛋。"他默默道。

Chapter 18

第18章
岚水

"万一那些'大咖'欺负我呢？"

"关我什么事。"

陆文先回了趟南湾，洗澡换衣服，然后开车去公司。

爱简传媒的大厦高耸漂亮，陆文从地下车库搭电梯到二十五楼，一整层大大小小的会议室是专门供艺人工作对接和洽谈用的。

孙小剑等在格子间和实习生拉了半天家常，终于见陆文驾到，赶忙抱着文件夹迎过去："您这速度，骑共享单车来的？"

陆文穿着件艾森豪威尔夹克，戴宝格丽纯黑超薄陀飞轮腕表，抬臂瞄一眼表，装模作样地敷衍："好久没来，不认路了。"

孙小剑确实心情不错，说："你先去会议室，我去泡咖啡！"

陆文却没心情，想尽快办完事回家，挎住孙小剑的脖子往会议室走："不就是个综艺嘛，你激动个屁啊。"

"我为谁？"孙小剑强调，"还不都是为了你！"

进入会议室，暂且没叫别人，陆文坐下来翻节目资料，打开文件夹看清标题，他明白了孙小剑为什么会激动。

这档真人秀叫《乌托邦》，会在全国排名前五的卫视上星播出，重点是采用全新的拍摄模式，边拍边播，号称要制作成"无剧本、不乱剪、最真实"的真人秀节目。

节目未拍便受人期待，关注度非常高。题材是时下流行的慢综艺，但是又稍有不同。嘉宾要前往某处古镇生活，学习当地的传统工艺，以学徒的方式抵食宿费，类似于赚钱穷游。

陆文读到一段话，部分赞助费用将捐赠给当地进行非遗文化和传统工艺的保护发展，他觉得不错，挺有意义的。

孙小剑说：“你再翻翻制作方。”

陆文往后翻，制作方有两个，一个是卫视的节目中心，另一个是书影者基金会。

"书影者"是曾震和王茗雨创立的基金会，在圈内享誉多年。

孙小剑说：“有慈善组织参与，这节目的立意和口碑就不会错。”

至于嘉宾，节目组洽谈过不少艺人，官方消息还没发布，不过网络上早已爆料满天飞。

陆文八卦道：“真有靳岩予？”

"千真万确。"孙小剑欣慰地说，“有靳岩予在，节目自带流量，他的粉丝最会在网上造势了。”

陆文问：“还有谁啊？”

孙小剑答道：“目前确定的有影后涂英、国际名模伊川、收视率有保证的实力派徐又柯，加上流量小生靳岩予和你，一共两女三男。”

陆文听得头大，影后、名模、顶流[1]、实力派，再加一个十八线"小透明"？

他委婉地说：“你不觉得我与这些人格格不入吗？”

孙小剑道：“任何节目都需要一个没地位的'小透明'，就像每个班都要有一名吃力不讨好的卫生委员。”

陆文恍然大悟：“合着我是去干苦力的？”

"拜托。"孙小剑用指关节敲桌子，“干苦力很委屈吗？你能认识影后，能搭上大卫视，能跟着惹不起的'大咖'们刷脸，稳赚不赔。”

陆文好哄又好骗，信服地点点头。

"听哥的话，"孙小剑人虽轻浮，但有时还算靠谱，“你演了瞿编的男一号，身价翻倍，否则没资格沾这种分量的节目，要珍惜知道不？”

乍然听见个"瞿"字，陆文神经过敏，不自然地支吾了一句。

孙小剑察觉他不对劲，又问一次：“听见没有啊？”

陆文抖着文件夹，保证道：“听见了，一定发挥综艺精神。”

---

[1] 顶流：顶级流量，多指极出名的艺人。

结果孙小剑摇摇头，将资料抽走，又塞给他另一份文件，说："你不必发挥，多干活，别抢镜，不求红火只求安稳，这是你的剧本。"

陆文吃惊道："不是没剧本吗？"

孙小剑更吃惊："这你也信啊？"

节目资料要全部看完，双方如果觉得没问题，公司和节目组会按流程出合同，择日签约。

陆文拿上文件走人，顺路送孙小剑回家。

一踩油门，车驶出地下车库，在湿滑的雪泥路上行驶，陆文稍微放缓速度，打开音乐，跟着哼起一首英文歌。

孙小剑的住处离公司不远，当初图上班方便租的房，临近一个路口时，他忽然问道："你昨晚在哪儿睡的？"

恰好红灯，陆文刹得有些猛。

作为经纪人，孙小剑不太干涉陆文的私生活。一来陆文不红，顾忌比较少；二来陆战擎管得严，用不着外人操心。

手掌从方向盘上滑落，陆文摩挲着大腿，有种十几岁男生被教导主任问话似的心虚，他咬字略轻："在家啊。"

"哦。"孙小剑戳着手机屏，玩消消乐，"在居酒屋吃完饭，你怎么走的？"

陆文语气不变："坐车啊。"

孙小剑骂了句"废话"，昨夜散场他上趟厕所的工夫，陆文就没了影，他手机没电，在保姆车里空等了半个钟头。

绿灯了，陆文一脚油穿过路口，若无其事地问："怎么了？"

孙小剑说："不怎么，随便问问。"

前方有几栋公寓，陆文打方向盘停靠路边，把门锁弹开。

孙小剑退出了游戏，解安全带时扭头看着他，问："没有谈恋爱吧？"

"呵，"陆文皱眉，"跟你谈啊？"

孙小剑说："没有就好，现阶段先把感情问题放一放。"

陆文没恋爱对象，甚至没暧昧对象，却煞有介事地把锁落下，像猫被踩了尾巴似的充满警惕："为什么？"

孙小剑解释："这部网剧你拍得很顺利，片方也很满意，公司已经看到你的价值了，所以真人秀才能安排上，你参演的那部《万年秋》也要播了，到时候同步刷脸。"

言下之意，演艺事业正值上升期，不适合谈恋爱。无所顾忌的十八线当久了，冷不防被提醒，陆文觉得很不真实。

"当然了，"孙小剑不把话说死，"真遇到喜欢的，公司也不会阻拦你。"

陆文到家时天色擦黑，父子俩一起吃晚饭，他告诉陆战擎要拍真人秀，没讨到好话，互呛两句便不欢而散。

夜里，陆文在书房挑灯看录制流程等资料。节目前两期在岚水古镇拍摄，他上网搜了搜，是个山清水秀的地方。

直看到眼球酸胀，陆文戴上耳机躺在贵妃榻上听歌，打开QQ，抖着脚给社恐小作家发消息：休息了吗？

昨晚脏兮兮地睡了，瞿燕庭正在换床上四件套，换完后才回复：还没。

倒霉小歌星：我最近会忙，还要出差，回复也许不及时，跟你讲一声。

社恐小作家：好，没关系，祝顺利。

倒霉小歌星：你忙什么呢？

瞿燕庭返回书房，亮着的电脑屏上是一份未完成的剧本，既非工作室的项目，也非人情债，是完全属于他的独立作品。

社恐小作家：在写故事。

倒霉小歌星：你真是作家啊？

社恐小作家：不然我ID瞎编的？

倒霉小歌星：不是，我以为存在夸张的成分。

社恐小作家：有多夸张？

倒霉小歌星：我以为你写公众号文章的。

瞿燕庭笑出了声，但不介意，怀疑网络上的身份很正常。

社恐小作家：那你有没有夸张？

陆文无意欺骗，毕竟他的确混过歌坛，也足够倒霉，回复道：我真是……歌星。

社恐小作家：唱过什么？

倒霉小歌星：保密。

社恐小作家：好吧，祝你专辑大卖。

陆文从QQ切到音乐软件，他只正式发过三首歌，主打歌的播放量堪堪超过一万。曾经的豪言壮语、澎湃梦想，在对方的祝福中被重新点亮。

倒霉小歌星：等我开演唱会的那一天，请你来看！

　　瞿燕庭深夜被未曾谋面的网友感染，十指覆在键盘上，那份想用这双敲下剧本的手列分镜、画调度图、调试机器、握着对讲机铿锵有力地喊停的渴望被唤醒。

　　他郑重地回复一个"好"字。

　　两天后，到了与节目组正式签约的日子，陆文大清早抵达公司，跑车修好了，艳丽烧包的红色太抢眼，他便搭了一套低调的深色系衣服。

　　双方聚在会议室，法务旁听，就合约细节进行了最终核对，条条框框没写得太细致，因为电视节目充满了不确定性。

　　陆文夹在一众大佬嘉宾里，镜头注定不会多，更不指望他带动收视率。公司的意见是安安稳稳拍完，人长得帅，给观众留个酷哥印象就可以了。潇洒地签下名字，陆文和节目组的协议正式达成，具体事务交由公司跟进打理。

　　事办完，人走得也差不多了，陆文笑得脸酸，往嘴里扔两颗木糖醇活动活动面部肌肉。孙小剑穿了一上午西装，憋坏了，扯开领带说："中午去庆祝，你请。"

　　陆文翻白眼："要上镜了，减肥。"

　　孙小剑态度一转："对，虽然咱不红，但咱不能输。"

　　陆文掏手机，搜索靳岩予的身高体重，对方官方身高是一米八一，他忽然翻到一张靳岩予和阮风去年在某场活动的合照。

　　陆文乐了，如同班级里爱揭同学短的幼稚鬼："没小阮高，这人虚报身高。"

　　"哎，干点正经的，"孙小剑说，"把节目组微博和其他嘉宾关注上。"

　　陆文登录微博，搜索"乌托邦"，出现的第一条就是节目组官微发布的，文案很长，先后艾特①了五位嘉宾，他一一点开关注。

　　"啊。"陆文迟钝地反应过来，盯着那条转评量数万的微博，问道，"这是……官宣？"

　　节目宣传早已提前安排，不仅节目组微博，电视台官微、各大媒体账号、营销号，通通发布了这一消息，短短几小时内，"乌托邦"的词条热度迅速上升。

　　陆文第一次被艾特数万条，虽然大多是其他嘉宾的粉丝所转发，评论甚至翻不到他的名字，但他不可抑制地激动了。

---

　　①艾特：网络字符@的音译，该符号常用于提醒指定的人查看所发内容。

几条消息蹦进来，是好友们发来的祝贺或调侃，陆文捧着手机回复，一抬头，孙小剑早去忙了，会议室只剩他自己。

周遭一安静，陆文胸中的兴奋就渐渐沉淀下来。他退出微博和微信，此时此刻，他有一个最想与之分享的人。

陆文打给瞿燕庭。

等了三五声便接通，听着熟悉的呼吸，心照不宣地掠过那天的尴尬，陆文笨拙地说开场白："瞿老师，车子修好了。"

瞿燕庭问："费用是多少？"

陆文说："你真要赔啊，不用了吧。"

"当然要。"瞿燕庭很坚持，"你说个数，我转给你。"

陆文玩笑道："520。"

瞿燕庭顿了一秒："我给你250还差不多。"

陆文说："哎哟，我就跟我爸张口要过钱，讲不出来。"

"那你发微信。"瞿燕庭说，"磨磨唧唧的，不好意思讲干吗打给我？"

陆文总算切入正题，怕瞿燕庭嫌他小题大做，心里打着退堂鼓："我要参加一档真人秀了。"

瞿燕庭已经看到新闻，不错的资源，估计陆文开心又期待，他沉吟片刻，问道："嘉宾中有靳岩予？"

陆文问："你欣赏他？"

"我——"

"他谎报身高啊！"

这都哪儿跟哪儿，瞿燕庭说："我是想嘱咐你，千万不要招惹他。"

刚挂线，于南敲门进来："老大，你订的补品到了。"

瞿燕庭每年春节前都会订一些送给长辈，他说："老样子，分三份。"

两份寄出，一份给任树的父母，另一份收件人写"老大哥"，于南负责寄送七八年，至今不知对方是何许人也。

忙到日暮天空泛起橘红，瞿燕庭离开工作室，装上第三份补品送往紫山名筑。

曾震仍在剧组，家里只有王茗雨和保姆阿姨。晚饭正端上桌，保姆隔窗瞧见瞿燕庭的车，喊道："王老师，小瞿先生过来啦。"

王茗雨从楼梯下来，说："添副碗筷。"

门铃响，保姆先去开门，瞿燕庭进来喊了声"师父"，熟门熟路地挂外套，洗洗手去餐厅落座。

正赶上饭点，王茗雨说："你倒会掐时间。"

瞿燕庭挽袖盛汤，把碗轻轻放在王茗雨的面前，三道菜，量不多，他问道："够吃吗？"

王茗雨吩咐保姆："蒸一碟腊肠。"

"谢谢师父，"瞿燕庭道，"阿姨，再加个西红柿炒蛋。"

相似的场景，相较于上次师徒间的僵持不下，今天的氛围还不错。安安稳稳地吃掉半碗饭，王茗雨说："开年戏完成了前十集，等会儿上楼看看。"

"好，"瞿燕庭期待地说，"我也带着本子，师父也帮忙看看。"

是那部未完成的独立作品，王茗雨曾听瞿燕庭聊过思路，很感兴趣，便放下筷子擦擦手："来，给我瞧瞧。"

瞿燕庭从包里拿出来，下班前打印的本子，一路捂在包里，带着些许余温和油墨味。王茗雨戴上垂在胸前的近视镜，接过读起来，任由羹汤变凉，桌上一时无声，她道："吃你的，又不是检查作业。"

瞿燕庭低头继续吃，连同感慨一并吞入腹中。他是崇拜这位师父的，王茗雨写的戏、钻研剧本的精神、笔下人物的风骨，令他过滤掉恩情的加持后依旧崇拜了许多年。

而冠名那件事，恰如沙砾落入白米饭，脏，硬，硌得人疼，瞿燕庭端起碗，用箸尖拨弄最后一口米，再抬头时收起了一切庞杂的情绪。

王茗雨叹道："好久没看电影本子了。"

丈夫是著名电影导演，明明是近水楼台，瞿燕庭却对曾震避之不谈，说："师父想看就告诉我，我把工作室的电影剧本送来。"

王茗雨满意地翻了一页："写多久了？"

瞿燕庭答："一年多。"

王茗雨问："进度？"

瞿燕庭答："过半。"

指腹捻着汤匙细腻的瓷柄，瞿燕庭冒着风险试探道："太忙了，工作室的项目优先，只能抽空写，现在又扔一部稀烂的剧给我。"

王茗雨毫无反应，似乎专注到听不见，读完剧本直接拉回话题："你这个岁数的编剧，选择年代戏的不多。"

瞿燕庭问："您觉得怎么样？"

"我挺喜欢的。"王茗雨客观评价，"适合大银幕，有些画面会很精彩，我能感觉到……"

瞿燕庭舔了下薄唇。

王茗雨说："你是以导演思维描写的。"

桌上陷入短暂的沉默，王茗雨抬眼，目光从镜框上方投向对面，一副老学究的模样，藏着一丝不动声色的意味，大概是惋惜。

她揭过这茬："前半部分的空缺，是没琢磨好？"

瞿燕庭点点头："查了资料，还需要再考据。"

王茗雨问："哪方面？"

"民间传统工艺。"瞿燕庭回答，"我去年跟您提过，还从您这拿了本书。"

王茗雨一怔："就你跟我聊延续发展，提议基金会关注一下这方面项目的时候？"

瞿燕庭笑笑，他的确提过，当时写剧本找资料，有感而发。但他不清楚的是，王茗雨听取他的建议，让基金会去办了。

王茗雨告诉瞿燕庭，传统工艺和非遗文化的圈子逐步缩小，只靠公益的帮扶杯水车薪，所以书影者基金会联合电视台制作了一档节目，扩大关注，吸引大众的视野。

瞿燕庭惊喜地问："什么节目？"

王茗雨说："叫《乌托邦》。"

瞿燕庭惊讶地定在椅子上，竟然是陆文要参加的《乌托邦》。

王茗雨摘下眼镜，从容地开口："你早说嘛，做节目和公益，考察的内容非常详尽，我叫基金会给你一些资料。"

瞿燕庭回神："好……谢谢师父。"

一顿饭吃得比想象中要长，天色不早了，瞿燕庭拷贝前十集剧本回家拜读，从楼梯下来，王茗雨没送他，站在二楼的小厅凭栏目送。

迈下最后一阶，瞿燕庭仰起脸："师父，早点休息。"

"燕庭。"王茗雨突然叫他。

瞿燕庭静候，许久，王茗雨低下头，在垂落的发丝间看不清表情，回应他在餐桌上的试探，只道："师父不会害你。"

走出这幢别墅，起风了，夜空中云被吹散，露出明灭可见的星星。

瞿燕庭驱车离开，途经3—19的白色房子，他不经意地一瞥，发现里面灯火通明。

敞着大门，陆文正在挂尤加利叶做的花环，听见车喇叭响，一回头差点被熟悉的强光闪瞎。

"什么素质！"

陆文往外奔，像要发动家门口保卫战，还攥着两条长叶子，奔出来一看是宾利，紧接着车窗落下，瞿燕庭面色端庄地冲他吹了一声口哨。

"瞿老师？！"

瞿燕庭勾勾手："挺警觉啊，都不用养大狗了。"

陆文颠颠地停在马路牙子上，腰身微弯，双臂支住车门："你骂谁狗呢，我这叫危险意识，小时候自我能力修养课学的。"

"你上过多少闲课啊？"

"闲着没事就上呗。"陆文贫了句，"你又去师父家了？"

瞿燕庭"嗯"了声，在驾驶位上扭过身，抬头和陆文聊不要紧的天，问："正式搬过来了？"

陆文答："差不多吧，真人秀会拍到家里，过来再布置一下。"

正说着，一个微胖的人影追出来，瞿燕庭先看见，于是往车厢内缩了缩。陆文转身一瞄，解释是帮忙干活的保姆阿姨。

玲玲姐停在花园大门口，礼貌地不走近："小文，你突然跑出去吓我一跳。"

陆文没欠身，挡着车窗不让别人瞧，说："没什么事，是……是编剧老师经过，我出来打声招呼。"

玲玲姐一听："这么冷，请老师去家里啊，我给你们煮咖啡。"

陆文垂眸，冲瞿燕庭眨眨眼，搭在窗口的手也伸进去，戳了戳对方的大衣肩线。瞿燕庭心如磐石，摇摇头拒绝邀请。

"大晚上喝什么咖啡啊，还睡不睡了。"陆文不爽地说，有股指桑骂槐的幽怨劲儿，"人家忙着呢，过家门而不入，偶像估计是治水的大禹吧。"

瞿燕庭简直气笑了，这文盲懂不懂什么叫"家门"？他也探出手，隔着卫衣在陆文的肚子上拧，可惜只有紧致的腹肌，拧都拧不动。

陆文把玲玲姐赶了回去，不闹了，手欠地往倒车镜上缠尤加利叶，瞿燕庭也不阻挠，由着去了，说："录节目时注意分寸，悠着点。"

"哦。"陆文记得之前的嘱咐,并举一反三,"万一那些'大咖'欺负我呢?"

瞿燕庭不吃他这套:"关我什么事。"

陆文没讨到好,缠完叶子退一步,在星光和月光下伸着一条大长腿,说:"有名模伊川,据说真人特漂亮,腿巨长,和我怪配的。"

瞿燕庭淡淡道:"那不错啊。"

车窗升起,引擎声刺破别墅区的夜,瞿燕庭一脚油疾驰而去,陆文在尾气中回过神,急忙追了两步:"吹个牛都不行啊!你开慢点!"

车尾拐走消失,陆文回别墅,玲玲姐一直守在门口旁观,跟着他进屋:"怎么冲编剧老师大喊大叫的?"

陆文烦道:"天生嗓门洪亮。"

玲玲姐问:"编剧大约什么地位?"

陆文穿过客厅:"反正我惹不起。"

"那编剧老师对你好不好?"玲玲姐一看就是"亲生"保姆,直言道,"我觉得你们蛮熟的,你不会讲话,人家都不计较。"

陆文能把楼梯踩塌:"我怎么不会讲话?我哄他高兴的时候你没见到!"

玲玲姐一脸怀疑:"你还会哄人?"

"我为了星途……阿谀奉承。"陆文的嘴未经大脑的同意急不择言,"我容易吗我?隔行如隔山,你别打听那么多!"

起居室的茶几铺着一片鲜花,玲玲姐不屑地说:"那我继续插花喽,保姆也是很难做的,没有我忙里忙外,你能幸福地拎包入住?"

陆文本来已经进了卧室,闻言掉头蹿出来算账:"你还好意思说!你往我床头抽屉塞那什么东西?!"

玲玲姐惊讶道:"你这么快就用到了?"

陆文怒道:"我用个屁!"

"你生什么气啊。"玲玲姐优雅地修剪花枝,"万事安全第一,不能等急用的时候找不到。"

陆文脱口而出:"可我不用的时候它却出现,害我被瞿老师误会!"

玲玲姐道:"你想多了吧,这种事只能女朋友误会,别人谁在乎。小文,不要谈性色变。"

陆文头顶冒烟,咬牙切齿:"我不是谈性色变,我是缺乏和我一起谈的对象,你懂吗？"

玲玲姐以柔克刚："这话就在家里说说，老大不小了，别人有你没有，教人听见了人家也会觉得心里怪不是滋味。"

陆文终于崩溃了，冲进卧室甩上了门。

玲玲姐将一束洋桔梗拢入瓶口，抬手打理枝叶，忽然一顿，纳闷道："欸，瞿老师是谁……"

一晃，《乌托邦》即将正式录制。

公司给陆文安排了小团队，除却经纪人，还加入了生活助理和造型师。后者形同虚设，因为陆文不需要造型师借新款，自己一水儿的大牌、高定也足够折腾。

录制当天，孙小剑和助理大清早先到，在紫山公园傻逛了一圈，然后才找到别墅区。行李是玲玲姐收拾的，整整三大箱。陆文在开阔的衣帽间换衣服，深灰色巴尔玛肯大衣，内搭双层袖口的法式衬衫，配金属徽章袖扣，修身黑裤拢进改良款长筒军靴。

身上唯一一抹亮色，是腕间的血斑碧玉表盘，陆文看看指针，说："摄制组应该到了吧。"

话音刚落，门铃响了，《乌托邦》的摄制小组到了。两名摄像负责跟拍，一名统筹，一名组长，四个人负责陆文的部分。

谁也未料到，这位名不见经传的小明星住着大豪宅。本来只是简单拍一下，摄像师没忍住，进门后给了个横摇全扫。

工作人员不入镜，陆文亲手推着行李箱，说："我都准备好了。"

摄像大哥问："这么多行李？"

陆文说："其实就两箱。"

摄像大哥又问："那第三箱装的什么？"

陆文也不太清楚，使唤玲玲姐买的，说："到古镇住在村民家里，连吃带喝的，我给当地村民带的小礼物。"

真人秀不是访谈，摄像大哥也不是主持人，得靠自己去展示、去说。陆文适应得还算不错，一边带镜头参观一边自言自语："古镇有暖气吗？我可没带保暖内衣。"

"我其实还准备了红包，也是给村民们的，但一想你们节目组肯定会给钱就作罢了……你们会给吧？"

"哦，这幅画是竞拍品，我爸欣赏，我瞧着也就那样。"

绕了一大圈返回客厅，摄像大哥几度忍下唠嗑的冲动，十分辛苦，但是组长憋不住了，问："听说曾震导演也住这儿？"

陆文站定，懒懒地倚着个红酒柜："对，没错。"

组长说："你们会不会偶遇到？"

"那当然了。"陆文没正形地开玩笑，"昨天晨跑遇见，我还和曾导一块儿去喝豆浆呢。"

孙小剑急得呕血，拼命使眼色让这家伙悬崖勒马，用唇语提醒：人设！酷哥！

陆文心头一凛，把抛到九霄云外的人设拉回来，收敛笑意，咳嗽一声掩饰过去："开玩笑的，我早晨只喝冰水。"

出发前的镜头拍完，一行人前往机场。

陆文带着本书装文艺，结果上机后不允许拍摄，所以没读，盖在脸上睡了一觉。每个嘉宾所在的城市不同，他们将在目的地会合。

等两三个小时的飞行结束，陆文下机转保姆车，高速路旁是南方的连绵青山，笼着一片薄雾，山腰上点缀着炊烟人家。

统筹接到信儿，说："马上到服务站，各组在那边会合。"

陆文拽下耳机，对着窗，经过两段漫长的山中隧道，视野猛然开阔，岚水服务站就坐落在不远处的山脚下。

节目组的商务车停在一起，有七八辆。

驶近停在末尾，陆文钻出车厢，深吸一口新鲜湿润的空气，两条腿窝久了，他朝前方人少的地方溜达。

恰在此时，一辆商务车拉开门——

靳岩予带着巨大的墨镜，在助理和保镖的簇拥下，从车厢里迈出一条腿。他下了车，珍惜地拍一拍外套的褶痕，这件深灰色的巴尔玛肯大衣可是品牌给的最新款。

"啊。"

靳岩予闻声抬头，顿住了。

陆文在几步之外，也愣了。

开工第一天，他就和顶流撞衫了！

比起衣服，陆文更好奇当红小鲜肉的样貌，隔几步打量，不看被墨镜和刘海遮住的一大半脸，靳岩予依旧称得上帅哥。

皮肤偏白，但没有粉丝修的图那么白，高鼻梁，一张上镜的巴掌脸，面部轮廓流畅，标致的下巴尖令陆文觉得似曾相识。

忽然，靳岩予开了口："你看什么？"

嗓音很好听，腔调很拽。

陆文主动走近，伸出右手说："你好，我是陆文。"

靳岩予回握，严格来讲是碰了下陆文的手指，说："让一下，我要去洗手间。"

陆文麻利地闪开了，否则怕火气上来场面失控。

刚挪开半步，靳岩予面无表情地擦肩走了。

返回保姆车，其他人去喝东西，只剩孙小剑在车上，没外人，陆文吐槽说："我刚才碰见靳岩予了。"

"真的？"孙小剑问，"打招呼了吗？"

陆文冷哼："打了。"

孙小剑瞧他那德行就知道发生了什么："是不是挺大牌？当红炸子鸡嘛，哎，他真人怎么样？"

陆文如实说："长得不错，跟照片差距不大。"

"废话，长得丑能当流量小生？"孙小剑转念一想，"不过圈子里长得好看的不一定都在幕前，要说相貌，瞿编绝对不输明星呢。"

陆文一半赞同一半反对："是不输，但明星没有瞿老师的气质。"

孙小剑想一出是一出："你说瞿编有女朋友吗？将来结婚生个女儿，闺女随爹，绝对是美人坯子。"

陆文这次没有搭话，他禁不住开始想象，长着一双丹凤眼的小女孩，瞿燕庭的女儿……可瞿燕庭跟谁相恋，与谁恩爱，又会和谁步入婚姻产生爱情的结晶？

突然有人敲了敲车窗，接着车门被拉开，他好整以暇地觑向车外的生面孔。

孙小剑问："您是？"

"你好。"对方自我介绍，"我是靳先生的助理。"

孙小剑微笑："噢噢，您好，有什么事吗？"

那位助理说："靳先生不喜欢撞衫，希望陆先生能换一件外套。"

对方的话说得太直白，近乎是命令，陆文稀罕地扯了扯嘴角，毕竟陆战擎都没干涉过他的穿衣打扮。将蒙了的孙小剑扒拉开，他道："出发前已经上镜了，还有换的必要吗？"

助理说："那是分开拍的，到古镇会同框。"

陆文道："同框加同款，两全其美啊。"

大概没料到十八线这么倔，助理要求："希望可以配合一下。"

陆文问："我这次配合了，下一次撞衫是不是他配合？"

助理递上一张团队造型师的名片，说："双方造型师可以联系，会提前告知您靳先生的搭配，避免再发生今天的状况。"

"怎么告知？"陆文说，"发照片行吗？比较直观。"

助理考虑两秒："可以。"

陆文就等着这句，道："记得修完再发，见过他真人，我幻灭！"

孙小剑急忙打起圆场，接过名片，哼哼哈哈地应承了两句，等脸色难看的助理一走，陆文登时骂了一句。

"你文明点……"

"文明个屁，欺人太甚，我看姓靳的就是心虚，谁矮谁心虚，谁腿短谁心虚！"

陆文一股脑骂完，舒坦不少，捉住大衣前襟将自己裹起来。

孙小剑为难地问："那……换吗？"

陆文说："为什么要换？我才不怵他，他算个锤子。"

孙小剑说："瞿编不是嘱咐你，别招惹靳岩予吗？"

"这是他欺负我。"陆文把头一扭，"再说了，我爸不让我在外面装孙子，亲爹和老师的话，得优先听亲爹的吧？"

孙小剑没办法，如果对方好好沟通，按这位祖宗大大咧咧的性格也许就答应了，一旦逆着毛招呼，那就彻底没辙了。

在服务区休息一刻钟，节目组再次上路，离开高速，沿盘山公路环绕奔驰，最终抵达拍摄地岚水古镇。

青山绿水间缀着连片的房屋，刚飘过一点雨，青屋瓦和绿砖石泛着水光。陆文握着一柄收拢的黑色雨伞，伞尖伴随靴底的节奏一下下在地面上磕。

靳岩予从前面那辆车下来，摘掉了墨镜，见陆文没换衣服，明显愣了一下，随即流露出不悦的神情。

陆文端着酷哥人设，假装没看见。

所有嘉宾聚齐，徐又柯和电视里没区别，胖胖的，能正经能诙谐；伊川是性感大姐姐的长相身材，但性格很甜，讲话是糯糯的腔调；涂英，三十九岁，却有着令人无法忽视的美艳风情，在银幕上战绩彪炳，这是她第一次参加真人秀。

五位嘉宾根据抽签分成两组，陆文和靳岩予冤家路窄地被分到了一组。

他们要找一位叫曹兰虚的老师傅，古镇不大，两个人慢腾腾地走，摄像跟在后面拍，陆文压低嗓子说："怎么这么背，恰好跟你一组啊？"

靳岩予翻了个白眼，他早跟节目组吱过声："你真以为是抽签吗？是我要求的，我必须和你一个组。"

陆文震惊了："你有病吧？"

靳岩予扭脸冲镜头灿烂一笑，再扭回来："我要和女嘉宾避嫌，你呢，没粉丝，可能无法体会。至于徐又柯，他是前辈，我还得尊敬他。"

"喊。"陆文也冲镜头咧个嘴，"所以我倒霉？"

靳岩予说："你这么糊，镜头剪光了也无所谓。"

他勾住陆文的胳膊，摸着袖扣，说："真精致啊，好好穿着吧。"

陆文利落地抽出手，勾住了靳岩予的肩，状似亲密地说："我穿得帅吧？瞧我这腿，长吧？你呢，虚报身高，可能无法体会。"

靳岩予气得脸色一阵红一阵白。

两人暗呛了一路，找到曹兰虚的家，在门前双双哑了。刻着"曹宅"的牌匾，门内宽敞的堂院，这显然是个大户人家。

中式带铜环的大门打开，出现一位穿唐装的老头，精瘦，黝黑，双手戴着丁零哐啷的银镯子，正是传统银饰工匠，曹兰虚。

陆文嘀咕："感觉挺富的。"

靳岩予嘟囔："用不着慈善扶持吧。"

两个人走上台阶，节目组已经提前沟通好，按照剧本寒暄一下，拜个师，应该就可以了。

曹兰虚不苟言笑，身上有股匠人的威严，没等他们俩开口便先声夺人道："你们是兄弟？"

都是衣服惹的祸，陆文和靳岩予迅速撇清，两张口营造出七嘴八舌的效果——

"我姓陆，单名一个文。"

"靳岩予，'岩石'的'岩'。"

"……叫我小陆就成。"

"……'给予'的'予'。"

"行了，我记不住。"曹兰虚扫了一眼他们的同款大衣，说，"高个儿叫大灰，矮个儿叫小灰。"

陆文和靳岩予顿时哑口，无言以对。

总算进了大门，一楼相当于曹兰虚的作坊，二楼的房间住人。

黄昏如约而至，紫红的光洒在院子里，给木质结构的房子描了层金边。

卧室促狭但整洁，没有暖气和空调，镜头安装在角落。陆文把三只箱子靠边，一头栽倒在松软的新床品上。

第一天草草结束，天黑下来，陌生的环境显得格外冷清。

陆文冲了个澡，缩在被窝里冷得牙齿打战，关着灯，想大别墅，想家，想四个发小，想玲玲姐，连陆战擎都想。

唯独想到一个人时，他侧过身，将被子缓缓地拢紧。

手机屏幕亮了，陆文打开，是一条QQ未读信息。

社恐小作家：你在吗？

倒霉小歌星：在，直说。

社恐小作家：我写的故事遇到点难题，想请你给点意见。

倒霉小歌星：我恐怕不懂……

社恐小作家：我需要实地采风。

陆文明白了，对方惧怕采风的过程与人打交道，他回复：我觉得你可以试试看，去克服，大不了半路回家。

隔了几分钟，社恐小作家：好，我再考虑考虑。

倒霉小歌星：嗯，加油。

社恐小作家：你怎么样？

倒霉小歌星：我出差了，连网都没有，用流量。

社恐小作家：还好吗？

倒霉小歌星：还行，就是同事里有个蠢货。

社恐小作家：哈。

陆文捂住棉被乐了，不愧是社恐，"哈"都只"哈"一个字，在暂停的空隙里，他翻了翻和小作家的聊天记录。

也许有点冒昧，他问：作家，你结婚了吗？

那边又隔了几分钟，社恐小作家回复：单身。

陆文斟酌着按下键盘，编辑了很长一段话：我有个朋友曾受过创伤，痛苦了很多年，最终在爱人的帮助和陪伴下，才真正地好起来。或许你也可以找到知己，能面对面的，在你恐惧的时候陪伴你，能分享任何亲密的事情，那会比一百个隔着网络的志愿者更有力量。

屏幕的光些微刺眼，陆文按下发送，等待回音的分秒变得漫长。

许久，社恐小作家回道：我没那么幸运。

陆文悬着指尖，不知该如何继续。

而对方已经轻轻掩盖起无奈和酸楚，转移话锋，问他：那你呢？

陆文躺在陌生的床上，在异乡，对着素未谋面的朋友。

他僵硬地打下一行字——

我有个想一直关心，成为他知己的人。

Chapter 19

第 19 章
冒 用

"瞿老师，你怎么会来？"
"大概，也有点想念在剧组的日子了。"

陆文在稀薄的晨光里被冻醒了，摸索空调遥控器却摸了个空，迷迷糊糊地想起来这里是岚水古镇，睁开眼，起床气都懒得发。他不臭美了，挑拣舒服暖和的卫衣运动裤穿上，给46码半的脚丫子套上毛线袜，然后顶着凌乱的头发走到墙角。

　　陆文一巴掌拍掉镜头上的遮挡，近距离特写中，他素颜，睡眼惺忪，嗓音沙哑，散发着不自知的性感。"早，房间好冷啊。"陆文挠挠眉心，昨天说的话今天就推翻，怪难为情的，"所以我不喝冰水了，还是喝热的吧。"

　　陆文端着保温杯下楼，四方的庭院，边边角角安置着固定镜头，一举一动都会被拍摄下来。工作人员住在距离古镇最近的宾馆，八点钟才过来。

　　陆文拧开盖子，轻啜一口热水。

　　曹兰虚依旧一身古朴的唐装，走出卧室站在二楼的栏杆前，吊嗓子般，毫无预告地发出长音："大灰——"

　　陆文呛得脖根通红，抬起头道："曹师傅，能不叫大灰吗？"

　　曹兰虚说："贱名好养活。"

　　陆文道："我都快三十了，过了夭折风险期了。"

　　曹兰虚转身下来，木板楼梯踩得嘎吱响，走到庭院中央挽起宽松的袖口，一双手筋骨毕现，指节宽大，蕴含着手艺工匠不可小觑的力道。

　　陆文拍马屁："曹师傅，您好像练咏春的叶问。"

曹兰虚勾手掌，银镯子响声清脆："那我教你打一套拳。"

陆文傻了，没来得及反应，就被曹兰虚一爪扣住手腕，当着近处的镜头、远处的朝阳，一方庭院容纳一老一少打了套拳。

稀里糊涂打完，陆文掐着腰喘气，说："早知道我多睡会儿……"

曹兰虚道："明早还来。"

"啊？"陆文拉垫背的，"我挺茁壮的，您跟小灰练行不行？"

曹兰虚潇洒地一甩袖子，从鼻孔丢出哼声，吊起眼梢进了屋。陆文心说哼什么，到底行还是不行啊？他抬手揩去鬓角的汗，发觉身体暖烘烘的。这时大门"吱呀"开启，靳岩予戴着帽子走进来，后面跟着生活助理。

陆文见鬼似的："你怎么从外边进来？"

靳岩予摘下帽子，没做造型的头发乱蓬蓬的，说："我住宾馆啊。"

这也行？陆文问："那你房间的镜头怎么拍？"

"白天去躺一躺呗。"靳岩予发出嘲讽，"大哥，你第一次拍真人秀吗？有种技术叫剪辑，你听说过吗？"

陆文"咔咔"捏响了指关节："有种拳法叫咏春，你听说过吗？"

靳岩予摇头："哦哟，我只听过叫春。"

陆文目瞪口呆，现在流量小生的路子都这么野？头顶就有一只镜头，他扬下巴示意："你不怕没剪干净，给你播出去？"

靳岩予露出门牙，嗤笑道："那是不可能的。"

背后是一间堂屋，曹兰虚中气十足的声音传出来："大灰——进来盛饭！"

陆文肠子都悔青了，昨天真应该换掉衣服。抄起保温杯，他走到檐下，发觉靳岩予没跟着，问："那个灰，你不吃啊？"

靳岩予耍大牌："喊，糙老头子家能有什么好吃的。"

陆文发现这玩意儿的素质委实不高，一股拽劲，却不是矜贵少爷的拽，是天桥下无赖的那种拽。他懒得费口舌，扭身去了。

然而一切刚刚开始。

一楼的作坊分两间大屋，一间摆满工具、设备和材料，光用来锻制敲打的大小锤子便挂满整面墙，另一间是摆着桌椅的教室。

曹兰虚曾收徒传技，但镇上的年轻人大多选择外出打工，愿意学的人越来越少。老头一生未娶，无儿无女，把青春和精力全部奉献给了银饰錾刻事业。节目组本想走以情感人的路子，结果曹兰虚拒不配合，休说煽情，连好脸色都没给过人。

吃完早饭，曹兰虚命令大灰和小灰打扫两间大屋。

陆文秉承"尊老爱幼"的传统美德，人生第一次拿起笤帚。等他扫干净一大半，靳岩予吹好头、化好妆出现了，随便晃悠两圈，擦几下桌子便拍手走人。等到学手艺的时间，靳岩予集中拍一些镜头，动手的活儿交给助理，自己在旁边玩手机。

一两次后，曹兰虚对靳岩予视若无睹，即使同框出镜，也是吊起眼梢瞅王八犊子似的，撂下一声冷哼。

"大灰，把刻刀擦了！"陆文扎着绣着兰草的围裙，听令去擦刻刀，他彻底领悟靳岩予为什么选他同组了，十八线没人权，只有一身劳碌命。

"大灰，该喂狗了！"在家有私厨有营养师，在外要伺候条土狗，陆文把饭盆一搁，背对着镜头坐在小凳上，对拱盆子的狗说："小靳，慢点吃，瞧你急的。"

"大灰，去画样图！"陆文从未如此眷恋教室，坐下来，往桌上一趴，摄像大哥抱着镜头坐对面。他铺开纸，对镜头诉苦："说实话，我是看中这档节目的立意才参加的，早知道这么累，我选择直接捐钱。"

摄像大哥说："你就当忆苦思甜。"

"我都没吃过苦，怎么忆？"陆文一边画一边絮叨着，"我要画慢点儿，多歇会儿。哎，我干得越多，你拍得越多，那镜头是不是也多？"

摄像大哥闻言嘿嘿一笑，不好透露。

陆文也不难为人，抓了抓短发，压低眉骨，浅抿薄唇，落笔时说："那拍帅点总成吧？来特写，这一幕后期帮我配上字——认真的男人最帅。"

陆文画的是装饰指环，虽然样式简单，但有模有样。接这档节目后，他特意请教过学珠宝设计的朋友。至于花纹的设计，他不会太繁复的，准备画个简笔图案就好。

交完作业从屋里出来，靳岩予正下楼，眼线睡得晕开了，显得人有点颓。陆文往板凳上一坐，刚刚干了太多活儿，抹点护手霜。

靳岩予坐旁边，叉着腿，说："等你红了，就不用这么受罪了。"

陆文爱答不理："哦。"

"但你会红吗？"靳岩予语带嘲讽，"其实你这么帅，真不好说。"

头顶的天空已漫上晚霞，陆文不耐烦道："夕阳西下了，灰姑娘去参加舞会了，你也麻溜儿地回宾馆吧。"

靳岩予说："我今晚要进城。"

陆文问："干吗？"

"跟资方吃饭。"靳岩予掏出来一盒烟，咬了一支点上，很有技巧地吐出圆形的烟圈。

他为这个节目累死累活，人家已经安排下一项资源了。

陆文心理不平衡，没好气道："怎么，拍电影啊？"

"拍电影很稀奇吗？"靳岩予得意地说，"我上一部杀青的可是曾震的电影。"

陆文心说，配角而已，何况除了你的粉丝，哪有人爱看你演戏。

"我也杀青了一部戏。"他回道，"曾震学生的。"

靳岩予嘬着烟忘了吐，半口烟雾涌进气管，他强压住咳嗽，问："什么片？"

陆文仰脸冲着镜头打起广告，用播音腔回答："请多多关注我的网剧作品《第一个夜晚》。"

靳岩予停顿一下："哦，瞿大编剧的本子。"

陆文问："你知道瞿老师？"

"听过，没见过。"靳岩予掸掸烟灰，"据说挺低调，你认识？"

陆文挑高了眉梢："那当然了。"

靳岩予用力地吸烟嘴，吐出一大口缭绕的二手烟，细小的火星时隐时现，他的面容和声音都被雾气笼罩，有点缥缈："他长什么样？"

"对不起，语文没学好，形容不出瞿老师的一表人才、面如冠玉、目似朗星、雅人深致，反正城北徐公见了都自惭形秽。"

靳岩予忍不住回道："空口放屁。"

陆文掏出手机，打开相册，划到瞿燕庭抱猫的那张照片，展示给靳岩予看："那就让你欣赏下，睁大你的狗眼。"

"谁稀罕。"靳岩予说着，眼睛却情不自禁地瞟过去，目光黏在屏幕上。

陆文自顾自地说："别自以为很帅，看看瞿老师，骨相、五官、比例，哪个不比你强，最要命的是你气质太差了。"

靳岩予隐有怒色："什么？"

"气质，懂吗？"陆文道，"多读点儿书吧，腹有诗书气自华。"

指间夹着的烟燃到尾部，靳岩予被烫得一抖，烟蒂掉在地上，他一脚踩上去，狠狠地碾灭，站起来发飙道："懂你个头！少跟我啰唆，我会不如一个照片都没几张的编剧？！"

陆文累了一天没劲吵架，只精准气人："别自卑，长相都是爹妈给的。"

靳岩予奋力推开他，喊摄制组的人进教室补拍镜头去了。

陆文上楼回房间，上床躺平，手机屏仍停留在瞿燕庭的靓照上，凝神盯了会儿，他想起什么，打开 QQ。

昨晚聊到的那句"我有个想一直关心，成为他知己的人"依旧未得到回复。

陆文想起瞿燕庭在剧组的一切，想起他对自己的指导、照顾，他身上不愿为人所知的故事或者受过的伤害，于是忍不住想要为他做点什么。他想至少送件礼物给瞿燕庭，让他觉得自己是被人关心的。但一般的礼物并不会让身为金牌编剧的瞿燕庭印象深刻，思来想去，本着礼轻情意重的原则，陆文决定利用节目组要求嘉宾亲手做一个银饰的机会，给瞿燕庭做一个，刚才的装饰指环便融入了一点小巧思。

昨晚社恐小作家没有追问，陆文便也没有继续聊，点开文字框，他略过昨晚的话题，问：采风的事考虑好了吗？

稍后，社恐小作家回复：还没。

倒霉小歌星：别有压力，不勇敢也没什么。

社恐小作家：那我不去了。

倒霉小歌星：你这放弃得也太快了！

社恐小作家：那我再想想。

倒霉小歌星：你倒是听劝……

陆文就是询问一下，问完无所事事地在各个 App 上逛了一圈，最后打开微博。好歹《乌托邦》和《万年秋》的官博都有宣传，应该有涨粉吧？

一登录，主页刷新出最新的微博，靳岩予发布于两分钟前，内容是："来个小剧透，终于画完曹师傅布置的功课啦！"

陆文攥着手机鲤鱼打挺，眼珠子要瞪出来——靳岩予配的图片分明是他的作业，他一笔一笔、修修改改才完成的装饰指环！

陆文冲出房间，扒着栏杆大喊："姓靳的，给我滚出来！"

土狗配合地汪汪叫，可靳岩予已经走了，去赴资方的饭局。陆文怒不可遏，返回房间踹上门，重新打开那条微博。飙升的评论和转发里，全部是靳岩予粉丝的夸赞。陆文按下转发键，犹如评论一条朋友圈那样，输入道：不好意思，这貌似是我画的。

天边一片黑红。

瞿燕庭关窗下楼，今天是春节前最后一天上班，工作室所有人都在，领了年终奖金和小礼物，大家都喜气洋洋的。

按照惯例，大家晚上要聚餐，瞿燕庭说："我给你们卡，不参加行不行？"

大家异口同声："不——行！"

瞿燕庭拗不过，便跟着这帮人出发，反正都是通力合作的伙伴。节前外地人返乡了，路上不太堵，半小时就到了。一家韩国烤肉店的大开间摆了两条长长的桌子，瞿燕庭坐在桌角，脱下大衣擦免洗洗手液，说："想吃什么随便点吧。"

会计说："让于南点，他是狂热的肉食爱好者。"

洗完手，菜单还躺在桌上，看于南在桌对面专注地盯着手机，瞿燕庭在桌下踢他一脚，问："看什么呢？"

于南回答："看明星疑似公开打脸……"

瞿燕庭没听懂："什么乱糟糟的。"

"哎呀！"乔编也拿着手机惊呼，"瞿编，你网剧的男主上微博热门新闻了！"

瞿燕庭下意识地摸手机，而后想起他没注册微博，不过参加节目有热门新闻很正常，一种宣传手段而已。他问："你们大惊小怪干什么？"

于南说："靳岩予发了张装饰指环的设计图，说是他画的，陆文公开转发，说是自己画的……"

"都吵翻了！"乔编道，"所以到底是谁画的？！"

不知谁说："应该是靳岩予画的吧。"

瞿燕庭根本没听明白，但下意识地反驳道："陆文不会撒这种谎。"

"可是，"于南伸来手机，"图上写着'FOR YAN'，不就是靳岩予的岩吗？"

瞿燕庭夺下来，点开那张图，粗糙的白纸上画着一只装饰指环，右下是日期和落款，果真写着花体的英文字"FOR YAN"。目光移回指环，瞿燕庭唇齿微张，只见窄窄的戒圈上画着一只小燕子，与剧本封皮他名字后面的那只一模一样。

把手机还给于南，瞿燕庭倒了一杯大麦茶，灌下去。

餐食上得很快，牛肉五花小配菜，从桌头摆到了桌尾，大家却顾不上吃，都捧着手机关注这场突如其来的八卦。一边刷微博一边讨论，讨论核心依然是设计图到底是谁画的。包间内众人七嘴八舌，瞿燕庭的眉宇间透出淡淡的心烦。

"哎，评论怎么说啊？"彭跃然在烤盘上铺洋葱。

董鹤道："你问谁的评论，靳岩予还是陆文？"

"有区别吗？"乔编的红指甲戳在屏幕上，"反正两边全是靳岩予的粉丝，啧啧啧，小姑娘们嘴巴真厉害。"

"都认为是靳岩予画的？"

"差不多吧，毕竟写着'FOR YAN'。粉丝说这是靳岩予给他自己的礼物，画小燕子是振翅高飞的意思，寄寓了靳岩予新一年的美好愿望。"

"似乎能说得通……"

"嗯，关键是陆文和这个'YAN'看不出有关系。"

瞿燕庭始终没作声，默默注册了一个微博账号，生疏地刷着热点新闻版块，陆文和靳岩予这件事，阅读量居高不下，各大娱乐媒体和营销号也有发布。靳岩予粉丝牢牢掌握话语权，已经将陆文打为一个窃夺他人劳动成果的撒谎者。

可瞿燕庭知道设计图的含义，也只有他知道。

突然，于南举着手机低呼："我的天啊！"

瞿燕庭问："怎么了？"

"老大，你去看节目组官微！"于南大声地念道，"刚发的第一期预告，标题是《灰灰兄弟初遇撞衫》，视频封面是陆文和靳岩予的同框照片……"

姚柏青说："得，火上浇油。"

"节目组鬼才啊。"乔编很无语，"加上今晚的突发事件，点击量和话题都不用愁了。"

烤盘上的牛肉滋滋地冒着油花，瞿燕庭毫无胃口，点开评论区扫了眼不堪入目的评论，更觉一阵反胃。

乔编担心地问："瞿编，这事出来，网剧会不会受影响？"

大家关切地望过来，瞿燕庭退出微博，抬指在鼻梁上划了一下，说："错误必然会带来恶果，但我相信陆文没犯错。"

"你们先吃。"他从容起身，"我出去一下。"

合上包间的门，瞿燕庭沿着走廊拐进安全通道。他对陆文有信心，却按捺不住担忧，立刻拨通了对方的号码。结果瞿燕庭打了三四次，一直是占线。

陆文的手机已经被打爆了。

陆文把设计图给曹兰虚看完后放在教室桌子的抽屉里，现在竟被靳岩予拍完照直接丢掉了。他冲下楼，终于在垃圾篓内找到皱巴巴的一团纸。找不到人对峙，他几乎气疯了，只有转发的微博迅速发酵，一下子把他推到了风口浪尖。

第 19 章　冒用

　　黑漆漆的院子里唯一一盏灯亮起来，陆文垂首坐在板凳上，手指插在短发里捂着闷痛的后脑，地上的影子显得很是颓败。

　　孙小剑也急得团团转，一个接一个地打着电话，打完走过来，蹲在陆文的身前："我问摄制组了，他们也联系不到靳岩予，人没在宾馆。"

　　陆文记起来："他去城里了，跟资方吃饭。"

　　"怪不得，今晚能不能回来都不一定。"孙小剑道，"但他的团队肯定知道网上的情况。"

　　陆文气得要发疯，说："给我找辆车，我要去找那孙子！"

　　孙小剑安抚他："那孙子会回来的，画呢，他没拿走？"

　　"他给我扔了！"陆文怒火中烧，"我一定要揍他！"

　　孙小剑推了推眼镜，说："他连照猫画虎地抄都懒得抄，直接抢你的图拍照、发微博，那为什么不揣走呢？"

　　陆文嚷道："他还想揣走？他干脆裱起来挂他床头算了！"

　　孙小剑猜不透，怕陆文气炸了肺管子，也不敢继续说。这件事有点棘手，纵观娱乐界大大小小的明星纷争，这种类型貌似是第一例。

　　陆文急于自证清白，问："我把画捡回来了，拍下来发微博证明行不行？"

　　"够呛。"孙小剑摇头，"网友哪知道是他扔的、你捡的。你别没证出清白，又给自己扣个偷东西的屎盆子。"

　　陆文隐隐崩溃："有没有天理啊？"

　　孙小剑说："目前没有，只有靳岩予千万粉丝的唾沫星子。"

　　堂屋的挂帘被掀开，曹兰虚横眉冷眼，手上却端着一碗热腾腾的面条，在屋里听了个七七八八，他走过来说："大灰，先吃饭。"

　　"我没胃口。"陆文揪着一把头发，"气都气饱了。"

　　曹兰虚命令道："接着。"

　　孙小剑双手接住："我来，不好意思啊，曹师傅。"

　　曹兰虚没有说什么，在陆文的脑袋顶揉了一把，上楼去了。

　　孙小剑托着碗，安慰道："来龙去脉我跟公司说了，咱们会和节目组沟通，先别再贸然发声。"

　　陆文猛地抬头："对啊，镜头都拍下来了！一播出肯定会真相大白！"

　　孙小剑说："靳岩予的团队肯定也会交涉。"

一档节目从录制到播出，中间可操作的东西太多了。孙小剑准备回宾馆找摄制组的人，还要应付一窝蜂打来的媒体，问陆文要不要一起。

陆文烦躁地伸直大长腿，瞅一眼那碗渐渐冷掉的面条，情绪也跟着冷静下来。录制没有结束，他不该擅离工作岗位，于是拒绝道："不了，我在这儿陪曹师傅。"

"那随时打给我。"孙小剑离开。

大门开阖，"吱呀"声像生锈的刀划在心坎上。陆文后仰靠着木头柱子，他怎么也想不到自己竟以这种方式出了名，愤怒、冤枉、心烦意乱、百口莫辩……糅在一起成了无可奈何。

随着第一期预告片的发布，讨论再次升级，短短时间内引起了巨大的关注。手机铃声急促地响起，陆文磨磨蹭蹭地不想接听。

刚挂断，第二人见缝插针地打进来，陆文叹口气，划开贴在耳边。

"文儿？"是连奕铭，"网上是怎么回事？"

陆文道："我也说不清。"

连奕铭说："那就用骂的。"

陆文回答："姓靳的狗东西整我！"

又打进来一个，是苏望，满腔怒火恨不得从手机里烧出来，劈头盖脸地问："陆文，你在哪儿呢？"

"岚水古镇。"

"还待在那破地方干什么？节目组干吗吃的？扔笔违约金不拍了！"

"凭什么还要我掏钱！"

"那我给你掏，不受罪了！"

顾拙言也打过来，他比前两个人冷静一些："先别急，把能用的证据找一找，有什么要帮忙的跟兄弟们说。"

陆文好受些许："嗯。"

"不过你也是的，非写个'FOR YAN'，让人钻了空子。"

"这能怪我？就写！"

顾拙言问："是送我的吗？"

陆文嘴角直抽："想多了你！"

发小轮番打完，其他朋友也纷纷发来消息，陆文回不过来，便先挑选要紧的。点开阮风的未读，对方的询问非常直白：你画的？

陆文言简意赅地答：我画的。

刚按下发送，老郑打过来，陆文接通，蔫了吧唧地叫了声"郑叔"。

"小文，出事怎么不跟家里说？"

陆文语塞："呃……没组织好语言。"

老郑不多废话："把地址发过来，我派律师过去，现在开始你不要搭理他们，任何事情全权让律师去处理。"

老郑的意思就代表陆战擎的意思，陆文颇为意外，陆战擎明明不支持……他考虑片刻，说是逞强也好，不愿陆战擎担心也好，最终拒绝了："没那么严重，我能应付。"

挂了线，他看见阮风半分钟前的回复：那我支持你一下。

陆文似懂非懂，切到微博，没点开铺天盖地的评论，首页一刷新，阮风转了他那条"不好意思，这貌似是我画的"，转发词写道"陆文哥画的小YAN子真不错"。

陆文忽怔，阮风明白自己的意思，并充满暗示地公之于众，此"YAN"非"岩"。

突然，手机响了，来电显示"瞿老师"。

陆文回神，又失神。他很内疚，明明答应了瞿燕庭不惹事，可无论对错，现在都造成了难以收场的局面。瞿燕庭打来会说什么？怪他、训斥他、对他失望？

铃音回荡在院子里，陆文拖啊拖，终究还是按下了通话键："喂？瞿老师。"

瞿燕庭的语调沉缓又温柔，问："怎么一直打不通？"

陆文回答："好多人打给我。"

瞿燕庭丝毫未提及事件，只说："我也看了微博，你现在怎么样？"

陆文窘迫地组织语言，瞿燕庭看到他画的装饰指环了？

他喉结滚动，声音听上去足够轻松："我没事啊，在这边挺好的。"

"嗯，那就好。"

陆文握拳敲了敲太阳穴，在细微的钝痛中沉默，半晌，抱歉地说："瞿老师，对不起。"

"为什么？"

"我没有听话。"

手机那头很静，连鼻息都不明显。眼看手机电量只剩下濒死的一点红，在自动关机前，陆文披着如霜的月色说："我挺想念在剧组的日子的。"

恰如一片细雪落进耳朵，安全通道中漆黑一片，屏幕散发的光照亮瞿燕庭的耳郭。

陆文上楼睡觉，躺进冰凉的被窝里，一只手臂压着额头，一只手掌按在胸口，企图令心脏和大脑保持镇定。

他久久无法入睡，头皮有种紧缚感，就像孙悟空被念了紧箍咒。

半夜，手机在枕边充满电，陆文翻身醒来，带着犹豫和忐忑登录微博，看到刺眼的红色标记提示着数以万计的评论、转发、私信。

陆文点开，扫了一眼，顿时浑身僵硬。他的行为被定义成撒谎陷害，不堪入目的指责和谩骂翻都翻不到头，轻的有说无耻、不要脸的，重的有喷脏话和下诅咒的。各种各样的烂词不堪入目。

《乌托邦》官微发布的预告片下，"撞衫"成为陆文单方面的恶意炒作，有网友评论觉得他比靳岩予更帅，被靳岩予的粉丝追骂了七八千条。

陆文把手机塞进枕头底下，用被子蒙住头，他荒唐地想，捂晕了是不是就能忘掉那些话？直到呼吸不畅，他踢开被子大口地喘息。

凌晨三点半，陆文裹着羽绒服下楼，他也不知道想干什么，反正不想睡觉。在庭院走了一圈，最后来到门口，坐在院门高高的门槛上。街上没有路灯，陆文对着一片漆黑发呆，回忆起山城的那条旧巷，破花盆，绊脚的瓷片，还有差点摔倒的人。

他没拿手机，任由时间在不知不觉中流逝。璀璨的繁星渐渐暗淡，模糊的夜幕褪了色，天边一寸寸变白。陆文从兜里掏出被他折好的满是皱纹的纸，轻轻展开，欣赏这张引发了腥风血雨的设计图。

远远的长街尽头隐约传来引擎，声音越来越响，越来越近，陆文抬眼望去，一辆宾利越野披着东方日出的绯色霞光疾驰，驰骋到大门前、台阶下，猛收利爪般刹停。

在高速路狂飙了一整晚的夜车，瞿燕庭风尘仆仆地赶来，下车踩到地面，双脚因血液循环不足微微发麻。踏着黎明的晨光拾级而上，他一眼看到坐在门槛上的陆文。

那么呆，指间的纸都被吹落了。

瞿燕庭弯腰捡起，捏在手里看。

陆文难以置信："我不是在做梦吧……"

瞿燕庭走过去，伸出微微张开的手，说："你知道我的手指尺寸吗，就敢给我设计指环？"

陆文立即握住那只手站起来。虽然万事都未解决，但他在抓住这只手的时候却有劫后余生的错觉。他充满希冀地问："瞿老师，你怎么会来？"

瞿燕庭满足他："大概，也有点想念在剧组的日子了。"

Chapter 20

第20章
反击

"那我怎么办啊?"
"有个词,叫触底反弹。"

陆文拿了条牛仔裤，遮住房间墙角的镜头。瞿燕庭进屋打量一圈，没沙发，便连人带旅行包在床尾坐下来，很久没彻夜开过车，腰部的酸疼沿着脊椎向上蹿。

小桌堆满速溶的咖啡和奶茶，陆文估计瞿燕庭饿了，冲开一包浓稠的黑芝麻糊，搅动着端过去，然后坐在对面的椅子上。

瞿燕庭抿一口，齿颊留香："昨晚本来在吃烤肉，被你远程搅黄了。"

陆文隔着千山万水时说抱歉，当面反而理直气壮，问："和朋友吃的？"

"工作室聚会。"瞿燕庭的双腿垂在床边，发胀，见陆文叉着腿，于是抬脚踩在椅子腿之间的横杠上，"循环不好，我搭一下。"

陆文说："我给你揉揉。"

瞿燕庭笑："你会吗，公子哥？"

"你可别小看我，"早晨冷，陆文脱下羽绒服盖在瞿燕庭的腿上，"我这些天就是个杂役，打扫、整理、喂狗、洗毡布，还当咏春陪练。"

瞿燕庭道："瞧你委屈的。"

陆文搓热手掌："本来就委屈。"

"那你在电话里装什么？"瞿燕庭用脚尖踢椅座，"装得那么烂。"

设计图在衣兜里露出一角，陆文臊眉耷眼地盯着那一角纸，贱兮兮地问："瞿老师，我画的装饰指环，你看出来了？"

瞿燕庭说:"小风都能看出来。"

陆文想到阮风的转发,过意不去:"我不该跟他说,连累他被骂。"

"没关系,他经常被靳岩予的粉丝骂。"瞿燕庭道,"那叫什么……对家?他的粉丝也骂靳岩予。"

陆文好奇:"那哪边厉害?"

"靳岩予吧。"瞿燕庭说,"他的粉丝叫岩石,小风的粉丝叫软糖,软糖哪能打得过岩石啊。"

陆文被这个逻辑逗乐了,笑起来手上失掉分寸,震得掌心的腿肚发颤。

"你别揉了,松开。"

瞿燕庭垂下腿,无痕地切入正题:"事情发酵了一整晚,你有什么对策吗?"

陆文坐在门槛上思忖了半夜,说:"我请教过学设计的朋友,提过想设计一枚装饰指环,可以把当时的聊天记录拿出来。"

"不够有力。"瞿燕庭道,"网友也会怀疑聊天记录的真假。"

陆文又说:"节目如实播出的话,观众就会明白真相。"

瞿燕庭干脆地说:"千万不要寄希望于镜头。"

"什么意思?"

"意思是节目组会帮靳岩予。"

"凭什么?"陆文不服,"就因为他红?"

瞿燕庭的眸光闪了闪,没解释,只道:"他敢这样做,正是因为节目组会帮他兜着。即使你去告,录制的内容节目组不拿出来,一样没辙。"

陆文压制的火气一瞬间怒涨:"难道不用管事实?"

瞿燕庭指一指床头,那里搁着剧本:"综艺节目最不要紧的就是事实,不然发剧本干什么?"

陆文仍不死心:"公司会和节目组交涉——"

"好,假如交涉成功,"瞿燕庭已经看到三步远,"如实播出,靳岩予也可以说是恶意剪辑、节目组包庇,那你再要怎样解释?"

陆文一下被搞得焦虑了,一屁股挪到瞿燕庭旁边,"扑通"坐下,问:"那我怎么办啊?"

瞿燕庭站起来伸了个懒腰,屋外天色大亮,他拉开旅行包,说:"不怎么办,沉住气,下楼继续录你的节目。"

陆文有点蒙："啊？"

瞿燕庭掏出一袋子办公用品和电脑，颇有兴致："来都来了，带我认识一下那位曹师傅，我有传统工艺上的问题想请教。"

陆文满脑子糨糊，带着瞿燕庭下楼去见曹兰虚。到了院子里，瞿燕庭开始紧张，抱紧了怀里的文件袋。曹兰虚也没睡好，大门半夜被打开的时候他就醒了。见陆文身后跟着个生人，不像摄制组的，问："大灰，这是？"

亲耳听见这滑稽的称呼，瞿燕庭的紧张消散了大半，回答："曹师傅您好，我姓瞿，是陆文的朋友，来看看他。"

陆文说："瞿老师是编剧，想跟您聊聊银饰錾刻方面的事，您要是知无不言，我就多擦一遍地。"

"臭小子，敢威胁我？"曹兰虚没好气地问，"你的事怎么样了？"

陆文立刻丧着脸，拽着房檐上的一条吊兰，十分憋屈地说："没怎么样，我能把人家怎么样。"

曹兰虚恨铁不成钢地用手指他，抖得腕上的银镯子"哗啦哗啦"响："等他回来揍一顿！长那么大个子挨欺负，没出息！"

当着瞿燕庭的面挨骂，陆文简直想捂住曹兰虚的嘴，可老头骂的是事实，他只能老老实实地干瞪眼。

大门响了一声，曹兰虚方停，三个人同时望向门口。

孙小剑神色萎靡地闪进来，穿着昨天的衣服，眼下乌青，显然是熬了一通宵。走近看见瞿燕庭，他吃惊道："瞿编？您怎么来了？"

"来看我。"陆文迫不及待地问，"什么情况？"

孙小剑抬手搓了下脸，眉心皱得像包子的褶，说："谈了大半夜，节目组的态度很坚决，希望能息事宁人。"

"什么叫息事宁人？"

"负责人说这件事发酵得厉害，必须做出公开的澄清，综合考虑和权衡……嘁！我直接说吧，意思就是肯定有一方要认错！"

陆文预料到结果，但不想承认："那就让姓靳的认啊！是他抢我的东西！"

"我说了，这句话我把嘴皮子都说破了，"孙小剑满脸疲惫，"但节目组……希望咱们把这事认下来。"

太阳穴要炸开般，陆文磨着牙："我东西被偷了，还要我承认自己是贼？放屁！"

曹兰虚也火了："没这种道理！大灰，别听他们的！"

孙小剑进门前徘徊了十几分钟，说得很艰难："节目组基本已经决定了，如果你答应，今天就去录集市的内容。"

陆文说："通告里还没到集市！今天应该制作，做我画的装饰指环！"

孙小剑道："那个……改成靳岩予做了。"

"做他的春秋大梦！"

"节目组摆明要保他……"

"他想都别想！他人呢？先滚回来再说！"

"靳岩予的团队表示，你认了，声明发出来，他才会回来继续录。"

陆文怒火中烧，到底谁才是犯错的人？凭什么犯错的人还可以要挟他？他把手里的叶条抽打在地，吼道："我还不录了！我不伺候了！"

"如果你拒绝。"孙小剑无力地摘下眼镜，"就真的不能录了，节目组会和咱们解约，恐怕观众更误会你有问题了。"

两相对比实在太过残忍，陆文一时被伤害得难以反应，愣愣地说："好啊……那就解约，我要告他们。"

孙小剑劝他："节目组拿着拍下来的证据，而且拖得久了，你还开不开工？"

陆文觉得头重脚轻，晃了晃，背后抵来一只手掌撑着他，转过身，他才发觉，事情的走向完全如瞿燕庭所料。

"瞿老师……"

瞿燕庭毫不意外，平静得仿佛无事发生，他拍拍陆文的后心，说："答应吧，就按对方说的办。"

陆文睁大眼眶："什么……你让我答应？"

瞿燕庭握住他的手，重复道："先答应下来。"

那双眼中蔓延着血丝，陆文声音沙哑："你明知道那是……是我给你的。"

瞿燕庭说："你相信我一次。"

陆文说不出"好"，也无法对着瞿燕庭说出"不好"，他挣开手，在愤怒和绝望中崩溃，踩上楼梯躲进房间，狠狠地摔上了门。

孙小剑纠结道："瞿编，这……"

瞿燕庭说："告诉节目组，陆文同意了。"

"……好。"孙小剑不放心地朝楼上瞄。

"你去忙吧。"瞿燕庭明白对方的顾虑,"我会看着他的。"

孙小剑垂头丧气地走了,大门一关,院子顿时安静下来。

曹兰虚强压着肝火,语气不悦地说:"继续录?都别想再跨进我这个门!"

瞿燕庭道:"曹师傅别讲气话,您肯定和电视台有协议,违约的话要承担不小的损失。传统工艺式微,古镇也很需要这档节目的宣传。"

曹兰虚心里堵得撒不出火,道:"你先去陪着大灰吧,给他端点吃的上去。"

不料瞿燕庭摇了摇头,说:"大老爷们儿没那么不经事,让他独自静一静。曹师傅,能带我参观一下作坊吗?"

曹兰虚不解地盯着他,四五秒后,一甩袖口:"跟我来吧。"

瞿燕庭跟随老头进了工作间,琳琅满目的银饰比资料上的要生动百倍,他边看边问,边问边记,一直到十点左右,他打开文件袋拿东西,说:"曹师傅,恐怕还要请您帮个忙。"

二楼卧室里,陆文在收拾行李箱,乱塞一气然后暴力地扣住。他死也不拍这破节目了,表面宣称多真实多有意义,全扯淡。

让他背锅?好,他背。发完声明,等靳岩予一露面,他把那孙子揍残废再走!

出了满额的冷汗,陆文踱到床边栽倒,那些人糟践他就罢了,最让他难受的,是瞿燕庭竟然也要他打碎牙齿吞下去。屋外静悄悄的,他闷在房间一个多小时,瞿燕庭甚至不上楼看看他,难道他就一点都不担心?那他大老远跑来算什么?

手机响了,收到一条微信。陆文忐忑地坐起来,犹豫片刻点开看,是孙小剑发来的一句话:咱们一定能跨过这个坎儿,最近先不要上网了。

心头紧缩,陆文根本控制不住双手,登录微博刷新。在刚过去的十点整,《乌托邦》官微发布了一则声明。尽管用了"玩笑""误会"的字眼矫饰,可表达的意思依然清晰明了——设计图系靳岩予录制中所画,与他无关。

陆文霎时透不过气来,指尖贴着温热的机身,心口刺痛。

忽然,门开了,瞿燕庭出现在门口。陆文望过去,一切咆哮的情绪都平静下来,只呈现出无声无息的茫然。瞿燕庭走到他面前,陆文手机滑落,他抱住瞿燕庭,头顶传来瞿燕庭低沉的声音:"每个公众人物都会受委屈,从这次开始,学会面对这种感觉。"

时间仿佛凝固了,直到楼下的大门传来响声。

陆文慢慢抬头,像一头苏醒的狮子,音色愈发地沉:"靳岩予回来了。"

瞿燕庭按住陆文的肩膀,掌下的肌肉开始蓄力,血脉逐渐偾张。

瞿燕庭问："你要干什么？"

陆文猛地站起来："打架斗殴！违法犯罪！"

瞿燕庭拦住他，不让他往外冲，两个人在床边摇晃拉扯。他张手死死抱住这具暴怒的身体："别冲动，别下楼见他！"

"你放开我！"

瞿燕庭快要站不稳了，原来彼此的力量如此悬殊，就在陆文要推开他的顷刻间，他利用全身的重量去阻挡，用力把对方扑在了床上。

陆文不再挣扎，一时怔住。

楼下，靳岩予摘掉帽子走过来，昨晚饭局喝多了，他在城里的宾馆睡了一宿，眼看节目组把事情搞定，他回来瞧个热闹。

曹兰虚负手立在院中，喝道："小灰！"

靳岩予停下："我有名有姓叫靳岩予，你记不住？"

"你去哪儿了？"

"你管得着吗？"

曹兰虚训斥道："你录节目什么活儿都不干不说，还每天去宾馆睡觉，别以为我不清楚。"

"干活？"靳岩予笑了一声，"你一个糟老头子，我凭什么给你干活？"

曹兰虚问："那你凭什么偷大灰的画？！"

"我可没偷，拍完照就扔垃圾桶了。"靳岩予摊开手，耸了耸肩，"怎么？他给你当苦力，还处出感情了？"

"你这么做是浑蛋！"

"我就是瞧他不顺眼！"

曹兰虚忍无可忍，一手揪起靳岩予的衣领，生气地说："等节目播出后，我看你还怎么蹦！"

靳岩予道："您老真是与世隔绝，他已经怕了、认了，节目组向着谁你懂个屁！"

曹兰虚单手把靳岩予推了个趔趄，动静很大，角落的黄土狗都叫唤起来，他扬手指着门："滚出去！不许进我的院子！"

靳岩予站稳，朝二楼瞥，戴上帽子后退："你当我乐意来啊，节目录不成，到时候不一定谁求谁。"

等大门关上，曹兰虚气得面色涨红，喊道："大灰！"

床上的两个人神情微动，瞿燕庭从陆文身上翻到一边，微偏着头，押了押衣服上的褶皱。

陆文起身说："曹师傅叫我。"

"去吧。"

陆文大步冲出去，还不忘回一下头。

院中只剩曹兰虚一个人，他飞奔下楼梯，急切问道："曹师傅，靳岩予呢？"

曹兰虚没有吭声，转身踱到屋檐下，抬手将那盆吊兰的细长叶条拨开，从里面取下一只正在摄录的小相机。

陆文目瞪口呆。

瞿燕庭也下了楼，径自从曹兰虚手中接过相机，摆弄两下播放刚才录制的视频，满意道："拍得挺清楚，曹师傅辛苦了。"

曹兰虚松口气："我生怕忘词。"

瞿燕庭掌着相机走向陆文，拽住他的胳膊，一前一后返回楼上。混着视频播的声音，瞿燕庭道："现在可以化被动为主动了。"

回到房间，陆文的脑袋嗡嗡响："瞿老师……我头晕。"

瞿燕庭一边打开电脑，一边说："节目组包庇靳岩予，只有靳岩予自己板上钉钉地翻了车，节目组才会和他划清界限，真相才会如实播出来。"

陆文问："那为什么要先答应认下这事？"

"你不答应，靳岩予不出现啊。"瞿燕庭说，"这样他放松警惕，以为你认栽，所以才更肆无忌惮。"

"哇……"

"哇你个头。"瞿燕庭道，"这件事必须趁热解决，热度过去后你再告再追究，就算讨回公道又怎样？关注度过去了，看客就散了。"

陆文乍惊："现在是最爆的时候！"

瞿燕庭轻笑："那则声明非常重要，先让节目组表明立场，等真相大白就连靳岩予都不能污蔑你被袒护。"

"嗯！"

"更重要的，是先让你被赤裸裸地捶死。"

"呃……"

"然后有个词，叫触底反弹。"

视频掐头去尾，仅保留靳岩予进门至离开的片段，瞿燕庭简单加了几条字幕，导出来发给陆文。

登录微博，陆文的心脏狂跳，将视频上传，在编辑文字内容时，他想起靳岩予说他怕了、认了。

两分钟后，在这场热火朝天的八卦中，在不计其数的恶评和谩骂里，这则视频如一颗炸弹轻轻投下。

陆文写道：没有怕，不会认。

发完他便把手机丢开，一把搂住瞿燕庭，连摇带晃，受到刺激似的吱哇乱叫，激动得满头大汗。

曹兰虚在楼下喊："大灰！怎么样了？"

不足半小时，微博陷入瘫痪。

瞿燕庭合上电脑，有些累，抱肘靠住床头，后脑勺抵着墙，顾不上脏净。他在心里默默计数：一遍，两遍，三遍……一直到第九遍。

"差不多得了。"瞿燕庭忍无可忍，"能不循环播放吗？"

陆文把播放到第十遍的视频按下暂停，难以自拔地说："好爽好爽好爽，点开之后根本停不下来。"

瞿燕庭选择退一步海阔天空，说："麻烦你戴耳机。"

陆文关闭视频，点开精彩纷呈的新闻榜单，"靳岩予视频"一直挂在第一位，第二位是他的名字，"乌托邦声明"紧随其后。

靳岩予不愧是当红流量，视频一经发布，便引起轩然大波。粉丝大概也很蒙，前一秒还在替偶像耀武扬威，下一秒被冲击得只会打下一排问号。

从转发微博到今天的视频，陆文一次发声一次回应，既不含沙射影，亦不连篇累牍，只简洁准确地亮出态度和铁证。

这件事彻底反转，靳岩予包装在表面的漂亮糖纸被撕开，私下的德行曝光给亿万观众，莫说粉丝措手不及，恐怕顶级的公关团队也难支高招。

陆文不断划动屏幕，刷到节目组十点钟发的声明，此时再点开评论区，风向已经一百八十度逆转。他突然好奇："瞿老师，你说节目组在干吗？"

瞿燕庭腔调慵懒："问你的经纪人去。"

刚说完，孙小剑就打来了，百分百是要说视频的事。

陆文按下免提，对方亢奋地直呼感叹词："哎哟哎哟！"

陆文被调动情绪："厉害吧！"

瞿燕庭服了这一对黄金拍档，抱在胸前的手臂挪低，按住隐隐咕噜叫的肚子。

陆文问："你那边什么情况？"

孙小剑说："我在房间呢，靳岩予的团队刚来敲门，我没理，他们就走了，估计正焦头烂额地想办法呢。"

陆文解气道："让他再嚣张！"

"就是，给他脸了。"孙小剑一雪前耻，全无上午的颓废，说道，"巨星，咱不生气了，后续的事我来处理，你好好睡一觉。"

陆文哪睡得着，问："节目组有动静吗？"

"总负责人亲自联系我了。"孙小剑感叹道，"不过我没什么好说的，接下来怎么做，就是他们和靳岩予之间的事了。"

陆文不能白受冤枉，说："必须公开道歉。"

"那都是轻的。"孙小剑高深莫测道，"靳岩予很有可能退出。"

陆文诧异地看向瞿燕庭，流露出求证的目光。经此一事，瞿燕庭在他心里不仅是位编剧，基本是个能掐会算的神仙了。

可惜瞿燕庭低垂睫毛，正攒着一股仙气养神。

"真的啊？"

"你想想，靳岩予和你闹成这样，对曹师傅那种态度，节目还能录吗？演出来都没人信，还'史上最真实节目组'，等于自己打自己的脸。"

"这么说，节目组确定不袒护他了？"

"未播出就满城风雨，为了节目的口碑和收视，节目组绝对会和他划清界限。说白了，就是把自己摘出去，具体的到时候看道歉和声明吧。"

陆文急切地说："什么时候发？"

"放心，他们比你更着急。"孙小剑道，"这件事关注度太高了，最迟今晚。"

大量媒体联络采访，孙小剑全部替陆文挡下了，风口浪尖要学会保持安静。他叮嘱："通告会调整，这两天拍不成了，你就好好休息。"

陆文说："嗯，我知道。"

临挂断，孙小剑叫住他："祖宗，下次再有这种惊喜，能提前告诉我一声吗？"

陆文"嘿嘿"笑："是不是峰回路转？"

"何止,你知道我刷出微博的那一刻心跳有多快吗?"孙小剑说,"我差点没了。"

陆文好了伤疤忘了疼:"我下次注意。"

"你拉倒吧!"孙小剑无情拆穿,"这次幸亏有瞿编帮忙,你是人家啥人啊,还敢有下次!"

免提来不及关,声音充斥在小小的屋内,陆文掐着手机答不出来便挂了线。

屋内倏然清静,他不自在地划拉床单的花纹。

瞿燕庭悠悠开口:"最近的宾馆在哪?"

陆文狡猾地说:"我也不清楚。你累了吧,就别往宾馆跑了。"

瞿燕庭不怎么挑:"但在这儿吃什么?"

陆文恍然大悟,怪自己粗心,立即下了床:"早说啊,我还能饿着你吗?你眯一觉,饭得了我喊你下楼。"

瞿燕庭不禁讶异,这节目够锻炼人的,短短几天,陆文连饭都会煮了?

厨房在一楼,使用的是烧柴火的灶台,陆文把曹师傅硬请进去,他打下手,坐在小凳上添柴扇火。曹兰虚熟练地煎炒烹炸,顺便听陆文描述当下的情形,似乎闹得很大,说:"那我岂不是也在网友面前露脸了?"

"对啊。"陆文摇着大蒲扇,"帮你做宣传了呢,好多网友夸你的镯子好看。"

曹兰虚心情不错,打算多添一道蒸鸡。他朝房顶扬扬头,问:"大灰,那位编剧是你什么人?"

陆文放慢扇火速度,回答:"朋友啊。"

曹兰虚往锅里扔一把米椒:"你这么听他的话,交情不浅吧。"

陆文斟酌改口:"瞿老师其实是我领导。"

曹兰虚更不认同了,说:"领导大老远跑来帮你收拾烂摊子?看不出来,你还挺厉害的。"

陆文没接话,用力塞两根木柴,火烧得极旺,耳边满是油花爆开的"噼啪"声。

三菜一汤摆上矮桌,瞿燕庭一下楼,就见陆文和大黄狗并排守在桌旁,表情出奇地一致。

他饿坏了,出门前只给黄司令备了口粮,完全没顾上自己。落座后瞿燕庭端起碗便一言不发地吃,唇瓣染了一层薄油。

陆文未雨绸缪地说:"瞿老师,二楼只剩两间能睡,靳岩予的东西占了一间,你就凑合着跟我一间吧。"

瞿燕庭点点头，撕下鸡翅。

陆文手指背后的门："那是洗手间，没暖气，洗澡的话特别冷。所以我先洗，你借着热乎气就不那么冷了。"

瞿燕庭啃着骨头答应。

天色逐渐暗下来，太阳朝西边滑落。瞿燕庭吃饱擦擦手，撩开袖子看了一眼表，道："应该差不多了，上网看看。"

陆文登录微博，"消息"界面的红色数字密密麻麻，点开评论，有道歉，也有粉丝式的夸奖，很令人唏嘘。而转发里面，《乌托邦》官微在五分钟前艾特了他，是一则道歉加澄清。

不出所料，节目方撇清干系，向陆文诚恳致歉，并宣布靳岩予将退出《乌托邦》后续的录制。靳岩予工作室也发表了声明，意思和措辞与前者相差无几。

陆文此刻真正地沉冤昭雪了，他以为自己会痛快、激动，但面对这份得之不易的尘埃落定，他心里更多的是平和。

他感慨道："其实，我以为靳岩予只是目中无人，算不上坏，于是没有防备。"

瞿燕庭说："好人永远防备不住坏人，所以我让你别招惹他。"

"也不能全怪我。"陆文关掉微博，"那家伙有点邪性，我骂他腿短，逆他的意不换衣服，跟他呛，他都没怎么着，但跟他聊个天就炸了。"

瞿燕庭情不自禁地又盛了一碗汤，问："聊什么了？"

陆文坦白："聊你了。"

瞿燕庭动作一顿，把半口还没喝的汤搁下。

陆文见状，赶忙解释道："没瞎聊，我夸你比他好看。"

瞿燕庭说："为什么能扯到好不好看？"

"因为他问我你长什么样，"陆文说，"我就给他看照片了。"

瞿燕庭感觉出不对："你怎么有我的照片？"

陆文一愣，心虚得挠了挠下巴，支吾道："你弟发给我的，主要是猫的照片，其中有一张有你。我不小心保存了……一不小心又忘删了。"

瞿燕庭一听是阮风发的更觉不妙，亲兄弟在家不讲究，拍照时不定穿着什么裤衩背心，表情也难说。他生怕黑历史被泄露，哄骗道："给我看看。"

陆文机灵地揣起手机："不好意思啊，没电了。"

晚上，陆文先去洗澡，洗完趁身体的热度未降钻进被窝。

听见楼梯"嘎吱"响，陆文迅速滚到另一边去，欠身靠住床头，打开携带的、至今没翻过的书，门开时，他不紧不慢地掀过一页。

上楼区区几步路，瞿燕庭双脚冻得冰凉，真丝睡衣像一层玻璃纸贴着肌肤，本想直接冲进被窝，到床边被陆文做作的样子分散了注意力。

他撩开被角，跪进去："难得你这么文静。"

"还好吧。"陆文道，"我喜欢睡前读一会儿书。"

瞿燕庭忍住没拆穿，侧身躺下，他装傻配合："读的什么书？"

书是从家里书房随便拿的，冷不丁被提问，当着人家面又不能去看封皮，陆文使劲想了想，回答："是散文集，《人间粮食》。"

瞿燕庭攥住一角枕头，嘴角绷住了，眼睛却难以控制地微弯："哦，人间的粮食够吃吗？"

"还行，"陆文翻过一页，"主要看怎么种。"

瞿燕庭忍耐到极限，笑得脸色飞红，坐起来伸手把陆文的书夺下，"啪叽"一合拍在对方的胸口："大傻子，你还是乖乖睡觉吧！"

陆文看清书名，啊，记错了，原来是《人间食粮》。

他窘迫地放下书，马上关灯，黑漆漆的不至于太尴尬。瞿燕庭翻个身，窝在被子里也安静下来。

陆文毫无困意，摸出手机，调低屏幕亮度，他不知道该找谁，寻思片刻打开QQ，对小作家编辑道：睡了吗？

瞿燕庭太累了，粘住枕头昏昏欲睡，静音的手机陡然亮起来，他微微皱眉，看清是QQ消息，便撑着精神打开。

空气湿冷，他几乎把自己蒙在被子里，半阖着眼睛打字：有事吗？

倒霉小歌星：特大好消息向你分享。

社恐小作家：嗯？

倒霉小歌星：蠢货同事辞职了，我终于苦尽甘来。

社恐小作家：哈，祝贺你。

倒霉小歌星：你怎么样，决定要不要去采风了吗？

社恐小作家：我已经到了。

陆文很惊喜，替对方勇敢迈出的一步感到高兴，也有几分作为志愿者的成就感，他鼓励道：加油，你比想象中要厉害。

瞿燕庭无声地笑笑，反正相隔网络是熟悉的陌生人，不必有任何顾忌，他主动承认道：其实我是为了一个傻孩子。

倒霉小歌星：多傻？

社恐小作家：……

陆文怕一不留神越界，赶紧发个表情包缓和气氛，然后将话题拐到自己身上，输入道：我跟你说过，我有想要关心的人，你记得吗？

社恐小作家：嗯。

倒霉小歌星：我应该主动点，还是矜持点？

社恐小作家：我哪知道啊。

倒霉小歌星：发动你创作的脑瓜子啊！

社恐小作家：你要是想揍他，那就矜持点。

倒霉小歌星：你社交的能力都挪抬杠上了吗？

社恐小作家：那你想做什么？

陆文的舌尖抵着上颚，吞咽一口空气，身后静静的，不知道瞿燕庭是否已经睡着。

他动动手指，真切地回答：不再让他受伤害。

瞿燕庭困得撑不住了，无力做缺乏经验的感情分析师，答复了一句，将手机塞到枕头下面。

社恐小作家：加油，你比想象中要厉害。

Chapter 21

第 21 章
除 夕

"这都不知道,你怎么好意思
整天笑我傻?"
"你就是傻。"

夜已深，周围越发的安静，一点点声响都会被无限放大。

床褥传来动静，背后一阵窸窣，陆文翻了个身，发现瞿燕庭好像睡得不安稳。

"瞿老师，你怎么了？"

瞿燕庭紧闭牙关，挤出一句："疼。"

陆文冤枉又费解："疼？我没压着你啊？"

"腰疼。"瞿燕庭好生无语，他顾不得别的了，准备坐起来动一动看能不能好一点。陆文却不自觉地伸手，让瞿燕庭安心趴好，用手掌给瞿燕庭一点点揉，由轻到重地按摩酸痛的位置。

这个人为了他开了一整晚的车，为了他连轴转收拾烂摊子，只因为他说把自己当弟弟一样疼。

瞿燕庭又闭上了眼，窝在热乎乎的被窝里失去了意识。

陆文听着逐渐均匀的呼吸声，小声叫："瞿老师？"

瞿燕庭没反应，过度的疲劳让他睡得很沉。

"瞿老师？"陆文确认两遍，"瞿老师，睡着了？"

他拉高被子，把瞿燕庭的下巴都遮起来。

"瞿燕庭？"反正也听不见，陆文大胆地说，"你对我的评价怎么样？"

"长相身材、人品性格、能力家世、学历智商，综合一下打个分。平均分能及格吗？入得了你大编剧的眼吗？"

"入不了的话，你就把眼睛睁大点，毕竟我水平就这样了。"

"虽然我表面经常丢人，但我背地里还当志愿者呢。"

陆文卡了壳，不清楚絮叨了些什么玩意儿，说得嘴巴都干了。

这时瞿燕庭含糊地说了句什么。

陆文发现了，瞿燕庭貌似有说梦话的习惯，上次叫的是"弟弟"和"爸爸"，不知道此刻是谁。

"傻子……"

陆文一愣，是叫他吗？

后半夜下了一场小雨，天空乌云浮动，黎明比平时来得晚一点。

瞿燕庭先醒了，睁眼迷茫片刻，想起这是在岚水的曹师傅家里，面前的陆文睡得死沉。

他领教过陆文的起床气，不敢造次。

一下床冷得人打战，瞿燕庭先换好衣服，摸出枕头下的手机看新闻，房中昏暗，他被屏幕光线刺激得揉了揉眼角和眉心。

下楼去洗漱，水管里流的是甘洌的山泉水，瞿燕庭洗完神清气爽。

他独自在院子里坐下，重新掏出手机。

娱乐头条仍旧是昨天那些，热度不减地挂了一晚上，工作室放假了，也没有新鲜的邮件需要处理。打开家里的监控，猫饭盆里的水和粮都满着，于南估计去过了。

瞿燕庭放大画面欣赏黄司令的睡姿，脑中浮现起一段零碎的记忆。在梦境里，黄司令居然开口说人话了，还喊他爸爸，真是吓死个人。

瞿燕庭习惯性地板直后腰，一顿，发觉不怎么疼了，他走得急没带膏药贴，以为起码要缓上两天才行。

"叮当"，有人敲大门外的铜环。瞿燕庭条件反射地紧张，站起身，不清楚曹师傅在哪个房间，外面的人继续敲着，他怕把陆文吵醒，于是硬着头皮走过去。

拔开门闩，瞿燕庭把门拉开半臂宽，门外是个一身休闲衣裤的年轻人，像干活儿的，他问："你找谁？"

对方说："你好，我是靳先生的助理，他有些东西放在二楼房间，我来收拾。"

"好。"瞿燕庭放对方进来，"手脚轻点，楼上有人休息。"

雨后清新的空气扑面，瞿燕庭索性推开整扇门通通风，台阶下停着一辆保姆车，看样子靳岩予的团队准备离开了。

瞿燕庭立了两秒，正欲转身，后车厢的门忽然被拉开。

靳岩予下了车，他衣着很单薄，走路时宽大的外套向后扬起，他盯着瞿燕庭走过每一步，上台阶，脸上流露出错愕的神情。

瞿燕庭平静地回视，然后转身迈过了门槛。

许久，靳岩予"呵"地笑了一声，轻得犹如吐了口气。

他摸出烟盒，抽一支叼上，再抽出一支递上去："瞿大编剧，抽吗？"

瞿燕庭接住，咬嘴里，靳岩予走近亲自给他点火。点完退回原位，靳岩予收紧两腮嘬了一大口，呼出时甚至微喘。

相比之下瞿燕庭就斯文多了，夹在指间半晌不碰一下，态度称得上敷衍。

靳岩予问："抽不惯这牌子？"

瞿燕庭说："我不太抽烟。"

靳岩予弹下烟灰："那我很荣幸呗。"他抬头朝二楼看一眼，没在意助理收拾的进度，看的是隔壁陆文的卧室。

"您贵人事忙，怎么会来这儿？"他明知故问。

瞿燕庭回答："来看看朋友。"

靳岩予笑道："不过是演了你一部戏，犯得着特意奔过来排忧解难吗？"

瞿燕庭懒得换表情，仅把语调放得轻松："我也纳闷，不过是演了我一部戏，你犯得着这么欺负他吗？"

靳岩予拍照发微博的时候就料到事情会发酵，一般"小透明"压根儿不会出声，吃个哑巴亏就算了，可陆文不一样，连换件衣服都不肯，绝不会忍而不发。

靳岩予说："他说我不如你。"

瞿燕庭道："所以你就报复？"

靳岩予把烟吸完："我特别想知道，把你夸成一朵花的男主角出事，你会不会出手摆平？不会的话我不吃亏，会的话正好满足我的好奇心。"

"别装了。"瞿燕庭戳穿他，"你根本不在乎这个，你只是想看看那个人是否会帮你。"

靳岩予脸色突变，在烟雾里显得苍白，他搞出这件拙劣又理亏的事的目的一下就被拆穿了。

"我以为你帮陆文的话,会选择最简单的方式。"

"你以为我会求曾震?"

"对,没错。"靳岩予道,"我就是想看看他会帮你还是帮我。"

瞿燕庭说:"可惜我没找他。"

靳岩予讥诮地挑起嘴角:"是啊,你瞿大编剧厉害,宁愿这么远跑来,都不肯给他打一通电话,倒让我有点佩服了。"

瞿燕庭捻灭烟头,问:"这个好奇心的代价,你觉得值吗?"

"一般般吧。"靳岩予故作轻松地说道。

助理拎着行李箱下来,表示可以走了。靳岩予将外套的拉链拉到顶,晃两步到瞿燕庭的近前,压低嗓子:"曾震帮我,但他也只是打通电话而已。"

瞿燕庭心无波澜地望着那盆吊兰。

"那你亲自来陪陆文,你们已经是这么好的朋友了?"

靳岩予笑容狡黠,说完便转身离开,大步朝外走的时候,在院子里留下一嗓子:"这破地方,我再也不想来了!"

床上鼓起的棉被动了一下,陆文坐起来,发现屋里空了。

"真回去了?"

陆文掀被子下床,刚踩住拖鞋,瞿燕庭从外面推开了屋门。

"吓死我了,我以为你走了。"陆文猛然放松,冷得赶紧钻回被窝,靠住床头,把棉被齐胸口盖住,"瞿老师,刚才谁在嚷嚷?"

瞿燕庭端着电脑去桌上充电,说:"没听到,你做梦呢吧。"

"有可能。"陆文出溜下去,"那我再睡会儿。"

瞿燕庭道:"几点了还睡,起来吧。"

陆文不动:"反正今天不用录制,怪冷的,起来干吗?"

"看书呗。"瞿燕庭打开资料库,一边浏览一边说,"看你的《人间粮食》。"

陆文脸上无光,从床头拿起那本书,胡乱地翻了翻:"其实我爱看传记类的书,这本送你吧。"

瞿燕庭念大学的时候看过这本书,许多年过去,内容很多都忘了,只记得零星的片段,不过句子也记不清了。

"好吧,"他道,"你拿着也是浪费。"

瞿燕庭说完,摸兜发现手机落在楼下的矮桌上,他起身下楼,关门时瞄了一眼,陆姓文盲已经丢下书开始玩手机了。

走到院子里,放在桌角的手机屏幕亮起,瞿燕庭弯腰拿起来,解锁,立在原地打开刚收到的QQ消息。

倒霉小歌星:作家,昨晚谢谢你的鼓励!

瞿燕庭有些断片,翻了翻聊天记录才反应过来,依据对方这句话,他回复道:揍上了?

倒霉小歌星:你又来了。

社恐小作家:你倒是说啊。

陆文想起帮瞿燕庭揉腰的事情,觉得应该算是完成了"不让他再受伤害"这个目标的一小步。

倒霉小歌星:尽了绵薄之力。

社恐小作家:恭喜。

瞿燕庭想了想,输入道:我想起一本书里关于深厚情谊的片段。

倒霉小歌星:这么应景!是什么?

社恐小作家:具体的想不起来了。

倒霉小歌星:你怎么吊人胃口?!

社恐小作家:《人间食粮》里的,你感兴趣可以看看。

陆文惊讶地握着手机,心说这也太巧了吧,他立刻捡起那本书,快速地一页页翻看,屋外瞿燕庭踩楼梯的"嘎吱"声传进来。

他终于找到了,刹那间捕捉到其中的几句。

门被推开,瞿燕庭拿着手机回来,见陆文突然将书往旁边一摆,空着双手,端坐在床上。

他径直走过去,问:"送给我看了?"

陆文点点头,"嗯"了一声,迅速滚下床,蹬上拖鞋向外冲:"我还没洗脸,先不聊了。"

一溜烟,陆文没了影,瞿燕庭好笑地在床尾坐下,捧着书,有一页折了角,一下子翻到,恰好是那个片段。

纳塔纳埃尔,每个人的不幸,就在于每个人总在观察,又让所见之物从属于自己。其实,每个事物重要与否在于本身,而不取决于我们。让你的眼睛化为所见之物吧。

纳塔纳埃尔，此后哪怕写一行诗，我也不能不把你这美妙的名字写进去。

纳塔纳埃尔，我要让你诞生在生活里。

陆文洗完脸回来，走到平摊在地上的行李箱前，蹲下抹护肤品，瓶瓶罐罐一顿操作，克制着想向床畔偷瞄的想法。

拧开日霜盖子，他克制不住了，问："瞿老师，你抹东西了吗？"

瞿燕庭回答："没有。"

"那可不行，这大冷天的。"陆文起身到床边，用指尖挖一块面霜，待瞿燕庭抬头，直接抹在那两片脸颊上。

瞿燕庭拿着书，指甲在书脊上刮，一动不动地仰看着陆文。

他的视线太难被忽略了，陆文被盯得发毛，问："干吗？"

"这本书，"瞿燕庭顿了顿说，"有一页折角了。"

陆文当然不会承认是别人告诉他里面有个什么片段他才看的，于是装模作样地说："哦，读到好词好句我习惯折起来。"

瞿燕庭抱有怀疑："你不是没读吗？"

陆文嗫嚅道："嘿，我那是逗你一乐，出发的飞机上我就读了，你真以为我是文盲啊？"

床被尚未整理，瞿燕庭静默了几秒，道："你昨晚都干什么了？"

陆文合上日霜盖子，说："我能干什么啊？"

"我是说，我睡着以后，"瞿燕庭重复道，"你干什么了？"

陆文神情放松，说："我给你揉了揉腰，你不是说腰疼吗，今天好点了吗？"

瞿燕庭恍惚想起来，入睡前对方的确给他按摩过，回答："好多了，谢谢。"

"嗯。"陆文体贴道，"那我就放心了。"

恰好曹兰虚在楼下喊他们吃饭，瞿燕庭立刻开门出去了。

陆文呼口气，把遗落的书放在床头。

从今天起，他最喜欢的作家从纳博科夫变成纪德。

担心下雨，早饭三人在堂屋吃的，比平时丰盛，曹兰虚还隆重地穿了一件红线绲边的对襟唐装。这几天事情多，差点就忘了明天是除夕了。

"大灰，吃完饭扫院子。"

"不扫。"陆文拒绝得干脆，夹小菜时还故意碰瞿燕庭的箸尖，说，"我今天要做装饰指环。"

曹兰虚说："今天又不录。"

陆文呼噜一口粥："谁管他录不录，我急着送人呢。"

曹兰虚尚不知瞿燕庭的全名，没联想到，问："你人在古镇，怎么送？"

"快递，"陆文说，"'陆通'，面对面交付。"

瞿燕庭默默埋头苦吃，假装与自己无关。

曹兰虚也懒得继续探究，扭头关心正常人："编剧，你有什么安排？"

古镇上年味很浓，各色习俗在都市里都见不到，瞿燕庭说："我想在镇上转转，收集些资料。"

"也好，不过不着急，"曹兰虚道，"明天镇上开集市，还有街宴吃。"

陆文附和："对，先陪我做礼物呗。"

吃过早饭，陆文拽瞿燕庭进作坊，宽大的木头桌子上铺着皮革毯，机器和工具摆列开来，就等曹兰虚指导操作。

陆文剪下一条粗棉线，说："瞿老师，我要给你量尺寸。"

瞿燕庭在桌角那边看书，伸出一只手指

陆文将棉线往瞿燕庭的指头上套，量好尺寸继续下一道工序。

今晚《乌托邦》将播出第一期，官微发布了一条嘉宾的预告照片，九宫格中已经没了靳岩予的影子。之前"灰灰兄弟"那则预告片没删，播放量高得吓人。

陆文好奇地说："瞿老师，你猜第一期节目会不会删掉靳岩予的镜头？"

"应该会减少，但不会删光。"瞿燕庭说，"这档节目剪辑时间紧张，临时重剪也来不及。"

陆文倒希望别重剪，让观众仔细看看，他和靳岩予穿一样的衣服到底谁更帅。

思及此，他问："瞿老师，你看过预告片吗？"

"嗯，看过。"

"怎么样，你觉得谁更帅？"

"还有脸问。"瞿燕庭头疼地说，"我评论了一句你比他帅，被靳岩予的粉丝骂了七八千条。"

陆文貌似看过那条评论，当时在热评前三，是个没头像的新用户，他震惊道：

"竟然是你！你为了我连挨骂都愿意？！"

瞿燕庭解释："别自作多情……我就是试一下评论功能。"

正说着，陆文的手机收到一条微信，是孙小剑发来的临时录制公告，嘉宾少了一位，节目在紧急洽谈新嘉宾，还没落实。

这种救场的活儿没人乐意接，何况正值春节，档期也很难调整，陆文八卦地问：节目组找谁了？

孙小剑：据说谈了好多人，大多是青年演员，因为流量都不肯接靳岩予的棒。

毕竟嘉宾来了要同组相处，陆文刨根究底：节目组什么意向？

孙小剑：他们的意向你认识，阮风。

陆文：哎哟！我支持！

孙小剑：这事阮风是唯一一位公开挺你的明星，靳岩予退出了，网上希望他加入的呼声特别高。节目组也会打算盘，请阮风来，你们自带友情看点，还有利于口碑的回升。

陆文：那就请小阮来啊！

孙小剑：遗憾的是，阮风那边貌似推了。

陆文把这件事报告给瞿燕庭，但瞿燕庭极少插手阮风的工作，反应淡淡的，像听了一件隔壁二虎子的闲事一样。

陆文不指望这位哥了，翻到阮风的号码，亲自拨过去。

铃声响了四声后电话被接通，阮风干净好听的嗓音远隔千里传出来，仍旧那么嘴甜："陆文哥，你怎么想起打给我啊？过年好过年好！"

陆文开门见山："小阮，我拍真人秀呢，听说节目组向你邀约了？"

"对啊，找了好几次，我让经纪人推了。"

"为什么？"

"我才不捡靳岩予剩下的。"

陆文苦口婆心道："这怎么能算他剩下的呢，是他被淘汰了。再说，岚水山清水秀，美女如云，小狗可爱，师傅慈祥，你就当旅游嘛。"

阮风说："原来你喜欢看美女？"

陆文神色一凛："别瞎说，你到底参不参加？"

"哎呀，真不行。"阮风道，"我每年春节都不开工，我要回家陪我哥过年！"

陆文"哦"一声："可你哥就在我旁边。"

瞿燕庭眉梢微动。陆文把手机递过来，按下免提键，阮风的声音立刻传了出来："哥？哥你在岚水古镇？"

"嗯。"瞿燕庭应道。

阮风问："你是去找陆文哥的？"

陆文主动答："是我装可怜把瞿老师骗来的。"

"哥，"阮风道，"那你明天回家吗？"

瞿燕庭说："暂时不回去，我要在镇上为剧本找点资料。"

陆文趁机道："小阮，你答应参加吧，来陪瞿老师过年。"

"喊。"阮风说，"他都有你陪了，哪还记得我这个亲弟弟啊。不聊了！"

瞿燕庭没来得及回嘴，手机里已成忙音。

下午，陆文专心致志地做装饰指环，这活比想象中难多了，他一连好几个钟头没离开过作坊。

瞿燕庭出门逛了一圈，路过一家办喜事的，被人硬塞了一包喜糖。

天擦黑，陆文的装饰指环堪堪完成，明天抛光收尾，就可以送出手了。

楼上卧室亮着灯，瞿燕庭抱着电脑盘腿坐在床上整理拍的照片，窗外偶尔有爆竹的响声，调静音的手机时不时收到拜年短信。

又来一条，发信人是陆文，刚看清"祝您新的一年"几个字，屏幕灭了。

陆文推门进来，哼着歌去换衣服，群发完的手机扔在床上，催命似的响起来，蹦出十几条微信。

"绝对是我哥儿们。"陆文换好家居服，把夜袍一披，上床打开微信，果然是四人群的消息。

除夕都在家吃团圆饭，所以他们每年除夕前一晚要聚会。陆文今年不在，但不妨碍他先把互相攀比发的红包收一收，然后迫不及待地问：你们在干吗？

苏望：在一起。

没等陆文输完第二句话，连奕铭的视频邀请先发了过来。

耳机不知道扔哪儿了，陆文说："瞿老师，我视频会打扰你吗？"

瞿燕庭无所谓："没关系。"

陆文马上接受邀请，屏幕一闪，赫然出现三个男人，看背景是在苏望家里。

他涌起强烈的思乡情："我不在你们还聚！散了，等我回去再聚！"

连奕铭说："我们在电视上看你。"

苏望说："文儿，你现在真的很火，我公司前台小姑娘还聊你呢。"

陆文问："聊我什么？"

苏望说："说你好酷，我笑了。"

连奕铭应道："真的好好笑。"

陆文从床上下来，决定还是找一下耳机，不然这帮孙子什么屁话都说，被瞿燕庭听见太没面子。

他转移话题："顾拙言，你哑巴了？"

顾拙言道："哦，新年快乐。"

陆文吐槽："你敷衍谁呢？哎，我发现你一直没看镜头。"

顾拙言呛回来："你有什么好看的？"

陆文拨弄一下头发，说："你拽什么，不是说凡心回国过年嘛，你不用陪他？"

顾拙言回："我哪敢。"

屏幕里伸来一只手，画面晃了晃，随后多了个人，陆文忘了要找耳机，高兴地拔高音量："凡心，你也在啊！"

庄凡心捧着碗刚刚洗好的草莓，乐呵呵地笑："陆文，能不能帮我要涂英的签名，我爸是她影迷。"

陆文点点头："小意思，我还没感谢你教我画设计图呢。"

庄凡心问："你说送朋友，送了吗？"

陆文小声说："预计明天送。"

庄凡心疑惑："明天怎么送，难道你们在一起？"

顾拙言笑道："你一来就刨出个重点。"

陆文就在屋当中站着，吞吞吐吐回答不出来，手机里八卦、起哄声此起彼伏，比远处的爆竹声更热闹。

而他这里有多热闹，床上那边就有多冷清。

瞿燕庭并未关注陆文和朋友在聊什么，整合完资料，他觉得有些闷，披上毯子下了床，搬着椅子在窗户前坐下。

瞿燕庭将老式木窗的两扇窗一并推开，寒风吹进来，外面是一条张灯结彩的小街。剥开糖纸，他含了一颗偶然得到的喜糖。

房中安静了一瞬，手机里的四个人同时噤声。

几秒后，苏望大胆地说："你背后刚才过去一个美男。"

连奕铭接腔："我认为不是经纪人。"

陆文急忙掉头，一抬眼，越过手机看见瞿燕庭守在窗边的背影。形单影只，头发随风而动，仰着头不知在瞧哪里。

他说："是我朋友。"

连奕铭哼道："你过年都要在一起的朋友正在和你视频。"

顾拙言问："是不是那位编剧？"

苏望也凑热闹："为什么在你房间？"

陆文服了这帮人，没想好怎样解释，上次聚会的画面先一步浮现在脑海里，根据之前商量好的，面对这样的情况，不要假装有女朋友，要……

苏望也记起来了，喊道："宝贝儿，干爹想你！"

陆文险些把手机砸了，骂道："去你的！不聊了！"

只有顾拙言在笑："不聊就不聊吧，别耽误了人家大明星。"

陆文说："庄凡心，我宣布你顶替我加入他们，我退出了！"

一通笑闹后，陆文关闭了视频，把手机随手一扔。

他很窘迫，很难为情，也很忐忑，不清楚瞿燕庭听见了多少。

陆文走过去，反身靠住窗台站在椅子旁边。

瞿燕庭似乎在发呆，迟钝地抬起头，问道："结束了？是不是我在这儿，你不方便说话？"

"没有，你不嫌我吵就行。"陆文感觉对方的脸颊鼓鼓的，"你在吃什么？"

瞿燕庭从兜里掏出一颗糖，陆文接住，剥开丢嘴里，是有点劣质的水果硬糖，甜得齁嗓子。

他问："瞿老师，是不是想家了？"

瞿燕庭摇摇头，有家人才是"家"。

陆文说："你都怎么过年？"

"小风来，就一起吃饭，看电视。"瞿燕庭顿了顿，继续道，"他来不了，我一个人就算了。"

陆文屈膝蹲在瞿燕庭腿边，换成他仰着脸："那，小时候呢？"

瞿燕庭没料到被追问小时候的事，缓缓地说："我爸去世后，过年的时候我自己待在房间里，打开窗户看烟花。后来我妈也走了，我就抱着小风一起看。"

"就像现在这样？"

"嗯。"

"你刚才，一直在自己看烟花？"

"嗯。"

他试探道："瞿老师，为什么不结婚，找个陪伴你的人？"

瞿燕庭眨眼，眼神闪躲："没有合适的。"

"那什么样的合适？"陆文问，"好看的？一般的？胖的？瘦的？年纪比你大，还是比你小的？"

"我不知道。"瞿燕庭撇开脸。

远处的夜空爆开烟花，和星光融在一起。

陆文说："这都不知道，你怎么好意思整天笑我傻？"

瞿燕庭笑笑说："你就是傻。"

爆竹声渐渐停了，夜已深，屋里出奇的静，瞿燕庭侧躺背对陆文，无法入睡。

背后床褥轻弹，瞿燕庭立刻被吸引了注意力，竖着耳朵听了听，是趿拉拖鞋的脚步声。灯已经关了，他依稀分辨出个人影。

陆文开门出去，下了楼，估计是去洗手间。

比平时耗得久了些，上楼时三阶一步，楼梯甚至没响几声，陆文便进了屋。他不清楚瞿燕庭是否睡着，便轻手轻脚地踱到床尾。

掀开被角，陆文往瞿燕庭的脚后塞了个暖水袋，有些烫，瞿燕庭倏地蜷起了腿。

陆文愣了一下，然后打了个响指，好像想到了什么主意。他去行李箱扒拉件羊绒衫，把暖水袋裹住，然后重新塞进瞿燕庭的被窝。

陆文躺回床上，对着瞿燕庭的后脑勺，开口道："瞿老师，不冷了吧。"

瞿燕庭默然。

陆文见瞿燕庭没说话，便安心入睡了。

天空泛着鱼肚白，陆文一条腿蹬出去，悬在床沿外，没多久便冻醒了，一睁眼瞿燕庭的脸便映入眼帘，搞得他一腔起床气强咽下肚子。

陆文小心翼翼地下床换衣服，今天是除夕，又有拍摄，于是他从衬衫到外套精心打扮了一番。

下了楼，厨房有动静，陆文扒着门框巴望，问："曹师傅，煮什么好吃的呢？"

曹兰虚说："汤圆。看你的个子得来二十个吧。"

"你拉倒吧。"陆文挽起袖口，"我不吃，抓紧做礼物去咯。"

陆文一头扎进作坊里，系上围裙开工。镜头运转着，这枚装饰指环已经十分受关注，他认为应该给节目观众一个交代。

"快完工了。"他碎碎念，"第一次做，还不太熟练，而且我手笨，小时候手抄报都画不好。这枚装饰指环是礼物，希望收礼的人不要嫌弃啊，至于观众朋友们的评价，随便，哈哈。"

陆文埋头苦干，其间曹兰虚进来指导了一二。抛了光，银戒圈莹润透白，终于完工了。陆文用红色的丝绒袋子把装饰指环装好。

手机放在旁边，孙小剑发来微信，告诉他《万年秋》今晚正式开播，剧组官博还发了预热花絮。

陆文解下围裙，掸掸膝上落的银屑，才不慌不忙地登录微博。

一上线，他被"消息"里的转评数惊呆了，切到主页，粉丝数在《乌托邦》第一期播出后爆炸性增长。

他有点蒙："我干吗了……我魅力也太大了吧？"

陆文先转发了剧组的微博，短短几分钟内，评论就涌入了大量的甜言蜜语，有叫他"哥"的，叫他"男朋友"的，甚至还有喊他"儿子"的。

孙小剑又发来一条：今天除夕，发条原创给粉丝们拜个年。

陆文激动地回：我粉丝多了好多！

孙小剑：你才知道啊！你看看新闻榜单！

陆文点进榜单，有一条"陆文品位"位列其中。

这个词条下最热门的一条微博来自一位人文艺术博主，放了九张节目截图，全部是陆文带摄像参观别墅的画面。

博主对画作到工艺品进行了介绍，并对它们的背景以及价格进行了科普，大赞陆文的品位。

孙小剑发来：我也是看了这条微博才知道，鞋柜上的瓶子用得着搞那么贵的吗？

陆文：都是我爸搞的。

孙小剑：投胎你最厉害。

陆文：嘿嘿。

孙小剑：记得发微博，十点我去找你，今天和其他嘉宾一起录。

回复完，陆文从屋里出来，戳在檐下思考发微博配什么图，他不喜欢自拍，这破院子也摆拍不出什么好景致。

瞥到角落的大黄狗，陆文有了主意。

这时，二楼卧室的门开了，瞿燕庭迷迷瞪瞪地端着牙刷和杯子下楼，略微凌乱的头发一步一颤。

到院子里对上陆文，他清醒了，说了声"早"。

陆文道："瞿老师，等会儿帮我拍张照吧。"

瞿燕庭点点头，洗漱完特意拿了自己的相机，问："怎么拍？"

陆文坐板凳上，大黄狗甩着尾巴趴在他腿边，想了想，他扯嗓子朝厨房喊："曹师傅，过来跟我拍照！"

曹兰虚闻声出来，双手还粘着糯米粉，他把陆文蹿一边霸占板凳，做作地将银镯子全部露出来，问："能给特写吗？"

瞿燕庭笑道："好，多拍两张。"

陆文蹲着摸大黄狗，曹兰虚正襟危坐，老少二人在古朴的屋檐下合影，若不是这档节目，也许他们一辈子都不会相遇。

拍完，瞿燕庭递给曹兰虚检查："您看怎么样？"

曹兰虚接住，说："拍得真好。"

导演出身的瞿燕庭，最懂的就是镜头语言。

陆文想起瞿燕庭代班导戏的光景，相机仍然开着，他抓住机会说："瞿老师，我们能不能也拍一张？"

瞿燕庭记不清上次拍照是什么时候了，站到陆文身旁，表情干巴巴地对着镜头，曹兰虚不满意地说："编剧，你笑笑。"

瞿燕庭勾起嘴角。

"笑得自然点。"曹兰虚还挺严格，"想想高兴的事。"

瞿燕庭脑中一片空白，连嘴角勾起的弧度也掉了下去，忽然陆文揽住了他的肩，偏头在他耳畔小声说："装饰指环做好了。"

"嗯……"

陆文又道："小燕子超可爱。"

瞿燕庭抿住嘴，他不确定自己是否在笑，只听"咔嚓"一声，快门将这一刻定格。

照片上，陆文的手没有收回，搭在瞿燕庭的肩头，笑容如沐春风。

瞿燕庭说:"这张不要发。"

"当然了,"陆文道,"这张我要私藏。"

瞿燕庭没有吭声,陆文看看表,说:"今天在镇上录制,我差不多该走了。"

瞿燕庭道:"不吃碗汤圆吗?"

"不了,我不爱吃。"陆文咂咂嘴,"好想吃玲玲姐亲手包的饺子。"

大门外传来刹车的声音,孙小剑和摄制组到了,陆文不再耽搁,往外走。瞿燕庭立在原地,在陆文即将跨出门槛的时候叫住对方。

好歹是除夕,他问:"你几点能回来?"

陆文也不确定,摆了摆手,大步离开了。

瞿燕庭没来由地失望,不知道这个除夕是不是又要自己一个人过。他将垂落额前的发丝拢向脑后,洗洗手,进厨房问曹兰虚要不要帮忙。老头相当不客气,吩咐了一堆活儿。

瞿燕庭也变成了杂役,扫院子,贴春联,里里外外供曹兰虚使唤。他溜进作坊瞎转悠,想找找陆文做好的装饰指环,还被老头逮个正着。

"我瞧你今天怪怪的。"曹兰虚说。

瞿燕庭解释:"我只是觉得无聊。"

"大灰一走你就无聊?"曹兰虚说,"但他在这儿,你又不太搭理他。"

瞿燕庭听不下去了,转移话题道:"您还有活儿吗?没有的话我要占用厨房,大概还要用您点肉。"

曹兰虚问:"你要干吗?"

瞿燕庭撸起袖子,说:"包饺子。"

家里肉不多,瞿燕庭用猪肉和牛肉混在一起,和面、剁馅、擀皮,只穿一件毛衣便热出了汗。

饺子下午就包好了,晾在案板上,等陆文回来下锅煮熟就可以吃。瞿燕庭坐在院子里一边看书一边等,偶尔刷刷微博上的消息。

古镇上在办集市和街宴,外面红红火火热热闹闹,爆竹声几乎没停过,有顽劣的小孩跑过时朝大门洞扔小炮头。

一直等到黄昏,暮色四合,瞿燕庭看得眼睛微酸,搁下书,起身走到大门口的台阶上。

手机在兜里振动,瞿燕庭僵硬拖沓地掏出来一看,是陆文,他庆幸地松口气,划开通话键将手机贴在耳边。

陆文的声音传来："瞿老师，是我。"

瞿燕庭望着长街的尽头，乱糟糟的人群中分辨不出任何一张脸庞，但他收不回目光，问："节目录完了吗？"

"录完了，"陆文兴奋地说，"大家想去城里大吃一顿！"

瞿燕庭隐约猜到下面的内容，应道："嗯，除夕热闹点比较好。"

"所以我答应请客了。"陆文笑着说，"恐怕凌晨以后才回去，曹师傅家里没电话，帮我跟他说一声。"

瞿燕庭道："我知道了。"

"哦，对了，"陆文补充，"如果回去太晚，我就在宾馆和经纪人凑合一宿，免得吵醒你。"

瞿燕庭攥紧机身："好，玩得开心点。"

挂断电话，橘红的余晖差不多落尽了，街上的人影愈发模糊，瞿燕庭返回几步，屈膝在大门槛上坐下，头顶悬挂着两只红灯笼。

他揣着外套口袋，并拢双腿，垂首抵住自己的膝头。

饺子皮晾久了会变干，应该盖起来；沾了面粉的毛衣要换下来，用清水泡一泡；电脑没关机，今天还没有例行检查邮箱……

瞿燕庭列出一堆要做的事情，却静止在硬邦邦的门槛上，始终没有动弹。

忽然，一个声音说："是在等我吗？"

瞿燕庭猛地抬起头，台阶下，陆文映着红灯笼微弱的光，静静立在那儿，眉宇间全无通话中的激动，反而露着一份不常见的沉稳。

瞿燕庭有些呆住："你不是说不回来？"

陆文直接承认道："你那么聪明，怎么猜不到我是骗你的？"

瞿燕庭这才发觉陆文拎着一大只红色塑料袋，半透明的袋子里装着鼓鼓囊囊的烟花。他不正面回答："我给你包了饺子。"

陆文却险些因这一句绷不住，问："什么馅儿的？"

"猪肉和牛肉。"瞿燕庭把手从衣兜拿出来，"你喜欢吗？"

陆文顿了顿："喜欢。"

塑料袋被风吹得脆响，陆文看着瞿燕庭，说："以后不要再眼巴巴地瞧着别人放烟花了。"

瞿燕庭嗓音发黏："好。"

"小风长大了，不能永远像小时候那样依赖你，你也不要只为了他才期待一年一次的除夕。"

"好。"

"这次有人愿意吃你包的饺子，也有人愿意陪你守岁。"

"陆文……"

"嗯，这个人就是我。"

陆文把瞿燕庭拉起来，他在宽敞的路面上打开袋子，将所有烟花全部摆出来堆放在一起。

点燃细长的引子，一小簇火星飞快地燃烧起来。

陆文敞着大衣逃跑，奔到瞿燕庭的面前张开双臂。瞿燕庭被撞得晃了一下，怔忡地盯着燃到尽头的火花。

刹那间，一整片烟花堆全部引燃，炸开一声声巨响，门前的黑夜亮如白昼，瞿燕庭扬起头，斑斓的烟火在夜空绽放，散落满天火树银花。

陆文拿出那枚打磨好的装饰指环。

戒圈上的小燕子在焰火的照耀下熠熠生辉。

陆文开口："瞿老师。"

瞿燕庭回应："……什么？"

陆文看着他："以前的路不平坦，但都过去了，以后，有我和你并肩。"